Die helle Wanderin

Der Große Verrat

Roman

von

Markus D. Mühleisen

Deutsche Erstausgabe

im Februar 2025

Markus D. Mühleisen

Lichtwelten - Zyklus

Band 1   *D*ie helle Wanderin
~ Der Große Verrat ~

Umschlagbild
von Markus D. Mühleisen

Impressum
Copyright © 2025 bei Markus D. Mühleisen
1. Auflage
Ausgabe 02/2025
Bibliografische Information der Deutschen Nationalbibliothek:
Die Deutsche Nationalbibliothek verzeichnetdiese Publikation in
der Deutschen Nationalbibliografie; detaillierte bibliografische
Daten sind im Internet über http://dnb.dnb.de abrufbar.
Verlag: BoD · Books on Demand GmbH, In de Tarpen 42,
22848 Norderstedt, bod@bod.de
Druck: Libri Plureos GmbH, Friedensallee 273, 22763 Hamburg
ISBN: 978-3-8391-1034-8

Inhalt

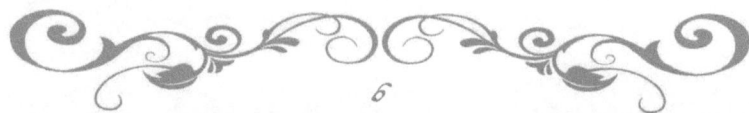

0
Vorgedanken

$\mathcal{L}$iebe Leserin, lieber Leser, ich lade Sie ein, mit mir auf eine Reise zu gehen. Auf eine Reise in die Welt der Fantasie. Lassen Sie uns gemeinsam aufbrechen in eine andere Welt!

$\mathcal{W}$as wäre, wenn die Welt, wie wir sie kennen und normal finden, nicht die einzige, mögliche Form der Existenz wäre - es also noch zumindest eine andere gäbe? Vielleicht ist diese andere Welt der unsrigen in manchen oder sogar vielen Dingen ähnlich. So könnte ein zufälliger Besucher aus unserer Welt dort in dieser anderen Welt vielleicht problemlos existieren. Er könnte dort sogar das ein oder andere Bekannte vorfinden. Nur um dann doch festzustellen, dass eben dort, in dieser anderen Welt, so vieles sich von dem unterscheidet, was uns bekannt vorkommt.

$\mathcal{D}$ieser Gedanke ist sicher nicht neu, und trotzdem hat er mich, als ich dieser Idee ein wenig nachgegangen bin, immer weiter in seinen Bann gezogen und sehr fasziniert. So ist dieses Buch entstanden.

$\mathcal{A}$rthur C. Clark hat 1962 festgestellt:

»Jede hinreichend fortschrittliche Technologie ist von Magie nicht zu unterscheiden.«

$\mathcal{N}$atürlich kann man diesen Gedanken auch umkehren. Man stelle sich eine Gesellschaft vor, in der der Umgang mit nicht technologischen Fähigkeiten eine Selbstverständlichkeit ist. Eine Gesellschaft, in der die Wesen durch geistige Fähigkeiten den Zugang zu übergeordneten Strukturen entwickelt haben. Wir würden diese Fähigkeiten vielleicht als Magie bezeichnen.

Hat diese Gesellschaft diese Magie inzwischen so fortschrittlich entwickelt, dass sie diese alltäglich und nutzbar einsetzen können, könnte man formulieren:

»Jede hinreichend fortschrittliche, geistige Fähigkeit ist von Magie nicht zu unterscheiden.«

Für dieses Buch habe ich all meine Fantasie eingesetzt und mir viele Dinge einfallen lassen, die es bei uns nicht gibt. Dabei ist ein ganzes und neues Universum entstanden. Außerdem wollte ich meine Erzählung in ein größeres Bild, eine andere Form der Existenz, einbetten. So habe ich das Lichtwächterimperium erschaffen.

Nein, dort gibt es keine kämpfenden Raumstreitkräfte, keine Laserstrahlen, die gegnerische Raumschiffe verdampfen sollen. Das Lichtwächterimperium unterscheidet sich damit grundsätzlich von gängigen Vorstellungen über fremde Zivilisationen und weltenumspannenden Herrschaftsbereichen auf anderen Planeten in den Weiten des Weltalls.

In dieser Erzählung gibt es die Lichtwelt und die Möglichkeiten, die sich daraus ergeben, sind vielfältig. Sowohl die Lichtwelt als auch die Möglichkeiten sind ein selbstverständlicher Teil des Lebens aller Wesen. Wären wir dort zu Besuch, würde so vieles auf uns wie Magie und Zauberei wirken.

Wenn man eine Geschichte so erzählen will, hat das natürlich auch so seine Tücken. Denn ich muss meinen Lesern zumuten, dass sie mit einer Unmenge an neuen Begriffen und Konzepten klarkommen. Um genau dies zu erleichtern, habe ich am Ende des Buches mehrere Kapitel mit Begriffserklärungen gesetzt. Es werden Personen und Institutionen beschrieben und viele der in dieser Erzählung verwendeten Begriffe erläutert. Falls Sie also beim Lesen über etwas stolpern, das Ihnen fremd und

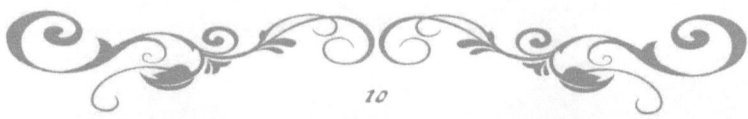

unverständlich erscheint, bitte ich darum, diese Kapitel am Buchende zum Nachschlagen zu verwenden. Oder Sie lassen sich beim Lesen einfach von der Geschichte mittragen, denn viele der Zusammenhänge erklären sich im weiteren Verlauf der Erzählung zumindest teilweise aus dem Kontext.

*E*s gibt auch noch eine dritte Möglichkeit: Sie nutzen die Weisheit des Korallenbaumes. Bei allen Kapitelanfängen gibt es einen QR-Code. Dieser führt ohne Umwege zu den Weisheiten des Korallenbaumes. Dort werden in Wort und Sprache die wichtigsten Personen, Institutionen und Begriffe dieses Kapitels erläutert. Wer mag darf also einfach den QR-Code scannen und die Weisheit des Korallenbaumes nutzen, ohne ans Ende des Buches blättern zu müssen!

*I*ch möchte noch einige Worte zu den Kapitelüberschriften verlieren. Wie in meinen Büchern üblich haben die Kapitel Nummern und hoffentlich neugierig machende Überschriften. In diesem Buch habe ich mich dazu entschieden, diese Überschriften in Sanskrit zu verfassen. Diese alte Sprache wird oft auch als die Sprache der Mantras bezeichnet, schließlich ist ihr Ursprung die Erzählungen und Schriften der Veden und damit einer uralten Sammlung der religiös mündlichen Überlieferungen im Hinduismus. So war mein Gedanke, diese für den Hinduismus so wichtige Sprache zum Symbol für eine Erzählung aus einer für uns fremden, faszinierenden Welt des Lichtwächterimperiums werden zu lassen. Daher sind die Kapitelüberschriften sowohl in Sanskrit in westlicher Schreibweise, in Zeichen der Sanskritschrift, als auch in deutscher Übersetzung aufgeführt. Ich bedanke mich herzlich bei Dr. Frank Köhler vom Asien-Orient-Institut der Eberhard-Karls-Universität Tübingen für seine selbstlose Hilfe bei der Übersetzung der Überschriften nach Sanskrit. Ohne diese wunderbare Unterstützung hätte ich die Idee der Sanskrit-Überschriften niemals umsetzen können. Alle eventuell noch vorhandenen Übersetzungsfehler sind somit einzig mir anzulasten.

Vielleicht nehmen Sie dies beim Lesen auch als Gedanke mit, dass Dinge in anderen Sprachen auch anders benannt werden, weil die Kultur dahinter eine andere ist. Dennoch fühlen und erleben wir die Dinge ähnlich auch wenn es zuerst befremdlich für uns klingt. Im Grunde sind sich die Wesen über die verschiedenen Welten hinweg ähnlich und fühlen in nahezu gleicher Weise.

Nun hoffe ich, Sie haben viel Spaß und Vergnügen beim Lesen dieses Buches. Lassen Sie sich entführen in die Erzählung um die

Die helle Wanderin

~ Der Große Verrat ~

I

smarana

समरणम्

~ Gedenken ~

*N*utze das Wissen des Korallenbaumes

*N*ur noch sporadisch kommt Shirkla-Sva-Ssil hierher. Die große Audienzhalle ist leer. Natürlich ist sie leer, schließlich befindet sie sich im alten Hof der Lichtgeschwister. Nur wenige Gebäude des alten Hofes sind heutzutage noch zugänglich, da sie nicht mehr intakt sind.

*D*as Hauptgebäude, in dem sich die große Audienzhalle befindet, hat die größten Schäden hinnehmen müssen. Damals, in den letzten Stunden der Katastrophe, die fast das Ende des Lichtwächterimperiums bedeutet hätte. Langsam schwebt er an den Wänden entlang. Immer wieder verharrt er vor einem der großen Bildnisse. Es sind Darstellungen von den bedeutenden Momenten in der Geschichte des Lichtwächterimperiums. Viele dieser Momente hat Shirkla-Sva-Ssil sogar selbst miterlebt. Er gehört der Spezies der Vo-Shirr an. Ursprünglich stammt er von der Gaswelt Sssaarritaiy. Vo-Shirr werden unglaublich alt. Ihre Gestalt gleicht schwebenden Federkugeln, was natürlich eine sehr praktische Körperform für Bewohner einer Gaswelt darstellt. Als junge Vo-Shirr leuchten die Federn, die von ihren Körpern in alle Richtungen hin abgehen, leuchtend weiß. Je älter ein Vo-Shirr wird, desto dunkler wird sein Federkleid.

*D*as Federkleid Shirkla-Sva-Ssil ist dunkelgrau, fast schwarz. Er ist unglaublich alt. Der Vo-Shirr lässt seine Federn ein Geräusch erzeugen, das wie ein Seufzen klingt. Dann schwebt er weiter. Durch seine ungewöhnlich enge Anbindung

an die Lichtwelt hält er auch auf Khalía, der Hauptwelt des Lichtwächterimperiums, seinen wie ein Ball aus Federn aussehenden Körper immer in der Schwebe.

*W*ie schon so oft sinniert er über die Lichtwelt, diese für alle Welten so bedeutsame Kraft. In all den Sonnenzyklen hat er nach einer verständlichen Beschreibung für die Lichtwelt gesucht. Für ihn als Vo-Shirr ist die Anbindung an diese alles umfassende Verbindung zwischen allen Wesen dieser Welt und allen anderen Welten so selbstverständlich, dass dafür keine weitere Beschreibung nötig wäre. Aber Wesen mit weniger Anbindung an die Lichtwelt bitten ihn oft um Worte der Erklärung, um eine Beschreibung davon. Jedoch hat er in all den Sonnenzyklen seiner Existenz auf diese Frage noch nie eine wirklich gute und umfassende Antwort geben können. Oft stellt sich sein Gegenüber die Lichtwelt als Ort vor. Dabei ist die Anwendung eines Konzeptes einer räumlichen Struktur in der Lichtwelt so unmöglich wie unnötig. Es blieb ihm meistens nur der Begriff einer verbindenden Struktur, die alle Welten und Wesen gleichermaßen in Kontakt hält. In seltenen Fällen konnte er mit seinem Gesprächspartner diese Überlegung vertiefen und so auch alternative Existenzen oder Welten in die Überlegungen zur Lichtwelt einbringen. Er erinnert sich an diesen besonderen Mann, der durch die Lichtwelt nach Khalía kam, als wäre es nur wenige Sonnenläufe her. Er erinnert sich nur zu gut an all die fantastisch anmutenden Dinge, die er dadurch verstehen, lernen durfte.

*S*hirkla-Sva-Ssil ruft sich zur Ordnung. Mit Bedauern hat er in letzter Zeit bemerkt, dass mit zunehmendem Alter seine Gedanken oft sehr abstrakte Wege beschreiten. Aber an diesem besonderen Tag möchte er den Ereignissen gedenken, die den großen Verrat schließlich aufgedeckt und beendet haben. Eine Zeit lang verweilt er vor dem nächsten Bildnis. Dann gibt er sich einen Ruck. Soselir er die Geschichten liebt, die diese Bildnisse erzählen, nutzt er heute das Verweilen vor ihnen als Ausrede.

Als Ausrede dafür, sich dem letzten Bild zuwenden zu müssen, das in großen Audienzhalle am alten Hof der Lichtgeschwister aufgehängt wurde. Langsam setzt sich die Federkugel in Bewegung. Quer durch den Raum hin zur hinteren Wand. Hier sind die Spuren der Kämpfe noch deutlicher zu sehen. Mit Trauer im Gemüt nimmt er die Szenerie wahr.

Vo-Shirr sehen gleichzeitig in alle Richtungen, also müssen sie sich nicht umschauen. Das bedingt jedoch gleichzeitig, dass sie sich nicht abwenden können.

Shirkla-Sva-Ssil bewegt sich langsam durch den Raum. Immer wieder verweilt er an einer der Narben im Gemäuer. Der Kampf war fürchterlich, daran kann er sich noch genau erinnern. Diese Fähigkeit, sich ganz genau und detailliert zu erinnern, ist eine weitere Besonderheit, die den Vo-Shirr gegeben ist. Für ihn jedoch ist dies inzwischen oft mehr ein Fluch als eine Gabe. Gerade möchte sich Shirkla-Sva-Ssil auf die Reise in seine Erinnerung machen, als hinter ihm mit lautem Quietschen die großen Torflügel geöffnet werden.

*E*s strömt eine fröhliche Menge sehr junger Oh-Khalí herein. Zuerst ist Shirkla-Sva-Ssil verärgert über diese Störung. Gerade heute, am Tag des Gedenkens, wäre er lieber alleine gewesen. Normalerweise kommt auch niemand mehr hierher. Außer ihm, dem uralten Vo-Shirr-Gelehrten. Ausgerechnet heute scheint diese Regel nicht zu gelten. Schwatzend und kichernd verteilen sich die jungen Oh-Khalí im Raum. Dann werden die ersten, begeisterten Rufe laut. Die Rasselbande hat das Bildnis der Eroberung der Sonnentauwelt entdeckt. Die grauschwarze Federkugel des Vo-Shirr dagegen hat noch niemand bemerkt. Jetzt folgen den jüngeren zwei ältere Oh-Khalí. Shirkla-Sva-Ssil erkennt an ihren gelben Roben, dass es Lichtzeiger sind. Er erinnert sich wieder daran, was ihm der engste Berater der amtierenden Lichtgeschwister vor einigen Sonnenläufen hat mitteilen lassen. Heute, wo der Tag des großen Verrates elfmal elfmal elf Sonnenzyklen zurückliegt, wird einer besonders ausgewählten Gruppe von jungen und verdienten Schülern der

Gilde der Lichtzeiger die Ehre zuteil, diesen geschichtsträchtigen Ort zu besuchen. Wie es jungen Wesen so zu eigen ist, verbinden diese jungen Oh-Khalí keine Emotionen mit der Geschichte. Für diese fröhliche Gruppe ist diese Geschichte lediglich etwas, das sie zu lernen haben. Es ist nichts, das ihr Inneres berührt. Wieder lässt Shirkla-Sva-Ssil ein Seufzen aus seinem grauschwarzen Federkleid erklingen. Da bemerkt eine der Lichtzeigerinnen den Vo-Shirr. Erschrocken blickt sie ihn an, sogleich wendet sie sich tuschelnd an ihren Begleiter. Die Lichtzeiger-Gilde sind die Lehrer der Wanderer. Diesen beiden Lichtzeigern ist das zweifelhafte Vergnügen gewährt worden, die quirlige Gruppe junger Oh-Khalí, die sich in der Ausbildung zu Wanderern befinden, heute zu begleiten. Shirkla-Sva-Ssil möchte eigentlich ärgerlich werden, schließlich wollte er alleine das Gedenken an den großen Verrat begehen. Aber die Freude und die Neugier, die von der Gruppe der Wanderer-Schüler ausgeht, ist sogar für ihn ansteckend. So besinnt er sich auf eine Tugend, die er schon viele, viele Sonnenzyklen nicht mehr eingesetzt hat. Er wartet geduldig darauf, was weiter geschieht.

*E*in weiterer Oh-Khalí betritt den Raum. Resolut schreitet er, gekleidet in die schwarze Robe der Lichtwächter, nach vorn und will gerade die Gruppe der jungen Oh-Khalí zur Ordnung rufen. Da fällt sein Blick auf die schwebende, grauschwarze Federkugel weiter hinten im Raum. Shirkla-Sva-Ssil kann erkennen, dass der junge Lichtwächter nun unsicher wird, wie er sich verhalten soll. Selbstverständlich ist dem Lichtwächter sofort klar, wen er da gerade erblickt. In den Kreisen der Lichtwächter ist der Ruf des Vo-Shirr legendär und er wird noch heute, viele Sonnenzyklen nach dem Großen Verrat, von dieser Gilde verehrt. Außerhalb der Lichtwächter-Gilde ist weder der Vo-Shirr-Gelehrte noch dessen Rolle in den dunklen Zeiten damals während des Großen Verrates bekannt. Die jungen Wanderer haben bemerkt, wohin der Blick des Lichtwächters ging. Neugierig nähern sie sich ihm. Ein lebendes Wesen ist allemal interessanter als langweilige Bildnisse. Ein solches Wesen wie den Vo-Shirr haben sie noch

nie gesehen. Der Lichtwächter versucht, sich durch die Gruppe hindurchzuarbeiten, um sich schützend vor dem Vo-Shirr zu positionieren. Aber die Neugier der jungen Oh-Khalí siegt. Schließlich stehen sie staunend um die grauschwarze Federkugel herum, die in knapp einem Vlakstock Höhe vor dem letzten Bildnis schwebt.

$\mathscr{D}$ie gerade noch fröhlichen Stimmen werden leiser, ein Tuscheln setzt ein. Eine noch ganz junge Oh-Khalí, sie kann bestenfalls acht oder neun Sonnenzyklen alt sein, steht genau vor Shirkla-Sva-Ssil und blickt ihn aus großen, neugierigen Augen an. Ihr blaues Hautfell schimmert wunderbar gesund. Die braunschwarzen Augen mustern den Vo-Shirr ohne Angst. Schließlich fragt sie ihn mit leiser, kindlicher Stimme: »Wer bist du?«

$\mathscr{D}$a trifft der Vo-Shirr eine Entscheidung. Langsam lässt er sich absinken, sodass er genau vor dem Gesicht des Mädchens schwebt. Er lässt sein Federkleid ein leises Lachen produzieren und schließlich antwortet er dem Mädchen: »Ich bin Shirkla-Sva-Ssil. Und wie nennst du dich, kleine Oh-Khalí?«

$\mathscr{E}$nergisch strafft sich das Mädchen und stellt sich mit großem Ernst vor: »Ich heiße Kkhil-Oh T~es M`aru. Ich werde einmal eine große Wanderin sein.«

$\mathscr{B}$ei der Nennung des Namens durchfährt es den uralten Vo-Shirr heiß. Sofort mustert er die junge Oh-Khalí genauer. Nun erkennt er die Verwandtschaft. Das Gefühl der Wehmut, verbunden mit einem fast verloren geglaubten Gefühl der hellen Erinnerung, durchströmt sein Wesen.

$\mathscr{D}$ie Lichtzeigerin hat die Gruppe inzwischen ebenfalls erreicht. Sie versucht, die Situation zu retten: »Also, junge Wanderer, was zeigt uns dieses Bildnis? Es zeigt uns...«

$\mathcal{D}$er Vo-Shirr schwebt kurz nach oben und der Lichtzeigerin wird, ohne dass er ein Wort verlieren muss, klar, dass er es sehr begrüßen würde, wenn sie schweigt.

$\mathcal{D}$en jungen Wanderern spüren sofort die natürliche Autorität, über die diese schwebende Federkugel verfügt. Kinder spüren so etwas, das war schon immer so. Das Getuschel wird leiser. Inzwischen hat sich der Lichtwächter hinter den Vo-Shirr gestellt. Auch er schweigt und beobachtet die Szene neugierig. Er scheint zu spüren, dass sich gerade etwas sehr Besonderes ereignet.

$\mathcal{S}$hirkla-Sva-Ssil sinkt wieder auf die Augenhöhe der jungen Wanderin herab. Dann beginnt er, leise zu sprechen: »Es ist mir eine Ehre, Kkhil-Oh T~es M`aru. Ich bin mir sicher, dass du einmal eine besonders große Wanderin wirst. Sage mir, warum seid ihr alle heute hier?«

$\mathcal{E}$ifrig nickt Kkhil-Oh T~es M`aru und antwortet mit einer Stimmlage, die erahnen lässt, dass die Antwort ein auswendig gelernter Text ist: »Wir besuchen den alten Palast der Lichtgeschwister und gedenken des Tages des Großen Verrates, an dem das Lichtwächterimperium aus großer Gefahr gerettet wurde.«

$\mathcal{Z}$ufrieden damit, dass sie diesen komplizierten Satz fehlerfrei aufsagen konnte, grinst Kkhil-Oh T~es M`aru den Vo-Shirr fröhlich an. Wieder lässt er sein Federkleid ein leises Lachen produzieren. Dann schwebt er etwas höher, sodass er sich an die ganze Gruppe wenden kann: »Der Große Verrat war wahrlich eine schlimme Sache. Aber sagt mir, wollt ihr eine Geschichte hören? Ich könnte euch zum Beispiel erzählen, was damals wirklich geschah.«

$\mathcal{E}$inen Moment herrscht verdutztes Schweigen. Dann sind begeisterte Rufe zu hören. Natürlich sind diese jungen Wanderer an Geschichten interessiert. Sogar die beiden Lichtzeiger sind

jetzt neugierig geworden.

$\mathscr{S}$hirkla-Sva-Ssil ist berührt von dieser Begeisterung. Zum ersten Mal seit unzähligen Sonnenzyklen spürt er, dass er sich gerne daran erinnert, was damals geschah.

$\mathscr{S}$o beginnt er zu reden: »Also schön. Ihr setzt euch am besten vor diesem Bild im Halbkreis auf den Boden. Denn es wird eine lange Geschichte, das kann ich euch schon einmal verraten. Wollt ihr sie wirklich hören?«

$\mathscr{L}$aut schallt im die Begeisterung der jungen Wanderer entgegen. Nach einem Moment des Durcheinanders haben sich alle in einem Halbkreis vor das Bildnis gesetzt. Alle blicken ihn erwartungsvoll an.

$\mathscr{S}$hirkla-Sva-Ssil schwebt etwas höher und beginnt zu erzählen: »Dieses Bild dort hinter mir zeigt die beiden Oh-Khalí, die unsere Welt vor dem Verderben bewahren konnten, damals in den Zeiten des Großen Verrats.«

$\mathscr{I}$nzwischen ist es vollkommen still im Raum. Atemlos lauschen die jungen Wanderer seiner Erzählung.

»Aber wie kam es dazu? Wie konnten zwei einfache Oh-Khalí, ein junger Lichtwächter und eine genauso junge Wanderin, das Lichtwächterimperium retten?«

$\mathscr{S}$hirkla-Sva-Ssil macht eine Pause. Er muss sich besinnen, denn er lässt es heute zum ersten Mal seit unzähligen Sonnenzyklen zu, dass er sich an die wahre Geschichte erinnert.

$\mathscr{D}$er Vo-Shirr sinkt für einen Moment auf Augenhöhe zu der jungen Wanderin, die ihn als erste angesprochen hat.

»Und stell dir vor, die Oh-Kahlí, von der ich als Erstes erzählen werde, heißt ganz ähnlich wie du!«

$\mathcal{S}$hirkla-Sva-Ssil kann sehen, wie die Augen der jungen Oh-Kahlí größer werden, ihre Neugier ist förmlich greifbar. Zufrieden steigt der Vo-Shirr wieder etwas auf, so dass er nun zu allen sprechen kann.

»Es begann ganz weit weg von hier. Weit oben im Norden, dort, wo der riesige und uralte Gehrbaumwald steht.«

II

cancalatā

चञ्चलता

~ Unruhe ~

*N*utze das Wissen
des Korallenbaumes

*K*khil T~es M`aru bewegt sich vorsichtig durch den Wald. Seit vielen Sonnenzyklen wandert sie schon über Khalía. In dieser Zeit hat sie schon so manchen Wald durchquert, auch die großen Gehrbaumwälder ganz weit unten im Süden an den Eisfällen. Aber dieser Wald hier ist anders. Sie blickt vorsichtig nach oben. Die Gehrbäume in diesem Wald sind geradezu gigantisch. Nur noch ein Hauch des roten Lichtes von Sintkana, der roten Sonne von Khalía, erreicht den Boden des Waldes. Aber das macht Kkhil keine Sorgen. Schließlich kann sie die Wahrnehmung ihrer Augen mit einem kleinen Gebetsmantra und einem kurzen Lichtgesang an die Gegebenheiten anpassen. Das ist eine der Fähigkeiten, die sie als Wanderin über die Welten beherrschen muss.

*S*ie blickt sich immer wieder um im Gefühl, dass etwas oder jemand schon fast bei ihr ist. Aber noch immer kann sie nichts erkennen. Nur ihr Lichtsinn lässt sie glauben, dass da doch etwas ist. Wie immer, wenn sie sich unter Gehrbäumen bewegt, geht ihr Blick regelmäßig nach oben. Die Spürranken dieser Bäume müssen wahrlich mächtig sein, so groß wie die Gehrbäume hier sind. Und tatsächlich kann sie weit oben im vergehenden Licht von Sintkana sehen, wie sich die Spürranken beginnen zu entrollen. Bald verschwindet Sintkana und die grüne Sonne, Kohmatok, wird die Hauptwelt des Lichtwächterimperiums in den unwirklichen Schein ihres grünen Leuchtens tauchen.

*K*khil seufzt und schließt die Augen. Nein, heute wird sie diesen Wald auf ihrer Wanderung nicht mehr hinter sich lassen können. Dafür ist sie einerseits zu müde und andererseits ist es gefährlich, sich im grünen Licht von Kohmatok unter den Gehrbäumen zu bewegen. Selbst für eine erfahrene Wanderin, wie sie es ist. Sie blickt sich um und entscheidet dann spontan, ihr Lager genau hier und jetzt aufzuschlagen.

*N*un setzt sie den schweren Rucksack ab und legt die Ssvolyk-Lanze vorsichtig daneben zu Boden. Einmal dreht sie sich im Kreis. Noch immer ist nichts und niemand zu sehen. Wenn sie ihren Augen glauben darf, ist sie alleine mit den Gehrbäumen. Aber ihr Lichtsinn täuscht sie nie. Etwas will zu ihr und will sie erreichen. Sie spürt es genau. Ärgerlich schüttelt sie den Kopf und ruft sich im Geiste zur Ordnung. Wenn etwas in der Lichtwelt geschieht, kann man es nicht beeinflussen. Man kann lediglich beobachten, so man über einen Lichtsinn verfügt. Sie geht der Reihe nach zu den Gehrbäumen, die ihren Lagerplatz umgeben. Sie lehnt den Kopf an jeden Stamm und berührt mit der Stirn die warme Haut des gehrbaumes. Dann rezitiert sie lautlos ein Mantra und schenkt so jedem von ihnen eine winzige Menge Licht. Das ist ihr Obolus dafür, dass die Gehrbäume ihre Anwesenheit hinnehmen und ihre Spürranken von ihr fernhalten.

*A*ls sie den letzten Baum beschenkt hat, wendet sie sich um. Ihr Lichtsinn lässt sie spüren, wie sehr sich etwas in der Lichtwelt wünscht, in ihre Gegenwart einzutreten. Nachdenklich geht sie zurück zu ihrer Ssvolyk-Lanze und nimmt sie auf. Ein letztes Mal blickt sie sich misstrauisch um. Sie ist alleine in diesem Gehrbaumwald. Nach einem tiefen Atemzug beginnt sie zu meditieren. Sie will in die Lichtwelt blicken, um diesem Gefühl ihres Lichtsinns endlich auf den Grund zu gehen.

III

anuvittiḥ
अनुवित्तिः
~ Finden ~

*E*nttäuscht schlägt sie die Augen auf. So etwas ist ihr tatsächlich noch nie passiert. Obwohl ihre Meditation wie üblich weich und elegant gelang, konnte sie keinen Zugang zur Lichtwelt finden. Egal, welchen Farbstrom sie gewählt hat, immer wurde ihr Wunsch auf Eingang zur Lichtwelt höflich, aber bestimmt zurückgewiesen. Natürlich war es ihr noch nie gelungen, weiter als bis knapp über diese Grenze zu blicken. Dorthin jedoch war sie immer gelangt. Nur heute konnte sie keinen Zugang finden. Als ob sie ein kleines Kind wäre, dessen Reife nicht ausreicht für einen Zugang zur Lichtwelt. Sie überlegt, ob sie es erneut versuchen sollte. Nachdenklich umfasst sie das Medaillon, das sie um den Hals trägt. Aber natürlich ist ihr bewusst, dass auch dieser zweite Versuch so kläglich scheitern wird wie der erste. In diesem Moment spürt ihr Lichtsinn, dass dieses Etwas, das sie erreichen will, immer stärker wird. Grimmig schließt sie wieder die Augen. Wenn dieses Unbekannte sie unbedingt erreichen möchte, dann will sie ihm, mutig entgegen schauen. Erneut beginnt sie zu meditieren. Dieses Mal strebt sie nicht den Eingang zur Lichtwelt an. Sie lässt ihren Geist auf die Suche nach dem drängenden Unbekannten schweifen. Sie spürt dieses Etwas deutlich. Zuerst hat sie das Gefühl, dass es dort verharren will, wo es gerade ist. Dann wird ihr schlagartig klar, dass dieses Etwas hilflos ist, ohne Orientierung zwischen der körperlichen Existenz und der Lichtwelt. Sie spürt ein Gefühl der Sorge und Furcht, das von

diesem Unbekannten ausgeht. Sie weiß aus den Erzählungen
der alten Wanderer, dass so etwas sehr gefährlich werden kann.
Aber bei diesem Etwas hat sie das Gefühl, das es ihr nicht
schaden will, ja sogar ihre Hilfe benötigt. Sie erinnert sich an
den fast verzweifelten Ausdruck ihres Lichtzeigers während ihrer
Lernzeit als junge Wanderin. Dieser milde, alte Mann hat diesen
immer dann aufgesetzt, wenn wieder einmal die Spontanität
ihre Handlungen bestimmt hat und nicht die helle und weise
Einschätzung einer Wanderin. Genauso ist es auch jetzt wieder.
Sie wendet sich dem Etwas zu und weist ihm den Weg heraus aus
der Lichtwelt in die körperliche Existenz. Es zögert zuerst, doch
dann spürt ihr Lichtsinn, wie es sich auf den Weg macht, den sie
ihm gezeigt hat.
Sie öffnet die Augen und blickt sich wachsam um. Unbewusst
fasst sie die Ssvolyk-Lanze fester und mit beiden Händen.

$\mathcal{L}$ange Zeit geschieht nichts. Sie vermutet schon, dass dieses
Etwas einen anderen Weg genommen hat. Dann bemerkt sie links
von sich, ganz dicht bei einem Gehrbaum, ein Flimmern der Luft.
Es sieht aus, als ob die Luft in einem kreisförmigen Bereich kurz
dunkler würde und sich in Wirbeln bewegt. Der Kreis dehnt sich
aus. Er wird oval und verschwindet übergangslos.
Zurück bleibt ein Mann, der aus der Höhe eines halben Vlakstock
zu Boden plumpst.

$\mathcal{S}$ie keucht. Damit hat sie nun überhaupt nicht gerechnet.
Vorsichtig nähert sie sich dem Mann. Er ist groß und muskulös,
soweit sie das aus einigen Schritten Entfernung erkennen kann.
Seine Haare sind lang und von heller Farbe. Seine Haut ist
seltsam rosa und gänzlich ohne Fell. Er trägt eine Art Hose,
die aus einem sehr dicken, blauen Material gefertigt ist. Kkhil
hat solch ein Material noch nie gesehen. Das Blau ist nicht
gleichmäßig. Es ist heller über den Knien des Mannes. Für einen
kurzen Moment befürchtet sie, dass der Mann tot ist. Aber dann
kann sie sehen, wie sich seine Brust unter dem weißen Oberkleid,
das er trägt, hebt und senkt. Wieder betrachtet sie fasziniert die

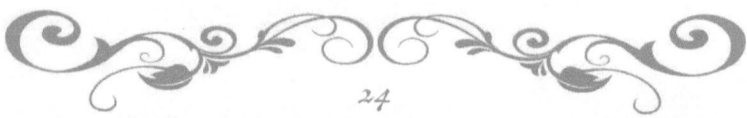

Haut seiner Arme, die aus den Ärmeln des weißen Brustkleides hervorschauen. Diesen rosigen Farbton hat sie noch nie gesehen. Im Lichtwächterimperium haben alle die Hautfarbe ihres Geburtssonnenzyklus. Ihr Hautfell ist weich und blau, schließlich ist sie im dritten Herindt des Blausonnenzyklus geboren. Aber sie hat noch nie von einem Sonnenzyklus gehört, der einen mit einer solchen Haut versieht. Das ist sehr seltsam. Vorsichtig nähert sie sich dem Mann weiter. Er liegt halb auf der Seite, sodass sie niederknien muss, um sein Gesicht zu betrachten, das ebenfalls einen rosigen Farbton hat. Die Hautfarbe und das fehlende Hautfell sind so seltsam, dass Kkhil sich nicht entscheiden kann, ob dies exotische Attraktivität oder eher abstoßende Hässlichkeit ausstrahlt. Sie sinniert gerade über diesen Umstand, als er übergangslos die Augen öffnet. Sie haben das leuchtende Blau der Sonne UuSintakor'ah, die nur einmal alle einhundert Sonnenzyklen ihre Welt erleuchtet. Kkhil T~es M`aru versinkt in diesen magisch blauen Augen. Dann richtet sich der Mann etwas auf. Sie weicht erschrocken zurück und steht flink auf. Die Ssvolyk-Lanze im Anschlag schüttelt sie warnend den Kopf: »Bleib, wo du bist.«

$\mathcal{D}$er Mann blickt sie verwirrt an. Dann setzt er sich vollends auf und schaut sich um. Sein Gesichtsausdruck zeigt ihr, dass die Umgebung für ihn vollkommen fremd ist. Er wendet sich ihr wieder zu und versucht zu sprechen. Aber kein Laut kommt über seine Lippen. Ärgerlich schüttelt er den Kopf, er versucht erneut zu reden. Es ist noch nicht einmal ein Krächzen zu hören. Der Mann ist stumm. Auch er erkennt das jetzt und seine ganze Haltung zeigt die Verzweiflung darüber. Mit dem Blick eines verletzten Helkamar schaut er zu ihr auf. Sie spürt seine Verzweiflung.
Doch plötzlich spürt sie noch etwas: Dieser Mann steht ihr zwar direkt gegenüber, aber er hat eine unglaublich starke Verbindung in die Lichtwelt. Er war es, den sie die ganze Zeit über gefühlt hat. Wieder handelt sie spontan. Sie geht auf den Mann zu und reicht ihm die Hand um ihm beim Aufstehen zu helfen.

Zögerlich blickt er auf ihren ausgestreckten Arm. Dann hebt er seinen Arm, hält ihn neben ihren und betrachtet beide lange Zeit. Endlich blickt er auf und schaut sie fragend an. Sie ahnt, was den Mann bewegt, und nickt vorsichtig. Er streckt einen Finger aus und fährt über ihre Haut. Das feine, blaue Hautfell wird kurz hell, dort wo er darüber streicht. Der Mann schüttelt verwundert den Kopf. Schließlich schaut er wieder zu ihr hoch und ergreift ihre Hand. Mit ihrer Hilfe kann er aufstehen, ist aber noch etwas wackelig auf seinen Beinen. Seine Füße sind nackt, bemerkt Kkhil T~es M`aru jetzt erst. Erneut schaut er sich um und wieder kann sie in seinem Blick erkennen, dass ihm alles unbekannt ist, was er sieht. Vorsichtig nimmt sie die Ssvolyk-Lanze in die linke Hand und lässt sie nach oben weisen. Das ist das universelle Symbol dafür, dass sie nicht beabsichtigt, ihm ein Leid zuzufügen. Er lächelt ihr dafür dankbar zu. Die Wanderin schaut ihm in die Augen und wieder hat sie das Gefühl, dass sie in diesem wunderbaren Blau seiner Augen versinkt. Sie will sich sogar darin verlieren. Um auf andere Gedanken zu kommen, klopft sie sich mit der rechten Hand auf die Brust: »Kkhil T~es M`aru«

*E*r scheint zu verstehen, was sie meint, und dann klopft er sich mit der Hand auf seine Brust. Wieder versagt seine Stimme. So wird das nichts, denkt sie sich und macht einen schnellen Schritt auf den Mann zu. Als sie genau vor ihm steht, fasst sie sich kurz mit drei Fingern der rechten Hand an die Stirn und dann berührt sie ihn mit diesen drei Fingern vorn am Hals. Die Haut ist warm, samtig und vollkommen glatt. Es fühlt sich anders an als ihre Haut mit dem weichen Hautfell. Sie überträgt ein wenig Licht an ihn. Erschrocken spürt er den Übergang und räuspert sich verblüfft. Die Wanderin nickt zufrieden.

Einen Moment lang schaut er sie wieder mit seinen wundervoll blauen Augen an, dann lächelt er. Erneut klopft er sich auf die Brust, räuspert er sich ein weiteres Mal. Und dann hört Kkhil zum allerersten Mal seine Stimme.

»Frank«

$\mathcal{S}$ ie schließt die Augen. Diese Stimme hat etwas in ihrem Innersten berührt. Wenn ihr zu diesem Zeitpunkt jemand sagt, wie wichtig dieses Gefühl für sie noch werden wird, würde sie ihm nicht glauben. Denn eines kann eine Wanderin sicher nicht: sie kann nicht in die Zukunft blicken.

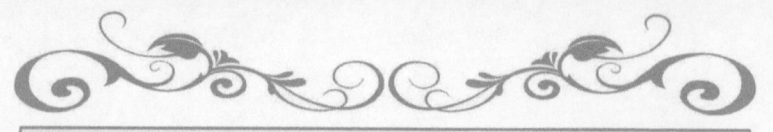

*S*hirkla-Sva-Ssil verharrt ruhig schwebend an der Kreuzung des großen Säulenganges des Lichtwächterpalastes. Obwohl seine Erscheinung selbst am Palast recht ungewöhnlich ist, nimmt keiner der vorbeikommenden Wesen ihn zur Kenntnis. Nur gelegentlich wird im grüßend zugenickt oder im Vorbeigehen höflich mit einer Hand zugewunken. Fast alle Bewohner des Lichtwächterimperiums sind humanoide Zweibeiner. Aber Shirkla-Sva-Ssil ist ein Vo-Shirr. Auf seiner Heimatwelt Sssaarritaiy ist seine Spezies die Einzige mit Fähigkeiten auf höheren Bewusstseinsebenen. Shirkla-Sva-Ssil wird dort als hoher Gelehrter verehrt. Inzwischen dient er seit vielen Sonnenzyklen am Hofe der Lichtgeschwistern, den Führern des Lichtwächterimperiums. Er hat schon viele Lichtgeschwister kommen und, zu seinem Bedauern, auch am Ende ihrer Lebensreise wieder gehen sehen. Schließlich werden Vo-Shirr sehr alt. Während er hier wartet, nach außen hin geduldig aber innerlich aufgewühlt, sinniert er darüber, wie wohl die Zukunft des Lichtwächterimperiums aussehen wird. Die amtierenden Lichtgeschwister sind schon seit über achtmal elf Sonnenzyklen im Amt. Shirkla-Sva-Ssil nimmt Bedauern zur Kenntnis, dass sich die Zeit der Lichtgeschwister in dieser Existenz dem Ende zuneigt. Vor allem der Gesundheitszustand vom Lichtbruder lässt in letzter Zeit zunehmend zu wünschen übrig, obwohl sich die fähigsten Lichtheiler des Lichtwächterimperiums um ihn bemühen. Aber der Lauf der Zeit ist jedoch irgendwann nicht

mehr aufzuhalten.

$\mathcal{I}$m Äquivalent eines lauten Seufzens spreizt er sein gesamtes Federkleid, sodass seine kugelförmige Erscheinung sich kurz aufzublähen scheint. Dann zeigt er sich wieder in seiner üblichen Form: ein heller, weißer Ball, der rundum mit flaumweichen Federn versehen ist. Jede der Federn ist tatsächlich ein sehr feinfühliges Greiforgan und nach allen Richtungen beweglich. Mittels seiner legendär stark ausgeprägten Anbindung an die Lichtwelt hält Shirkla-Sva-Ssil sich ungefähr drei Vlakstocklängen über dem mit feinen Mosaiken gestalteten Boden des Kreuzganges. Durch die Säulen wird er mystisch in das grün schimmernde Licht von Kohmatok, der dritten Sonne von Khalía, getaucht. Trotz der späten Stunde ist reger Betrieb im Lichtwächterpalast. Es herrscht eine unruhige Spannung, deren Ursache jedem klar ist, über die jedoch nahezu niemand spricht. Wenn der Lichtbruder seine Wanderung in dieser Existenz zu Ende bringt, dann ist es Zeit für neue Lichtgeschwister. Aber im Gegensatz zu allen früheren Zeiten hat noch niemand das Dunkle Zeichen gefunden oder auch nur einen Hinweis darauf aus der Lichtwelt entdeckt. Eben genau deshalb schwebt Shirkla-Sva-Ssil hier. Um seinem Ruf als Gelehrter gerecht zu werden, versucht er nach außen hin einen Eindruck von meditativer Ruhe und Erhabenheit zu erwecken. Was für ein Wesen seiner Art ein schwieriges Unterfangen ist, wie er sich wieder einmal eingestehen muss, obwohl er an dieser Stelle an der Kreuzung des großen Säulenganges ruhig in der Luft schwebt. Ein klein wenig schwingt er nach rechts oder links, steigt ein wenig auf und gleitet dann etwas tiefer. Das lässt den Eindruck entstehen, dass diese weiße Federkugel tatsächlich ein lebendes Wesen ist und nicht einfach nur ein dekoratives Objekt. Natürlich hat er die Wirkung des grünen Lichtschimmers, den Kohmatok gerade auf die Welt ergießt, eingeplant.

$\mathcal{D}$ann wird seine Geduld endlich belohnt. Weit hinten ist eine schwarz gekleidete, drahtige Gestalt zu erkennen. Mit festem,

sicherem Schritt kommt Uuhrtalon H~es M'ursur durch den Gang auf ihn zu. Mit großem Wohlwollen beobachtet er diesen jungen Mann. Sein tiefblau schimmerndes Hautfell kontrastiert elegant zu der schwarzen Robe, die er seit seiner endgültigen Berufung zum Lichtwächter mit großem Stolz und noch größerer Ernsthaftigkeit trägt.

*U*uhrtalon H~es M'ursur ist in Gedanken versunken, das ist offensichtlich. Sein Blick ist trotzdem aufmerksam, er prüft die Umgebung. Schließlich ist er ein Lichtwächter und als solcher ist die Wahrnehmung der Umgebung eine innere Verpflichtung. Shirkla-Sva-Ssil kann jedoch erkennen, dass das Innere dieses jungen Lichtwächters nicht auf das hier und Jetzt fokussiert ist, sondern gänzlich anderen Gedankenpfaden folgt.

*J*etzt hat der junge Lichtwächter den schwebenden Vo-Shirr-Gelehrten erreicht. Abrupt bleibt er stehen und blickt die schwebende Federkugel misstrauisch an. Dann besinnt er sich auf seine Manieren.

*E*r deutet eine Verneigung an: »Shirkla-Sva-Ssil, ich grüße dich.«

*D*er Vo-Shirr spreizt zur Erwiderung seine seitlichen Federn: »Uuhrtalon, wie gut, dass ich dich treffe!«

*D*er junge Lichtwächter seufzt. Natürlich ist ihm klar, dass dieses Treffen alles andere als zufällig ist, sondern vom Vo-Shirr-Gelehrten sorgfältig geplant wurde. Obwohl er die Begegnungen und Gespräche mit diesem Wesen voll hellen Verstandes sehr schätzt, so ist er doch gerade in großer Eile. Mit einem entschuldigenden Nicken antwortet er daher dem Vo-Shirr: »Bitte entschuldige, Shirkla, aber ich bin etwas in Eile. Lass uns später darüber reden, in Ordnung?«

𝒟er junge Lichtwächter will sich gerade zum Weitergehen abwenden, aber da lässt Shirkla-Sva-Ssil seine Federn ein raschelndes Geräusch erzeugen, das, mit etwas gutem Willen, als weiches, warmes Lachen durchgehen kann. Der Vo-Shirr schwebt auf den jungen Lichtwächter zu: »Ah, lass mich raten. Die Konklave der Lichtwächter hat dir eine dringende Botschaft geschickt und erwartet dein Kommen, so schnell es dir möglich ist.«

𝒰uhrtalon H~es M'ursur hält in seiner Bewegung inne und wendet sich jetzt dem vor ihm schwebenden Vo-Shirr zu. Er betrachtet ihn nachdenklich. Shirkla-Sva-Ssil lässt diese Musterung ohne Kommentar über sich ergehen, jedoch beobachtet er die Reaktion des jungen Lichtwächters genau. Innerlich zufrieden registriert er, dass er sich in diesem jungen Wesen nicht getäuscht hat. Ein solch wacher Verstand mit ungewöhnlich starker Anbindung an die Lichtwelt ist ungewöhnlich für einen Lichtwächter. Er wäre eher bei einem Wanderer zu vermuten. Dies ist einer der Gründe dafür, dass Shirkla-Sva-Ssil seit einiger Zeit diesem jungen Lichtwächter seine fürsorgliche Aufmerksamkeit angedeihen ließ.

»Also schön, Shirkla. Du hast mich neugierig gemacht. Was weißt du darüber?«

𝒮hirkla-Sva-Ssil wendet sich nach rechts und schwebt den Gang entlang. Der junge Lichtwächter folgt dem alten Vo-Shirr-Gelehrten mit nachdenklicher Miene. Ihm ist bewusst, dass wahrscheinlich Shirkla hinter dieser dringenden Botschaft der Konklave steckt. Seine Neugier ist endgültig geweckt. Der Vo-Shirr ist sicher dafür bekannt, ungeduldig zu sein, wenn jemand seinen oft bis zur Verwirrung komplexen Ausführungen nicht folgen kann. Aufgrund seines legendär hohen Alters hat er sicher auch beste Verbindungen zu allen Ebenen im Lichtwächterpalast. Der junge Lichtwächter ist sich sicher, dass Shirkla-Sva-Ssil sehr

wohl die Geschicke des Lichtwächterimperiums kontrollieren könnte. Er fühlt sich durch die Aufmerksamkeit, die ihm dieses hochstehende und mächtige Wesen seit längerer Zeit zukommen lässt, auch sehr geehrt. Aber Shirkla ist auch dafür bekannt, dass er, gleich einem gewieften Stronia-Spieler, die Dinge sich nach seinen Wünschen entwickeln lassen kann. Deshalb ist es für Uuhrtalon H~es M'ursur durchaus denkbar, ja sogar sehr wahrscheinlich, dass diese Botschaft der Konklave von dem alten Vo-Shirr-Gelehrten angestoßen wurde.

*J*etzt hat Shirkla-Sva-Ssil einen Durchgang zwischen den Säulen erreicht und schwebt hinaus in den Gartenbereich des Innenhofes, der von den Säulengängen eingerahmt ist. Das fahlgrüne Licht von Kohmatok lässt die Szenerie unwirklich erscheinen und das leicht grünlich schimmernde Federkleid des Vo-Shirr einen besonderen Kontrast zu den Pflanzen und Wegen bilden. Schließlich haben sie eine kleine Einbuchtung des Wandelganges erreicht und Shirkla-Sva-Ssil hält inne. Der junge Lichtwächter beobachtet ihn aufmerksam.

»Wie du sicher schon vermutet hast, habe ich diese Nachricht an dich veranlasst.«

*U*uhrtalon H~es M'ursur nickt einfach und hört weiter aufmerksam zu. Wie er es gewohnt ist, kommt der Vo-Shirr nun ohne Umschweife direkt auf den Punkt. »Tatsächlich habe ich eine Veränderung in der Lichtwelt beobachtet.«

*N*ach einer kurzen Pause fährt er fort: »Natürlich habe ich diese Beobachtung mit den Lichtzeigern geteilt, schließlich sind diese als Ausbilder der Wanderer die Wesen mit der engsten Anbindung an die Lichtwelt hier im Palast.«

*U*uhrtalon H~es M'ursur nickt verwundert. Normalerweise neigt der Vo-Shirr nicht zur Wiederholung von allgemeinen Bekannten.

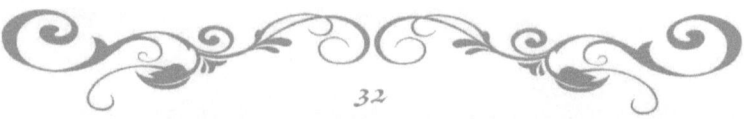

»Zu meiner Verblüffung aber hat niemand außer mir diese Beobachtung gemacht.«

*J*etzt richtet sich der junge Lichtwächter auf: »Was soll das heißen? Du hast etwas in der Lichtwelt bemerkt, das die Lichtzeiger nicht bemerkt haben? Das kann doch nicht sein!«

*D*er Vo-Shirr lässt sein Federkleid ein seufzendes Geräusch produzieren, bevor er fortfährt: »Das sollte man meinen. Vielleicht ist derzeit die Aufmerksamkeit der Lichtzeiger durch den Gesundheitszustand des Lichtbruders gebunden. Aber wie, dem auch sei, ich habe die Erlaubnis der Lichtschwester bekommen, der Sache nachzugehen.«

*U*uhrtalon H~es M'ursur holt scharf Luft. Er vergisst immer wieder, über welche Verbindungen dieser Vo-Shirr verfügt. Die Lichtschwester selbst hat ihm erlaubt, der Sache nachzugehen. Damit verfügt Shirkla-Sva-Ssil über fast unbegrenzte Handlungsvollmacht. Nachdenklich schaut er den Vo-Shirr-Gelehrten an und stößt überrascht hervor: »Das ist sicher eine große Ehre für dich, Shirkla. Aber ich frage mich, was ein junger Lichtwächter wie ich mit dem allem zu schaffen hat? Schließlich bin ich sicher so unbedeutend, dass die Lichtschwester nicht einmal von meiner Existenz weiß.«

*W*ieder ertönt das einem leisen Lachen ähnelnde Geräusch aus dem Fellkleid des Vo-Shirr, als er antwortet: »Deine Bescheidenheit ehrt mich. Aber tatsächlich habe ich die Lichtschwester darum gebeten, dass mich ein Lichtwächter auf meiner Suche begleitet.«

*W*ieder atmet Uuhrtalon H~es M'ursur tief ein. Ihm schwant, dass dieser Moment seinen Lebensweg in gänzlich neue Richtungen lenken würde. Leise antwortet er dem Vo-Shirr: »Soll womöglich ich dieser Lichtwächter sein, der dich begleitet?«

$\mathcal{D}$ie Federkugel gleitet indessen ganz dicht an den Uuhrtalon H~es M'ursur heran. Einen Moment verharrt der Vo-Shirr so, dann spricht er leise, aber sehr nachdrücklich weiter: »Das wird eine große Herausforderung. Ich spüre es genau. Des weiteren vermute ich, dass es weder einfach noch ungefährlich ist, mich zu begleiten. Bist du bereit dazu, Uuhrtalon H~es M'ursur?«

$\mathcal{N}$achdenklich schließt der junge Lichtwächter die Augen. Dann öffnet er sie und blickt die weiße Federkugel vor seinem Gesicht ernst an. Mit ernstem Ton beantwortet er die Frage: »Es ist mir eine Ehre, Shirkla-Sva-Ssil. Ich begleite dich.«

$\mathcal{N}$ach einem weiteren Atemzug spricht er in vorgetäuscht leichtem Umgangston weiter: »Wann soll es losgehen und vor allem wohin?«

$\mathcal{D}$er Vo-Shirr setzt sich wieder in Bewegung. Er schwebt zurück zum Durchgang, durch den sie den Garten betreten haben.

»Es geht natürlich sofort los. Hast du schon einmal den großen Gehrbaumwald im Norden besucht? Nein? Na, dann wird es Zeit dafür.«

$\mathcal{E}$rschrocken folgt der junge Lichtkrieger dem Vo-Shirr-Gelehrten. Ihm wird kalt, als er daran denkt, dass es in einen Gehrbaumwald geht. Normalerweise durchstreifen nur erfahrene Wanderer solche Wälder. Dann strafft er seine Schultern und nimmt sich vor, mit Zuversicht an diese Aufgabe heranzugehen. Die nagende Sorge verbannt er ganz weit nach hinten in seine Gedanken.

V

tamas

तमः

~ *Dunkelheit* ~

Nutze das Wissen
des Korallenbaumes

$\mathscr{K}$khil T~es M`aru wälzt sich unruhig im Schlaf. Ihre Träume lassen sie nicht zur Ruhe kommen. Als sie diesen Mann endlich etwas beruhigt hatte, er etwas Wasser getrunken und schließlich auch die getrockneten Oohzlima-Beeren als Nahrung angenommen hat, wurde er plötzlich müde und legte sich nieder. Sie haben fast gar nichts gesprochen, obwohl Kkhil T~es M`aru seine Sprachfähigkeit vollständig wiederhergestellt hatte. Die Eindrücke hier im Wald der großen Gehrbäume haben ihn überfordert, da ist sie sich sicher. Sie hatte das sichere Gefühl, dass ihn sein Weg durch die Lichtwelt viel Kraft gekostet hat. Den schlafenden Mann hat sie mit einer ihrer Decken aus ihrem Rucksack zugedeckt, denn im Gehrbaumwald wird es nachts oft kühl und feucht.

$\mathscr{S}$chließlich hat sie selbst etwas getrunken und einige Oohzlima Beeren gekaut. Nach ein wenig Meditation und einem Schlafmantra hat sie sich dann selbst zur Ruhe gelegt und ist im grünlichen Schimmer der wenigen Strahlen von Kohmatok, die es ganz hier herunter bis auf den Boden des Gehrbaumwaldes geschafft haben, eingeschlafen.

$\mathscr{I}$hr Schlaf ist jedoch äußerst unruhig. Nur halb bewusst ist sie in der Traumwelt, aber sie spürt die Annäherung von dunklen Ereignissen. Normalerweise hat sie selten schlechte Träume, schließlich ist sie als Wanderin in der Lage, ihre Gedanken und Visionen sehr bewusst zu reflektieren. In dieser Nacht jedoch

spürt sie, dass die Geschicke der Welt sich entwickeln und sie einen wesentlichen Teil zu dieser Entwicklung beiträgt. Als schließlich dieser Mann, Frank, ihre Träume betritt. Frank, der so seltsam hellrosafarbene Haut hat und diese unendlich tiefen, blauen Augen, in die sie schon bei ihrem ersten Blick versinken wollte, bestimmt jetzt ihren Traum. Nun wird ihr Schlaf so unruhig, dass sie schließlich aufwacht.

*E*s ist fast dunkel um sie herum. Sie schließt noch einmal die Augen und rezitiert ein kurzes Mantra der Wahrnehmung. Sie kann die Gehrbäume spüren und auch deren Spürranken, die weit oben durch die Luft angeln. Sie kann den Waldboden spüren, das Leben in ihm. Sie spürt sich, wie sie in der kleinen Lichtung, umrundet von den riesigen Gehrbäumen, liegt. Aber sie kann den Mann nicht spüren. Als sie diese Wahrnehmung erreicht, springt sie alarmiert auf und greift instinktiv nach ihrer Ssvolyk-Lanze, die sie wie üblich vor dem Einschlafen griffbereit neben sich abgelegt hatte. Jetzt, wo sie steht, spürt sie ihre Aufregung und ihr schnell schlagendes Herz. Für einen kurzen Moment schließt sie erneut die Augen und beruhigt ihr Inneres. Es droht ihr keine Gefahr. So gestärkt kann sie die Augen wieder öffnen und sich umschauen. Zum Glück ist sie als Wanderin in der Lage, auch bei ganz wenig Licht noch etwas zu erkennen. Ihr Lichtsinn unterstützt sie dabei, ihre Wahrnehmung zu verbessern, das gelingt Kkhil T~es M`aru völlig ohne bewusste Anstrengung. Der Mann ist weg, die Decke, die sie ihm zum Schutz über gelegt hatte, ist zur Seite geschlagen.

*J*etzt macht sich die Wanderin Sorgen. Nachts, völlig ohne Erfahrung und ohne Orientierung durch einen Gehrbaumwald zu irren, ist, gelinde gesagt, selbstmörderisch. Die Spürranken der Gehrbäume warten nur darauf, dass sich ein armes Wesen in ihren Sphären verläuft. Selbst für sie als erfahrene Wanderin ist es unglaublich riskant, einen Gehrbaumwald bei Nacht zu durchstreifen. Da hört sie ein Geräusch hinter sich, weit weg zwar, aber eindeutig. Sie ist unentschlossen, was sie tun

soll. Dann siegt die Fürsorge, die sie für diesen Mann, der auf wundersame Weise durch die Lichtwelt zu ihr gelangt ist, empfindet. Sie geht zu ihrem Rucksack und zieht ein kleines, geflochtenes Behältnis hervor. Sie rezitiert ein kurzes Mantra und schenkt den Niklamici in dem geflochtenen Behältnis etwas Licht. Sofort beginnen diese mit ihren acht Flügeln zu schlagen. Zuerst zaghaft, dann immer heller glüht eine Leuchtkugel über den Niklamici und verströmt weiß blaues Licht. Zufrieden nimmt Kkhil T~es M`aru das Behältnis mit den Niklamici in die linke Hand, die rechte Hand hält die Ssvolyk-Lanze mit sicherem Griff fest. Sie kann die zustimmende Bereitschaft ihrer Lanze spüren. So gerüstet macht sie sich auf den Weg durch den Gehrbaumwald in Richtung des Geräusches, das sie vorher gehört hat. Als sie ihre Lichtung verlässt, hält sie noch einmal spontan inne. Sie schließt wieder die Augen und rezitiert ein starkes Schenkungsmantra. Dann legt sie, immer noch mit geschlossenen Augen, ihre Stirn an die warme Rinde des Gehrbaumes, der rechts neben ihr so gigantisch in den Himmel ragt. Sie kann spüren, wie ihr Lichtgeschenk in den Gehrbaum übergeht und wie dieser das Geschenk annimmt. Da Gehrbäume eigentlich Staaten bildende Wesen sind, wurde so der gesamte Wald von ihr beschenkt. Sie empfängt mehr als Gefühl, als dass es eine Art Antwort oder Nachricht wäre, die Zustimmung des Gehrbaumwaldes. Zufrieden nickt sie und macht sich auf den Weg.

𝒜ufmerksam achtet sie genau darauf, wo sie hintritt. In der Dunkelheit sind am Boden eines Gehrbaumwaldes viele Wesen unterwegs, die im Licht der Morgensonne Sintkana oder der Abendsonne Uuhnikla niemand zu sehen bekommt. Jetzt meint sie weiter vorn eine schemenhafte Erscheinung zu sehen. Sie beschleunigt, obwohl sie weiterhin sehr achtsam und vorsichtig ist, ihre Schritte. Schließlich hat sie die Erscheinung erreicht.

𝓔s ist der Mann, der vollkommen orientierungslos ins Dunkel des Gehrbaumwaldes starrt. Offensichtlich bemerkt er nicht, wie

weniger als zehn Vlakstock über ihm die Spürranken gierig über ihm schwingen. Als Kkhil T~es M`aru den Mann erreicht, ziehen sich die Spürranken zurück. Sie hat den Eindruck, dass dieses Zurückziehen eher unwillig geschieht, als ob ihnen die sicher geglaubte Beute im letzten Moment entrissen wurde.

»Was im Namen der Lichtgeschwister machst du hier?«

$\mathcal{K}$khil T~es M`aru ist klar, dass ihre Stimme zittert, zum einen aufgrund des Schreckens beim Erwachen aus dem unruhigen Schlaf, aber vor allem aus der Erkenntnis heraus, dass sie den Mann offenbar in letzter Kautka erreicht hat. Ein Tod durch Spürranken wünscht man niemandem, nicht einmal seinem schlimmsten Feind.

$\mathcal{D}$er Mann blickt ihr ärgerlich entgegen: »Was werde ich wohl machen, was denkst du? Ich will nach Hause, einfach raus aus diesem seltsamen Wald.«

$\mathcal{S}$ie schüttelt ärgerlich den Kopf, doch plötzlich besinnt sie sich. Schließlich hätte sie an seiner Stelle wahrscheinlich genauso reagiert, wenn sie aus irgendeinem Grund aus der Lichtwelt heraus in einem ihr unbekannten Wald landen würde. Sie holt tief Luft und geht langsam auf ihn zu, die Ssvolyk-Lanze in ihrer rechten Hand weist nach oben. Als sie ihn erreicht hat, fasst sie ihn vorsichtig bei der Hand. Die Berührung lässt ein wohliges Schaudern durch ihren Körper wandern. Sie ignoriert dies jedoch und nickt ihm zu: »Das verstehe ich, Frank. Aber schau nach oben!«

$\mathcal{E}$r hebt den Blick und blickt in die Richtung, die sie ihm mit ihrer Ssvolyk-Lanze zeigt. Dort oben, ganz am Rande des Lichtscheins der Niklamici sind die Spürranken zu sehen, die nach wie vor gierig bereit sind, sich ihre Beute zu holen. Das Schwingen der Spürranken wirkt sehr bedrohlich. Auch Frank scheint das jetzt zu bemerken. Erschrocken keucht er auf: »Was

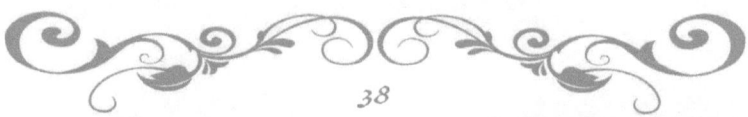

ist das denn um Gottes willen?«

*K*khil T~es M`aru weiß zwar nicht, wer dieser Gott ist und warum dessen Wille für Frank von Bedeutsamkeit sein könnte. Aber sie versteht, was er meint und versucht ihm mit ruhigen Worten zu erklären, wo sie sind: »Wir sind in einem Gehrbaumwald. Diese Bäume sind viele elf mal elf Sonnenzyklen alt. Gehrbäume ernähren sich zum einen über ihr Wurzelwerk im Waldboden. Aber sie haben auch ihre Spürranken, die du dort oben siehst.«

*E*r greift ihre Hand fester, was weitere Schauder durch den Körper der Wanderin jagt, als er flüsternd antwortet: »Diese Dinger da oben wollten mich einfangen?«

*S*ie schaut ihn von der Seite her an. Sein Blick ist inzwischen sorgenvoll, ja fast ängstlich auf die über ihnen schwingenden Spürranken gerichtet: »Natürlich, du bist Beute für die Gehrbäume. Das ist der Weg des Lichtes.«

*E*inen Moment stehen sie regungslos da, dann geht sein Blick zu Kkhil T~es M`aru: »Was machen wir jetzt?«

*S*ie muss lachen, als sie die ängstliche Ratlosigkeit in seiner Stimme hört. Mit einem Grinsen nickt sie ihm zu: »Jetzt gehen wir zurück zu unserem Lager und du setzt dich brav wie ein Helkamar auf deinen Schlafplatz. Wenn Sintkana aufgeht, dann schauen wir, dass wir so schnell es geht, aus diesem Wald herauskommen.«

*E*r zögert einen Moment, dann stiehlt sich ein warmes Lächeln auf sein Gesicht: »Oh, ja, so machen wir das. Danke.«

*N*ach einem letzten Blick in diese wunderbaren, blauen Augen wendet sich Kkhil T~es M`aru um und macht sich auf den Weg zurück zu ihrem Lagerplatz. Die Hand des Mannes hält sie weiterhin fest, denn sie findet, dass sie sich dieses angenehme

Gefühl verdient hat. Schließlich hat sie diesen Frank gerade vor einem grausamen Tod durch Spürranken bewahrt. Auf dem Weg zur Lichtung versucht sie, die dunklen Gedanken aus ihren Träumen zu vergessen, aber so ganz will es ihr nicht gelingen. Ihr ist natürlich gänzlich klar, dass dies nicht einfach nur Träume waren. Es waren Visionen. Als erfahrene Wanderin weiß sie, dass solcherart Visionen die Geschicke der Welt bestimmen können. Wie und warum dies geschehen sollte, versteht sie nicht. Aber sie weiß, dass sowohl sie als auch dieser Frank eine große, und sogar zentrale Bedeutung in diesen Visionen haben. Ein wenig macht ihr das Angst.

VI

viśrama

वशि॒रमः

~ *Rast* ~

*U*uhrtalon H~es M'ursur fühlt sich unwohl. Statt seiner gewohnten Robe in schlichtem Schwarz trägt er die reich verzierte Kleidung eines erfolgreichen Kaufmanns. Er sitzt im Heck des Bootes, das Reisende vom Hof der Lichtgeschwister stromaufwärts transportiert. Es ist ein angenehmer Morgen, Sintkana scheint ihm warm ins Gesicht und er spürt, wie sein Hautfell die Wärme gierig aufnimmt. Uuhrtalon H~es M'ursur seufzt ergeben. Natürlich fühlt er sich geehrt, dass der große Vo-Shirr-Gelehrte gerade ihn ausgewählt hat, einen niederen, wenn nicht sogar den jüngsten, unter den Lichtwächtern. Er fasst sich an das Brustkleid seiner reich verzierten Robe. Dort spürt er sein Medaillon, den einzigen Besitz, den er hat. Er hatte das große Glück, dass er als Waise im Kinderheim am Hof der Lichtgeschwister aufgewachsen ist. Dort wurde ihm fürsorgliche Zuwendung zuteil, gepaart mit einer sehr fundierten Ausbildung zu fast allen wesentlichen Bereichen des Lichtwächterimperiums. Dieser Hintergrund hat es ihm überhaupt erst ermöglicht, dass er sich bei den Lichtwächtern bewerben konnte und nach einer fürchterlich strengen und harten Prüfung für Ausbildung zu diesem ehrenwerten Dienst zugelassen wurde. Die vielen elfmal elf Sonnenläufe der Ausbildung erscheinen ihm nun in der Erinnerung als die beste Zeit seines Lebens. Er hat viele Freunde gefunden und viel gelernt. Wieder seufzt Uuhrtalon H~es M'ursur ergeben. Natürlich hat ihm seine Ausbildung auch gezeigt, wo er noch besser werden kann. Er blickt nachdenklich in die rote Glut

von Sintkana, die sich auf dem glatten Wasser des Araaalhithe flimmernd spiegelt. Hier ist der Fluss so breit, dass er trotz seiner hervorragend guten Augen keines der beiden Ufer sehen kann. Dafür sorgt auch das soeben einsetzende Flimmern der Luft, das einen heißen Tageszyklus ankündigt. Das unscharfe Schimmern der Luft über dem Fluss lässt seine Gedanken abschweifen. Es gab eine Zeit während seiner Ausbildung zum Lichtwächter, da er an sich gezweifelt hat. Seit er denken konnte, hat er immer seine starke Verbindung zur Lichtwelt gespürt. Für ihn ist dies eine absolute Selbstverständlichkeit seiner Existenz. Als jedoch eine Abgesandte der Lichtheiler während seiner Ausbildung erschien, um ihm einer besonderen Prüfung zu unterziehen, hat er gelernt, dass eine derart enge Verbindung zur Lichtwelt sehr ungewöhnlich ist. Lediglich die harte Intervention seiner Ausbilderin bei den Lichtwächtern hat dafür gesorgt, dass Uuhrtalon H~es M'ursur nicht sofort der Gilde der Lichtheiler für die weitere Ausbildung überstellt wurde. Zuerst war er enttäuscht gewesen. Über mehrere elf Sonnenläufe hinweg hat er seiner Ausbilderin gegrollt. Erst langsam hat er in dieser Zeit erkannt, dass die Lichtheilergilde eine sehr undurchsichtige Gemeinschaft bildet. Zu eben jener Zeit hat er auch durch einen Zufall, so zumindest kam es ihm damals vor, die Bekanntschaft von Shirkla-Sva-Ssil gemacht. Der Vo-Shirr Gelehrte hat es sich offensichtlich zur Aufgabe gemacht, die Begabungen dieses jungen Lichtwächteranwärters im Umgang mit der Lichtwelt zu fördern und ihn anzuleiten. Wenn er jetzt an diese Zeit denkt, spürt er, wie ein warmes Pulsieren seines Medaillons in seine Brust eindringt und ihm Ruhe und innere Kraft gibt. Er schließt die Augen und nimmt die Gabe seines Medaillons dankbar entgegen.

»Welch wunderbaren Morgen wir heute genießen dürfen!«

*D*er junge Lichtwächter öffnet die Augen und schaut sich um. Neben ihm schwebt die weiße Federkugel in der Morgensonne. Immer wieder ertappt sich der Lichtwächter dabei, dass er sich

selbst darüber ärgert, dass er eine Annäherung des Vo-Shirr-Gelehrten nicht bemerkt. Shirkla-Sva-Ssil lässt sein Federkleid das Geräusch eines leisen Lachens erzeugen. »Mein junger Lichtwächter, du kannst mein Kommen bemerken, nur eben nicht mit deinen Augen oder deinen Ohren.«

*U*uhrtalon H~es M'ursur seufzt und nickt: »Ja, Gelehrter. Ich scheine wohl nur nicht in der Lage zu sein, mich daran zu erinnern, genau das zu tun.«

*A*us der Federkugel sind tadelnde Geräusche zu hören: »Genau das ist dein Fehler. Du solltest diese Gabe immer möglichst unbewusst nutzen. Dann bist du besser vor unliebsamen Überraschungen gefeit.«

*U*uhrtalon H~es M'ursur nickt betrübt. Selbstverständlich ist ihm klar, was der Vo-Shirr meint. Es gab auch schon Momente, in denen es ihm gelungen ist, seine Verbindung zur Lichtwelt zu benutzen, ohne dass er diese bewusst aktiviert hat. Er holt tief Luft, bevor er antwortet: »Ich weiß, anscheinend bin ich zu unachtsam.«

»Nein, nicht unachtsam. Du bist zu sehr auf diese Welt fokussiert, dabei würde deine Welt so viel größer werden, wenn du deine Fähigkeiten zur Lichtwelt hin einsetzen würdest.«

*U*uhrtalon H~es M'ursur beschließt, dieses schon so oft geführte Gespräch in andere Bahnen zu lenken, auch und gerade weil er dem Vo-Shirr in seinem Innern voll uns ganz zustimmen muss: »Aber wir sollten noch etwas anderes besprechen.«

*J*etzt wendet sich der junge Lichtwächter wiederum dem Vo-Shirr zu. Dieser lässt seinen Körper kurz zur Seite schwingen. Uuhrtalon H~es M'ursur hat inzwischen gelernt, dass dies eine Geste der Aufforderung zum Weitersprechen ist und so fährt er fort: »Wir werden bald in die Gebiete beim nördlichen

Gehrbaumwald kommen. Wenn wir dort von Bord gehen, wie du es gewünscht hast, sollten wir über deine Erscheinung sprechen.«

*J*etzt ist es an Shirkla-Sva-Ssil, zu seufzen, bevor er leise antwortet: »Bedauerlicherweise muss ich dir zustimmen, mein junger Lichtwächter. Was schlägst du vor?«

*U*uhrtalon H~es M'ursur behält seinen nüchternen Gesichtsausdruck bei. Innerlich muss er jedoch grinsen, als er fortfährt. Er ist sich sicher, dass der Vo-Shirr seine Belustigung genau spürt, als er weiterspricht: »Nun, eine fliegende Federkugel ist am Hofe der Lichtgeschwister sicher vollkommen normal und erregt dort keinerlei Aufmerksamkeit. Aber hier draußen, in den einfacheren Weiten von Kahlía, sind die Bürger sicher nicht an den Anblick eines Vo-Shirr gewöhnt und es wird neugierige Aufmerksamkeit erregen. Das könnte unserem Vorhaben der vertraulichen Erkundung deiner Beobachtung der Vorgänge in der Lichtwelt zuwiderlaufen. Meinst du nicht?«

*D*ie Federkugel schwebt ein wenig zur Bordwand, dort verharrt der Vo-Shirr einige Kautka schweigend. Dann spricht er leise weiter: »Du hast recht mit dieser Sorge. Was schlägst du also vor?«

*U*uhrtalon H~es M'ursur reibt sich nachdenklich das Kinn: »Wir könnten dich die ganze Zeit über verstecken. In einem Kasten zum Beispiel.«

*D*er Vo-Shirr verharrt regungslos und so fährt der junge Lichtwächter eilig fort: »Oder wir wenden die Tarnung der Offensichtlichkeit an.«

*E*in zustimmender Laut kommt aus dem Federkleid der schwebenden Kugel: »Ah, hervorragend. An welche Art der Offensichtlichkeit hast du dabei gedacht?«

*W*ieder mimt der junge Lichtwächter Nachdenklichkeit, als er antwortet: »Nun, wir könnten dich zum Beispiel als seltenes Tier tarnen, das mich begleitet.«

*V*orsichtig beobachtet Uuhrtalon H~es M'ursur den Vo-Shirr und wartet auf dessen Reaktion.

»Das ist eine fantastische Idee. Damit ist es mir vielleicht auch möglich, an Orte zu gelangen, wo ein Lichtwächter nicht ohne weiteres Zugang findet.«

*U*uhrtalon H~es M'ursur lässt die Luft aus seinen Lungen fahren. Er war sich nicht sicher gewesen, wie der Vo-Shirr Gelehrte seinen Vorschlag aufnehmen würde: »Ich bin froh, dass du das so siehst. Denn der Gedanke, dich in einer Kiste mit mir herumtragen zu müssen, ist etwas ... entwürdigend.«

*D*ie weiße Federkugel gleitet auf den jungen Lichtwächter zu, dabei lässt Shirkla-Sva-Ssil sein Federkleid das Geräusch eines leisen Lachens erzeugen: »Ich bin stolz darauf, dass du den Mut hattest, mir diesen Vorschlag zu machen. Nicht jeder hätte es gewagt, so etwas dem großen Vo-Shirr-Gelehrten zu unterbreiten.«

»Nun, zugegebenermaßen ist mir wirklich kein besserer Weg eingefallen. Trotzdem hat dieser Plan dich als Haustier auszugeben jedoch einen Haken, muss ich leider gestehen.«

*W*ieder schwingt die weiße Federkugel etwas zur Seite, sodass Uuhrtalon H~es M'ursur fortfährt: »Als Haustier kannst du nicht reden. Zumindest sind mir keine sprechenden Tiere bekannt.«

»Oh, es gibt solche Tiere sehr wohl. Aber leider nicht auf Kahlía. Vor vielen Sonnenzyklen haben Lichtgeschwister

sprechende Tiere von der Hauptwelt des Lichtwächterimperiums verbannt. Sie gingen davon aus, dass es die Bürger des Imperiums verwirren könnte, wenn Wesen der Hauptwelt reden könnten, die keine Bürger sind.«

*U*uhrtalon H~es M'ursur denkt kurz darüber nach. Dann blickt er den Vo-Shirr-Gelehrten fragend an: »Und wie kann man auf helle Art und Weise unterscheiden, wer oder was reden darf und was nicht?«

*J*etzt ist ein lautes Rascheln aus dem Federkleid des Vo-Shirr zu hören. Uuhrtalon H~es M'ursur weiß inzwischen, dass dieses Geräusch einem lauten Auflachen entspricht. Dann antwortet der Vo-Shirr leise: »Genau diese Art von Scharfsinn war der Grund, warum deine Ausbilderin, mit etwas Nachdruck von meiner Wenigkeit muss ich gestehen, dafür gesorgt hat, dass du nicht bei den Lichtheilern landest. Dort wäre diese Art zu fragen, sofort als Ketzerei gebrandmarkt worden.«

*U*uhrtalon H~es M'ursur schluckt heftig. Erst jetzt wird ihm klar, wie kurz er davor stand, in wirklich große Schwierigkeiten zu kommen. Von den Lichtheilern der Ketzerei beschuldigt zu werden, ginge niemals gut aus, das ist ihm klar. Nach einem Räuspern bedankt er sich leise: »Dann bin ich dir zu Dank verpflichtet, ehrenwerter Shirkla-Sva-Ssil.«

»Nicht mir solltest du danken. Deine Ausbilderin musste ihre Haltung bei sehr hohen Stellen rechtfertigen. Zum Glück hat dort mein Wort ebenfalls etwas Gewicht. Aber du hast nun sehr wohlverstanden, wie schnell man im Lichtwächterimperium ohne böse Absicht in große Schwierigkeiten kommen kann.«

*U*uhrtalon H~es M'ursur wendet sich schweigend wieder dem Wasser des Flusslaufes zu. Er spürt, dass er gerade eine wichtige Lektion gelernt hat. Nach einigen Kautka wendet er sich wieder zum Vo-Shirr um, der geduldig hinter ihm in der Luft schwebend

abgewartet hat: »Warum haben die Lichtheiler solche Macht?«

$\mathcal{D}$ ie Federkugel gleitet geschmeidig näher zu ihm hin: »Auch das ist eine ausgezeichnete Frage, junger Lichtwächter. Aber das ist nichts, was wir an Bord eines Flussbootes der Ioqatii-Gilde besprechen sollten.«

$\mathcal{U}$ uhrtalon H~es M'ursur blickt sich erschrocken um. Dann atmet er erleichtert auf. Sie sind alleine an Deck. Der Vo-Shirr scheint seine Gedanken zu erraten und macht kurz eine Bewegung nach unten, dann schwebt er wieder auf Augenhöhe des jungen Lichtwächters. Dieser nickt verstehend. Natürlich, auf den Unterdecks ist eine Vielzahl an Pequl und Aqul mit ihren Arbeiten an Bord dieses Flussschiffes beschäftigt. Deshalb besteht sehr wohl die Möglichkeit, dass man ihr Gespräch durch die dünnen Deckplanken im Unterdeck belauschen könnte. Er nickt verstehend.

»Wunderbar. Ich werde also als dein Haustier auftreten, das brav immer an deiner Seite bleibt.«

$\mathcal{E}$ ifrig nickt Uuhrtalon H~es M'ursur: »Genau. Ich werde laute Selbstgespräche führen, sodass wir zumindest in eine Richtung kommunizieren können.«

$\mathcal{W}$ ieder lässt der Vo-Shirr sein Federkleid ein Geräusch des leisen Lachens erzeugen: »Ja, ja, der junge Händler auf großer Reise über den Araaalhithe muss eben so einiges mit sich selbst besprechen.«

$\mathcal{U}$ uhrtalon H~es M'ursur zupft unzufrieden an seiner reich verzierten Kleidung. Dabei murmelt er leise vor sich hin: »Diese Kleidung ist unpraktisch und wird bei der ersten, richtigen Benutzung sicher schmutzig werden oder sogar reißen.«

»Mein ungeduldiger Lichtwächter, würdest du dein Lichtwächtergewand tragen, wäre nun mal jedem sofort klar,

dass du ein Lichtwächter bist. Glaube mir, in diesen entfernten Regionen von Kahlía sind die Lichtwächter nicht immer gern gesehene Gäste.«

*U*uhrtalon H~es M'ursur seufzt. Bevor er noch zu einer Antwort ansetzen kann, wird am Bug des Flussschiffes das große Horn geblasen. Tief dröhnend schallt es über das Wasser. Der junge Lichtwächter steht auf und hält sich die Hand über die Augen. Der Vo-Shirr steigt ein wenig auf, dann kehrt er zu seinem Reisebegleiter zurück: »Siehe da, wir haben unsere erste Reisestation erreicht. Tokma-Sta, der Hafen am Rande des großen Gehrbaumwaldes im Norden.«

*U*uhrtalon H~es M'ursur steht auf und nickt dem Vo-Shirr zu: »Dann werde ich mein Gepäck nach oben schaffen.«

*E*s dauert noch mehr als zwanzig Utka, bis sie an der Anlegestelle angekommen. Der TakoKaqul, ein wettergegerbter Oh-Khalí mit rötlichem Hautfell, das an vielen Stellen schon deutlich sichtbar graue Bereiche zeigt, kommandiert von der Brücke des Flussschiffes den gesamten Vorgang mit klarer Stimme. Die Pequl und Aqul setzten die Anweisungen mit überlegten Bewegungen und Handgriffen um. Uuhrtalon H~es M'ursur ist sich sicher, dass an Bord jeder seinen Platz und seine Aufgaben genau kennt und diesem auch gerecht wird. Unbewusst nickt er zufrieden, während er den Prozess des Anlegens beobachtet. Der Vo-Shirr schwebt die ganze Zeit über schweigend neben dem jungen Lichtwächter. Als schließlich die Reling geöffnet wird und eine breite Platte als Übergang zum Festland ausgelegt ist, steht Uuhrtalon H~es M'ursur in der vordersten Reihe der Oh-Khalí, die das Flussschiff verlassen wollen. Seine Habseligkeiten trägt er in einem Rucksack, der wie seine Kleidung feine Muster und Verzierungen zeigt. Mit energischen Schritten verlässt er das Flussschiff, nicht ohne noch einen letzten Blick zum TakoKaqul hinaufzuwerfen. Als er direkten Blickkontakt hergestellt hat, nickt er diesem kurz

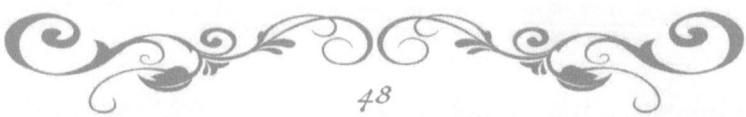

zu. Der TakoKaqul lächelt fröhlich und antwortet ebenfalls mit einem Nicken, begleitet von einer angedeuteten Verbeugung. Dann hat der junge Lichtwächter das Festland erreicht. Sofort wird er von einer Vielzahl von Händlern und Werbern belagert. Aber diese ignoriert er mit höflich aber nachdrücklich erhobener Handfläche und bahnt sich einen Weg durch die Menge. Schließlich hat er die ersten Gassen der Ansiedlung erreicht. Er wendet sich um und mustert seine Umgebung. Dann setzt er, wie angekündigt, zum lauten Selbstgespräch an: »Ich frage mich, ob ich lieber eine Mitreisegelegenheit suchen sollte oder doch zu Fuß gehen möchte.«

Scheinbar sinnierend geht sein Blick zum weißen Federball, der artig neben ihm in der Luft schwebt. Der Vo-Shirr hält sich an ihre Abmachung und verzichtet auf einen Kommentar. Aber er setzt sich auch, wie es scheint, mit großer Selbstverständlichkeit in Bewegung. Uuhrtalon H~es M'ursur seufzt ergeben: »Also ist wandern meine Wahl. Wohl denn, wir wollen sehen, wohin uns das führen wird.«

Sein Weg führt ihn aus der Ansiedlung hinaus. Sie erreichen eine Weggabelung, von dort gehen in drei Richtungen breite Wege ab. Gerade will der junge Lichtwächter wieder zum Selbstgespräch ansetzen, da ergreift der Vo-Shirr erneut die Initiative. Sie folgen dem rechten Weg einige Zeit. Sintkana hat schon das Firmament durchquert und strebt nun vor ihnen dem Horizont entgegen. Von hinten sind bereits die ersten, noch tiefblauen Strahlen von Uuhnikla zu sehen. Uuhrtalon H~es M'ursur genießt diese Tageszeit immer sehr, taucht doch die untergehende rote Morgensonne die Welt in warmes Licht, gleichzeitig zeichnen die blauen Strahlen von Uuhnikla die Konturen der Welt deutlich nach. Gänzlich in Gedanken versunken erschrickt er, als der Vo-Shirr-Gelehrte plötzlich zu sprechen anfängt: »Die Wunder der Welt zeigen sich uns in einfachen, ja alltäglichen Dingen, wie dem Aufgehen der Abendsonne, solange die warmen Strahlen der Morgensonne uns

noch erfreuen.«

$\mathcal{V}$erblüfft blickt der junge Lichtwächter zu dem weißen Federball: »Oh, wir reden also wieder miteinander. Ich habe nicht gewusst, dass du zu solch lyrischen Worten neigst.«

»Das tue ich auch nur, wenn es angebracht ist. Diese wunderbar beleuchtete Landschaft, ist meiner Meinung nach eine lyrisch klingende Bemerkung wert.«

$\mathcal{U}$uhrtalon H~es M'ursur nickt zustimmend. Dabei sinniert er darüber nach, wie ein Vo-Shirr eigentlich die Welt wahrnimmt. Noch bevor er seinem Reisebegleiter diese Frage stellen kann, antwortet dieser auch schon: »Wir, Vo-Shirr, haben die wunderbare Gabe, in alle Richtungen sehen zu können. Zugegebenermaßen kann das bei der einen oder anderen Gelegenheit auch wie ein Fluch wirken. Ein Abwenden, wie es ein Oh-Khalí vermag, ist uns nicht möglich.«

$\mathcal{U}$uhrtalon H~es M'ursur schweigt und denkt sorgfältig über diese Information nach. Schließlich antwortet er mit nachdenklicher Stimme: »Das bedeutet dann, dass sich ein Vo-Shirr immer der Welt so stellen muss, wie sie ist. Abwenden oder die Augen verschließen ist nicht möglich.«

$\mathcal{S}$hirkla-Sva-Ssil lässt sein Federkleid wieder das Geräusch eines leisen Lachens erzeugen: »Ich sehe schon, diese Reise wird vielleicht für uns beide zum Vergnügen, angefüllt mit gegenseitiger Erkenntnis.«

$\mathcal{D}$er junge Lichtwächter holt tief Luft, bevor er antwortet: »Nun, großer Gelehrter, dann erleuchte mich bitte. Wohin führt uns unser Weg?«

$\mathcal{D}$er weiße Federball macht eine kurze Vorwärtsbewegung, dann schwebt er wieder neben dem jungen Lichtwächter und erläutert seine Pläne: »Noch drei oder vier Tickla, dann haben

wir eine Rast erreicht.«

*U*uhrtalon H~es M'ursur holt scharf Luft. Ihm macht eine Wanderung über längere Strecken sicher nichts aus, schließlich hat er das Training der Lichtwächter durchlaufen, allerdings er hat nicht damit gerechnet, dass sie eine solche Wegstrecke zu Fuß zurücklegen. Misstrauisch blickt er zum Vo-Shirr: »Dann hoffe ich, dass diese Rast nicht nur ein Wegpunkt ist, sondern eine Herberge oder zumindest etwas Vergleichbares.«

*D*er Vo-Shirr lässt wieder sein Lachen erhören, als er antwortet: »Sei beruhigt, mein junger Begleiter. Es ist nicht nur eine Herberge, die uns erwartet. Es ist eines der größten Zentren zur Austragung von Stronia-Turnieren. Spieler aus allen Regionen von Khalía geben sich dort die Ehre und messen ihre Fähigkeiten.«

*S*tirnrunzelnd blickt Uuhrtalon H~es M'ursur nach vorn. Er hielt noch nie viel von Spielen. Aber Stronia genießt zumindest seinen Respekt als gutes Training für Strategie und Taktik. Dann ruckt sein Kopf zu dem Vo-Shirr-Gelehrten herum: »Lass mich raten, wir treffen einen dieser Spieler dort, habe ich recht?«

*D*ie Antwort vom Federball kommt leise und sehr nachdenklich: »Oh, natürlich. Aber es ist nicht nur ein Spieler, den wir treffen. Es ist der Spieler. Der größte Spieler unserer Zeit und vielleicht der größte, der jemals gelebt hat.«

»Warum sagst du mir das dann mit einem Ton der Sorge und Nachdenklichkeit?«

*S*hirkla-Sva-Ssil lässt sein Federkleid ein Seufzen erzeugen: »Nun, obwohl oder vielleicht sogar, weil dieser Spieler so besonders ist, muss ich sagen, dass seine Wesensart mindestens ebenso außergewöhnlich ist.«

*U*uhrtalon H~es M'ursur nimmt dies wortlos zur Kenntnis. Allerdings er nimmt sich vor, besonders aufmerksam und wachsam zu sein. Denn wenn Shirkla-Sva-Ssil jemanden als besonders bezeichnet, dann ist Achtsamkeit die Losung der Stunde. Nun erscheint ihm die Landschaft trotz der magisch wirkenden Beleuchtung nicht mehr so friedlich und wunderbar, sondern eher drängend und unsicher. Er nimmt einen tiefen Atemzug, dann schreitet er energisch voran. Schließlich ist er ein Lichtwächter, da kann ihm ein einfacher Stroniaspieler sicher nicht gefährlich werden.

VII

smukto deśaḥ

मुक्तो देशः

~ *offenes Land* ~

*N*utze das Wissen
des Korallenbaumes

$\mathcal{D}$ie Wanderin beobachtet Frank genau, als sie endlich den Rand des großen Gehrbaumwaldes erreicht haben. Sie geht neben ihm her. In den letzten Tickla hat er wenig gesprochen und Kkhil T~es M`aru hat Mitleid mit ihm. Sie versucht sich vorzustellen, wie es ihr gehen würde, wenn sie plötzlich durch die Lichtwelt in eine vollkommen fremde Umgebung fallen würde. Die wenigen Worte, die sie ihm gewechselt hat, hatten genau das zum Thema. Der Mann, nein, sie korrigiert sich ärgerlich im Geiste selbst, sein Name ist Frank.

Frank hat ihr erzählt, dass er sich an sehr Weniges erinnern kann. Er weiß seinen Namen und all die Dinge, die er in seinem Leben bisher gelernt hat, kann er auch jetzt noch, aber er hat keinerlei Vorstellung davon, wie er hierhergekommen ist. An seine Reise durch die Lichtwelt erinnert er sich nur sehr undeutlich, tatsächlich kann er mit dem Begriff Lichtwelt nichts verbinden. Er hat ihr erklärt, dass da, wo er herkommt, niemand etwas über eine Lichtwelt weiß. Dabei war sein Blick traurig geworden und er schwieg ab da auf ihrer Wanderung durch den Gehrbaumwald. Aber er blieb immer an ihrer Seite. Sie spürte genau, wie aufmerksam er ihre Bewegungen beobachtete und welches Vertrauen er nun in ihre Führung setzt, nachdem sie ihn vor den Spürranken gerettet hatte.

$\mathcal{J}$etzt machen die beiden so unterschiedlichen Weggefährten ihre letzten Schritte unter den Gehrbäumen, die am Rande des

riesigen Waldgebietes deutlich weniger Höhe erreichen, als sie es tief im Gehrbaumwald vermögen.

Nach einigen Schritten im hellen, orangerote leuchtenden Sonnenlicht, das Sintkana über die weite Landschaft vor ihnen fließen lässt, bleibt Frank stehen. Kkhil T~es M`aru stellt sich schweigend neben ihn. Sie beobachtet ihn verstohlen aus den Augenwinkeln heraus. Er hat die Augen geschlossen und atmet tief ein und aus. Dann öffnet er die Augen wieder. Jetzt wirkt er nicht mehr so verloren und unsicher wie heute Nacht. Sein Blick wandert über das weite Land. Sie kann sehen, wie er die Dinge, die er sieht, einzuordnen versucht. Rechts von ihnen strebt Sintkana dem Horizont entgegen. Sie schaut nach links, dort ist am Horizont bereits das intensive, blaue Schimmern von Uuhnikla, der Abendsonne von Kahlía zu sehen. Es ist ein wunderbarer Tag auf Kahlía, nur vereinzelt finden sich Wolken am Himmel, die in fast magischer Leuchtkraft in den Farben der beiden Sonnen strahlen.

»Wo bin ich?«

Frank versucht, die Umgebung, in die er durch seinen Weg durch die Lichtwelt gelangt ist, zu verstehen. Kkhil T~es M`aru erinnert sich daran, dass es genau die Aufgabe einer Wanderin ist, den Oh-Khalí die Welt zu beschreiben und wo nötig Zusammenhänge zu erklären. Den Umstand, dass dieser Mann ihr als Wesen so sehr ähnelt, aber gleichzeitig so gänzlich anders ist, schiebt sie in Gedanken in den Hintergrund. So antwortet sie ihm mit leiser Stimme: »Das ist Khalía, die Hauptwelt des Lichtwächterimperiums. Vor uns liegen die wunderbaren Weiten des Nordlandes von Khalía.«

*E*r holt scharf Luft, dann wandert sein Blick erneut über die Landschaft. Schließlich schaut er sie an: »Du bist Kkhil Temaru?«

*S*ie muss lachen, dann korrigiert sie ihn sanft: »Fast, mein Name ist Kkhil T~es M`aru«

*E*r nickt langsam und versucht erneut, ihren Namen korrekt auszusprechen, was ihm recht gut gelingt: »Kkhil T~es M`aru«

*E*rfreut lobt sie ihn für die richtige Aussprache: »Das hast du gut gemacht, Frank.«

*E*r schaut ihr kurz in die Augen, wieder spürt sie, wie der Blick dieser blauen Augen tief in ihre Seele geht. Dann ist der Moment vorbei und Frank blickt erneut auf die Landschaft vor ihnen. Die weite Nordebene mit ihren sanften Hügeln liegt vor ihnen und ist durchzogen vom blauen Band des Araaalhithe. Sein Blick geht zum Himmel, er runzelt die Stirn: »Also Khalía heißt diese Welt? Es gibt hier offensichtlich zwei Sonnen.«

*K*khil T~es M`aru lächelt über Franks Wissbegier, ihre Welt zu verstehen. Sorgfältig erklärt sie ihm: »Es gibt sogar drei Sonnen. Das dort rechts ist Sintkana, die rote Morgensonne.«

*D*abei streckt sie ihren rechten Arm aus und weist mit ihrer Ssvolyk-Lanze auf die Sonne, die jetzt noch gerade so über dem Horizont steht. Dann schwenkt sie nach links mit der Ssvolyk-Lanze und weist auf den blauen Schimmer, der nun sehr deutlich zu erkennen ist und den unmittelbar bevorstehenden Aufgang der Abendsonne ankündigt: »Dort erscheint in wenigen Tickla unsere Abendsonne, die blaue Uuhnikla. Das Licht der Nachtsonne Kohmatok hast du im Gehrbaumwald bereits gesehen, es ist unsere grüne Sonne. Ihr Licht ist aber sehr viel schwächer als das von Uuhnikla oder Sintkana.«

*E*r versucht, die Namen der Sonnen zu wiederholen: »Also Sintkana am Morgen, rotes Licht. Uuhnikla am Abend, blaues Licht. Und in der Nacht Kohmatok, schwaches, grünes Licht.«

*S*ie nickt bestätigend. Er holt tief Luft und sein Blick geht wieder zu ihr: »Was ist das: Tickla?«

*K*khil T~es M`aru blinzelt kurz. Erst jetzt wird ihr klar, wie viel sie Frank noch zu erklären hat. Sie beschließt für sich, dass sie diese Aufgabe dringend angehen muss. So erklärt sie ihm mit der dozierenden Stimme der Wanderin: »Unsere Tage teilen wir in Tickla ein, den zwanzigsten Teil der Zeitspanne vom Aufgang der Morgensonne Sintkana bis zum Untergang der Abendsonne Uuhnikla. Die Zeit, in der Kohmatok am Himmel steht, teilen wir in Lepiirna auf, wobei Kohmatok für ihren Weg am Himmel sechs Lepiirna benötigt.«

*E*r überlegt kurz, dann nickt er verstehend: »Also unterschiedliche Zeiteinheiten für Tageszeit und Nachtzeit. Interessant. Und weiter?«

*K*khil T~es M`aru fährt gerne fort mit ihren Erklärungen: »Tickla oder Lepiirna werden in elfmal sechs Utka geteilt und diese werden wiederum in elfmal sechs Kautka.«

*W*ieder ein Nicken, dann blickt er nach links, dort zeigt sich nun bereits die blaue Sonne. Er hebt den rechten Arm und zeigt auf diese: »Also schön, dann ist das dort Uuhnikla, richtig? Hat diese Himmelsrichtung einen Namen?«

*S*ie lächelt ihn erfreut an, Frank ist ein gelehriger Schüler: »Ja, das ist Osten.«

*D*abei nickt sie zur aufgehenden Uuhnikla nach links. Er holt erneut tief Luft, dann wendet er sich wieder ihr zu: »Du musst verstehen, das ist alles neu für mich. Hier gibt es viele Dinge und Bezeichnungen, von denen ich noch nie gehört habe. Aber dann heißt die Himmelsrichtung, in der die Sonnen aufgehen, genau so, wie ich mich erinnere. Das ist sehr seltsam.«

*S*ie macht langsam einen Schritt auf ihn zu und fasst ihn mit der linken Hand am Arm. Durch den dünnen Stoff seines weißen Brustkleides hindurch kann sie die Wärme seines

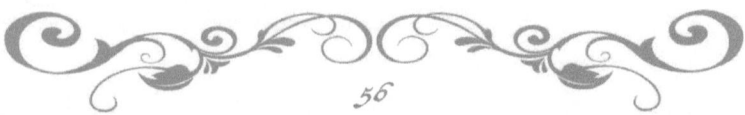

Körpers spüren. Mit ernstem Ton in der Stimme gibt sie ihm ein Versprechen: »Frank, ich werde dir meine Welt erklären und zeigen. Ich werde dir die Zusammenhänge der Dinge so gut ich kann beschreiben. Das ist es, was Wanderer auf Khalía tun.«

*E*r blickt ihr wieder tief in die Augen. Dann legt er seine rechte Hand auf ihre, sie spürt die weiche Haut und die Wärme der Hand, seine blauen Augen halten ihren Blick gefangen. Einen Moment schweigen beide, dann beginnt er, leise zu reden: »Kkhil T~es M`aru, ich danke dir von ganzem Herzen. Ohne deine Hilfe wüsste ich nicht weiter.«

*S*ie glaubt ihm ohne Zweifel. Nach einigen Momenten lächelt sie ihn an: »Ich freue mich darauf, dich auf deinem Weg des Verstehens zu begleiten.«

*E*r schließt kurz die Augen. Als er sie wieder öffnet, kann sie erkennen, dass er etwas fröhlicher aussieht. Darauf ist sie stolz. Schließlich fragt er sie: »Also, wie kann ich dich nennen, ohne mir jedes Mal die Zunge brechen zu müssen?«

»Meine Freunde nennen mich: Kkhil«.

*L*ächelnd nickt er ihr zu, dann fragt er weiter: »Also, Kkhil, ich habe noch eine Frage, nein, eigentlich sind es zwei.«

*S*ie lächelt ihn aufmunternd an, dabei spürt sie, wie ihr die Nähe zu diesem Mann innerlich Zufriedenheit beschert, ein für sie gänzlich neues Gefühl. Er macht eine ernste Miene, dann fragt er: »Wie nennt man es, wenn man das Gefühl hat, etwas zu essen zu benötigen? Wo bekommt man etwas zu essen?«

*V*erblüfft schaut sie ihn an, dann müssen beide lachen.

»Oh, wir nennen das Hunger. Und wenn du dich noch ein oder zwei Tickla gedulden kannst, haben wir unser nächstes Ziel erreicht. Dort können wir rasten und es gibt auch etwas zu essen.

Oder willst du noch etwas von den Oohzlima-Beeren?«

*E*r verzieht das Gesicht: »Nein, vielen Dank, lieber gedulde ich mich noch ein wenig.«

*D*ann strafft er sich und nimmt dabei seine Hand von ihrer. Kkhil T~es M`aru verspürt dabei eine Art unbekannte Form von Verlust.

»Dann lass uns weitergehen, zu dieser Rast.«

*S*ie fasst ihre Ssvolyk-Lanze fester und geht voraus. Dabei spürt sie, wie sich eine pochende Wärme in ihrem Brustkorb ausbreitet. Zuerst hat sie den Verdacht, dass die Nähe zu Frank dieses Gefühl hervorruft. Dann, als sie sich mit der freien Hand an die Brust fasst, spürt sie, wie ihr Medaillon, das sie um den Hals trägt, diese Wärme verströmt.
Das ist ungewöhnlich, bisher war dies immer nur ihr Medaillon. Es ist ihr einziger Besitz, den sie als Waise schon hatte.
Sie schiebt diesen Gedanken beiseite und so gehen die Wanderin und der Besucher aus der Lichtwelt schweigend nebeneinander her. Später wird sie sich einmal daran erinnern, dass dies der erste Moment war, an dem die so bedeutsamen Geschehnisse, die da noch kommen sollten, ihre ersten, zaghaften Zeichen vorausgesandt haben.

VIII

himaparvatāh

हिमपर्वताः

~ *Schneeberge* ~

*Nutze das Wissen
des Korallenbaumes*

Im Licht von Uuhnikla glüht der Schnee in einem nahezu magischen Blau. In den Schneebergen, die sich an der weiten Ebene beim nördlichen Gehrbaumwald erheben, hat es in den letzten Sonnenzyklen viel geschneit. Kaah K~rat Kaah weiß, dass das in diesen Regionen von Kahlía alles andere als ungewöhnlich ist. Sie versucht, ihren Geist zu der Gleichmut zu bewegen, der einer Lichtspürerin angemessen ist. Allerdings hat sie trotz all der Jahre, die sie nun schon oben in den Schneebergen bei ihrem Meister verbringt, noch immer keinen Frieden mit der nassen Kälte gemacht. Sie muss lächeln, als sie mit ihrem langen Laufstab, dem einzigen Werkzeug, das ein Lichtspürer neben den zwei Kurzschwertern, Soth-Tra genannt, mit sich führen sollte, mühsam den schmalen Weg nach oben verfolgt und dabei ihren blaugrauen Umhang enger um sich schlingt. Ihr Meister weiß sehr wohl über ihre Abneigung hinsichtlich Kälte und Schnee Bescheid. In ihren schwachen Momenten vermutet sie oft, dass dies einer der Gründe dafür ist, dass er sich eine Meditationshöhle in den Schneebergen als Ort seines Seins ausgesucht hat. Wie immer, wenn sie diesen Gedankenpfaden folgt, schämt sie sich. Ihr Meister ist über derart einfache Wesenszüge mehr als erhaben. Es ist ihr Geist, der noch einen sehr weiten Weg zu dieser Erhabenheit zurücklegen muss. Mit einem Seufzer erklimmt Kaah K~rat Kaah den letzten Felsvorsprung, dann hat sie das kleine Plateau vor der Meditationshöhle erreicht. Einen Moment verharrt sie

und nimmt mit ihrer gesamten Wesensart auf, was sie sieht. Der Blauschnee wirkt nun schwarz, da Uuhnikla schon fast hinter dem Bergrücken vor ihr verschwunden ist. Nur ein feines, blaues Leuchten ist noch zu sehen. Der Eingang der Höhle wirkt für normale Oh-Kahlí unspektakulär und vollkommen unberührt. Würde sie nicht wissen, dass sich dahinter die Meditationshöhle ihres Meisters befindet, wäre sie sicher achtlos vorbeigegangen. Nein, das stimmt nicht. Ihr Inneres und ihre Verbindung zur Lichtwelt lässt den Eingang in ihrer erweiterten Wahrnehmung hell glimmen. Optisch wirkt der Höhleneingang dunkel und unfreundlich. Sie wendet sich um und blickt in die Ferne, die sich vor ihr erstreckt. Die Ebene ist riesig. Weit hinten kann sie das glitzernde Band des Araaalhithe erspähen, wie es sich durch die Landschaft windet. Der nördliche Gehrbaumwald, der größte seiner Art auf Khalía und auch im gesamten Lichtwächterimperium, ist als dunkle Linie am Horizont zu erkennen. Sie schließt die Augen und blickt mit ihrem Lichtsinn in die Weite. Sie kann die Lebensenergie der Gehrbäume bis hierher spüren. Winzige Funken anderer Lebensenergien sind in der Ebene. Die meisten sind so schwach, dass Kaah K~rat Kaah sie kaum erahnen, aber mit ihrem Lichtsinn spüren kann. Sie lächelt bei dem Gedanken, dass auch sie selbst für einen fernen Beobachter ein solch winziger Punkt in der Wahrnehmung des Lichtsinns ist. In ihren Gedanken hofft sie, dass ihr Licht ein wenig heller zu leuchten vermag, als die anderen. Schließlich ist sie eine Lichtspürerin, wenn auch eine ganz junge. Sofort ruft sie sich zur Ordnung und konzentriert ihren Lichtsinn zum Ausgleich dieses Gedankens noch stärker auf die Ebene. Erschrocken keucht sie auf. So etwas hat sie noch nie gesehen. Sie versucht, ihren Geist zu leeren, um so die Wahrnehmungen ihres Lichtsinns möglichst ungetrübt auf sich wirken zu lassen. Da sind sie. Drei strahlend helle Punkte. Es sind in ihrer Wahrnehmung große Punkte und nicht nur kleine Pünktchen. Zwei glimmen pulsierend in einem tiefblauen Licht. Ein Blau, das sie so noch nie mit ihrem Lichtsinn wahrgenommen hat. Dieses Blau wirkt

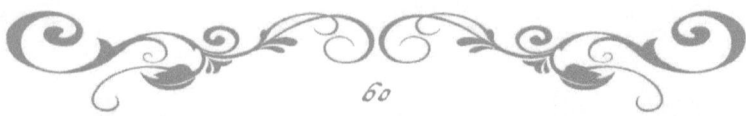

sehr mächtig auf sie, gleichzeitig verspürt sie eine Verbundenheit und Nähe zu diesem Blau, die sie sich nicht erklären kann. Der dritte Punkt ist noch außergewöhnlicher. Im ersten Moment erscheint er ihr als hell weiß leuchtender Punkt, wie reines Licht. Ein solches Leuchten hat sie ebenfalls noch nie wahrgenommen. Das ist aber noch nicht alles. In dem hellen, weißen Licht ist ein tiefschwarzer Kern zu erkennen. Eine nachtschwarze Dunkelheit des Nichts. Unbewusst schüttelt sie den Kopf. Nein, das ist kein Nichts. Das ist etwas komplett anderes. Sie versucht sich diesem hellen, weißen Punkt mit seinem schwarzen Kern zu nähern, wird jedoch jäh zurückgeworfen. Erschrocken öffnet sie die Augen. Jetzt hat das blaue Leuchten von Uuhnikla sich fast schon zur Gänze davongestohlen. Kohmatok schiebt sich im Osten über den Horizont. Das grüne Leuchten der Nachtsonne von Kahlía wirkt auf die junge Lichtspürerin heute bedrohlich und finster. Es ist voll von dunklen Verheißungen und Wegen, die den Pfad des Lichtes zu umgehen versuchen. Ärgerlich schüttelt sie den Kopf und versucht sich wieder auf das hier und Jetzt zu konzentrieren. Sie lässt zu, dass der kalte Wind unter ihr blau schimmerndes Hautfell kriecht. Tief atmet sie ein und aus. Dabei schließt sie jedoch nicht die Augen. Immer noch spürt sie die drei leuchtenden Punkte. Jetzt, da sie ihnen einmal gewahr geworden ist, kann sie sich ihrer Präsenz nicht mehr entziehen. Sie spürt den Stich aus Verzweiflung in sich. Spontan wendet sie sich um und geht mit energischen Schritten auf den Höhleneingang zu. Sie kann sich nicht daran erinnern, dass sie jemals mehr den Rat und die Anleitung ihres Meisters benötigt hätte als jetzt. Sie hat erkannt, dass ihre Verbindung zur Lichtwelt erst der Anfang für ein Verständnis der Welt sein wird. Diese Vorstellung macht ihr Angst.

Sie tritt durch den Höhleneingang, geht in der Dunkelheit der Höhle mit sicheren Schritten den Weg, dem sie in den vergangenen Jahren so oft gefolgt ist. Dann kommt sie an die Lichtgrenze. Wie ein dunkel schimmernder Vorhang trennt sie den Außenbereich der Höhle vom Inneren. Ohne einen Gedanken

daran zu verschwenden, dass diese Lichtgrenze ungebetene Eindringlinge nicht nur abhält, sondern im Falle einer Bedrohung auch unschädlich macht. Sie schreitet durch diese Grenzfläche. Im Innern der Meditationshöhle ist es zum Glück deutlich wärmer als draußen. Sie hat ihren Meister einmal danach gefragt. Er hat ihr daraufhin erklärt, dass es nicht notwendig ist, dass ein heller Geist sich durch Leiden an seine Verbindung zur Lichtwelt erinnert. Wäre dem so, wäre es um seine Anbindung zur Lichtwelt noch sehr schlecht bestellt.

$\mathcal{S}$ie schlägt die Kapuze ihres Mantels zurück und blickt sich um. Das rot leuchtende Haar fließt über ihre Schulter. Sie sieht ihren Meister, er hantiert weiter hinten mit einigen Gerätschaften. Mit vorsichtigen Schritten geht sie zu ihm.

»Oh, so aufgewühlt, meine Schülerin?«

$\mathcal{S}$ie seufzt. Natürlich hat ihr Meister bereits bei ihrem Eintreten ins Innere der Meditationshöhle erkannt, wie es gerade um sie bestellt ist. »Ihr habt es sicher auch gesehen.«

$\mathcal{E}$r nickt, dann wendet er sich ihr zu. Sein Hautfell ist bereits am gesamten Körper weiß geworden. Sie spürt die Gebrechlichkeit seines Körpers. Sie spürt aber auch diese unglaubliche Lichtmacht, die sein Wesen ausstrahlt und eben jenen gebrechlichen Körper vor Krankheit und gar noch Schlimmerem bewahrt. Er schaut seiner Schülerin ernst in ihre dunkelgrün schimmernden Augen: »Gebrechlichkeit gehört zum Lauf der Sonnen. Du weißt das sehr gut, Kaah.«

$\mathcal{S}$ie nickt und atmet kurz tief durch. Dann blickt sie ihren Meister fragend an: »Meister, was habe ich dort draußen auf der Ebene gesehen?«

$\mathcal{E}$r wirft ihr einen seiner außergewöhnlich ernsten Blicke zu. Dann trägt er sein Trinkbecher zum Sitzbereich, der sich

präzise in der Mitte der fast kreisrunden Meditationshöhle befindet. Nachdem er sich ächzend auf einem der Kissen dort niedergelassen hat, blickt er zu ihr auf und gibt ihr mit einer Kopfbewegung das Zeichen, sich zu ihm zu setzen. So sitzen sie sich einige Zeit schweigend gegenüber. Der Meister trinkt in vorsichtigen Schlucken aus seinem Becher. Kaah K~rat Kaah wartet geduldig, so wie sie es als eine der ersten Lektionen gelernt hat. Schließlich blickt ihr Meister auf: »Ich habe sehr lange auf das gewartet, was du heute erblickt hast. An manchen Tagen wurde ich schwach und habe die Hoffnung schon aufgeben wollen. Aber nun ist die Zeit da. Endlich.«

*D*ie junge Lichtspürerin ist verwirrt. Schon will sie ihren Meister fragen, was seine Worte bedeuten sollen. Da lächelt er sie an: »Hach, diese jugendliche Ungeduld. Tatsächlich ist es doch inzwischen so, dass ich diese Ungeduld vermisse. Ich frage mich, ob es vielleicht sogar als Zeichen der Trägheit des Geistes zu werten ist, wenn jemand wie ich diese Ungeduld nicht mehr in sich trägt.«

*T*adelnd antwortet sie ihm spontan: »Meister, ihr seid sicher alt. Aber ihr seid nicht träge im Geist!«

*E*r kichert, dann wird sein Gesicht ernst, als er fortfährt: »Wie recht du hast, Kaah. Aber ich möchte deine Ungeduld indessen nicht länger quälen. Lass dir erklären, was du gesehen hast.«

*A*ufmerksam hört die junge Lichtspürerin ihrem Meister in den nächsten Lepiirna zu. Mit jeder Utka, die sie seinen Ausführungen folgt, wird ihr kälter. Sie erkennt Stück für Stück, welch unglaubliche Verantwortung ihr Meister mit seiner Erkenntnis und seinem Wissen für das Lichtwächterimperium trägt. Schließlich kommt er zum Ende. Stille senkt sich über die Meditationshöhle. Dann holt er tief Luft und blickt seine Schülerin prüfend an: »Im Lichtwächterimperium wusste außer den Lichtgeschwistern nur ich über all das Bescheid.«

$\mathcal{S}$ie nickt ihm verstehend zu. Dann reißt sie die Augen auf und antwortet ihm mit einem Keuchen: »Jetzt weiß auch ich Bescheid.«

$\mathcal{B}$etrübt stimmt er ihr zu: »Ich hatte viele Sonnenzyklen gehofft, dass die Zeit dafür kommt, solange ich noch jung genug bin, meinen Beitrag zu leisten. Aber die Lichtwelt hat es anders eingerichtet.«

$\mathcal{D}$ann strafft er sich und blickt seiner Schülerin tief in die Augen und fragt sie ernst: »Bist du bereit?«

$\mathcal{I}$hr wird ganz schwindelig bei dem Gedanken, was da auf sie wartet. Dann lässt sie alle Gedanken aus ihrem Geist entfliehen. Einen nach dem anderen. Nur noch sie selbst, ihre Anbindung an die Lichtwelt und ihr neues Wissen und Verständnis für die Welt sind in ihr. Sie schlägt die Augen auf: »Ich weiß es nicht. Aber ich weiß, dass ich bereit bin, es zu versuchen.«

$\mathcal{I}$hr Meister lächelt sie wieder an: »Mehr kann niemand von dir erwarten.«

$\mathcal{D}$ann fasst er sie bei den Händen. Sie blickt nach unten. Da halten alte Hände mit weißgrauem Hautfell ihre jungen Hände, deren Hautfell blau schimmert. Sie spürt, wie die Kraft ihres Meisters zu ihr fließt. Ohne sie anzublicken, spricht er leise weiter: »Kaah K~rat Kaah, du bist bereit. Gehe den Weg des Lichtes, so wie du es gelernt hast. Nun liegt das Schicksal des Lichtwächterimperium in deinen Händen und in den Händen der drei Wesen, die du heute Abend wahrgenommen hast.«

$\mathcal{M}$it leicht zitternder Stimme antwortet sie ihrem Meister leise: »Ich wollte diese Ehre nicht, Meister.«

$\mathcal{J}$etzt blickt er seiner Schülerin wieder in die Augen: »Das weiß ich. Deshalb bist du genau die Richtige für diese Aufgabe.

Geh, geh und werde ihr gerecht.«

*E*inen Moment noch weilt ihr Blick auf ihrem Meister, dann legt sie seine Hände vorsichtig in seinen Schoß und erhebt sich. Ihr Meister hebt den Blick und betrachtet seine Schülerin neugierig.

»Ja, Meister. Ich mache mich auf den Weg.«

IX

pathikāśrame
पथिकाश्रमे
~ In der Herberge ~

*Nutze das Wissen
des Korallenbaumes*

*N*eugierig blickt er sich um. Als sie nach ihrer Wanderung endlich an dem riesigen Gebäude ankamen, war er überrascht. Das aus Stein und Holz errichtete Haus wirkte wohltuend vertraut. Dieser Eindruck vertiefte sich, obwohl die Form der Dachgestaltung und die Art der Fenster für ihn fremd wirkten. Die Herberge machte auf ihn den wohltuenden Eindruck, das er so oder zumindest so ähnlich schon einmal gesehen hat. Gerade als er begann, den trüben und traurigen Gedankenpfaden zu folgen, in denen er mit seiner fehlenden Erinnerung haderte, hat seine Begleiterin resolut die große Eingangstüre aufgestoßen. Dahinter lag der Gastraum der riesigen Herberge. Dieser Gastraum war brechend voll und schummrig beleuchtet. Kkhil T~es M`aru bewegte sich entschlossen und gewandt durch die Menge. Ihm fiel auf, dass die Gäste ihr gerne, oft mit einem fröhlichen Lächeln, Platz machen. Offensichtlich war entweder Kkhil T~es M`aru selbst oder ihre Aufgabe als Wanderin hoch angesehen. Er bemühte sich, dicht bei ihr zu bleiben, auch da es den einen oder anderen neugierigen Blick auf ihn als Begleiter der Wanderin gab. Schlagartig wurde ihm bewusst, dass er im Schankraum das einzige Wesen war, dessen Haut glatt und rosig ist. Die Oh-Khalí haben ein Hautfell in den unterschiedlichsten Farbtönen. Dann haben sie eine Ausschanktheke erreicht. Nach einem kurzen, aber freundlichen Dialog mit der Wirtin begleitete sie ein junger Oh-Khalí zu einem Tisch weiter hinten. Es ging zwei Stufen hinauf. Dort gab es ruhigere Nischen. Er hat sich

dankbar auf einen der bequemen Holzstühle gesetzt und nur
Augenblicke später wurde ein großer Henkelkrug aus seltsam
schwarz durchscheinendem, glasartigem Material abgesetzt.
Von seinem Platz aus kann er den Schankraum überblicken.
Dann setzt sich Kkhil T~es M`aru ihm gegenüber und lächelt
ihn froh an. In ihrer rechten Hand hält sie ebenfalls einen der
Krüge, diesen hat sie grüßend angehoben und dann einen großen
Schluck genommen. Mit einem Schulterzucken hebt er seinen
Henkelkrug an und schnuppert vorsichtig. Dann nimmt er kurz
entschlossen einen vorsichtigen Schluck. Verblüfft blickt er Kkhil
T~es M`aru an und lächelt. Als sie seine Reaktion sieht, lacht sie.
Wieder einmal bemerkt er, wie wohl er sich in ihrer Gesellschaft
fühlt, auch jetzt hat ihr Lachen sein Grinsen breiter gemacht. Sie
erklärt ihm, dass ihr Getränk Ohiirt genannt und durch Vergären
einer Pflanzenknolle gewonnen wird. Auch das löst in ihm das
angenehme Gefühl eines Wiedererkennens aus, ohne dass er es
an etwas festmachen könnte. Dann steht sie auf und lässt ihn
alleine am Tisch zurück. Sie wollte ein Nachtquartier für sie
beide organisieren. Er nickt und so sitzt er einfach da und wartet.
Seit er auf dieser Welt aufgewacht ist, hat er zum ersten Mal
das Gefühl, in Sicherheit zu sein. Inzwischen hat er den zweiten
Henkelkrug Ohiirt vor sich stehen und mit einem selbstironischen
Grinsen muss er sich eingestehen, dass der Alkohol in diesem
Gebräu seine Wirkung tut und so wesentlich an seinem
entspannten Gemütszustand Anteil hat. Seine Augen haben sich
an die schummrige Beleuchtung gewöhnt. An der Decke sind
kleine Körbe angebracht, aus denen ein sanftes, gelbes Licht auf
die Szene fällt. Zuerst hat er vermutet, dass auch hier Niklamici,
die kleinen achtflügeligen Wesen, die Quelle des Lichtes sind.
Aber das Licht aus den Körben kommt viel gleichmäßiger.
Außerdem hat er das Leuchten der Niklamici als deutlich kühler,
bläulicher in Erinnerung. Sein Blick fällt auf die Fenster, die
weit hinten ihm zu sehen sind. Das blaue Licht von Uuhnikla ist
verschwunden, draußen herrscht wieder der blassgrüne Schein
der Nachtsonne Kohmatok.

Viele Oh-Khalí haben Platten mit dampfenden Speisen vor sich
stehen. Er kann sehen, dass mit einem messerartigen und einem
löffelförmigen Besteck gegessen wird. Innerlich lässt ihn das
erleichtert aufseufzen. Als er darüber nachdenkt, wird ihm klar,
dass er wohl schon an Orten war, wo lediglich lange Holzstäbe
zum Essen verwendet werden. Damals ist ihm die Handhabung
dieser Besteckwerkzeuge nur bedingt gelungen, sodass das
Essen jedes Mal eine Herausforderung war. Wieder wollen
seine Gedanken sich auf den Weg zur Frustration über seine
lückenhafte Erinnerung machen, als er ein aufgeregtes Rufen
hört. Er blickt sich suchend um und stellt fest, dass die Geräusche
aus einem Nebenraum kommen, der links vom Hauptschankraum
liegt und durch einen weiten Durchgang erreicht werden kann.
Gerade als er darüber sinniert, was wohl dort geschieht, kommt
die Wanderin zurück an den Tisch. Sie setzt sich fröhlich, und
schon werden von einem weiteren jungen Helfer der Wirtin
zwei Platten mit dampfenden Speisen auf den Tisch gestellt. Der
Helfer fischt aus seiner Schürze zwei Sätze des Bestecks und eilt
dann davon, nicht ohne ihnen mit einem fröhlichen Nicken einen
»Hellen Appetit« zu wünschen.

$\mathcal{D}$ie Wanderin schiebt ihm eine der Platten zu und greift sich
die Zweite. Misstrauisch beäugt er das Essen vor sich. Immerhin
ist der Duft der Speisen äußerst verführerisch, und so greift er
zögerlich zum Besteck. Jetzt erkennt er, dass das löffelartige
Werkzeug vorn kleine Zinken hat, offenbar erfüllt es gleichzeitig
die Funktion des Schöpfens und des Fixierens beim Schneiden.
Er blickt fragend auf. Kkhil T~es M`aru kichert. In den nächsten
Utka, er bemerkt im Geiste zufrieden, dass er sich langsam an
die Wörter und Bezeichnungen in dieser Welt gewöhnt, versucht
er nach und nach die Speisen. Die Wanderin erklärt ihm, wie
die Speisen heißen, woraus sie hergestellt und wie sie zubereitet
sind. Das gemeinsame Essen lässt ihn endlich seine Unsicherheit
über seine Situation vergessen. Obwohl ihm nicht alle Speisen
schmecken, das schwarze Wurzelgemüse zum Beispiel ist
ihm nun wirklich viel zu bitter, genießt er sein Mahl mit der

Wanderin. Er hat den Eindruck, dass auch Kkhil T~es M`aru seine Gesellschaft genießt. Obwohl er konzentriert isst, nimmt er doch aus den Augenwinkeln ihre zufriedene Miene wahr, die Zuneigung und Wärme ausdrückt. Dabei ertappt er sich, wie er ihr blau schimmerndes Hautfell bewundert, und seine Gedanken wandern weiter. Als er aufschaut, blickt sie ihm direkt in die Augen. Zuerst blinzelt er, dann spürt er Wärme in seinem Innern. Er ist sich sicher, dass sie genau spürt, was in ihm vorgeht. Verlegen räuspert er sich und nimmt dann vorsichtig einen Schluck Ohiirt. Sie beobachtet ihn mit ruhiger Miene dabei. Gerade möchte er ansetzen, etwas zu ihr zu sagen. Plötzlich bemerkt er, wie etwas ihn mit kalter Neugier beobachtet. Zuerst ist er verwirrt über diese Wahrnehmung, dann geht sein Blick suchend durch den großen Gastraum. Anfangs kann er nichts Auffälliges entdecken. Das Gefühl, gerade das Ziel einer kalten Beobachtung gewesen zu sein, bleibt jedoch bestehen. Am Durchgang, seitlich zum Nebenraum, bemerkt er eine Bewegung. Nur noch schemenhaft kann er den Rücken eines kräftigen Oh-Khalí sehen, der schon im nächsten Moment aus seinem Gesichtsfeld verschwunden ist. Kkhil T~es M`aru bemerkt seine Irritation und fragt ihn leise: »Was ist passiert?«

*E*r starrt noch einen Moment auf die Stelle, wo sein Beobachter verschwunden ist, dann geht sein Blick nachdenklich zu der Wanderin: »Wir werden beobachtet.«

*S*ie nickt verstehend: »Ah, das. Jemand wie du erregt natürlich Aufmerksamkeit. Gerade wenn er in Begleitung einer Wanderin erscheint.«

*E*r blickt sie nachdenklich an. Dann schüttelt er den Kopf. Nach einem tiefen Atemzug fährt er fort: »Nein. Das war keine Neugier, sondern nur eine kalte, forschende Beobachtung. Das war etwas anderes.«

$\mathcal{S}$ie blickt ihn ernst an. Dann nickt sie ihm zu: »Wenn dem so ist, dann sollten wir zu Ende essen.«

$\mathcal{E}$r hält verwundert den Kopf schief: »Und was dann?«

$\mathcal{S}$ie hat sich bereits einen weiteren Bissen in den Mund geschoben. Mit dem Messer macht sie eine unscharfe Bewegung und nachdem sie den Bissen geschluckt hat, antwortet sie mit ernster Stimme: »Dann finden wir heraus, wer dich beobachtet und warum.«
Einen Moment noch verweilt sein Blick auf der Wanderin. Dann stimmt er ihr nickend zu. Aber der Appetit ist ihm vergangen. Er spürt sehr genau, dass dieses Gefühl der Vorbote von großen Dingen ist.

$\mathcal{I}$n seinem Inneren ist er unsicher, ob diese Dinge gut oder schlecht sein werden oder ob gar Gefahr droht und wenn ja, wem.

$\mathcal{W}$ieder geht sein Blick durch den Gastraum. Dann seufzt er fatalistisch. Kkhil T~es M`aru blickt auf und lächelt ihn aufmunternd an. Zuerst zögert er, dann erwidert er das Lächeln. Egal, was da kommen sollte, mit der Wanderin an seiner Seite will er sich der Zukunft stellen. Auch wenn diese Gefahren birgt.

X

ekā kridā ārabhyate

एका क्रीडा आरभ्यते

~ *Ein Spiel beginnt* ~

Nutze das Wissen des Korallenbaumes

𝒰uhrtalon H~es M'ursur steht im Schatten hinter einem Stützbalken des großen Schankraumes. Bei der Ankunft in der Herberge haben er und Shirkla-Sva-Ssil sich getrennt. Der Vo-Shirr wollte das Gelände erkunden. Ihm selbst dagegen stand der Sinn, eher nach einem guten Mahl und etwas zu Trinken. Immer noch hadert er mit seiner Kleidung, seiner Verkleidung, wie er sich im Geiste korrigiert. Die schmucke Kleidung eines jungen Kaufmanns hat ihm manch neugierigen Blick eingebracht, als er den Schankraum der Herberge betreten hatte. Sogleich war eine junge Magd auf ihn zugeeilt, um ihn zu einem der Tische weiter hinten zu geleiten. Ihr interessierter Blick mit dem freundlichen Lächeln verweilte einen Moment länger auf ihm, als eigentlich nötig gewesen wäre. Uhrtalon H~es M'ursur war einen Moment durch diese für ihn ungewohnte Form der Aufmerksamkeit verwirrt. Als die Magd ihm nur wenig später seine Speisen und sein Getränk brachte, bemerkte er, wie hungrig er gewesen ist und war fortan ausgiebig mit Essen beschäftigt. Seine Ausbildung zum Lichtwächter ließ ihn trotzdem die ganze Zeit über sein Umfeld beobachten. So war ihm gleich die Wanderin aufgefallen, als sie den Schankraum betreten hatte. Fasziniert beobachtete er, wie sie sich mit lässiger Selbstverständlichkeit durch das Gedränge bis zur Wirtin schob. Natürlich wird einer Wanderin auf Kahlía immer großer Respekt entgegengebracht. Doch diese Wanderin schien noch sehr jung zu sein und trotzdem strahlte sie bereits die innere

Festigkeit eines sehr viel älteren Wesens aus. Uuhrtalon H~es M'ursur stellte verblüfft fest, dass er diese junge Wanderin bewundert. Er spürte noch etwas anderes. Er spürte eine direkte und warme, helle Zugewandtheit zu der Wanderin, obwohl er ihr seines Wissens nach noch niemals im Leben begegnet war. Er fühlte eine Art Band, das zwischen ihnen bestand. Gerade als er über diese Wahrnehmung nachdenken wollte, nimmt er ihren Begleiter wahr. Jetzt war seine Neugier vollends geweckt. Der Mann war groß und helles, langes Haar fällt ihm über den Rücken. Uuhrtalon H~es M'ursur benötigt einen Moment, bis er erkennt, was diesem Mann so anders wirken lässt. Mit einem Keuchen wird ihm klar, dass der Mann statt eines Hautfells lediglich rosige Haut hat. Langsam legt der junge Lichtwächter sein Besteck zur Seite. Plötzlich ist das Essen, das soeben noch seine gesamte Aufmerksamkeit gebunden hatte, nicht mehr wichtig. Er blickt sich um, auch anderen Gäste der Herberge ist der Mann aufgefallen. Aber dann lässt die Neugierde nach und die Gespräche werden wieder dort aufgenommen, wo sie unterbrochen worden sind. Uuhrtalon H~es M'ursur dagegen packt sein Bündel und arbeitet sich vorsichtig durch die Menge. Sorgsam achtet er darauf, dass weder die Wanderin noch ihr Begleiter auf ihn aufmerksam werden. Halb verdeckt von dem zentralen Stützbalken des Schankraumes hat er dieses seltsame Paar in den letzten Utka beobachtet. Deren ungezwungen herzlicher Umgang miteinander hat ihn verwundert. Aber das Gefühl der Verbundenheit zur Wanderin, das mit jeder Utka, in der er sie beobachtet, stärker wird, lässt ihn zunehmend ratloser werden. Seine Beobachtungsgabe als Lichtwächter lässt ihn schließlich einen weiteren Oh-Khalí bemerken, der die Wanderin und ihren Begleiter aufmerksam beobachtet. Uuhrtalon H~es M'ursur spürt genau, dass dieser Geselle der Wanderin nicht wohl gesonnen ist. Der Lichtwächter mustert ihn genau. Ein dunkelbrauner, fast schwarzer Umhang samt Kapuze verdeckt die Gestalt. Die Kapuze wirft in der schummrigen Beleuchtung des Schankraumes Schatten auf das Gesicht des Beobachters,

sodass der Lichtwächter es nicht richtig erkennen kann.
Aber sehr wohl ist für ihn erkennbar, dass der Umhang einen
länglichen Gegenstand verdecken soll. Mit seinem geübten Blick
vermutet er, dass der Beobachter eine große Waffe unter seinem
Umhang verbirgt. Einem Impuls folgend bewegt sich Uuhrtalon
H~es M'ursur auf den Beobachter zu, dabei kommt ihm seine
Ausbildung als Lichtwächter sehr zugute. Er bewegt sich, ohne
Aufmerksamkeit zu erregen, mit der Menge im Schankraum mit.
Schließlich steht er, wieder durch einen Stützbalken verdeckt,
einige Vlakstock hinter dem Beobachter. So hat er sowohl die
Wanderin mit ihrer Begleitung als auch den Beobachter im Blick.
Als der Begleiter der Wanderin verwundert aufblickt, schaut er
genau in Richtung des Lichtwächters. Uuhrtalon H~es M'ursur
ist sich sicher, dass er von dem Mann im Halbdunkel hinter dem
Stützbalken nicht gesehen werden kann. Dann wird ihm klar,
dass der Mann den Beobachter vor ihm fixiert. Auch dieser hat
bemerkt, dass er entdeckt worden ist. Er wendet sich ab und
verschwindet durch den Durchgang in den großen Nebenraum.
Uuhrtalon H~es M'ursur muss sich entscheiden, für wen er sich
mehr interessiert, für den Beobachter oder für die Wanderin mit
ihrem Begleiter. Kurzentschlossen folgt er dem Beobachter, da er
diesen nicht aus den Augen verlieren will.

$\mathcal{D}$er Nebenraum ist nicht nur ein weiterer Schankraum.
Durch einen kurzen Verbindungsgang gelangt man in eine riesige
Arena. Auf ansteigenden Rängen hat sich eine große Anzahl von
Oh-Khalí versammelt, die lautstarke Rufe zur Anfeuerung von
sich geben. In der Mitte der Arena sind Spieltische aufgebaut.
Kleinere Spieltische mit den obligatorischen fünf Stronia-
Spielbrettern umringen einen großen zentralen Spieltisch.
Hier scheint gerade ein Stronia-Spiel in die entscheidende
Phase eingetreten zu sein, sodass die Zuschauer dies begeistert
und vor allem mit lauten Rufen kommentieren. Einer der
Spieler lehnt lässig am Geländer, das den zentralen Spieltisch
umgibt. Sein Kontrahent blickt sorgenvoll und nachdenklich
auf die fünf Stronia-Bretter vor sich. Uuhrtalon H~es M'ursur

versteht zu wenig vom Spiel, als dass er aus der Ferne den Spielstand ablesen könnte. Die Körpersprache der Spieler ist jedoch eindeutig. Der am Geländer lehnende Spieler grinst selbstzufrieden. Er trägt edle Kleidung. Dann erkennt der junge Lichtwächter diesen Spieler. Es handelt sich um Zlotaschir W~urs U'rsur, einen legendären Stronia-Champion. Aber dann erblickt er den Beobachter, der sich langsam auf den Zuschauerrängen weiter hinten nach oben bewegt. Uuhrtalon H~es M'ursur folgt dem Beobachter. Vorsichtig blickt er sich um. Am Eingang zur Arena kann er den Begleiter der Wanderin erkennen. Sein helles Haar und seine Körpergröße machen es leicht, ihn im Gedränge auszumachen. Die Wanderin geht neben ihm.

*G*anz oben auf der hintersten Zuschauertribüne sitzt eine unscheinbare, junge Frau. Sie trägt einen einfachen, blaugrauen Mantel. Kaah K~rat Kaah versucht, mit der Menge zu verschmelzen. Natürlich ist der Lichtspürerin der Beobachter schon lange aufgefallen. Dessen Verfolger hat sie fast nicht bemerkt, erst als dieser sich nach der Wanderin mit ihrem seltsamen Begleiter umschaut, erweckt das die Aufmerksamkeit der Lichtspürerin. Fasziniert stellt sie fest, dass der Verfolger sicher mehr ist, als er vorzugeben scheint. Ihre Wachsamkeit ist geweckt. Sie spürt genau, dass sich gerade Dinge entwickeln, die von größter Tragweite für das Lichtwächterimperium sein werden. Sie als Lichtspürerin muss dafür sorgen, dass diese Dinge sich zum Guten wenden. Diese Verantwortung lässt einen kalten Knoten in ihrem Inneren wachsen. Sie ist entschlossen, sich der Gefahr zu stellen und sie beschließt für sich, alles für ein gutes Ende zu tun, was in ihrer Macht steht. Auch wenn sie genau spürt, wie eine bösartige Dunkelheit nach Kahlía zu greifen scheint.

XI

vañcanam

वञ्चनम्

~ *Täuschung* ~

*Nutze das Wissen
des Korallenbaumes*

*K*khil T~es M`aru führt Frank zu einer der Tribünen, von der aus das Hauptbrett gut einzusehen ist. Sie erklimmen die Stufen. Eine freundliche Gruppe Männer sitzt auf einem der Ränge verstreut und beobachtet interessiert das Spiel, das dort unten in seiner Endphase steht. Zuvorkommend rücken die Männer zusammen und bieten der Wanderin und ihrem Begleiter höflich zwei Plätze an. Natürlich geschieht dies nicht, ohne dass der eine oder andere verstohlene und neugierige Blick auf den großen Mann mit den langen, hellen Haaren und der rosigen Haut geworfen wird. Kkhil T~es M`aru bedankt sich höflich. Jetzt genießen sie einen hervorragenden Blick auf das zentrale Spielbrett. Nachdem sie sich gesetzt haben, neigt Frank sich verwundert der Wanderin zu und fragt sie leise: »Was ist das da unten?«

*O*hne den Blick vom Geschehen am Spielbrett abzuwenden, versucht die Wanderin ihrem Begleiter, das Spiel zu erklären: »Das ist Stronia. Eines der bekanntesten Spiele im Lichtwächterimperium. Siehst du, es gibt fünf Spielbretter!«

*E*r versucht, zu verstehen, wie das Spiel dort unten gespielt wird. Die zwei Spieler, die sich an den Spielbrettern als Kontrahenten gegenüberstehen, könnten nicht unterschiedlicher sein. Der eine, ein hagerer, hochgewachsener Oh-Khalí mit hellgrünem Hautfell, in einfacher Robe und mit fahrigen Bewegungen, spielt gegen einen vierschrötigen Mann mit

dunkelrotem Hautfell. Dieser trägt üppig verzierte Kleidung
und macht einen lässigen, überlegenen Eindruck. Frank kommt
spontan der Gedanke, dass dieser Stronia-Spieler eher ein
Lebemann denn ein Wettkämpfer ist. Eine Zeit lang beobachtet
er die Spielzüge stumm. Obwohl er nicht einmal ansatzweise
die Spielregeln versteht, ist ihm doch klar, dass das Spiel klar
zugunsten des Lebemanns steht. Mit jedem Spielzug wird der
hochgewachsene Oh-Khalí unsicherer und sein Blick huscht
immer verzweifelter über die fünf Spielbretter. Sein Gegner
scheint dem Spiel, dagegen nur wenig Aufmerksamkeit
entgegenzubringen. Er ist viel mehr mit einer hübschen
Magd beschäftigt, die ihre hingebungsvolle Begeisterung
mit aufmunternden Berührungen und Gesten zum Ausdruck
bringt. Gelegentlich wendet sich der Spieler lässig um und
winkt grinsend ins Publikum, dass diese Geste jedes Mal mit
begeisterten Rufen quittiert. Frank wendet sich an die Wanderin:
»Dieser Spieler dort ist wohl sehr bekannt?«
Kkhil T~es M`aru kichert, ohne den Blick vom Geschehen
abzuwenden, als sie antwortet: »Na ja, er ist schließlich
der bekannteste Stronia-Champion im gesamten
Lichtwächterimperium. Das da unten ist Zlotaschir W~urs U'rsur,
Held von unzähligen Stronia-Turnieren.«

$\mathcal{F}$rank hebt verwundert die Augenbrauen und mustert
diesen Zlotaschir W~urs U'rsur jetzt genauer. Unter dessen
lässigem Auftreten ist dieser Spieler ein überaus wachsames
Wesen. Jetzt, da ihm diese Wesensart des Stronia-Champions
bewusst geworden ist, kann er genau erkennen, wie dieser
seine Umgebung aufs Genaueste mustert. Auch die Momente,
wenn er dem Publikum zuwinkt, sind nur vordergründig dieser
Huldigung geschuldet. In Wahrheit gleiten die Augen des
Stronia-Champions über das Publikum, als halte er nach etwas
Bestimmtem Ausschau. Dann erkennt er, wonach dieser Mann
so unauffällig Ausschau hält. Denn schließlich, gerade nachdem
er wieder einen seiner lässigen Spielzüge durch das Bewegen
von acht Figuren auf drei der fünf Spielbretter mit beiläufigen

Bewegungen ausgeführt hat, geht der Blick des Stronia-Champions zum Eingang der Arena. Jemand dort in der herein strömenden Menge hat seine Aufmerksamkeit erregt. Frank meint, eine kurze Kopfbewegung wie ein Nicken zu sehen, dann ist dieser Moment schon vorbei. Der Stronia-Champion wendet sich wieder, immer noch in lässiger Pose am Geländer lehnend, dem Spiel zu.

*G*erade blickt sein Kontrahent vom Spielbrett auf. Erst scheint dieser hagere Oh-Khalí noch mit sich zu kämpfen. Dann fasst er einen Entschluss. Er geht zu den Spielbrettern und nimmt die Größte der Figuren vom obersten Brett. Sein enttäuschter Blick verweilt kurz auf der Figur in seiner rechten Hand. Dann richtet er sich auf und geht die fünf Schritte um die Spielbretter herum zum Stronia-Champion. Mit einer fast unterwürfigen Geste überreicht er die Figur dem Champion. Frank hätte erwartet, dass dieser die dargebotene Figur, was offensichtlich eine Geste der Anerkennung der Niederlage darstellt, mit abfälligem oder hämischem Gehabe entgegennimmt. Dem ist nicht so, denn Zlotaschir W~urs U'rsur richtet sich auf. Sein Blick wird ernst und er schiebt die Hände der Magd vorsichtig aber nachdrücklich zur Seite. Der Stronia-Champion macht einen Schritt auf den hageren Oh-Khalí zu und nimmt die dargebotene Spielfigur mit feierlichem Gesichtsausdruck entgegen. Anschließend geben sich die Spieler die Hände. Im Publikum bricht tosender Jubel aus. Frank lässt sich davon jedoch nicht ablenken, sondern beobachtet die beiden Stronia-Spieler weiter genau. Sie scheinen einen kurzen, kameradschaftlichen Dialog zu führen, dann klopft der siegreiche Champion dem unterlegenen Gegner aufmunternd auf die Schulter. Dieser wendet sich nach einem letzten, dankbaren Nicken um und verlässt eilig den zentralen Bereich mit den Spielbrettern. Zlotaschir W~urs U'rsur blickt nachdenklich auf die Figur in seiner Hand. Dann wendet er sich wieder dem Publikum zu. Jetzt ist er wieder der selbstsicherere, fast überhebliche Champion, der die Figur triumphierend in die Höhe reckt. Das Publikum feiert ihn frenetisch. Zlotaschir W~urs

U'rsur deutet mit falscher Bescheidenheit eine Verbeugung an. Gerade als er sich aufrichtet, fällt der Blick des Stronia-Champions auf Frank. Beide haben Blickkontakt. Es ist kein Kräftemessen, eher eine Art vorsichtige Abschätzung des Gegenübers. Etwas in Frank rebelliert gegen diesen forschen und arroganten Blick des Stronia-Spielers. Unbewusst ändert er seine Körpersprache. Zlotaschir W~urs U'rsur nimmt dies zuerst verblüfft und dann mit einem nachsichtigen Grinsen zur Kenntnis. Noch bevor dieser Austausch weiter fortgeführt werden kann, wird der Champion am Arm gefasst. Ein Mann, der aufwendig verzierte Kleidung trägt, spricht Zlotaschir W~urs U'rsur von der Seite an. Als dieser bemerkt, dass der Stronia-Champion etwas auf den Publikumsrängen beobachtet, geht dessen suchender Blick ebenfalls auf die Zuschauerränge.

Plötzlich ist weit hinter ihnen, ganz oben auf der Tribüne, ein lautes Geräusch von zerbrechenden Gefäßen zu hören. Alles wendet sich nach diesem Geräusch um. Offenbar wurden einige der Zuschauer von der auslaufenden Flüssigkeit getroffen, was ein lautstarkes, ärgerliches Durcheinander erzeugt. Auch Frank und die Wanderin wenden sich diesem Geschehen zu.

Unten bei den großen Spielbrettern in der Arena wendet Zlotaschir W~urs U'rsur sich nun dem Mann zu, der ihn angesprochen hat. Der Blick der Wanderin wechselt zwischen dem Tumult hinter ihnen und dem Spielbereich hin und her. Ganz deutlich spürt Kkhil T~es M`aru, dass dort unten etwas ist. Etwas, das mit ihr in Verbindung steht. Etwas Warmes und Persönliches. Dann wird der Tumult lauter und sie nimmt ihren Begleiter am Arm, während sie flüstert: »Lass uns verschwinden. Wenn die Stimmung so aufgeheizt ist, kann das manchmal unschön werden.«

Willig lässt sich Frank von ihr zur Seite und von den Zuschauerrängen hinab zum Ausgang der Arena führen. Für einen kurzen Moment erhascht er einen Blick auf eine junge

Frau, die in einen blaugrauen Mantel gekleidet ist und ihn neugierig anschaut. Dann ist dieser Moment auch schon vorüber. Kkhil T~es M`aru führt ihn zurück in den Gastraum und dort weiter zu einem seitlichen Ausgang der Gaststube.

*K*aah K~rat Kaah steht inzwischen im Schatten und beobachtet das Treiben. Der Stronia-Champion ist nach einem kurzen Gespräch mit diesem Mann, der wie ein junger Kaufmann aufwendig gekleidet ist, durch einen der seitlichen Ausgänge der Arena verschwunden. Hinter den beiden versucht sich der Beobachter durch die Menge zu schieben. Aber durch den Tumult, den der von ihr umgeworfene Krug mit Ohiirt ausgelöst hat, herrscht in der Arena eine aufgekratzte Stimmung. Die Lichtspürerin beschließt, diesen Bereich ebenfalls so unauffällig wie möglich zu verlassen. Dabei gehen ihre Gedanken immer wieder zu dem jungen Kaufmann zurück. Etwas an ihm wirkte seltsam anziehend auf sie. Dabei ist sie sich sicher, dass sie diesen Oh-Khalí noch nie zuvor gesehen hat.

*E*s ist, wie ihr Meister ihr gesagt hat, die Ereignisse beginnen sich zuerst wie bei einem Fadenknäuel zu verknoten, nur um sich am Ende auf wundersame, helle Weise plötzlich zu entwirren.

*S*ie weiß, dass sie Teil dieser Ereignisse sein wird. Sie hofft, dass sie die ihr zugedachte Aufgabe auch gut erfüllen kann.

*E*s ist still hier draußen. Uuhrtalon H~es M'ursur genießt diese Ruhe. Kohmatok leuchtet nur fahl durch den Nebel, der am Anfang der Nacht aufkam und vom großen Gehrbaumwald über die Ebene bis hierhergezogen ist. Nach dem Stronia-Spiel konnte er nur kurz mit Zlotaschir W~urs U'rsur sprechen, denn danach war der Andrang seiner begeisterten Anhänger zu groß geworden. Der junge Lichtwächter hat sich daraufhin zurückgezogen. Ruhelos versuchte er in seiner Kammer, etwas Schlaf zu finden. Sein Geist konnte jedoch keine Ruhe finden. Vom Vo-Shirr hat er nichts mehr gehört. Natürlich glaubt sein analytischer Verstand zu wissen, dass der Vo-Shirr-Gelehrte viel zu erfahren ist, um sich in Schwierigkeiten zu bringen, mit denen er nicht zurechtkommen könnte.

Hier draußen, etwas abseits auf einem am Wegrand liegenden, alten Baumstamm sitzend, versucht er jetzt etwas Ruhe zu finden. Seufzend hebt er den Blick. Der Nebel hat sich gelichtet und über ihm strahlt das lange Sternenband. Schon als Kind hat er dieses Naturschauspiel immer bewundert. Seine Reise in die Erinnerungen wird plötzlich von leisen Geräuschen unterbrochen, jemand nähert sich ihm von hinten. Uuhrtalon H~es M'ursur spürt, wie er durch sein Training und seine Ausbildung stetig geübt, seinen Schwerpunkt etwas verlagert und wie seine Sinne versuchen, die Umgebung noch schärfer wahrzunehmen, ohne, dass dies für einen ungeübten Beobachter erkennbar wäre. Er ist kampfbereit.

»Ah, ganz der Lichtwächter. Bravo!« Die Stimme des Stronia-Champions ist völlig ohne Ironie. Langsam wendet sich Uuhrtalon H~es M'ursur um und erkennt Zlotaschir W~urs U'rsur. Durch den fahlgrünen Schein von Kohmatok zusammen mit dem Sternenlicht wirkt der Mann, auf eine unklare Weise mysteriös. Uuhrtalon H~es M'ursur steht auf und blickt ihn fragend an: »Oh, ein Lichtwächter? Wo?«

*E*in heiseres Lachen ist die Antwort. Dann endet das Lachen abrupt und der Zlotaschir W~urs U'rsur blickt ihn scharf an. Sein Gesichtsausdruck wird schließlich weicher. Er macht die letzten Schritte auf den jungen Lichtwächter zu und klopft ihm anerkennend auf die Schulter. Er richtet den Blick nach oben. Jetzt wird das Gesicht des Mannes so beleuchtet, dass man ihm zum ersten Mal, seit der junge Lichtwächter ihn getroffen hat, das Alter ansieht. Nach einem nachdenklichen Moment der Stille fährt Zlotaschir W~urs U'rsur mit leiser Stimme fort: »So viele Sterne. So viele Welten. Tatsächlich fragt man sich ...«, er lässt den Satz unvollendet, als ob er nach den richtigen Worten sucht. Uuhrtalon H~es M'ursur ergänzt ohne bewusstes Nachdenken: »... ob sich das Lichtwächterimperium über all diese Sterne und Systeme und Planeten hin ausbreiten kann.«

*V*erblüfft blickt Zlotaschir W~urs U'rsur den jungen Lichtwächter an: »So viel Nachdenklichkeit hätte ich nicht erwartet von einem Lichtwächter. Du musst es schwer gehabt haben in der Ausbildung.«

*U*uhrtalon H~es M'ursur will gerade zu einem Widerspruch ansetzen, da hebt der Stronia-Spieler die Hand: »Ach, lass nur. Natürlich weiß ich, wer du bist. Oder glaubst du tatsächlich, dass ich diesen vermaledeiten Federball nicht gesehen habe, der hier herumflattert?«

*U*uhrtalon H~es M'ursur blickt den Mann schweigend an. Shirkla-Sva-Ssil hat ihn als vertrauenswürdig beschrieben. Aber er will verdammt sein, wenn er sich von diesem undurchsichtigen Gesellen nicht selbst ein Bild macht, bevor er ihm auch nur ein wenig vertraut.

*D*er Stronia-Spieler hat das Mienenspiel des jungen Lichtwächters genau beobachtet. Wieder kommt das heisere Lachen. Anschließend nickt er dem jüngeren Mann zu und setzt sich ächzend auf den Baumstamm. Uuhrtalon H~es M'ursur bleibt vor ihm stehen. Zlotaschir W~urs U'rsur mustert seine Hände, sein rotes Hautfell wirkt matt im grünen Licht von Kohmatok: »Wie alt seid Ihr?«
Ein wehmütiges Nicken, dann hebt der Stronia-Spieler den Kopf und blickt dem jungen Lichtwächter gerade in die Augen: »Es sind nicht die Sonnenzyklen, die zählen. Es sind die Dinge, die ich erlebt habe. Es ist der Wunsch, dass es irgendwann einmal einfacher und leichter wird. Die ewig unerfüllte Hoffnung, dass das Lichtwächterimperium irgendwann einmal nicht in Gefahr ist. Das ist es, was mich alt werden lässt.«

*U*uhrtalon H~es M'ursur schüttelt ungläubig den Kopf. Nach einem kurzen Zögern setzt er sich neben dem Stronia-Champion auf den Baumstamm. So viele tiefgründige Gedanken hätte er von einem einfachen Spieler nicht erwartet. Nachdenklich richtet er sich neben Zlotaschir W~urs U'rsur auf. Beide blicken wieder zum Sternenband, das inzwischen wunderbar hell, wie eine Straße aus Lichtpunkten über ihnen zu sehen ist: »Ich glaube nicht daran.«

*D*erblüfft blickt ihn der Stronia-Champion rasch von der Seite an. Dann geht sein Blick wieder nach oben, als er nachfragt: »Du glaubst nicht an das Lichtwächterimperium?«
Ärgerlich schüttelt Uuhrtalon H~es M'ursur den Kopf: »Natürlich glaube ich daran, sonst wäre ich nicht hier. Ich glaube nur nicht

daran, dass das Imperium all diese Sterne, Welten und Kulturen in sich aufnehmen kann.«

*N*achdenklich nickt der Mann neben ihm: »Oh, soweit ich das bisher erlebt habe, ist das eher eine Form der Eroberung als eine Aufnahme.«

*U*uhrtalon H~es M'ursur hat so etwas schon öfter gehört. Natürlich nur leise geflüstert in vertrauter Runde. Er spürt, wie ihm das Thema unangenehm ist. Auch sein Gesprächspartner spürt das. Wieder blickt er ihn an. Dieses Mal ist sein Gesichtsausdruck sehr ernst und auch forschend: »Also mein Bester, da du mir nicht vertraust und da ich unseren Vo-Shirr-Freund inzwischen viel zu gut kenne, gehe ich davon aus, dass du eigentlich nicht weißt, warum du hier bist.«

*P*rüfend blickt ihn der junge Lichtwächter an, dann nickt er zaghaft. Zlotaschir W~urs U'rsur lässt erneut sein heiseres Lachen erklingen. Nach einer kurzen Pause fährt er fort: »Aber eines muss man diesem Federball lassen. Er hat einen wahnsinnig guten Riecher dafür, dass sich etwas zusammenbraut.«

*U*uhrtalon H~es M'ursur blickt sich suchend um. Aber sie sind alleine draußen. Das beruhigt den jungen Lichtwächter etwas, denn dieses Gespräch entwickelt sich definitiv hin zu sehr sensiblen Themen. Nun schaut er wieder neugierig den Stronia-Champion an. Dabei wird ihm klar, dass dieser Mann weit mehr ist als ein gefeierter Spieler.

*E*in sanftes Lächeln macht sich auf dem Gesicht von Zlotaschir W~urs U'rsur breit. Sein Blick ist nachdenklich, bevor er fortfährt: »Also, du vertraust mir nicht, bislang nicht. Das ist gut so. Dann will ich dir vielleicht etwas darüber erzählen, was gerade so im Lichtwächterimperium geschieht.«

$\mathcal{U}$uhrtalon H~es M'ursur wartet stumm ab, bis Zlotaschir W~urs U'rsur fortfährt: »Unserem Lichtbruder geht es sehr schlecht und deshalb ist die Lichtschwester in großer Sorge.«

$\mathcal{D}$er junge Lichtwächter nickt, das weiß er bereits.

»Was du vielleicht nicht weißt, ist folgender Umstand: die Lichtheiler haben unglaubliche Mengen an Lichtspenden von allen Welten des Imperiums erhalten. Wenn ich sage unglaublich, dann meine ich das genau so.«

$\mathcal{U}$uhrtalon H~es M'ursur runzelt die Stirn und will gerade zu einer Frage ansetzen, als der Stronia-Spieler mit einem bösen Grinsen fortfährt: »Warum die Lichtheiler mit dieser unglaublichen Menge an Licht dann den Lichtbruder nicht wieder gesund machen, willst du fragen?«

$\mathcal{D}$er junge Mann stimmt ihm langsam nickend zu. Dieser Bericht wirkt auf ihn gänzlich unverständlich.

»Nun, genau das ist, was auch die Lichtschwester so beunruhigt. Tatsächlich behaupten die Lichtheiler aber nachdrücklich und wiederholt, dass unser Lichtbruder so stark erkrankt ist, dass ihr Licht nicht zur Heilung ausreicht.«

$\mathcal{U}$uhrtalon H~es M'ursur schüttelt verwundert den Kopf, als er nachfragt: »Aber diese ganzen Lichtspenden, die die Lichtheiler erhalten haben und verwahren, müssen doch von der Lichtschwester gesehen werden können!«

»Ja, natürlich. Das ist das Seltsame. Die Lichtschwester kann sehr wohl erkennen, dass den Lichtheilern nicht genügend Licht für die Heilung des Lichtbruders zur Verfügung steht. Schließlich ist die Anbindung der Lichtschwester an die Lichtwelt legendär.«

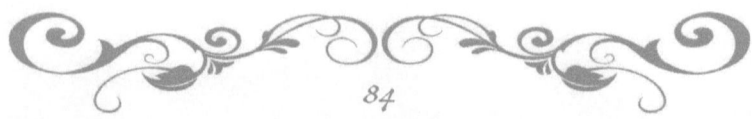

»Das verstehe ich nicht. Dann muss doch eine Menge Licht verschwunden sein. Wo ist denn all das Licht hin?«

*J*etzt lacht der Stronia-Spieler wieder heiser auf, als er antwortet: »Genau das fragt sich die Lichtschwester auch. Außerdem ist da noch etwas.«

*D*er Lichtwächter schaut ihm fragend ins Gesicht. Er kann den Stronia-Champion jetzt im Profil sehen. Er kann erkennen, wie er sich um die Dinge sorgt, die er ihm gerade erzählt.

»Nun, dass Lichtbruder oder Lichtschwester ihren Lebensweg in unserer Welt einmal beenden, ist sicher traurig, aber eben der Lauf der Dinge.«

*D*ann geht sein Blick zurück zu dem jungen Mann neben ihm, als er leise mit seiner Erzählung fortfährt: »Aber seit es das Lichtwächterimperium gibt, hat es zu diesen traurigen Zeiten immer ein Dunkles Zeichen gegeben, dass allen mit etwas Zugang zur Lichtwelt klar anzeigt, wer die Nachfolger der Lichtgeschwister sein sollen.«
Wissend nickt der junge Lichtwächter, dann wird ihm bewusst, worauf dieser Mann hinaus will. Mit erschrockener Stimme entfährt ihm: »Und jetzt gerade hat noch niemand etwas bemerkt, das nur annähernd als Dunkles Zeichen durchgehen könnte...«

*Z*lotaschir W~urs U'rsur schaut ihm mit einem undurchdringlichen Gesichtsausdruck an: »Das ist doch seltsam. Der Lichtbruder ist schwer krank, die Lichtheiler scheinen machtlos, die Lichtgaben sind nicht bei den Lichtheilern und wir haben nicht den Hauch von irgendetwas, das als Dunkles Zeichen durchgehen könnte.«
Jetzt hält es Uuhrtalon H~es M'ursur nicht mehr auf dem Stamm. Aufgewühlt steht er auf und geht einige Schritte.

Dann wendet er sich grimmig um und fixiert seinen Gesprächspartner: »Aber was habt Ihr mit all dem zu schaffen?«

$\mathcal{Z}$lotaschir W~urs U'rsur seufzt vernehmlich, als er antwortet: »Weißt du, wenn man wie ich seit vielen Sonnenläufen Stronia spielt, dann scheint es einem so zu sein, dass das nächste Spiel nur die Wiederholung eines der Spiele der Vergangenheit ist. Wenn ich Glück habe, dann kombiniert mein Gegenspieler vielleicht sogar einige Spiele von früher zu einer neuen Strategie, aber das geschieht leider viel zu selten.«

$\mathcal{I}$rritiert schüttelt der junge Lichtwächter den Kopf: »Warum erzählt Ihr mir das?«

$\mathcal{Z}$lotaschir W~urs U'rsur fährt unbeirrt fort: »Dann stellt man im Laufe der Zeit fest, dass sowohl im Kleinen als auch in der großen Politik des Lichtwächterimperiums sich die Dinge ebenfalls immer wieder ähneln. Man muss wirklich ausgiebig suchen, um etwas wirklich Interessantes oder vielleicht sogar etwas Neues zu finden.«

$\mathcal{D}$er junge Lichtwächter schließt den Mund und schluckt seinen Kommentar, der ihm gerade noch auf der Zunge gelegen hat, hinunter. Scharf mustert er den Mann auf dem Baumstamm, der während dieser Musterung völlig entspannt dasitzt und ihn seinerseits beobachtet.

$\mathcal{D}$ann hat Uuhrtalon H~es M'ursur verstanden, was ihm der Stronia-Spieler sagen will: »Ihr seid nicht nur ein Stronia-Spieler. Ihr beschafft Informationen. Von überall, wo Ihr auftretet, berichtet Ihr im Palast.«

$\mathcal{Z}$lotaschir W~urs U'rsur will gerade antworten, als eine leise Stimme von rechts kommt: »Siehst du, ich habe es dir gesagt. Er hat eine rasche Auffassungsgabe!«
Jetzt schwebt langsam ein weißer Federball zu den beiden

Männern. Uuhrtalon H~es M'ursur schaut ärgerlich zu Shirkla-Sva-Ssil, dann macht er seiner Frustration Luft: »Oh, mein weiser Lehrer, wann wolltest du mir denn diese Nebensächlichkeiten zur Kenntnis bringen? War es dein Plan, dass ich weiter als ein Trottel herumlaufe, ohne auch nur den Hauch einer Ahnung zu haben, worum es eigentlich geht?«

$\mathcal{Z}$lotaschir W~urs U'rsur lacht heiser auf und ergreift das Wort: »Also das mit der Auffassungsgabe kann ich bestätigen, aber ein wenig impulsiv ist er doch, findest du nicht?«

$\mathcal{D}$er Federball rückt näher an die Gruppe und schwebt auf Augenhöhe mit dem jungen Lichtwächter, der den Vo-Shirr mit funkelndem Blick beobachtet. Dieser lässt sich durch den Blick nicht irritieren und antwortet mit ruhiger Stimme: »Nun, er weiß einfach bis jetzt nicht, wozu er fähig ist.«

$\ddot{\mathcal{A}}$rgerlich schüttelt Uuhrtalon H~es M'ursur den Kopf und geht einige Schritte zur Seite. Der Stronia-Spieler und der Vo-Shirr unterhalten sich einfach weiter. Dazu schwebt der Vo-Shirr auf den immer noch entspannt da sitzenden Zlotaschir W~urs U'rsur zu: »Schön, dich zu sehen, mein Lieber. Gratulation, das war ein fulminanter Sieg vorhin.«

$\mathcal{Z}$lotaschir W~urs U'rsur winkt ab: »Ach, der arme Junge. Wirklich, anfangs habe ich fast gehofft, dass er mich schlägt, aber dann sind ihm plötzlich die Ideen ausgegangen. Ich muss ihn natürlich im Auge behalten, denn er hat echtes Potenzial.«

$\mathcal{D}$er Vo-Shirr kommt direkt auf den Punkt: »Nun gut, was hast du herausgefunden?«

$\mathcal{Z}$lotaschir W~urs U'rsur besinnt sich einen Augenblick, dann beginnt er dem Vo-Shirr zu berichten: »Soweit ich es ermitteln konnte, sind die Lichtgaben real. Sie kommen in unglaublicher Menge bei Hofe an. Es ist äußerst verwunderlich, dass dort nicht

alle vor Gesundheit und Zufriedenheit nur so strotzen.«

Jetzt hat sich Uuhrtalon H~es M'ursur wieder den beiden zugewandt. Aufmerksam verfolgt er die weitere Schilderung.

»Aber obwohl die Lichtheiler all die Spenden entgegennehmen, ist für alle offensichtlich, dass sie nicht mehr Licht haben als sonst auch. Damit bleibt natürlich die Frage: wohin also geht das Licht?«

Nach diesem Kommentar schwebt die Federkugel des Vo-Shirr nachdenklich auf und ab. Leise spricht der junge Lichtwächter aus, was ihm gerade in den Sinn kommt: »Licht geht dorthin, wo es gebraucht wird. Licht geht ins Dunkel.«

Verblüfft hebt der Stronia-Champion den Kopf, auch Shirkla-Sva-Ssil stellt seine Bewegung ein. Dann lacht Zlotaschir W~urs U'rsur kehlig und kommentiert das: »Weißt du, mein lieber Federfreund, da hast du dir aber wirklich einen ausgesprochen pfiffigen Begleiter ausgesucht.«

Der junge Lichtwächter ist offensichtlich selbst erstaunt über seine Aussage. Aber er ist immer noch unzufrieden mit der Situation, also antwortet er etwas knurrig: »Oh, es freut mich, wenn ich nicht vollkommen unnütz bin. Aber trotzdem frage ich mich doch, was an der banalen Selbstverständlichkeit meiner Aussage so pfiffig sein soll?«

Zlotaschir W~urs U'rsur richtet seinen Blick auf den Federball, als er fragt: »Du oder ich?«

Der Vo-Shirr schwingt kurz hin und her, dann antwortet er mit einem Geräusch, das fast wie ein Kichern klingt: »Du, mein Bester. Ich fürchte, wenn ich meine Rolle als Allwissender noch weiter ausbaue, zürnt mir dieses junge Wesen noch mehr.«

$\mathcal{D}$er Stronia Champion nickt weise und schaut dann zu Uuhrtalon H~es M'ursur, der mit energischer Geste die Fäuste in die Hüften gestemmt hat: »Nun, so seltsam es klingen mag, ihr müsst zu den Leuchtfarnen. Vielleicht findet ihr dort Antworten.«

$\mathcal{I}$rritiert lässt Uuhrtalon H~es M'ursur seinen Blick zwischen dem Stronia-Spieler und dem Vo-Shirr hin- und herpendeln. Als der Spieler erkennt, dass der junge Lichtwächter bislang nicht verstanden hat, was er meint, fährt er mit leiser Stimme fort: »Die Hüter der Dr'haamokli leben im Untergrund unter den Leuchtfarnebenen.«
Uuhrtalon H~es M'ursur stutzt und wundert sich: »Dr'haamokli sind doch nur eine weitere Erfindung in den alten Erzählungen. Uns hat man in der Ausbildung beigebracht, dass es die Dr'haamokli schon nicht mehr gibt.«

$\mathcal{D}$er Vo-Shirr schwebt langsam, fast vorsichtig zu dem Lichtwächter und fragt mit leiser Stimme: »Oh, interessant. Wer genau hat euch das mit den Dr'haamokli denn während deiner Ausbildung erzählt?«

$\mathcal{N}$achdenklich runzelt Uuhrtalon H~es M'ursur die Stirn. Dann beginnt er zu verstehen und er antwortet mit ebenso leiser Stimme: »Wir hatten Besuch von einer Lichtheilerin, die uns über die Dinge der alten Erzählungen unterrichtet hat.«
Dann wendet er sich ab und blickt nachdenklich in die Ferne. Der Vo-Shirr und der Stronia Champion schweigen verständnisvoll. Als sich der junge Lichtwächter wieder ihnen zuwendet, wirkt er desillusioniert. Er nickt seinen beiden Gesprächspartnern zu: »Also stecken die Lichtheiler mit in der Sache drin.«

$\mathcal{E}$inen Moment schweigen alle, dann ist das Lachen von Zlotaschir W~urs U'rsur zu hören: »Keine Sorge, du gewöhnst dich noch daran.«

$\mathscr{E}$r steht auf und streckt seine Glieder. Dann nickt er den
beiden Anderen zu und verabschiedet sich: »So, genug der
Verwicklungen für heute Abend. Ich werde meine müden
Knochen jetzt in ein warmes und hoffentlich weiches
Schlafgemach verfrachten.«
Mit diesen Worten nickt er den beiden zum Abschied zu und
wendet sich zum Gehen. Nach zwei Schritten bleibt er stehen
und grinst noch einmal über die Schulter zurück: »Oder aber
ich schau' mal nach, ob diese Magd noch wach ist. Vielleicht
wird das doch noch ein vergnüglicher Abschluss dieses wahrlich
interessanten Tages!«

$\mathscr{D}$ann ist er schon im Halbdunkel des grünen Schimmers von
Kohmatok verschwunden. Der Vo-Shirr findet als erstes Worte:
»Er ist und bleibt einfach ein unverbesserlicher Schwerenöter.
Komm, mein junger Freund, auch wir sollten uns etwas
Ruhe gönnen. Der Weg zu den Leuchtfarnebenen ist nicht zu
unterschätzen.«

$\mathscr{D}$amit setzt sich die Federkugel langsam in Bewegung
in Richtung Herberge hinter ihnen. Mit einer gemurmelten
Zustimmung folgt Uuhrtalon H~es M'ursur ihm. Er kann nicht
sagen, warum, aber er spürt genau, dass die nächsten Tage für
ihn noch viele solch aufwühlende Erkenntnisse bringen würden.
Als er sich nun mit müden Schritten auf den Weg zur Herberge
macht, spürt er, sicher nur halb bewusst, wie etwas Warmes und
Vertrautes dort auf ihn wartet. Mit einem Kopfschütteln tut er
dieses neue Gefühl als ein Ergebnis seiner Erschöpfung ab und
dem Wunsch nach Ruhe.
Dabei wäre er gut beraten, würde er mehr auf diese Art
Empfindung achten.

$\mathscr{E}$s ist inzwischen wieder still. Der Nebel hat sich verzogen,
das Sternenband leuchtet fahlweiß und scheint die blassgrünen

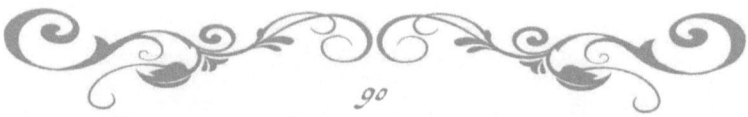

Strahlen von Kohmatok zu überstrahlen. Weiter hinten bei den Gebüschen tritt eine Gestalt aus dem Schatten. Der blaugraue Mantel verbirgt ihre Erscheinung fast vollständig. Die Gestalt nickt. Endlich scheinen sich die Dinge zu entfalten.

XIII

śikṣaṇam jīvanam

अन्धकारणनिश्चितानि

~ *Lernen ist Leben* ~

Nutze das Wissen
des Korallenbaumes

*E*r wacht langsam auf. Gähnend dreht er sich noch einmal zur Seite und schließt die Augen erneut. Was für einen seltsamen Traum er da hatte. Noch immer ist sein Geist halb in diesem Konstrukt seiner Einbildung gefangen. Er war in einem dunklen Wald voller seltsamer Bäume gewesen. Die Gefahr und die Angst, die er dort gespürt hat, sitzen ihm nach wie vor in den Knochen. Ein sanftes Lächeln schleicht sich auf sein Gesicht. Schon immer hatte er eine rege Fantasie. Also muss er sich auch nicht wundern, wenn er sich an seine Träume so real erinnert, als ob er dies alles wirklich erlebt hätte. Er versucht, die Decke weiter hochzuziehen, irgendwie ist sie viel zu kurz. Halbwach, wie er ist, wundert er sich über den Stoff der Decke. Es ist nicht die sanfte, weiche Daunendecke, an die er sich erinnert. Eher grob gewobenes Gewebe ist unter seinen Fingern spürbar, als er mit geschlossenen Augen darüber streicht. Dann spürt er, wie einem Tsunami gleich die Erkenntnis über ihn hereinbricht. Mit pochendem Herzen setzt er sich auf und schaut sich um. Er erblickt eine einfache Kammer mit Natursteinmauerwerk und einen dunklen Boden aus hölzernen Dielen. Die aufkeimende Panik will mit all ihren geifernden Fängen nach ihm fassen, aber er beabsichtigt, sich nicht so einfach zu ergeben. Mühsam und mit größter innerer Anstrengung drängt er die Panik zurück ins Dunkel seines Wesens. Zurück bleibt nur er, schwitzend und mit pochendem Herzen.

$\mathcal{D}$as war kein Traum. Das war Realität. All das, woran er sich erinnert, hat er wirklich erlebt. Jetzt, da er wach ist, sieht er sehr detailliert die Bilder seiner Erinnerungen des letzten Tages. Aber wenn er versucht, weiter zurückzugehen, sich an die Tage davor zu erinnern, wird das Bild sofort unscharf. Er spürt genau, dass seine Erinnerungen nicht fort und verloren sind, aber zwischen ihm und diesem Erinnern an frühere Tage steht eine helle, leuchtende Wand, die alles, was hinter ihr ist, in weiche Unschärfe verwandelt. Wieder will die Panik von ihm Besitz ergreifen, wenn er sich nicht erinnert, dann ist auch sein Wesenskern verloren. Er ist nichts, ohne Wert und ohne Können. Ärgerlich schnalzt er mit der Zunge. Nein, so ist es nicht. Diese helle Wand, die ihm den Zugang zu klaren Erinnerungen unmöglich macht, lässt ihn gleichzeitig spüren, wie viel dort drüben auf der anderen Seite auf ihn wartet. So kann er sich seines Wesens sicher sein. Er hat sie noch alle, all seine Fähigkeiten, seine Instinkte und vor allem seine Wesensart. Wieder drängt er die Panik zurück, die sich dieses Mal enttäuscht, geschlagen, fast freiwillig zurückzieht. Dieser Kampf hat ihn viel Kraft gekostet. Er schließt die Augen und versucht, zur Ruhe zu kommen. So bemerkt er das sanfte Klopfen zuerst nicht. Als es schließlich lauter wird und in sein Bewusstsein dringt, will er gerade antworten. Da wird die Tür schon geöffnet. Durch das Fenster dringt inzwischen warmes Morgenlicht in die Kammer und zeichnet die Person, die vorsichtig die Kammer betritt, mit rötlichem Leuchten nach. Eine junge Frau steht da und blickt sorgenvoll auf ihn hinab. Dann erkennt sie, dass er wach ist und aufrecht im Bett sitzt. Sie beginnt zu lächeln. Er blickt der Frau in die Augen und spürt einem Sog gleich die Anziehungskraft, die diese Augen auf ihn haben. Noch immer aufgewühlt wird ihm trotzdem intuitiv klar, dass egal, was ihn von seinen Erinnerungen fern hält, er seine Zukunft mit diesem Wesen, diesen Augen, dieser Frau haben wird. Er spürt mit einer Sicherheit, die er sich nicht ansatzweise erklären kann, dass dieses Verstehen der Zukunft, des gemeinsamen Weges auch im

Blick ihrer Augen liegt.

*K*khil T~es M`aru lächelt ihn an. Ihr wunderbar blau schimmerndes Hautfell wird vom orangeroten Leuchten Sintkanas, das sich durch das schmale Fenster der Kammer auf sie ergießt, zum Glänzen gebracht. Einen magischen Moment lang genießen beide diese Nähe, die sich weder durch Worte noch durch Taten greifen lässt. Er räuspert sich und versucht zu sprechen: »Guten Morgen.«

»Guten Morgen.« Beide haben sie gleichzeitig Worte gefunden. Nach einem Moment der Verblüffung, beginnen sie zu lachen. Dann ist der Moment vorbei. Der Zauber ist noch da, aber dieser besondere Augenblick ist nun Erinnerung. Ihre Blicke tauschen diese Erinnerung noch einmal kurz aus.

»Hast du erholsam geschlafen?«

*E*r schüttelt irritiert den Kopf, als er antwortet: »Ja. Nein. Ich bin aufgewacht und habe geglaubt, dass ich geträumt habe, aber dann wurde mir klar, dass ich wirklich hier bin.«

*S*ein Blick sucht wieder ihre Augen, als er vorsichtig fragt: »Wo bin ich?«

*K*khil T~es M`aru schaut ihn lange an. Dann antwortet sie ihm verständnisvoll: »Du bist in deiner Kammer in der Herberge beim großen Gehrbaumwald im Norden. Wir sind auf Kahlía, der Hauptwelt des Lichtwächterimperiums. Du bist Frank. Und ich bin Kkhil T~es M`aru.«

*E*r benötigt einen Moment, dann nickt er bestätigend: »Also war es kein Traum. Das ist Realität. Meine neue Realität.«

*E*inem Impuls folgend lächelt er sie an: »Aber eine schöne Realität!«

*K*khil T~es M`aru holt erschrocken Luft. Die lodernde Flamme in ihrem Inneren, die seine Worte ausbrechen ließ, erwärmt ihre Gedanken. Um abzulenken, fährt sie nüchtern fort: »Dort drüben findest du Wasser und alles, was du benötigst. Falls du Hunger hast, unten im Schankraum gibt es ein Morgenmahl.«

*D*ann gehen ihr die Worte aus. Er lächelt sie noch immer an und scheint ihre Verwirrung zu genießen. Schließlich erlöst er sie. Er schnüffelt an seinen Kleidern. Es sind immer noch die gleichen Kleider, die er trägt, seit er in diese Welt gekommen ist oder besser, seit er auf diese Welt geplumpst ist, wie er sich noch genau erinnern kann. Sie versteht, was ihn bewegt, und öffnet die Tür vollständig und betritt zögerlich die Kammer. Er beobachtet ihre Bewegungen genau, ohne sich selbst auch nur zu rühren. Vorsichtig legt sie ein Bündel auf das Bett. Dann richtet sie sich auf: »Ich dachte mir, dass du frische Kleidung benötigst. Ich hoffe, es passt dir alles. Wenn nicht, finden wir sicher noch etwas anderes.«

*E*r nickt ihr dankbar zu. Dann wendet sie sich ruckartig um und geht zur Tür der Kammer hinaus. Gerade als sie die Holztüre schließen will, wendet sie sich noch einmal halb um. Jetzt blitzt der Schalk in ihren Augen: »Wenn du Hilfe benötigst, ich bin unten im Schankraum.«

*D*ann schließt sie die Tür sanft und lässt ihn verblüfft zurück. Sein Blick geht zu dem Bündel. Ein weiches, weißes Oberteil und blaue Hosen aus einem etwas dickeren Gewebe samt einem Gürtel aus einem Material, das sich anfühlt wie Leder, hat die Wanderin ihm gebracht. Sie ist eine Wanderin. Daran erinnert er sich plötzlich wieder. Sie hat versucht, ihm zu beschreiben, was ihre Aufgabe ist. Leise versucht er, es auszusprechen: »Kahlía«. So ganz richtig hört sich die Aussprache in seinen Ohren bis jetzt nicht an. Dann seufzt er und beschließt, sich diesem neuen Tag auf Kahlía zu stellen. Als er aufsteht, um sich zu waschen,

kommt ihm in Sinn, dass dieser Tag eigentlich ganz wunderbar begonnen hat.

$\mathcal{S}$chließlich hat er sich gewaschen und angekleidet. Er hat nicht erwartet, so viel Komfort vorzufinden, aber die Kammer hat fließend Wasser und es gibt eine Art Toilette. Das verwirrt ihn zuerst, denn er hat er doch eigentlich damit gerechnet, lediglich eine Waschschüssel vorzufinden. Er tadelt sich selbst und beschließt, nicht vorschnell die Dinge auf dieser Welt einzuordnen. Vorsichtig verlässt er die Kammer. Der Gang ist beleuchtet, weiter vorn erblickt er eine Treppe. Diese führt hinab in die Schankstube.

$\mathcal{J}$etzt am Morgen ist hier unten alles sauber aufgeräumt. Die Tische sind abgeräumt und sauber, die Holzdielen am Boden glänzen, als ob sie eben erst feucht gewischt worden wären. Er blickt nach oben und kann erkennen, dass der Schankraum sehr hoch ist. Die Fensterläden sind weit geöffnet und das warme Licht der Morgensonne scheint herein. Er blickt sich um und denkt zuerst, dass er alleine ist. Dann hört er Lachen und Kinderstimmen. Weiter hinten hat sich eine große Gruppe von Kindern versammelt. Als er näher kommt, erkennt er, dass Kkhil T~es M`aru in der Mitte der Gruppe steht und mit fröhlicher Stimme etwas erklärt. So hat er die Wanderin bislang nicht erlebt. Sie wirkt glücklich und zufrieden. Dabei schildert sie den Kindern mit großer Sorgfalt, welche Pflanzen und Bäume auf den Ebenen beim Tiefmeer, zu finden sind. Er lehnt sich entspannt an einen der Stützpfeiler und verfolgt den Unterricht. Sie ist eine hervorragende Lehrerin, das spürt er genau. Dann scheint der Unterricht zu Ende zu gehen. Lächelnd schaut die Wanderin in die Runde und ihre Blicke treffen sich. Natürlich wird ihm klar, dass sie die ganze Zeit über wusste, dass er da ist.

»So, zum Abschluss habe ich noch etwas Besonders für euch. Wollt ihr das hören?«

$\mathscr{N}$atürlich wird von der Kinderschar lautstark eingefordert, dass die Wanderin weiter erzählt. Sie nickt ihnen zu, dann wird ihr Blick ernst. Die Kinder spüren das und werden leise. Aufmerksam hören Sie der Erzählung der Wanderin zu: »Wisst ihr, wenn eine Wanderin wie ich über Kahlía reist, dann gibt es da natürlich auch Gefahren, denen ich begegne.«

$\mathscr{A}$temlose Spannung breitet sich aus. Er muss lächeln. Kinder scheinen überall gleich zu sein. Die Stimme der Wanderin wird leise, als sie fortfährt, und die Kinder hängen an ihren Lippen: »In den Steinmooswüsten haust ein grausamer Jäger. Der Tskiplot ist ein mächtiger Gegner. Nur sehr erfahrene Jäger können ihm trotzen. Wisst ihr, wie ein Tskiplot aussieht?«

»Nein, wie sieht er aus?« erschallt es aus allen Kehlen der Kinder.

»Ich sage es euch. Er hat einen langen Schlangenkörper. Aber anders als eine Schlange hat er viele, sehr viele Beine. Außerdem hat er je einen Kopf an beiden Enden! Glaubt mir, wenn ihr jemals auf einen Tskiplot trefft, dann ist Gefahr im Verzug. Jeder Kopf hat fünf Augen und ein riesiges Maul.«

$\mathscr{J}$etzt haben die Kinder Angst, das spürt er genau. Auch Kkhil T~es M`aru spürt das und macht ernst nickend eine Pause: »Aber … die Steinmooswüste ist weit weg. Wirklich weit. Hier bei euch gibt es ihn nicht. Zum Glück!«

$\mathscr{S}$ie lacht und zuerst zaghaft und dann lauter fallen die Kinder in ihr Lachen ein. Dann hält die Wanderin ihre Lanze hoch: »Deshalb habe ich dies immer bei mir. Wisst ihr, was das ist?«

$\mathscr{D}$ie meisten Kinder verneinen. Ein etwas älterer Junge jedoch ruft mutig: »Das ist eine Ssvolyk-Lanze!«

$\mathcal{K}$khil T~es M`aru nickt ihm lobend zu: »Ganz genau. Wisst ihr, wo man eine solche Lanze bekommt?«

$\mathcal{S}$ie blickt sich um, aber die Kinder schütteln ratlos den Kopf.

»Ich bin bis zum Tiefmeer gewandert. Dort bin ich hinabgetaucht. Viele Male bin ich hinabgetaucht. Bis ich endlich einen der seltenen Ssvolyk-Korallenbäume gefunden habe.«

$\mathcal{W}$ieder lauschen die Kinder der Erzählung atemlos. Auch Frank ertappt sich dabei, dass er unbedingt wissen möchte, wie die Geschichte weitergeht.

»Schließlich habe ich Freundschaft mit dem Ssvolyk-Korallenbaum geschlossen. Er hat mich genau gespürt. Er hat gespürt, was ich bin, meine Lichtart und mein Wesen.«

$\mathcal{S}$ie macht eine Pause und nickt nachdenklich bei der Erinnerung an dieses Erlebnis und fährt dann flüsternd fort: »Und dann ist es passiert.«

$\mathcal{D}$ie Kinder halten die Luft an.

»Bei meinem letzten Besuch beim Korallenbaum hat er einen Ast ausgebildet. Immer länger wurde er. Bis er genau so lang war!«

$\mathcal{S}$ie hält die Ssvolyk-Lanze aufrecht in ihrer rechten Hand: »Auf einmal hat er den Ast abgetrennt. Er ist im Wasser zu mir geschwebt. Als ich ihn dann mit beiden Händen ergriff, habe ich den Korallenbaum gespürt und er hat mich gespürt. So wurde diese Lanze zu meiner Ssvolyk-Lanze, die immer bei mir ist und mich beschützt.«
Erleichtert atmen die Kinder auf. Dann prasseln die Fragen aus ihnen heraus. Jede Einzelne wird von der Wanderin mit großem Ernst beantwortet.

*E*r fühlt sich geehrt, dass er diesem Unterricht beiwohnen durfte. Denn die Wärme und Zuneigung der Wanderin zu ihren kleinen Zuhörern ist offensichtlich, aber auch die Stärke, die diese Frau in sich trägt. Schließlich sind alle Fragen beantwortet und die Kinderschar strömt nach draußen. Mit frohem Gesicht schaut Kkhil T~es M`aru ihnen nach. Sie blickt sich um und geht dann zu ihm: »Hat es dir gefallen?«

*E*ifrig nickend antwortet er: »Ja, sehr sogar. Ist es das, was eine Wanderin tut? Kindern Geschichten erzählen.«

*S*ie blickt ihn ernst an, dann geht sie an ihm vorbei zu einem der Tische und lässt sich dort nieder. Er folgt ihr einfach und setzt sich zu ihr.

»Manchmal auch das. Manchmal heile ich ein wenig. Manchmal bekomme ich Geschichten erzählt. Das ist es, was wir tun. Lernen ist Leben.«

*S*ein Blick geht zur Ssvolyk-Lanze, die sie lässig einfach neben sich an den Tisch gelehnt hat.

»Aber du hast den Kindern nicht alles erzählt, was diese Lanze betrifft.«

*S*ie blickt ihn ernst an, dann antwortet sie nüchtern: »Natürlich nicht. Das sind schließlich Kinder. Schon die Geschichte über den Tskiplot war fast zu viel für einige.«

*S*ie wartet auf seine Reaktion. Er blickt zu Boden, denkt nach und dann glaubt er verstanden zu haben, was sie ihm sagen will.

»Aber auch Kinder müssen lernen, dass es Gefahren in der Welt gibt.«

$\mathcal{J}$etzt hebt er den Kopf und fährt fort: »Aber dass es auch Wege gibt, mit diesen Gefahren umzugehen.«

$\mathcal{S}$ie lächelt ihn bestätigend an: »Ja, auch das. Aber genug von mir.«

$\mathcal{E}$ine Magd eilt herbei und stellt eine Vielzahl von Schüsseln und Gefäßen auf den Tisch. Daneben stellt sie einen Krug mit Wasser und zwei Becher aus dem schwarzen Material, das er gestern schon gesehen hat. Dann lächelt sie die beiden so ungleichen Gäste an und wünscht ihnen: »Ein helles Morgenmahl für euch!«

$\mathcal{W}$ie schon gestern Abend, leitet ihn die Wanderin durch die verschiedenen Speisen. Als sie schließlich zufrieden kauend dasitzen, greift er das Gespräch wieder auf: »Wir sollten uns über den Beobachter von gestern Abend unterhalten. Ich habe noch etwas gesehen, das ich nicht verstehe.«

$\mathcal{Ü}$berrascht blickt sie ihn an und fragt in ernstem Ton: »Was hast du gesehen?«

$\mathcal{E}$r wiegt den Kopf und sucht nach den richtigen Worten: »Gestern Abend habe ich nach draußen geschaut. Da habe ich so etwas, wie eine helle Kugel über den Hof schweben sehen. Aber ich war wahrscheinlich nur müde und überfordert von all dem Neuen.«

$\mathcal{U}$nverwandt schaut sie ihn an: »Oh, das kann schon sein. Hat die Kugel denn geleuchtet?«

$\mathcal{E}$r denkt nach, bevor er antwortet. Dann schüttelt er den Kopf: »Nein. Wenn ich ehrlich sein sollte, hat das Ding eher so etwas wie Federn gehabt, rundherum.«

$\mathcal{S}$ie legt ihr Besteck auf den Tisch und blickt dann nachdenklich auf ihren Teller. Er spürt, dass Kkhil T~es M`aru etwas beschäftigt.

»Habe ich etwas Falsches gesagt?«

$\mathcal{E}$rschrocken schaut sie auf. Dann versucht sie zu lächeln, was ihr nicht gänzlich gelingt: »Nein, natürlich nicht. Ich frage mich nur, was ein Vo-Shirr hier in der Provinz zu suchen hat. Und ich frage mich ...«

$\mathcal{E}$r spürt, dass sie mit sich hadert, ob sie weitersprechen soll. Deshalb greift er über den Tisch nach ihrer Hand. Er spürt das warme, weiche Hautfell und er spürt die Verbindung, die zwischen Ihnen existiert, seit er in diese Welt gekommen ist. Kkhil T~es M`aru holt tief Luft und blickt ihm tief in die Augen, als sie fortfährt: »Ich frage mich, warum ich gerade so viele Dinge erlebe, die außergewöhnlich sind. Ein Vo-Shirr hier im Nirgendwo. Dann spürte ich gestern Abend immerzu die Nähe von etwas, das mich anzuziehen schien. Und dann ...«

$\mathcal{E}$r hebt fragend die Augenbrauen und sie fährt mit einem verschmitzten Gesichtsausdruck fort: »Dann ist da noch dieser Mann mit rosiger Haut und hellem Haar, der mir im großen Gehrbaumwald vor die Füße geplumpst ist.«
Er versucht den leichten Ton aufzunehmen, als er antwortet: »Nun, es sind eben seltsame Zeiten für uns beide.«

$\mathcal{S}$ie nickt lächelnd, dann geht ihr Blick in die Ferne. Einen Moment schweigt sie.

»Nein, es geht nicht nur um uns beide. Da ist viel mehr. Etwas viel Größeres geht gerade vor sich.«

XIV

andhakārāṇi niścitāni

अनुधकाराण निश्चितानि
~ *Dunkle Pläne* ~

*Nutze das Wissen
des Korallenbaumes*

*E*s herrscht reges Treiben am Hof der Lichtgeschwister. Hier im inneren Bereich ist die Spannung vielleicht noch intensiver zu spüren, als sonst im Lichtwächterimperium. Es ist keine gute Spannung. Trauer und Unsicherheit prägen die Gesichter der Oh-Khalí die vorüber eilen. Der große Raum leert sich langsam und nur die gebeugt dasitzende Lichtschwester in leuchtend blauer Robe bleibt zurück. Sie wirkt sorgenvoll und gebrochen. Viele der Oh-Khalí, die sich verabschieden, ringen nach Worten. Trotzdem lässt sich in diesen Worten die ehrliche Anteilnahme und Sorge spüren. Auch die Lichtschwester in der blau schimmernden Robe erkennt das, und sie versucht den scheidenden Gästen den Eindruck zu vermitteln, dass die Worte ihr helfen. Tatsächlich empfindet sie aber nicht so. Ihre Position jedoch bringt leider viel zu oft die Verpflichtung mit sich, weniger an sich als an all die Oh-Khalí zu denken, die ihr treu dienen. Jetzt sind nur noch die zwei Vertreter der Lichtheiler in ihren lila Roben und ihr engster Berater in der riesigen Audienzhalle zurückgeblieben. Er spürt, dass die Lichtschwester jetzt genug hat und so schreitet er respektvoll aber energisch auf die beiden Lichtheiler zu. Trotz seines fast legendär hohen Alters bewegt er sich mit festen, sicheren Schritten, auch wenn die Spannkraft darin nicht mehr die gleiche ist wie in früheren Tagen. Gerade in Zeiten wie diesen spürt er den beginnenden Verfall seiner Kräfte. Trotzig weigert er sich, daran auch nur einen Gedanken zu verschwenden. Jetzt ist nicht die Zeit für

Schwäche. Jetzt wird er gebraucht und er hat die feste Absicht, seine Aufgabe zu erfüllen, koste es, was es wolle.

»Geehrte Schwester, geehrter Bruder. Wir danken euch für eure Bekundungen, den Lichtgeschwistern in dieser dunklen Stunde so zur Seite stehen zu wollen.«

$\mathcal{D}$er Lichtheiler ist offenbar ein sehr junges Mitglied dieser Gilde. Unsicher macht er einen Schritt nach hinten und entschließt sich dann zu einer angedeuteten Verbeugung. Die Lichtheilerin, eine sehr viel ältere Oh-Khalí, hat dagegen schon viele Sonnenläufe gesehen. Aus ihrem verbrauchten Gesichtszügen, fixieren klare, kalte Augen den Berater. Als sie antwortet, zeigt ihre Miene das richtige Maß an Hilfsbereitschaft und Demut. Ihre Augen werden dabei noch eine Spur kälter, falls das überhaupt möglich ist. Sehr genau hat sie die Aussage des Beraters verstanden, in der von Bekunden und Absichten, aber nicht von Taten die Rede ist: »Ithak'kl T~es Stegi'mahr, es ist uns eine Ehre und Aufgabe, unsere Möglichkeiten für das Lichtwächterimperium einzusetzen, ihr wisst das sicher.«

$\mathcal{M}$it einem angedeuteten Lächeln nickt Ithak'kl T~es Stegi'mahr der Lichtheilerin zu. Sein Blick ist klar und direkt. Schnell wandern seine Augen zum jungen Lichtheiler, der immer noch unsicher etwas hinter seiner Gildeschwester steht, die offenkundig deutlich bedeutsamer ist in dieser Gilde als er selbst. Bewusst lässt der Berater für einen etwas längeren Moment seinen Blick auf dem jungen Lichtheiler verweilen. Dieser fühlt sich offenkundig immer unwohler in seiner Haut, je länger der engste Berater der Lichtgeschwister seinen Blick auf ihm ruhen lässt. Dann kehrt die Aufmerksamkeit des Beraters zurück zur ersten Lichtheilerin, die seinen Fokuswechsel misstrauisch beobachtet hat. Er nickt ihr zu: »Oh, natürlich. Ganz sicher ist die Lichtschwester dankbar dafür, dass ihr für diese Aufgabe nur die besten, fähigsten und erfahrensten Brüder und Schwestern auswählt. Alles andere wäre sicher in diesen Zeiten so falsch wie

eine grüne Morgensonne.«

$\mathcal{V}$orübergehend blitzt Zorn in den Augen der Lichtheilerin auf, der es fast schafft, ihr Mienenspiel zu entgleisen zu lassen. Nur für einen winzigen Augenblick, einen Bruchteil einer Kautka, dann ist diese Offenbarung ihrer eigentlichen Wesensart vorbei. Jetzt zeigt ihr Gesicht wieder die Maske der Hilfsbereitschaft und Demut. Kurz zögert die Lichtheilerin, schließlich deutet auch sie eine Verbeugung an, natürlich in Richtung der Lichtschwester, die diesen Austausch regungslos verfolgt hat: »Wir ziehen uns zurück und werden unsere Meditation zu den Farbströmen der Lichtwelt wieder aufnehmen: Es muss schließlich alles versucht werden, was dem Lichtbruder helfen könnte.«

$\mathcal{O}$hne sichtbares Mienenspiel nimmt die Lichtschwester dies zur Kenntnis, nur eine leichte Kopfbewegung, ein Nicken vielleicht, ist zu sehen. Ithak'kl T~es Stegi'mahr breitet die Arme aus und geht auf die beiden Vertreter der Lichtheiler zu. Seine Geste und seine Worte sind eindeutig: »Danke, dass ihr gekommen seid. Es bedeutet uns alles.«

$\mathcal{D}$er zornige, kalte Blick, den die Lichtheilerin ihm zuwirft, kann Ithak'kl T~es Stegi'mahr nicht erschrecken. Er hat mehr als genug Sonnenläufe am Hofe der Lichtgeschwister verbracht und viel zu viele Intrigen und Ränkespiele erlebt. Eine Lichtheilerin, die ihm zürnt, nimmt er eher als Respektsbekundung denn als Drohung wahr. So gewinnt er auch ohne Anstrengung den Kampf der Blicke mit der Lichtheilerin. Abrupt wendet sie sich um, ihre lila Robe macht dabei eindrucksvolle Geräusche. Sie schreitet hocherhobenen Hauptes zum Eingangsportal der großen Halle, an der zwei Lichtwächter stehen. Ihr Gildebruder folgt ihr eilig. Als sie das große, reich verzierte Tor durchschritten hat, dessen Torflügel bis zur gewölbten Decke der Halle aufragen, schließen die Lichtwächter die Flügel scheinbar ohne Anstrengung. Ithak'kl T~es Stegi'mahr weiß jedoch, ob des Gewichtes

dieser Torflügel. Die Flügel dieses Tores sind zwar aufwendig verziert und somit sehr dekorativ, aber eigentlich dienen sie dem Schutz der Anwesenden in dieser Halle. Denn hier halten sich normalerweise nicht irgendwelche Oh-Khalí auf. Dies ist der zentrale Audienzhalle der Lichtgeschwister und somit das Zentrum der Macht im Lichtwächterimperium. Leise werden die Torflügel nun ganz geschlossen. Dann herrscht Stille. Die Lichtschwester wendet sich nachdenklich ihrem engsten Berater zu: »Ithak'kl T~es Stegi'mahr, in diesen Zeiten sollten alle Oh-Khalí ihre Differenzen vergessen. Es sind schwere Zeiten. Alle werden gebraucht.«

$\mathcal{D}$er Angesprochene wiegt den Kopf als er antwortet: »Meine Lichtschwester, natürlich sollte es so sein. Aber Ihr spürt es genauso wie ich. Die Gilde der Lichtheiler, obwohl sie gerade jetzt so dringend gebraucht werden, zeigen uns nicht ihre wahren Intensionen. Was wir gezeigt bekommen, ist falsches Licht, eine Illusion, die uns täuschen soll. Ich spüre eine Dunkelheit hinter all dem, die sogar mich erschreckt.«

$\mathcal{S}$ie seufzt und versucht dann, ein Lächeln zu zeigen. Es gelingt ihr nur ansatzweise. Zu tief ist ihre Sorge um ihren Lichtbruder. Mit einem tiefen Atemzug strafft sie sich und schreitet zu den Wänden der riesigen Audienzhalle. Die Bilder an den Wänden zeigen die Geschichte des Lichtwächterimperiums. Jedes Einzelne erzählt von einer Stunde, in der die Geschicke der Oh-Khalí maßgeblich geprägt wurden.

$\mathcal{D}$ann spricht sie laut und mit klarer Stimme: »Du kannst dich jetzt zeigen.«

$\mathcal{I}$thak'kl T~es Stegi'mahr hebt verwundert die Augen und schaut sich neugierig um. Neben den geschlossenen Torflügeln des Eingangsportals löst sich eine Gestalt. Es scheint so, als ob das Licht von Uuhnikla, das durch die weit oben angebrachten Oberlichter auf den in völligem Weiß gestalteten Raum fällt

und so ein sanftes, blaues Glühen erzeugt, bisher diese Gestalt nicht erreicht hat. Ansonsten wäre sie schon viel früher bemerkt worden. Aber nun leuchtet das blaue Licht auch auf die Gestalt neben dem Tor.

$\mathcal{D}$ie Gestalt ist in einen einfachen, blaugrauen Mantel gehüllt, der ihren Körper umfließt. Mit federleichten Schritten nähert sie sich der Lichtschwester. Ithak'kl T~es Stegi'mahr greift an seine Seite und legt die Hand auf den Dolch aus Ssvolyk-Holz, eine mächtige Waffe in kundigen Händen. Auch wenn er alt ist, wird er die Lichtschwester bis zu seinem letzten Atemzug verteidigen.

$\mathcal{D}$ie Gestalt hat die Lichtschwester fast erreicht, da wendet diese sich um und blickt der Gestalt mit offener Miene entgegen. Die Last der letzten Zeit und die Sorge um ihren Lichtbruder sind darin abzulesen, gleichzeitig aber auch eine Stärke und Kraft, ein unbändiger Wille, ihre Aufgabe zu erfüllen. Mit einer kleinen Bewegung des Fingers an ihrer linken Hand gibt sie Ithak'kl T~es Stegi'mahr zu verstehen, dass keine Gefahr droht. Trotzdem macht dieser wachsam einige vorsichtige Schritte auf die Lichtschwester und die inzwischen vor ihr stehenden Gestalt im blaugrauen Mantel zu. Auch wenn die Lichtschwester glaubt, dass ihr keine Gefahr droht, traut er diesem Wesen so lange nicht, bis er weiß, um wen es sich handelt und welch Begehr es hat. Der Umstand, dass diese Gestalt überhaupt in der großen Audienzhalle anwesend ist, ohne dass er davon weiß, reicht völlig aus, um ihn misstrauisch bleiben zu lassen.

$\mathcal{D}$ie Gestalt steht nun knapp zwei Vlakstock entfernt vor der Lichtschwester. Dann sinkt sie zu Boden. Mit einem verwunderten Aufruf nimmt Ithak'kl T~es Stegi'mahr zur Kenntnis, dass die Gestalt vor der Lichtschwester kniet. Die Situation wird immer seltsamer. Dann, ganz plötzlich, erkennt sein Lichtsinn, welche Art von Besucherin er vor Augen hat. Die Erkenntnis gibt ihm auf unklare Weise Hoffnung. Tatsächlich hätte er nicht gedacht, eine solche Begegnung noch vor seiner

Reise in die Lichtwelt erleben zu dürfen.

»Erhebe dich, Kaah K~rat Kaah. Ich danke für dein Kommen.«

*D*ie Gestalt erhebt sich und schlägt dabei die Kapuze des blaugrauen Mantels zurück. Rotes Haar fällt weich auf ihre Schultern.

*D*ie Angesprochene wendet sich Ithak'kl T~es Stegi'mahr zu und verneigt sich vor ihm. Es ist eine Verneigung, die ihre Wertschätzung ausdrückt, offen und ehrlich, so vollkommen anders als die vorgetäuschte Geste der Lichtheilerin vorhin. Er mustert sie einen Moment lang, dann verneigt er sich auch in ihre Richtung: »Es ist mir eine große Ehre, dass ich auf meine alten Tage noch die Gesellschaft einer Lichtspürerin erleben darf.«

*D*ie Lichtschwester geht auf Kaah K~rat Kaah zu und fasst sie bei den Händen. Beide Frauen nicken sich respektvoll zu. Die Lichtschwester wendet sich zu ihrem engsten Berater: »Nun, es ist an der Zeit, dass auch Ihr etwas Hoffnung fassen dürft, Ithak'kl T~es Stegi'mahr.«

*Z*ustimmend bewegt er den Kopf, sein Gesichtsausdruck zeigt aber große Zweifel. Die Lichtschwester hat keine andere Reaktion von Ithak'kl T~es Stegi'mahr erwartet, sonst wäre er nicht ihr engster Berater. Einen Moment noch verharrt sie, dann wendet die Lichtschwester sich um und schreitet zu einer der Sitzgelegenheiten, die weiter hinten in der großen Audienzhalle stehen. Ithak'kl T~es Stegi'mahr folgt ihr nach einem letzten, nachdenklichen Blick auf die Lichtspürerin. Im Gehen fragt die Lichtschwester mit klarer Stimme: »Was hast du mir zu berichten, Lichtspürerin?«

*D*ie Angesprochene hat sich nicht von der Stelle gerührt. Sie schluckt kurz, denn sie weiß, dass die nächsten Utka von

unglaublicher Bedeutung für die Lichtgeschwister und das ganze Lichtwächterimperium sind. Dann antwortet sie mit klarer, lauter Stimme: »Ich habe es gesehen. Zwei blaue Zeichen. Es ist wahr.«

*M*it einem Keuchen hält die Lichtschwester inne. Es ist deutlich zu sehen, wie sie um Fassung ringt. Dann, nach einem tiefen Atemzug, wendet sie sich um. Auch Ithak'kl T~es Stegi'mahr blickt zurück zur Lichtspürerin ob dieser unglaublichen Botschaft. Die Lichtschwester blickt die junge Lichtspürerin mit einer Miene an, die ihre aufkeimende Hoffnung zeigt. Ihre Frage kommt in flüsterndem Ton: »Du hast es gesehen? Wo?«

*D*ie Lichtspürerin neigt kurz den Kopf, dann suchen ihre grün schimmernden Augen den Blick der Lichtschwester: »Auf der Ebene beim nördlichen Gehrbaumwald. Es ist wahr.«

*E*inen endlos wirkenden Moment halten die zwei so unterschiedlichen Frauen den Blickkontakt. Dann schaut die Lichtschwester zur Seite und lächelt ihrem engsten Berater zu.

*Z*ögerlich, zuerst noch unsicher, fast ungläubig, dann aber mit klarer Gewissheit spürt der alte Oh-Khalí, wie sich Hoffnung in ihm breit macht. Um seine Erleichterung zu kaschieren, antwortet er mit knurriger Stimme: »Shirkla-Sva-Ssil, du alter Halunke. Du hattest wieder einmal den richtigen Riecher.«

*D*ie Lichtschwester nickt einfach. Dann wendet sie sich erneut um und geht zu den Sitzgelegenheiten. Jetzt ist ihr Schritt energischer, hoffnungsfroher.
Kaah K~rat Kaah ist froh, dass sie die Botschaft endlich überbringen konnte. Aber jetzt spürt sie noch mehr die Last der Verantwortung. Ihr Lichtsinn lässt sie mehr als erahnen, welch Anstrengungen noch vor ihr liegen. Dann erinnert sie sich an die Augen ihres Meisters, als er ihr in der Mediationshöhle oben in den Schneebergen versichert hat, dass sie bereit sei. Da spürt

sie, wie diese Erinnerung ihr Kraft gibt und die Unsicherheit vertreibt. Sie hat fest vor, ihrer Bestimmung gerecht zu werden, mit jeder Faser ihres Seins.

XV

sammukhīkaraṇam

सम्मुखीकरणम्

~ *Konfrontation* ~

Nutze das Wissen des Korallenbaumes

*E*s ist der neunte Morgen ihrer gemeinsamen Wanderung zum Tiefmeer. Er genießt diese Ruhe, sein Geist braucht sie dringend. Sie lagern auf einem Felsvorsprung, und er kann in der Ferne bereits das große Meer sehen. Das Tiefmeer, korrigiert er sich im Geiste. Im Hintergrund schnauben ihre Pferde.

*S*ie haben den ersten Teil ihrer Wanderung auf einem der kleineren Flussschiffe auf dem Hauptfluss dieser Welt, Araaalhithe, stromaufwärts nach Süden zurückgelegt. Der Kapitän, ein OpuKaqul aus der Gilde der Ioqatii, wie ihm Kkhil T~es M`aru erklärte, hat sie an einem verlassenen Landungssteg an Land gehen lassen. Noch an Bord hat die Wanderin die Pferde erworben. Bisher hat er noch nicht verstanden, wie der Handel auf Khalía funktioniert. Vielleicht geht es dabei um den Austausch von Licht gegen Ware. Die Pferde waren jedoch einfach Pferde und damit etwas, was ihm bekannt vorkommt. Dieser absurd anmutende Umstand hat ihn fast aus dem Gleichgewicht gebracht, welches er sich bis zum Anblick dieser schönen Tiere aufgebaut hatte. Sofort als er die Tiere erblickt hatte, war ihm klar, dass dies gute Reittiere waren. Ein ausgeprägter Widerrist, der seiner Schätzung nach ungefähr sechs Jahre alten Tiere, klare, fast neugierige Augen und ein gesundes Gebiss zeigen, dass ihr bisheriger Besitzer sich gut um die Tiere gekümmert hat. Als die Wanderin seinen Schrecken beim ersten Anblick der Pferde bemerkt hat, ist sie fürsorglich zu ihm geeilt.

Aber er konnte ihr erklären, dass es lediglich dieses auf seltsame Art verfügbare Wissen aus seiner ansonsten trüben Erinnerung war, das ihn erschreckt hat.

*A*ls sie schließlich alleine an der Anlegestelle zurückgeblieben waren, hat er sich mit den drei Tieren angefreundet. Ein Hengst und zwei gutmütige Stuten. Sattel und Zaumzeug sind in unbekannter Machart hergestellt. Deren Funktion verstand er problemlos und die Handhabung ging ihm problemlos von der Hand. Kkhil T~es M`aru beobachtete ihn verwundert, als er die Tiere nacheinander kennenlernte. Sie spürte genau, dass er einen intuitiven Zugang zu den Pferden hatte. So war es fast selbstverständlich, dass er für sich als Reittier den Hengst ausgewählt hat. Dieser ist etwas jünger und zeigte auch bisweilen Ungeduld, aber er konnte problemlos mit dem Tier umgehen. Damit blieb für die Wanderin eine der Stuten als Reittier und die zweite Stute wurde mit ihrem Gepäck beladen.

*N*ach diesen Erinnerungen wendet er sich um und geht zu den drei Pferden. Diese begrüßen ihn freudig. Jedes Tier wird von ihm mit einem Klaps bedacht. Dann prüft er die Futterbeutel und füllt sie nach. Schließlich kehrt er zu ihrem Lagerplatz zurück. Die Wanderin hat ihr Zelt bereits abgebaut und in kleine Packstücke zusammengebunden. Sie sitzt aufrecht ganz vorn an dem Felsvorsprung im Schneidersitz, die Hände entspannt auf den Oberschenkeln liegend. Wie immer, wenn er sie beobachten kann, bewundert er ihre Körperspannung und das wunderbar blau schimmernde Hautfell. In seiner Fantasie versucht er sich vorzustellen, wie ein Körper aussehen könnte, der gänzlich von diesem Hautfell bedeckt ist. Seine Gedanken flattern gleich Vögeln in diese Richtung, aber schnell ruft er sich selbst zur Ordnung. Sie ist eine Wanderin, seine Führerin und wie er sich eingestehen muss, der Anker, der ihm in dieser Welt die Hoffnung gibt, eine Zukunft zu haben. Er geht zu ihr und setzt sich neben sie, ohne dabei ihre Morgenmeditation zu stören. Er

schließt ebenfalls die Augen. Mit etwas Mühe findet er den Weg zu dem Bereich seines Wesens, das ihn die Umwelt auch mit geschlossenen Augen wahrnehmen lässt. Kkhil T~es M`aru hat ihm erklärt, dass dies Lichtsinn genannt wird. Es gelingt ihm, seine bewussten Gedanken schrittweise verblassen zu lassen, sodass lediglich der Lichtsinn sein Inneres erfüllt. Dann tastet er vorsichtig nach außen. Er spürt die drei Pferde, die zufrieden und geduldig hinter ihnen stehen. Dann wandert seine Wahrnehmung weiter. Die Ebene vor ihnen ist voll von Leben. Er spürt dies und versteht es ohne Nachdenken. Am Ende der Ebene spürt er das weit entfernte Meer. Auch dort fühlt er das Leben. Eine Zeit lang genießt er dieses Spüren. Dann bemerkt er etwas, das ihm schon früher aufgefallen ist. Es ist kein Ort. Heute traut er sich zum ersten Mal, näher zu diesem Etwas zu gleiten. Eine Erkenntnis durchzuckt ihm. Dieses Etwas umgibt ihn. Vorsichtig lässt er es zu, dass sein Geist sich weiter dorthin bewegt. Bis er eine Art Grenze erreicht. Ohne Nachdenken überschreitet er die Grenze. Der Wirbel umfasst ihn auf der anderen Seite. Farbströme umfließen ihn, heißen ihn willkommen und geben ihm Kraft. Er spürt genau, dass diese Kraft unendlich mächtig ist und er, wenn er wollte, all diese Kraft verfügbar hätte. Die Farbströme freuen sich mit ihm, als ihn diese Erkenntnis durchströmt. Er versucht zu verstehen, welches Wesen diese Farbströme haben. Aber da ist kein Wesen, da ist nur diese Kraft. Eine Zeit lang lässt er sich von den Farbströmen mitreißen. Dann spürt er, dass sich etwas nach ihm sehnt. Zuerst will er sich nicht von diesem Licht und diesen Farben entfernen. Aber die Farbströme lassen ihn erkennen, dass er jederzeit zurückkommen kann und er immer willkommen ist. Er formuliert seine Dankbarkeit und teilt diese mit den Farbströmen. Dann gleitet er zurück zur Grenze. Wieder durchschreitet er diese ohne Anstrengung. Nun spürt er das Meer und die Ebene. Er spürt die Wanderin, die auf dieser Seite der Grenze auf ihn gewartet hat. Er spürt ihre Sorge und ihr Sehnen. Aber er spürt auch ihr Vertrauen in ihn und sein Wesen. Dann schlägt er die Augen auf. Sintkana steht jetzt hoch

am Firmament. Kkhil T~es M`aru kniet vor ihm und schaut ihn neugierig an. Er lächelt, als er sie wahrnimmt. Diese feinen Gesichtszüge, das wunderschön blau schimmernde Hautfell auf ihren Wangen. Er spürt ohne jeden Zweifel, dass diese Oh-Khalí nicht nur seine Führerin in dieser Welt ist, sondern auch eine Bestimmung für seine Zukunft. Nachdenklich meint er: »Ich war an einem seltsamen Ort.« Dann korrigiert er sich sofort: »Nein, kein Ort. Es war etwas anderes ...«

*U*nsicher lässt er den Satz unvollendet. Ihre braunen Augen blicken ihn an. Er hat das Gefühl, dass sie bis tief in seine Seele spähen können. Aber so weit geht der Blick nicht, höflich und respektvoll verharrt dieser vorher. Und trotzdem geht der Blick tief. Leise antwortet sie ihm: »Du warst in der Lichtwelt.«

*V*erstehend bewegt er den Kopf auf und ab. Dann, nach einem Moment des Nachdenkens, hebt er die Augenbrauen und fragt: »Die Lichtwelt. Du hast oft davon gesprochen. Lernt ihr als Kinder, damit umzugehen?«

*S*ie schüttelt ernst den Kopf: »Nein. Nur wenige Oh-Khalí spüren die Lichtwelt so präsent. Wir wissen davon. Aber es braucht besondere Geister, um sie zu spüren.«

*F*ragend neigt er den Kopf: »Und du?«

*S*ie nickt langsam: »Ich kann die Lichtwelt spüren. Wenn ich meditiere, dann kann ich auch Kontakt zur Lichtwelt aufnehmen. So kann ich als Wanderin handeln.«

*E*r nimmt einen tiefen Atemzug und blickt an ihr vorbei auf die Ebene. Dann schaut er ihr wieder in die Augen: »Ich habe die Ebene gespürt und das Meer.«

*W*ieder nickt sie ihm zu: »Wesen mit einer guten Anbindung an die Lichtwelt können das. Du bist ein solches Wesen.«

*E*r denkt darüber nach, dann versteht er, was sie ihm sagen möchte: »Aber nicht alle können das.«

*L*ächelnd schüttelt sie den Kopf: »Nein, nur die Allerwenigsten können das. Wir, Wanderer können das. Die Lichtheiler können es ebenfalls.«

*E*r versucht das zu verstehen. Dann fällt ihm etwas ein. »Was ist diese Grenze, die ich gespürt habe?«

»Der Übergang zur Lichtwelt. Wesen mit sehr starker Anbindung an die Lichtwelt können hinter diese Grenze blicken. Mir gelingt das manchmal, aber nicht immer.«

*E*r blickt sie erfreut an: »Dann hast du das auch schon erlebt?«

*I*hr Blick wird fragend. Er blickt zu Boden und sucht nach den richtigen Worten, um ihr das Erlebte zu beschreiben: »Die Farbströme, die Wirbel. Es ist unglaublich, aber ich hatte das sichere Gefühl, dass diese Farbströme alles sind. Ich meine, alles, also alle Welten, alle Wesen, alles eben.«

*G*equält schaut er auf: »Ich kann es nicht besser beschreiben.«

*L*ange schaut sie ihn an. Dann hebt sie die Hand und streichelt seine Wange: »Du hast Farbströme gesehen?«

*E*ifrig nickt er ihr zu: »Ja, eine unglaubliche Vielfalt an Farben. Ich glaube, für die meisten habe ich gar keine Namen. Und diese Ströme bilden eine Einheit. Aber das ist kein Wesen. Es ist diese Einheit. Es ist … eben einfach.«

*S*ie holt tief Luft, er spürt die warme Berührung an seiner Wange. Er versinkt in ihrem Blick. Schließlich fährt sie mit ruhiger Stimme fort: »Ich habe von diesen Farbströmen gehört. Mehr noch, bei besonderen Gelegenheiten habe ich eine Ahnung

von ihnen wahrnehmen können, wenn ich über diese Grenze in die Lichtwelt blicken durfte. Aber ich war nie dort. Nicht so, wie du es beschreibst.«

*E*r reißt die Augen auf, dann schüttelt er ungläubig den Kopf: »Du, du warst nie dort? Aber es ist doch ganz einfach, wenn man erst einmal die Grenze erreicht hat. Dort, wenn du auf der anderen Seite angekommen bist, dort sind die Farbströme. Du musst das doch auch gespürt haben.«

*S*ie schüttelt traurig den Kopf: »Ich habe wie gesagt hinter die Grenze blicken können, aber ich konnte sie noch nie übertreten. Das kann niemand. Nicht einmal die Lichtgeschwister.«

*V*erwirrt steht er auf. Er geht einige Schritte, dann wendet er sich um. Kkhil T~es M`aru ist ebenfalls aufgestanden und schaut ihn mit einem seltsamen Blick an.

»Das kann nicht sein. Du kannst das, ich weiß das genau. Du bist eine Wanderin. Du bist Kkhil T~es M`aru!«

*S*ie lächelt bei seinen Worten. Dann erklärt sie ihm mit ruhiger Stimme: »Glaube mir, kein Oh-Khalí kann das. Zumindest heute nicht mehr.«

*E*r runzelt die Stirn: »Was heißt das? Früher war es euch möglich, diese Grenze in die, die ... Lichtwelt zu überschreiten und nun nicht mehr?«

»Ja, so ist es nicht.

In den alten Erzählungen wird von einer besonderen Gilde der Oh-Khalí berichtet, die diese Fähigkeiten hatten. Sie wurden Lichtspürer genannt. Aber sie sind verschwunden.«

*E*r schüttelt den Kopf: »Warum sind sie verschwunden?«

*K*khil T~es M`aru holt tief Luft. Dann wendet sie sich um und blickt in die Ferne zum Meer. Leise fährt sie fort: »Es gab eine Zeit, in der etwas Dunkles, etwas, dass das Licht verbraucht unsere Welten heimsuchen wollte. Die Lichtspürer haben sich dem entgegengestellt. Dieses Dunkel wurde vertrieben, aber der Preis war hoch. Die Lichtspürer haben aufgehört, zu existieren. So lautet die Sage.«

*E*r stellt sich neben sie und auch sein Blick geht zum Meer. Lange Zeit stehen sie einfach so da. Dann wendet er sich ihr zu, greift ihre Hände und blickt sie ernst an: »Ich war dort nicht alleine. In den Farbströmen meine ich. Dort waren noch andere.«

*E*rschrocken keucht sie auf. Ihre Antwort ist lediglich ein Flüstern: »Das kann nicht sein. Die Lichtspürer sind seit vielen Sonnenzyklen verschwunden.«

*E*r bewegt verstehend den Kopf auf und ab: »Das glaube ich dir. Aber ich habe es genau gespürt. Auch die Farbströme wissen davon, da bin ich mir sicher.«

*K*khil T~es M`aru ringt um Fassung. Seit dieser Mann mit den hellen Haaren und der nackten Haut ohne Hautfell ihr im Gehrbaumwald vor die Füße fiel, ist ihre Welt in ständiger Unordnung. Nein, sie korrigiert sich im Geiste, ihre Welt ist im ständigen Wandel. Diese Erkenntnis lässt sie wieder etwas zur Ruhe kommen. Sie wendet sich ihm erneut zu, dieses Mal mit einem Lächeln: »Nun, wenn du dies gespürt hast, dann ist es so. Aber jetzt müssen wir aufbrechen. Schließlich wolltest du zum Tiefmeer.«

*E*r atmet tief ein und lässt die Luft dann langsam aus seinen Lungen weichen. Einen Moment geht sein Blick zum Tiefmeer am Horizont. Jetzt spürt er, noch viel deutlicher, dass er dort vielleicht Antworten bekommen kann. Dann strafft er sich: »Du hast recht. Lass uns aufbrechen.«

*E*r wendet sich um und geht auf die Pferde zu. Dann stutzt er und dreht sich fragend zur Wanderin um: »Du kannst diese Grenze zur Lichtwelt wirklich nicht überschreiten?«

*S*ie schüttelt den Kopf: »Nein, Frank. Das können nur Lichtspürer.«

*E*r nickt verstehend und will gerade seinen Weg zu den Pferden fortsetzen, als ihn die Erkenntnis erreicht. Erschrocken keucht er auf und blickt sie verblüfft erneut an: »Das würde bedeuten, dass ich ein Lichtspürer bin!«

*S*ie lächelt ihm zu: »Ja, ein Lichtspürer der mir aus der Lichtwelt vor die Füße gefallen ist!«

*E*inen Moment wundert er sich über ihren leichten Ton. Dann lacht er auf: »Nun, meine Wanderin, das wird dann sicher seine Richtigkeit haben!«

*J*etzt wendet er sich endgültig um und geht zu den Pferden. Kkhil T~es M`aru blickt ihm nach. Jetzt ist ihr klar, warum sie die ganze Zeit über diese unerklärliche Last der Verantwortung empfindet, seit sie auf diesen Mann getroffen ist. Sie ist die Wanderin, die einen Lichtspürer in dieser Welt begleiten darf. Ihr Blick geht zurück zum Horizont, zum Tiefmeer. Sie beginnt zu verstehen, warum der Ssvolyk-Korallenbaum ihr diese Lanze übergeben hat. Ihre Aufgabe ist es, diesen Lichtspürer zu beschützen. Beim nächsten Gedanken wird ihr Gesicht von einem breiten Lächeln überzogen. Denn sie kann sich niemanden sonst vorstellen, den sie mit jeder Faser ihres Seins begleiten und beschützen will. Das ist ihre Bestimmung.

XVI

gabhīratāyā jñānam

गभीरताया ज्ञानम्

~ *Erkenntnis der Tiefe* ~

Fasziniert blickt Frank auf das weite Meer. Spiegelglatt liegt es da. Gerade versinkt Sintkana vor ihm am Horizont und ihre letzten Strahlen teilen den Himmel, als wären sie orangerote Schwerter aus Licht. Gleichzeitig erobert Uuhnikla hinter ihm das Firmament, ihr blaues Leuchten drängt die orangeroten Strahlen von Sintkana zurück. Schließlich hat das blaue Licht gesiegt. Kkhil T~es M`aru steht neben ihm, auch sie blickt auf die Weite des Meeres. Gemeinsam erleben sie die nächsten Utka, bis auch das letzte, orangerote Glimmen verschwunden ist. Nun leuchtet die Welt blau. In seinem Innern spürt er, dass er schon viele Sonnenuntergänge an einem Meeresstrand erlebt hat. Aber auf Khalía nimmt er die Farben gänzlich anders wahr. Einer Eingebung folgend schließt er die Augen und beginnt die Mediation. In den vergangenen Tagen hat ihm Kkhil T~es M`aru bei ihren gemeinsamen Mediationen jeden Morgen vor ihrem Aufbruch gezeigt, wie er seinen Geist leeren kann, um Kontakt zur Lichtwelt aufnehmen zu können. Ohne Nachdenken greift er mit der rechten Hand nach der Hand der Wanderin. Seine Finger tasten nach ihr. Er spürt ihr weiches Hautfell. Dann ergreift sie seine Hand. Er lässt zu, dass sie seinen Geist spürt und lässt sie an seiner Meditation teilhaben. Dort ist die Grenze, er wendet sich ihr zu. Höflich nähert sich sein Geist dieser Barriere, die Wanderin ist bei ihm. Inzwischen kann er spüren, wie die Barriere ihn prüft. Sie prüft, ob ihm der Übergang in die Lichtwelt gewährt werden soll. So wartet er geduldig. Dann ist

der Moment da. Er taucht ein in die Farbströme der Lichtwelt. Die Wanderin ist nach wie vor an seiner Seite. Er spürt ihre ungläubige Faszination. Sie tauchen ein in die Wirbel der Farbströme. Mit sanftem Nachdruck leitet sie ihn an. Obwohl sie die Lichtwelt noch nie so betreten hat wie heute, hat sie diese doch schon fast ihr gesamtes Leben lang beobachtet. So ergänzen sie sich. Er hat die Fähigkeit, die Lichtwelt zu besuchen und sie das Wissen darüber. So wird aus dem Gleiten eine gemeinsame, gerichtete Bewegung. Dann spüren beide übereinstimmend, dass sie genügend Eindrücke bekommen haben. Gemeinsam gleiten sie zur Grenze und wechseln zurück in die altbekannte Welt. Einen Atemzug noch, dann öffnet Frank die Augen. Das blaue Leuchten ist heller geworden, Uuhnikla hat schon fast die Hälfte des Weges zum höchsten Punkt ihrer Bahn zurückgelegt. Auch die Wanderin hat die Augen geöffnet. Er spürt dies, ohne zu ihr hinüberzuschauen. Der Wind hat etwas aufgefrischt, nun rollen die Wellen mit vernehmlichen Tosen an den Strand aus braungrauem Sand. Kkhil T~es M`aru spricht leise, gerade laut genug, dass er sie über die Brandung hinweg hören kann: »Danke. Das war mein erster Besuch in der Lichtwelt. Ich habe immer davon geträumt, einmal dort zu sein.«

*E*r nickt stumm. Sie blickt ihn von der Seite her an, ihre Augen mustern diesen Mann, von dem sie bis vor wenigen Tagen noch nichts wusste. Nun hat er ihr dieses wunderbare Geschenk gemacht und ihr den Besuch der Lichtwelt ermöglicht. Dann bemerkt sie, wie sich seine Stirn runzelt, sein Blick fixiert etwas weit draußen auf dem Meer. Sie folgt diesem Blick, kann jedoch nichts erkennen: »Was ist los?«

*E*r seufzt und wendet sich ihr zu. Im blauen Licht von Uuhnikla leuchtet seine Haut seltsam fahl. Seine hellen, langen Haare wehen im Wind. Noch immer irritiert antwortet er ihr: »Ich spüre etwas, ein Rufen oder ein Werben. Es kommt von da draußen, vom Wasser.«

*W*ieder wendet er sich dem Meer zu und bewegt unverständig den Kopf leicht hin und her: »Oder es kommt aus dem Wasser.«

*S*ein sorgenvoller Blick kehrt wieder zurück zur Wanderin. Auch sie spürt es, einen Willkommensgruß mit einer Note, den sie bisher nur einmal in ihrem Leben wahrgenommen hat. Dann versteht sie es: »Das ist der Ssvolyk-Korallenbaum. Er spürt, dass ich da bin.«

*N*ach einem Moment fährt sie fort, dieses Mal lächelt sie zufrieden: »Er spürt auch, dass du da bist. Er spürt uns beide.«

»Warum?«

*S*ie holt tief Luft, bevor sie antwortet: »Weil wir beide eine enge Anbindung an die Lichtwelt haben. Und ...«

*E*r schaut ihr tief in die Augen, wie immer kann sie sich dem Blick seiner blauen Augen nicht entziehen. Aber heute kämpft sie nicht dagegen an. Sie ist bereit, in diesem Blick zu versinken, egal, was das für ihr Selbst bedeutet. Sie taucht ein, lässt jeden Halt los, aber sie versinkt nicht. Fürsorglich und aufmerksam hält er den Blickkontakt aufrecht. Sie spürt ein Willkommensein, wie noch nie in ihrem Leben, aber obwohl sie jeden Halt aufgegeben hat, versinkt sie nicht, sie fühlt sich lediglich umfasst und gehalten: »... und der Ssvolyk-Korallenbaum spürt das Band zwischen uns. Deshalb hat er auch mich eingeladen.«

*E*inen Moment noch hält er ihren Blick fest, dann blickt er nach oben. Er lässt ihre Hand los, erst jetzt bemerkt Kkhil T~es M`aru, dass sie die ganze Zeit über in seiner Hand gelegen hat. Er wendet sich um und blickt jetzt hinter sie. Sanft fällt die Ebene nach Süden ab bis hierher an den Strand des Tiefmeeres. Dann nickt Frank zufrieden: »Wir haben sicher noch einige Tickla Zeit, bevor es zu dunkel wird.«

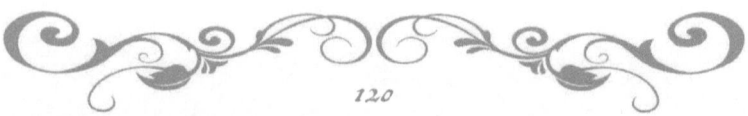

*J*etzt grinst er sie übermütig an: »Hast du Lust auf ein Bad im Meer?«

*S*ie greift den leichten Ton auf: »Nun, ich weiß nicht einmal, ob du schwimmen kannst!«

*E*r stimmt ihr nachdenklich zu: »Ein guter Einwurf.«

*D*ann entkleidet er sich bis auf die kurzen Unterkleider, die sie ihm in der Herberge besorgt hat. Etwas in ihr bewundert seinen muskulösen Körper. Seine hell rosa schimmernde Haut wirkt auf die Wanderin nach wie vor exotisch. Allerdings spürt sie auch die Anziehungskraft dieser Exotik. Er wendet sich dem Meer zu und geht vorsichtig zum Wasser. Gerade als er mit Anlauf tiefer in die tosenden Wellen eintauchen will, stutzt er. Er wendet sich um und ruft ihr fragend zu: »Ist es hier gefährlich?«

*S*ie grinst zufrieden: »Nur, wenn ich nicht bei dir bin!«

*A*ls ob er diese Art Antwort erwartet hätte, winkt er sie fröhlich herbei: »Also los, Wanderin, worauf wartest du noch?«

*S*ie lacht und legt eilig einen Teil ihrer Kleidung ab. Dann befestigt sie sich die Ssvolyk-Lanze auf dem Rücken und eilt mit federnden Schritten auf ihn zu.

*N*ach einigen Utka sind sie bereits weit auf das offene Meer hinausgeschwommen. Zufrieden stellt sie fest, dass er ein hervorragender Schwimmer ist. Schließlich halten sie inne. Hier draußen ist die Dünung zwar deutlich, aber sanfter als am Strand. Beide schweben ohne Anstrengung mit leichten Schwimmbewegungen an der Wasseroberfläche. Neugierig blickt sie ihn an und fragt ihn etwas atemlos: »Du kannst ausgezeichnet mit Pferden umgehen, reiten, meditieren und schwimmen. Ich frage mich, wer oder was bist du?«

$\mathcal{S}$ein Blick wird nachdenklich, als er antwortet: »Auf Khalía? Hier bin ich ein unsicheres Kind, das deiner Anleitung bedarf.«

$\mathcal{S}$ie spürt seine Nachdenklichkeit. Mit einem hinterlistigen Grinsen spritzt sie ihm mit einem Handstreich Wasser ins Gesicht. Dann wendet sie sich um und schwimmt mit kräftigen Zügen weiter hinaus aufs offene Meer. Über die Schulter ruft sie ihm zu: »Na, dann fang mich doch!«

$\mathcal{V}$erdutzt reibt er sich das Salzwasser aus den Augen, dann nimmt er die Verfolgung auf. Er ist ein guter Schwimmer, aber der Wanderin gelingt es problemlos, mit ihren sparsamen, eleganten Bewegungen vor ihm zu bleiben. Nun spürt sie, wie die Einladung, die sie vorhin am Strand schon gespürt hat, intensiver wird. Die Quelle der Einladung ist jetzt aber direkt unter ihr. Frank holt sie ein und will sich gerade für das Wasserspritzen revanchieren, als auch er es spürt. Verblüfft hält er in seiner Bewegung inne und schaut zu ihr hin: »Ist er hier, an dieser Stelle? Diesen Korallenbaum meine ich. Ist er unter uns?«

$\mathcal{S}$ie prüft ihre Eindrücke, dann nickt sie nachdrücklich: »Ja. Tatsächlich wandern Korallenbäume über den Meeresgrund, aber sie legen selten weite Strecken zurück.« Nochmals führt sie ihr Spüren nach innen, dann ist sie sich sicher. Mit dem Kinn weist sie auf die Wasseroberfläche. »Er ist hier.«

$\mathcal{O}$hne weiteres Nachdenken holen beide tief Luft und tauchen hinab in die Tiefe.

$\mathcal{I}$mmer weiter geht es hinab. Schnell wird das blaue Leuchten von Uuhnikla vom Wasser verschluckt und es wird dunkel. Frank spürt, dass ihm langsam die Luft ausgeht. Gerade als er sich entschließt, den Tauchvorgang abzubrechen, spürt er, dass sich ihm etwas nähert. Alarmiert versucht er zu erkennen, was da auf ihn zukommt. Doch dann erkennt er erleichtert, dass Kkhil T~es M`aru ihn erreicht hat. Sie fasst ihm an den Hals und

streicht in einer Bewegung, die sich seltsam anfühlt, an beiden Seiten darüber. Frank spürt, wie sich etwas ändert. Verblüfft stellt er fest, dass die Atemnot schwindet und sein Impuls aufzutauchen, schlagartig verblasst. Im dunklen Schimmern der restlichen Strahlen von Uuhnikla sieht er die Wanderin vor sich schwimmen. An ihrem Hals haben sich feine Falten gebildet, die sich im Wasserstrom immer wieder etwas aufbauschen, um dann wieder in sich zusammenzufallen. Die Erkenntnis kommt ihm schlagartig: Kiemen. Die Wanderin hat Kiemen am Hals. Er ist sich sicher, dass da vorher keine Kiemen waren, das wäre ihm ganz sicher aufgefallen. Sie nickt ihm auffordernd zu und so fasst er sich ebenfalls an den Hals. Auch da spürt er jetzt ungewohnte Hautfalten. Nach dem ersten Schreck erkennt er, dass es sich für ihn mit jeder Kautka normaler anfühlt. Er nickt Kkhil T~es M`aru verstehend zu. Wie schon im Gehrbaumwald, als sie ihm das Sprechen in ihrer Sprache ermöglicht hat, so hat sie ihm auch in dieser Situation geholfen. Dann wendet sich die Wanderin um und setzt ihre Reise in die Tiefe mit kräftigen Schwimmbewegungen fort. Er folgt ihr nach kurzem Zögern.

Auf dem Weg nach unten spürt er, wie der Wasserdruck ansteigt. Das Heben und Senken seines Brustkorbes wird immer schwerer. Schließlich erinnert er sich an etwas und lässt die restliche Luft aus seinen Lungen entweichen. Die hat er bis jetzt aus einer unterbewussten Angst vor dem Ersticken noch zurückgehalten. Als seine Lungenflügel leer sind, schwindet auch der Impuls, atmen zu müssen. Sein Körper hat gelernt, dass er hier unten keine Bewegung des Brustkorbes benötigt, um Sauerstoff in seinen Blutkreislauf gelangen zu lassen. Er fragt sich, wie der Wanderin diese Verwandlung, mit einer einfachen Berührung gelungen ist. Ein weißes Schimmern von weiter unten unterbricht seine Gedankengänge jäh. Mit jeder Schwimmbewegung wird es heller. Jetzt kann er die Silhouette seiner Begleiterin deutlicher sehen. Dann kann er es auch endlich erkennen. Ein leuchtender Baum steht dort unten auf dem Meeresgrund. Intuitiv erkennt er, dass dies der Korallenbaum

ist, der die Wanderin und ihn gerufen hat. Nein, er korrigiert sich im Geiste, er ist nicht gerufen worden. Er wurde eingeladen. Dieser Gedanke lässt ihn seine Umgebung genauer mustern. Jetzt erkennt er dunkle Schatten. Gelegentlich blitzt etwas aus dem Dunkel auf. Frank verharrt und mustert die Stelle, an der er neben sich ein solches Blitzen wahrgenommen hat. Dann schiebt sich ganz langsam etwas nach vorn in den Bereich, der vom Leuchten des Korallenbaumes etwas erhellt wird. Zuerst kann er nur eine spitze Nadel erkennen, allmählich schiebt sich ein riesiger Fisch in sein Sichtfeld. Intelligente Augen mustern ihn und schätzen ihn ein. Frank spürt den warnenden Hinweis. Einer Eingebung folgend breitet er beide Arme aus und öffnet die Handflächen. Einige Kautka verharrt der riesige Fisch vor ihm. Sein Körper ist viel zu groß, als dass das Leuchten des Korallenbaumes ihn gänzlich erhellen kann. Dann wendet er sich in einer weichen, eleganten Bewegung um. Einen Wimpernschlag später ist er verschwunden. Frank weiß sicher, dass ein Besucher ohne Einladung des Korallenbaumes von diesen Wächtern aufgehalten, ja wahrscheinlich sogar getötet worden wäre. Jetzt wird die Empfindung einer Einladung stärker. Er wendet sich wieder nach unten und schwimmt auf den Korallenbaum zu, bis seine Füße den sandigen Meeresboden berühren. Von unten wirkt der Korallenbaum riesig. Kkhil T~es M`aru gesellt sich zu ihm. Dann greift sie nach hinten und fasst ihre Ssvolyk-Lanze und zieht sie heraus. Sorgsam achtet sie darauf, dass die Spitze der Lanze während dieser Bewegung nie aktiv in Richtung des Korallenbaumes weist. Frank kann sich denken, dass die Wanderin so vermeiden will, das Misstrauen der Wächterfische zu sehr herauszufordern. Respektvoll hält sie die Lanze quer vor sich, dann folgt eine kurze Verbeugung wie zur Begrüßung. Frank beschließt, es ihr gleichzutun. Als er sich wieder aufrichtet, sieht er, wie der Korallenbaum einen Ast ausbildet, der langsam in ihre Richtung wächst. Die Wanderin öffnet die Hände und der Ast umschließt die Ssvolyk-Lanze am Schaft. Gespannt beobachtet Frank die Szene. Der Ast hat sich

zurückgezogen und nimmt die Ssvolyk-Lanze mit sich. Als diese in den Bereich der anderen Äste des Ssvolyk-Korallenbaums kommt, beginnen seine Äste die Lanze abzutasten. An einzelnen Stellen leuchtet die Lanze hell auf. Als die Äste an der Spitze der Lanze ankommen, wird das Leuchten intensiver. Dann scheint der Korallenbaum zufrieden zu sein. Wieder wächst der Ast heraus und legt schließlich die Ssvolyk-Lanze zurück in die immer noch offenen Hände der Wanderin. Jetzt versteht Frank, was geschehen ist. Der Korallenbaum hat die Lanze für die Wanderin an den Stellen, an denen sie abgenutzt oder beschädigt war, geheilt. Er weiß instinktiv, dass dies ein noch größeres Geschenk an die Wanderin ist, als es die ursprüngliche Übergabe der Lanze als einem freiwillig abgetrennten Teil dieses mächtigen Wasserwesens gewesen ist. Wieder verbeugt sich die Wanderin. Dann wendet sie kurz den Kopf zu ihm und blickt sofort wieder zurück zum Korallenbaum. Frank spürt, wie er etwas gefragt wird. Eine Frage ohne Worte. Er sucht nach einem Weg, diese Frage ohne Worte zu verstehen und eine gute Antwort zu finden. Dann wird ihm klar, dass auf dieser Welt, in der Licht eine solch unglaublich zentrale Bedeutung hat, der richtige Weg ist, eine helle Antwort zu finden. Er schließt die Augen und versucht, die unausgesprochene Frage mit dem Öffnen seines Seins zu beantworten. So steht er einen Moment leicht hin und her schwankend in der schwachen Strömung auf dem Meeresgrund. Dann spürt er durch die geschlossenen Lider, wie es heller um ihn wird. Er öffnet die Augen erneut. Das Leuchten des Korallenbaumes ist noch viel intensiver. Frank kann erkennen, dass sich in den Ästen weiter oben Bewegung zeigt, eine Art Wirbel. Auch die Wanderin hat es bemerkt. Schließlich wird die Bewegung ruhiger und kommt zu einem Ende. Drei Äste des Korallenbaumes bilden sich aus und greifen ins Zentrum der Stelle, wo eben noch die Bewegung zu sehen war. Sie ziehen etwas aus dem Geäst des Korallenbaumes und heben dies nach unten zu den beiden Oh-Khalí, die auf dem Meeresgrund vor dem Korallenbaum die Geschehnisse aufmerksam verfolgen.

Frank bemerkt beiläufig, dass er inzwischen die Worte und
Bezeichnungen dieser Welt fast selbstverständlich benutzt. Jetzt
sind die drei Äste nahe bei ihnen. Als er jedoch bemerkt, dass
dieses Mal nicht die Wanderin das Ziel ist, sondern er, spürt er
plötzlich eine Anspannung. Aber er strafft sich und stellt sich
dem, was da auf ihn zukommt. Die Bewegungen der Äste werden
langsamer. Einer hält eine große, runde Scheibe. Sie hat fast
einen Durchmesser eines halben Vlakstock. Die beiden anderen
Äste halten ihm längliche Objekte entgegen. Schließlich haben
die Äste ihn erreicht. Er steht aufrecht und still, so gut es ihm
auf dem Meeresgrund in der sanften Strömung gelingt. Aus den
Augenwinkeln kann er erkennen, dass die Wanderin, die die
ganze Zeit über die Vorgänge aufmerksam beobachtet hat, sich
nun verblüfft ihm zu wendet. Dann erkennt er den Grund für
ihre Verblüffung. Der Ast mit dem kreisrunden Objekt erreicht
ihn zuerst. Frank erkennt mit erstaunter Sicherheit, worum
es sich bei diesem Objekt handelt. Kurz verharrt der Ast vor
ihm, als ob der Korallenbaum ihm zeigen möchte, was er ihm
überreicht. Es ist ein Schild. Ein Schild mit einer wunderbaren
Musterung, das im Zentrum ein Symbol trägt, das ihm bekannt
vorkommt. Noch bevor er über dieses Symbol nachdenken
kann, erkennt er, dass es nun an der Zeit ist, diese Gabe des
Korallenbaumes anzunehmen. Er neigt dankend den Kopf, dann
fasst er mit beiden Händen nach dem Schild. Sofort beginnt es
sanft zu schimmern, in einem Grün, das ihn an die Nachtsonne
Kohmatok erinnert. Als er es fest im Griff hat, zieht sich der Ast
flink zurück. Das Schild wird Teil seiner Selbst. Er spürt es und
kennt es. Er weiß genau, dass dieses Schild ihm und allem, was
er schützen will, beisteht. Seine Hände wissen genau, wie sie
diesen Schild benutzen müssen. In einer fließenden Bewegung
setzt er es sich auf den Rücken, dort bleibt es sicher an seinen
Trageriemen fixiert, es ist an seinem Platz.

Frank ist sich völlig im Klaren darüber, dass das Erlebte
mit nichts, was er bisher in seinem Leben gelernt hat, erklärbar
ist. Aber er war in der Lichtwelt gewesen und er hat gelernt,

auf Khalía gelten andere Regeln und Vieles ist anders, als er es
aus seiner bisherigen Existenz kennt. Ein weiterer Gedanken
blitzt in ihm auf. Die Dinge sind nicht anders. Es ist eher so,
dass dies alles eine andere Sicht auf die Existenz ist. Dann
lenken die Bewegungen der beiden anderen Äste ihn von seinen
Gedanken ab. Nun kommen auch diese Äste auf ihn zu. Als
ob er es geahnt hätte, ist ihm plötzlich klar, welche Gaben des
Korallenbaumes diese Äste ihm präsentieren. Vorsichtig greift
er nach dem kürzeren Objekt. Er hält es vor sich und wieder
kennen seine Hände den richtigen Umgang mit diesem Ding.
Aber dieses Wissen kommt nun aus seiner bisherigen Existenz.
Es überquert scheinbar mühelos den Nebel seiner Erinnerung
und steht ihm bereitwillig zur Verfügung. Er zieht die Klinge
des Kurzschwertes aus der Scheide. Es ist ein wunderschön
gearbeitetes Wakizashi. Die Klinge leuchtet in einem sanften
Orangerot, das den Strahlen von Sintkana gleicht. Dann schiebt
er es wieder in seine dunkelrot gefärbte Scheide zurück. Seine
Hände führen eine elegante, schnelle und sichere Bewegung
aus und schon steckt das Wakizashi im Gürtel. Sein Blick geht
zum dritten Ast. Dieser präsentiert ihm das längere Objekt. Auch
jetzt greifen seine Hände wieder mit sicheren Bewegungen
zu. Dann hält er das Katana vor sich, senkrecht zeigt die
tiefblau schimmernde Scheide nach unten. Langsam dreht er
es in die Horizontale und zieht das Langschwert heraus. Seine
Klinge schimmert blau, wie die Abendsonne Uuhnikla. Er
spürt diese Waffe. Er spürt, wie schon vorhin beim Wakizashi
deren Ergebenheit an ihn. Es ist ein Versprechen auf Beistand
und Unterstützung. Die tiefblau schimmernde Scheide hält er
entspannt in der linken Hand, dann führt er mit dem Katana in
seiner rechten Hand formvollendete Bewegungen aus. Er kann
spüren, wie dieses unglaublich scharfe Werkzeug mit seiner
blau schimmernden Klinge das Wasser teilt. Vielmehr kann er
spüren, wie das Wasser dieser Klinge respektvoll Platz macht,
sie passieren lässt, sodass die Bewegung elegant bleibt. Dann
führt er die Bewegung zu Ende, das Katana gleitet wieder in

die Scheide. Wieder hält er es vor sich, dieses Mal parallel zum Meeresboden. Er verbeugt sich kurz in Richtung des Korallenbaums. Diese Ehrerbietung ist für ihn selbstverständlich, nichts muss, ihn dazu auffordern. Dann schiebt er sich das Langschwert in den Gürtel.

*K*khil T~es M`aru hat all das mit immer größer werdender Bestürzung beobachtet. Noch nie hat sie davon gehört, dass ein Ssvolyk-Korallenbaum einen Oh-Khalí mit mehr als einer Gabe beschenkt hat. Ganz sicher hat noch nie jemand eine Gabe von einem Ssvolyk-Korallenbaum erhalten, die nicht aus seinen Ästen geformt war. Das eben Erlebte erscheint ihr wie ein Traum. So etwas hat es noch nie gegeben und kann es nach ihrer Überzeugung nach nie geben. Und doch hat sie eben genau das erlebt. Sie wendet sich dem Korallenbaum zu, aus den Augenwinkeln heraus erkennt sie, dass auch Frank immer noch in die Richtung des leuchtenden Ssvolyk schaut. Jetzt spüren beide eine Verabschiedung. Ein letztes Mal schließt er die Augen und sendet seinen Dank an den Ssvolyk-Korallenbaum. Dieser nimmt ihn an. Er sendet ihm den Wunsch, dass er die Gaben, die er erhalten hat, zum Wohle der Welt einsetzen solle. All dies geschieht ohne Worte, es sind Wahrnehmungen und Eindrücke.

*A*uch die Wanderin hat diesen Austausch mitverfolgt. Eine letzte Empfindung erreicht die beiden Oh-Khalí. Ohne Zögern folgen sie dem Wunsch des Ssvolyk-Korallenbaums und schließen die Augen. Beide, Mann und Frau, spüren ein Wirbeln, ein Bewegen. Es hat sich etwas geändert.

*S*ie öffnen die Augen. Jetzt stehen sie wieder am Strand, hinter ihnen liegen die Kleider, die sie zurückgelassen haben. Uuhnikla steht am Horizont nur noch knapp über der Wasserfläche, die nun wieder glatt und dunkel da liegt. Das blaue Leuchten der Abendsonne schwindet. Nun scheinen die blassgrünen Strahlen der Nachtsonne Kohmatok auf Khalía, auf die Wanderin und auf Frank, der stolz und aufrecht da steht,

seinen Blick in die Ferne gerichtet, auf den Punkt, an dem Uuhnikla eben hinter dem Horizont verschwunden ist.

*D*ie Wanderin geht zu ihm. Sie greift wieder nach hinten und hält ihre Ssvolyk-Lanze in Händen, die nun wieder neu und unverbraucht glänzt. Ihr Blick geht ebenfalls zum Horizont. Dann ergreift sie leise das Wort: »Ich weiß nun, was du bist.«

*E*r blickt sie verwundert an: »Du sagtest, ich bin ein Lichtspürer.«

*S*ie schüttelt den Kopf: »Nicht nur. Du bist weit mehr als das.«

*D*ie Wanderin wendet sich ihm zu und blickt ihn ernst an. Frank erkennt, dass zusätzlich zu ihrer Zugewandtheit ihm gegenüber nun Respekt in ihren braunen Augen glimmt. Dann spricht sie mit klarer Stimme weiter.

»Du bist ein Lichtkrieger.«

XVII

bhūmyadhastāt

भूम्यधस्तात्

~ *Im Untergrund* ~

*Nutze das Wissen
des Korallenbaumes*

$\mathcal{S}$hirkla-Sva-Ssil hält inne, als hinter ihm erneut das Fluchen des jungen Lichtwächters zu hören ist: »Ganz ehrlich, oh mein Vo-Shirr-Gelehrter, wenn Ihr zukünftig wieder den Gedanken haben solltet, diese vermaledeiten Leuchtfarnebenen besuchen zu müssen, dann denkt bitte nicht an mich, wenn Ihr eine Reisebegleitung auswählt.«

$\mathcal{F}$ür einen Moment erwägt der Vo-Shirr diesen Kommentar seines Begleiters einfach zu überhören, dann jedoch besinnt er sich eines Besseren. Anmutig schwebt die Federkugel zurück zu dem über und über mit Schlamm bedeckten Lichtwächter: »Oh, aber warum denn? Schließlich kannst du doch jetzt auf ein gerüttelt Maß an Erfahrung über das Reisen in dieser so wunderbaren Landschaft zurückgreifen.«

$\mathcal{U}$uhrtalon H~es M'ursur funkelt den über ihm schwebenden Vo-Shirr böse an. Dann wird ihm klar, dass dieser Kommentar lediglich seinen Zorn kanalisieren soll. Seufzend nickt er vor sich hin: »Natürlich. Wie großzügig Ihr doch seid, mir so viel Erfahrung in so kurzer Zeit zu ermöglichen.«

$\mathcal{M}$it der rechten Hand hat er während des Sprechens etwas von dem grün leuchtenden Schlamm ergriffen und in seiner Faust zu einem festen Klumpen gedrückt. Nun erhebt er sich in einer fließenden Bewegung und wirft diesen Klumpen energisch in Richtung des schwebenden Vo-Shirr. Dieser verharrt entspannt

bis zum letzten Moment auf der Stelle, nur um dann durch eine winzige Seitwärtsbewegung dem fliegenden Schlammklumpen sanft auszuweichen und meint süffisant: »Dieses Mal warst du schon viel dichter dran, denkst du nicht?«

*U*uhrtalon H~es M'ursur antwortet mit einem Knurren. Dann blickt er traurig an sich hinunter. Es gibt praktisch keine Stelle auf der schwarzen Lichtwächterrobe, die nicht mit grünem Schlamm bedeckt ist. Wenigstens ist sein Rucksack wasserdicht, sodass dieser zwar außen ebenfalls grün schimmernd und Schlamm verkrustet ist. Aber der Inhalt sollte eigentlich unversehrt sein. Zum Glück hat er die ungeliebte Kaufmannskleidung gegen seine Lichtwächter-Robe tauschen können, bevor sie von Bord gegangen sind. Zusammen mit den anderen Dingen aus seinem Gepäck, die er nicht auf die Wanderung zu den Leuchtfarnebenen mitnehmen wollte, hat er die aufwendig gearbeiteten aber völlig unpraktischen Kaufmannskleider als Bündel verpackt dem Kaqul des Flussschiffes für den Weitertransport übergeben. So wird dieses Bündel hoffentlich unversehrt in seiner Unterkunft am Hof der Lichtgeschwister ankommen.

*N*ach einem weiteren frustrierten Atemzug blickt er zu der schwebenden Federkugel auf: »Gibt es denn tatsächlich keinen anderen Weg dorthin? Ehrlich, ich habe diesen Schlamm so satt.«

*D*ie Stimme des Vo-Shirr wird mitleidsvoll: »Leider nein. Die Leuchtfarne gedeihen nur in diesem Gebiet. Nur auf diesem Weg gibt es den richtigen Untergrund und die richtige Regenmenge.«

»Ha! Die richtige Regenmenge? Was Ihr nicht sagt. Also, ich fasse einmal zusammen. Seit drei Tagen stapfe ich durch diesen Schlamm. An zwei von drei Tagen hat es so stark geregnet, dass wir fast mit einem Flachboot die Pfade entlang staken hätten können.«

$\mathcal{D}$er Vo-Shirr gibt dem jungen Lichtwächter innerlich recht. Der Regen war unglaublich gewesen. Sogar er hatte Mühe, genügend Licht aufzubringen, um sein Federkleid vor den Wassermassen, die aus dem grauen Himmel auf sie herab prasselten, zu schützen. Anfangs folgte der Lichtwächter ihrem Pfad klaglos. Aber als heute Morgen der Anstieg begann, der sie zu den Leuchtfarnebenen hinaufbringen soll, war sein Gleichmut schnell vorbei gewesen. Es gibt keinen sichtbaren Weg sondern nur Schlamm. Zu allem Überfluss verströmt dieser grün schimmernde Schlamm auch noch einen seltsam modrigen Geruch. Während der Vo-Shirr diesen Gedankengängen folgt, richtet der Lichtwächter seinen grimmigen Blick nach vorn.

»Da vorn sieht es so aus, als ob eine Art Felskante beginnt.«

$\mathcal{O}$hne auf eine weitere Bitte zu warten, schwebt der Vo-Shirr weiter nach vorn und erkundet das Gelände. Der junge Lichtwächter hat recht. Dort beginnen die Felsen. Nur noch ein kurzer Aufstieg, dann haben sie die Ebene der Leuchtfarne erreicht. Der Lichtwächter hat sich inzwischen wieder in Bewegung gesetzt. Als er schließlich am Fuße der Felsen ankommt, blickt er sich begeistert um und jubelt: »Geröll! Einfach nur Steine. Große Steine, kleine Steine, Steine eben.«

$\mathcal{D}$ie Federkugel macht eine leichte Bewegung zur Seite. Uuhrtalon H~es M'ursur kennt diese Geste inzwischen gut genug, sodass er dem Vo-Shirr die unausgesprochene Frage beantwortet: »Für solch einfache Wesen wie mich, die sich auf zwei Beinen über die Welt bewegen, ist ein Gerölluntergrund im Vergleich zu dieser Schlammschlacht da hinter uns ein wahrer Segen.«

$\mathcal{S}$hirkla-Sva-Ssil lässt sein Federkleid das Geräusch eines leisen Lachens machen: »Ehrlich, mein junger Lichtwächter. Ich bewundere deinen Fatalismus und dein Durchhaltevermögen.«

*U*uhrtalon H~es M'ursur wendet sich jetzt um. Von diesem Platz aus kann er die Schlammebene überblicken, die er in den vergangenen Tagen durchquert hat. Sein fachkundiger Blick als Lichtwächter sagt ihm, dass dieses Terrain eigentlich nicht zu durchqueren ist. Der Umstand, dass er nun hier steht, ist somit höchst erstaunlich.

»Wenn ich etwas zu verstecken hätte, dann würde ich es auch da oben verbergen. Denn durch diese Schlammebene ist alles, was auf diesem Plateau dort oben zu finden ist, vor neugierigen Blicken äußerst gut versteckt.«

*D*er Vo-Shirr schwebt näher zu seinem Begleiter: »Was kann dann wohl so bedeutsam sein, dass es unter den Leuchtfarnebenen verborgen werden muss?«

*D*er junge Lichtwächter nickt nachdenklich. Dann strafft er sich: »Lasst es uns herausfinden.«

*J*etzt kommen sie besser voran. Stück für Stück erklimmt Uuhrtalon H~es M'ursur den Felsen. Schließlich steht er schnaufend auf der Oberseite des Felsvorsprunges. Inzwischen ist Uuhnikla am Untergehen, Kohmatok verbirgt sich noch hinter dem Horizont.

*D*er Anblick, der sich den beiden so ungleichen Reisegesellen bietet, ist fast unbeschreiblich.

*V*or ihnen liegt die Hochebene der Leuchtfarne. Grazil wiegen sich die teilweise mehr als zehn Vlakstock hohen Farne im Wind. Wenn die Farnwedel aneinander reiben, erzeugen sie ein leises, singendes Geräusch. Es ist eine Melodie, die sich für die Ohren des jungen Lichtwächters anhört, als ob eine zarte Frauenstimme eine Geschichte in einer Sprache erzählt, die ihm unbekannt ist, aber er kann der Geschichte dennoch folgen. Die Leuchtfarne strahlen in allen Farben des Spektrums. Von tiefblau

bis gleißend weiß ist alles vertreten. Wenn man genau hinschaut, lassen einen die Augen fast glauben, dass sogar ein leuchtendes Schwarz immer wieder auftaucht. Auch wenn der Verstand versteht, dass dies nicht möglich sein kann. So steht Uuhrtalon H~es M'ursur eine Zeit lang fasziniert da, nur lauschend und schauend.

»Mein Freund, du solltest deinen Verstand langsam von diesem Wunder der Natur lösen, wenn ich bitten darf. Sei so gut.«

$\mathcal{U}$nwillig schüttelt der junge Lichtwächter den Kopf. Dieser Anblick und dieser Gesang sind viel zu faszinierend, als dass etwas anderes wichtig sein könnte. Dann gewinnt das Training des Lichtwächters die Oberhand. Er schließt die Augen und hält sich mit seinen schlammigen Hände die Ohren zu. So kann er sich dem Sog der Wahrnehmung langsam entziehen. Einer Eingebung folgend wendet er sich um und findet schließlich wieder den Mut, die Augen zu öffnen. Er will etwas sagen, jedoch entkommt seiner Kehle lediglich ein Krächzen. Nachdem er einige Male geschluckt und sich geräuspert hat, kann er endlich sprechen: »Was im Namen der Lichtgeschwister ist das?«

$\mathcal{S}$hirkla-Sva-Ssil hat aufmerksam beobachtet, wie der junge Lichtwächter sich dem Sirenengesang und den optischen Verheißungen entzogen hat. Er ist stolz auf ihn. Nur wenige Geister sind in sich stark genug, um dieser saugenden Kraft zu entkommen.

»Das ist die Leuchtfarnebene.«

$\mathcal{U}$uhrtalon H~es M'ursur macht noch einige, tiefe Atemzüge. Dann blickt er zum Vo-Shin, der wachsam neben ihm schwebt. An den Bewegungen der Federkugel kann der Lichtwächter erkennen, dass ihn der alte Gelehrte aufmerksam und fürsorglich im Blick hat: »Warum hast du mich nicht gewarnt?«

*E*inen Moment lang bleibt der Vo-Shirr still. Dann lässt er ein Seufzen aus dem Federkleid entfliehen: »Ein gewarnter Geist kann besser damit umgehen, aber er wird niemals immun gegen diese Art Kraft sein.«

*M*it einem leichten Kopfschütteln fragt Uuhrtalon H~es M'ursur nach: »Bin ich denn jetzt immun dagegen?«

*D*ie stumme Antwort der Federkugel ist lediglich ein leichtes Auf- und Abschweben und lässt den Lichtwächter verwundert zurück.

*D*ann dreht er sich spontan erneut um. Tatsächlich, jetzt kann er die Geräusche zwar immer noch hören, kann die Farben immer noch sehen, aber sie erreichen nicht mehr sein tiefstes Inneres.

»Du hast recht, Shirkla-Sva-Ssil. Wenn jemand etwas hier oben versteckt, dann hat er etwas zu verbergen und das wird sicherlich nichts Gutes sein.«

*E*nergisch beginnt der junge Lichtwächter, auf die Leuchtfarne zu zumarschieren.

*N*achdem sie einige Zeit durch diesen Wald an leuchtenden Farnen gelaufen sind, bleibt der Lichtwächter stehen. Er blickt nach oben: »Seltsam, ich sehe Kohmatok, aber ihr Leuchten ist wirkungslos. Diese Leuchtfarne überstrahlen alles.«

*S*ein Blick geht zum Vo-Shirr, der jetzt unter den Leuchtfarnen sehr dicht neben ihm am Boden schwebt: »Also, sag mir. Wonach soll ich suchen?«

*N*achdenklich antwortet der Vo-Shirr Gelehrte: »Wir müssen einen Eingang zu den Höhlen unter dieser Ebene finden. Ich habe Gerüchte gehört, dass diese Höhlen weitverzweigt sind.«

*K*opfschüttelnd stapft der junge Lichtwächter weiter. Im Gehen murmelt er ärgerlich vor sich hin: »Also Schlammebenen, Felsen, die erklettert werden wollen, leuchtende Farne mit Sirenengesang waren wohl noch nicht genug. Nun sollen wir auf dieser Ebene, einer, wenn ich das anmerken darf, wirklich komplett geraden Ebene, einen Eingang in ein Höhlensystem finden, das es angeblich ausgerechnet auf dieser Ebene gibt. Natürlich sagt mir keiner, wie ich das ...«

*B*ei den letzten Worten bleibt er erschrocken stehen. Er spürt etwas. Der Untergrund vibriert. Dann ist ein leises Grollen zu hören und Staub steigt vom Boden aus. Der junge Lichtwächter wundert sich noch darüber, dass nach all dem Regen Staub auf dem Boden liegt. Da geschieht es auch schon.

*D*er Boden unter Uuhrtalon H~es M'ursur gibt nach und öffnet sich. Er rutscht haltlos auf der sich wie ein Schlund öffnenden Rampe unter ihm in die Tiefe. Plötzlich tritt wieder Ruhe ein. Nur noch der Staub hängt in der Luft und zeugt von dem eben Geschehenen.

*N*eugierig schwebt Shirkla-Sva-Ssil an diesem Schlund heran, der sich im Boden aufgetan hat. Zuerst sind noch einzelne Geräusche von herabrollendem Geröll zu hören und anschließend ein ersticktes Husten. Schließlich ist von weit unten die Stimme des jungen Lichtwächters zu hören: »Ich glaube, ich habe den Eingang zu diesem Höhlensystem gefunden, Shirkla-Sva-Ssil.«

*E*rleichtert lässt der Vo-Shirr sein Federkleid ein Lachen erzeugen: »Wunderbar. Ich wusste doch, ich kann mich auf dich verlassen, Lichtwächter.«

*E*legant schwebt er in die Tiefe. Er beschließt, dort unten besonders wachsam zu sein. Ein Gedanke, der die beiden Reisenden in naher Zukunft vor dem Schlimmsten bewahren sollte.

XVIII

satyam sahayyam
सत्यं साहाय्यम्
~ Wahre Hilfe ~

*Nutze das Wissen
des Korallenbaumes*

*E*s klopft vernehmlich an der Tür. Ithak'kl T~es Stegi'mahr hebt den Blick von den Papieren und runzelt die Stirn. Er hat ausdrücklich angewiesen, dass er nicht gestört werden wolle, außer wenn die Lichtschwester nach ihm schickt oder es dem Lichtbruder schlechter geht. Innerlich wappnet er sich für das, was da kommt und ruft: »Ja?«

*D*ie Tür wird von einem Lichtwächter in schwarzer Robe geöffnet. Dieser nickt ihm höflich zu und macht dann Platz für einen Besucher, der sich energisch an ihm vorbei drängt. Der Oh-Khalí ist ein mächtiger Mann. Seine Kleidung ist zwar erlesen, aber sie zeigt nach wie vor die traditionelle Robe TakoKaqul, eines Kapitäns der großen Flussschiffe. Diese gleiten auf dem Araaalhithe über Khalía und bilden so das Rückgrat des Waren- und Personenverkehrs auf der Hauptwelt des Lichtwächterimperiums. Dieser Oh-Khalí jedoch ist nicht irgendein Kapitän. Er ist der RomKaqul am Hofe der Lichtgeschwister.

*E*rfreut erhebt sich Ithak'kl T~es Stegi'mahr und lächelt seinem Besucher zu: »Puuhrn K'equal Twikla, welch Freude, dich zu sehen!«

*E*r geht um den großen, mit unzähligen Papieren beladenen Tisch herum und begrüßt den riesigen Oh-Khalí mit einer Umarmung. Kurz schauen sich die beiden Freunde an. Ihr Blick

ist ernst, denn beide sind sich der fragilen Lage am Hofe der Lichtgeschwister bewusst.

*N*un fixiert Ithak'kl T~es Stegi'mahr den aufmerksam an der Türe bereitstehenden Lichtwächter: »Ich erwarte, dass dieser Raum absolut geschützt wird. Niemand nähert sich, niemand stört uns. Einzig die Lichtschwester oder eine Nachricht vom Lichtbruder werdet ihr herein lassen. Habt ihr das verstanden?«

*D*er Lichtwächter gehört zum engeren Kreis seiner Wachmannschaft und bestätigt diesen klaren Befehl ohne Zögern: »Ja, mein Herr. Ihr könnt euch auf mich verlassen.«

*D*ann wendet er sich um und schließt die Tür. Ithak'kl T~es Stegi'mahr bietet seinem Gast einen Platz an seinem Schreibtisch an, dann setzt er sich auf die andere Seite. Mit leisem Murmeln rezitieren beide ein Schutzmantra. Nun umgibt diesen Bereich eine Lichtgrenze, die es selbst Oh-Khalí mit ausgeprägt starker Anbindung an die Lichtwelt unmöglich macht, ihr Gespräch zu belauschen. Nur die allerwenigsten am Hofe der Lichtgeschwister hätten vermutet, dass der RomKaqul zu einem solchen Mantra fähig ist. Für gewöhnlich hält man ihn für einen einfachen Oh-Khalí, der als Anerkennung für seinen langen Dienst auf Flussschiffen eine Position am Hofe der Lichtgeschwister erhalten hat. Die meisten würden bei ihm keine besondere Intelligenz oder gar eine ausgeprägte Anbindung an die Lichtwelt vermuten. Ithak'kl T~es Stegi'mahr ergreift schließlich das Wort: »Ich nehme nicht an, dass du mich im Namen der Ioqatii besuchst?«

*E*in rumpelndes Lachen ist die Antwort. Obwohl das Hautfell des RomKaqul ein dunkles, wettergegerbtes Grau zeigt, blitzen seine Augen vor Energie: »Offiziell natürlich schon. Die Ioqatii möchten dem engsten Berater der Lichtgeschwister ihre Unterstützung ausdrücken und ...«, abfällig wedelt er mit der rechten Hand, dabei klirren die vielen Armreife, die er trägt,

leise, »... bla, bla, bla.«

*I*thak'kl T~es Stegi'mahr kichert. Das ist außergewöhnlich, denn in diesen schwierigen Zeiten amüsiert ihn selten etwas: »Mein Bester, wenn dich jemand so hören könnte, würde er sicher an deiner Reputation zweifeln.«

*D*er RomKaqul bewegt den Kopf leicht zur Seite, als er antwortet: »Nun, uns hört niemand zu, dafür ja das ganze Brimborium.«

*I*thak'kl T~es Stegi'mahr wird übergangslos wieder ernst: »Also sag mir, Puuhrn K'equal Twikla, warum bist du hier?«

*D*er Angesprochene holt tief Luft und sucht nach den richtigen Worten. Ithak'kl T~es Stegi'mahr beobachtet dies verwundert. Normalerweise ist sein Freund nicht um Worte verlegen, weder als RomKaqul noch in seiner eigentlichen, äußerst geheimen Position am Hofe der Lichtgeschwister: »Ich bin hier als Spionagemeister. Ich muss den Lichtgeschwistern etwas berichten.«

*A*ufmerksam beugt sich Ithak'kl T~es Stegi'mahr vor. Außer den Lichtgeschwistern weiß nur er von der eigentlichen Aufgabe des RomKaqul. Die Position des Spionagemeisters der Lichtgeschwister wird offiziell von einem alternden Lichtwächter ausgefüllt. Nur der engste Kreis um die Lichtgeschwister weiß, dass der RomKaqul der eigentliche Drahtzieher ist. Mit dieser Scharade wird einerseits der Spionagemeister geschützt und andererseits ergeben sich so unzählige Möglichkeiten für Puuhrn K'equal Twikla. Möglichkeiten, die ihm verwehrt wären, würde er das Amt des Spionagemeisters öffentlich und offiziell ausführen. Er holt tief Luft und beginnt mit seinen Erläuterungen: »Die Ioqatii haben eine sehr seltsame Beobachtung gemacht. Seit einigen Sonnenläufen schiffen sich immer wieder große Gruppen von Lichtheilern nach Süden ein.«

*I*thak'kl T~es Stegi'mahr wiegt den Kopf und antwortet nachdenklich: »Das ist ungewöhnlich, aber an und für sich bislang nicht bedenklich.«

*P*uuhrn K'equal Twikla nickt zustimmend: »Richtig. Allerdings habe ich mir erlaubt, eine dieser Gruppen zu begleiten. Natürlich getarnt, offiziell war ich auf einer Inspektionsreise für die Gilde unterwegs.«

*I*thak'kl T~es Stegi'mahr lächelt. Er bewundert diesen Oh-Khalí jedes Mal wieder aufs Neue. In seiner Eigenschaft als RomKaqul verbunden mit seinem einfältigen Auftreten kann er problemlos an Orte reisen und Dinge tun, die bei ihm als engsten Berater der Lichtgeschwister sofort zu massiven Spekulationen am Hofe führen würden: »Was hast du dabei beobachtet?«

*I*mmer noch sucht der RomKaqul nach Worten, sein Blick ist auf seine Hände gerichtet, die er sorgsam vor seinem mächtigen Bauch gefaltet hält: »Du weißt, ich bin kein Lichtheiler. Aber ich verfüge über eine ausgezeichnete Anbindung an die Lichtwelt.«

*N*ickend stimmt Ithak'kl T~es Stegi'mahr ihm zu: »Die du normalerweise perfekt auch vor eben den Lichtheilern zu verbergen weißt. Eine Fähigkeit, die mindestens so außergewöhnlich ist wie das Lichtheilen selbst.«

*A*bwehrend wiegt der RomKaqul den Kopf: »Natürlich, sonst könnte ich nicht als euer Spionagemeister am Hof der Lichtgeschwister handeln. Die Lichtheiler achten sehr eifersüchtig darauf, dass jeder mit etwas ausgeprägterer Anbindung an die Lichtwelt in ihre Reihen aufgenommen wird.«

*D*as Stirnrunzeln auf dem Gesicht von Ithak'kl T~es Stegi'mahr kehrt zurück und vertieft sich, als er leise antwortet: »Tatsächlich. Gerade während des letzten Sonnenzyklus hat diese Eifersucht noch mehr zu genommen. Mir sind sogar

Beschwerden der Lichtwächter zugetragen worden, aber seit der Lichtbruder krank geworden ist, halten sich die oberen der Lichtwächtergilde sehr zurück.«

»Selbstverständlich sind sie seit jeher dem Lichtbruder treu ergeben und nun, da er erkrankt ist, stellen sie ihre Bedürfnisse natürlich zurück.«

*T*thak'kl T~es Stegi'mahr blickt seinen Freund nachdenklich an. Dann beginnt er zu erzählen: »Weißt du, sogar der Vo-Shirr hat sich einmal eingemischt. Ein junger Lichtwächter sollte vor einiger Zeit auf Betreiben der Lichtheiler einen Gildewechsel erhalten. Wir haben das aber schließlich unterbunden.«

*P*uuhrn K'equal Twikla richtet sich auf. Dieses "Wir" umfasst die geballte Macht der Lichtgeschwister mit ihrem engsten Berater. Sein Blick ist ernst, als er fortfährt: »Das ist unerhört. Lebt dieser arme Wicht noch? Oh-Khalí mit besonderer Anbindung an die Lichtwelt, die nicht Teil der Lichtheilergilde werden wollten oder konnten, verschwinden oder sterben einfach.«

*T*thak'kl T~es Stegi'mahr hat das Gefühl, dass die Luft im Raum kälter wird. Sein Verstand sagt ihm zwar, dass dies lediglich dem Gespräch über diese dunklen Machenschaften geschuldet ist, aber er kann sich einem Gefühl des drohenden Unheils nicht gänzlich entziehen. Schließlich seufzt er und fordert seinen Freund zum Fortfahren auf.

»Also schön, die Lichtheiler. Wir fahren also nach Süden, weit nach Süden. Diese Bagage bleibt die gesamte Reise unter sich. Sie sprechen mit niemandem, aber mit einem RomKaqul mussten sie reden, wenn dieser sich leutselig beim Essen zu ihnen setzt. Da habe ich es erkannt.«

*J*etzt beugt sich Ithak'kl T~es Stegi'mahr gespannt vor: »Was hast du erkannt?«

*P*uuhrn K'equal Twikla blickt dem engsten Berater der Lichtgeschwister in die Augen: »Sie waren so voll von Licht, dass es meine Wahrnehmung fast geblendet hätte.«

*E*in Keuchen entfährt Ithak'kl T~es Stegi'mahr. Sofort möchte er nachfragen, besinnt sich jedoch auf ein Besseres und lässt seinen Freund weiter erzählen.

»Also habe ich mir diese Lichtheiler genau angeschaut. Es waren allesamt junge Gildemitglieder. Sie hatten weder von der Politik und den Intrigen bei Hofe noch von den großen Zusammenhängen im Imperium viel Ahnung. Für mich waren sie lediglich austauschbare Boten. Bis auf das Licht. Glaube mir, mein Freund, ich habe noch nie so viel Licht auf so wenige Wesen konzentriert gesehen.«

*N*achdenklich schaut Ithak'kl T~es Stegi'mahr an seinem Freund vorbei in die Ferne: »Aber sie waren sich der Macht nicht bewusst, habe ich recht?«
»So ist es. Es waren lediglich Gefäße für Licht auf zwei Beinen.«

*E*ine Zeit lang herrscht Stille im Raum. Schließlich ergreift Ithak'kl T~es Stegi'mahr wieder das Wort: »Wohin sind diese Gefäße gereist?«

»Nach Süden. Es gibt dort eine Anlegestelle, nicht weit entfernt von der Schlammebene vor den Leuchtfarnwäldern.«

*E*rschrocken ruckt der Kopf von Ithak'kl T~es Stegi'mahr herum: »Lass mich raten: Dort habt ihr diese Lichtheiler wieder aufgenommen?«

*V*erwundert antwortet der RomKaqul mit einem Nicken: »Genau so war es. Meine Fahrt ging nur noch zwei Tage stromaufwärts nach Süden, dort war ich als Vertreter der Ioqatii eingeladen. Anschließend ging es zurück. Wir haben diese Lichtheiler dann wieder genau an der Stelle aufgenommen, wo sie einige Tage zuvor an Land gegangen waren.«

*I*thak'kl T~es Stegi'mahr schaut seinem Freund einfach weiter an, denn er spürt, dass dieser bis jetzt noch nicht am Ende seiner Erzählungen angekommen ist. Schließlich fährt der alte Ioqatii fort: »Das Seltsamste an dieser ganzen Sache ist jedoch, dass diese Lichtheiler, als sie wieder an Bord kamen, nur noch wenig Licht in sich trugen. Diese unglaubliche Menge an Licht, die sie vorher transportierten, war verschwunden. Das ist es, was ich nicht verstehe.«

*I*thak'kl T~es Stegi'mahr versinkt in Gedanken. Sein Freund kennt dies und wartet geduldig, bis der engste Berater der Lichtgeschwister wieder aufschaut: »Danke. Darüber muss ich noch nachdenken.«

»Mein Freund. Ich kenne dich. Das hast du doch gerade getan.«

*E*rtappt grinst Ithak'kl T~es Stegi'mahr den RomKaqul an: »Wenn du das sagst, Puuhrn K'equal Twikla, dann ist das wohl auch so.«

*A*brupt wechselt der Berater das Thema: »Was ist der offizielle Grund, warum mich der RomKaqul in diesen schweren Zeiten so dringend um ein Gespräch gebeten hat?«

*P*uuhrn K'equal Twikla seufzt. Er ringt mit den Händen. Ithak'kl T~es Stegi'mahr kennt das von seinem Freund. Immer dann, wenn dieser einer Idee folgt und sich selbst gegenüber nicht wirklich begründen kann, warum ihm dieser spezielle Punkt

so wichtig ist, zeigt er dieses Verhalten. Ithak'kl T~es Stegi'mahr lacht auf: »Also los, raus damit!«

»Ein alter Freund, er ist inzwischen Karawanenführer auf einer der Randwelten des Imperiums, hat sich an mich gewandt.«

$\mathscr{A}$ufmunternd hebt Ithak'kl T~es Stegi'mahr die Augenbrauen. Nach einem letzten Zögern fährt sein Freund fort: »Er hat einen alten, einen sehr alten Lichtheiler von dieser Randwelt mit einem Empfehlungsschreiben zu mir gesandt. Mein alter Freund behauptet steif und fest, dass dieser alte Lichtheiler unserem Lichtbruder Linderung verschaffen könnte.«

$\mathscr{P}$uuhrn K'equal Twikla holt Luft und macht eine wegwerfende Geste mit der rechten Hand, als er fortfährt: »Ich weiß wirklich nicht, was ich davon halten soll, aber dieser alte Freund ist eigentlich sehr vertrauenswürdig. Ich bin sicher, er hätte diesen alten Lichtheiler nicht auf die beschwerliche Reise durch die Portale geschickt, wenn er nicht an das glauben würde, was er mir schreibt.«

$\mathscr{N}$ach einem kurzen Moment des Nachdenkens macht sich ein hinterlistiges Grinsen auf dem Gesicht des engsten Beraters der Lichtgeschwister breit: »Das ist doch einmal eine gute Nachricht. Lass ihn zu mir schicken.«

$\mathscr{D}$ann erhebt sich Ithak'kl T~es Stegi'mahr mit bedauerndem Blick. Auch sein Besucher steht verblüfft auf und mustert dabei den Berater mit misstrauischem Blick: »Was führst du im Schilde, Ithak'kl T~es Stegi'mahr?«

$\mathscr{D}$ie Miene des engsten Beraters wird neutral, als er antwortet: »Nun, wenn jemand glaubt, dem Lichtbruder Heilung bringen zu können, dann ist es doch sicher meine Aufgabe, diesem jemandem dies auch zu ermöglichen, denkst du nicht?«

$\mathscr{D}$er alte RomKaqul beginnt zu verstehen, was Ithak'kl T~es Stegi'mahr im Sinn hat. Nun macht sich auch auf seinem Gesicht ein böses Grinsen breit: »Die Lichtheiler werden dich dafür hassen, mein Freund.«

$\mathscr{I}$thak'kl T~es Stegi'mahr geht wieder um seinen Tisch herum und fasst seinen Besucher am Arm. So begleitet er ihn zur Tür: »Oh, das tun sie bereits, mehr als du dir vorstellen kannst.«

$\mathscr{P}$uuhrn K'equal Twikla bleibt sehen und packt seinen Freund an den Schultern: »Sei bitte vorsichtig. Die Lichtheiler können hinterlistig sein. Sie spielen nicht auf offenen Brettern.«

$\mathscr{B}$eruhigend nickt der engste Berater der Lichtgeschwister seinem Freund zu: »Keine Sorge, das kann ich auch, vielleicht sogar ein wenig besser als die oberste Lichtheilerin.«

$\mathscr{E}$rnst schauen sich die beiden Freunde an. Dann lacht der RomKaqul polternd: »Diese alte Schachtel? Hast du gesehen, wie ihr Gesicht verfallen ist in den letzten Sonnenläufen? Da hilft auch alle Kunst der Bemalung nicht. Diese Frau hat ein Gesicht wie ein Steinbruch.«

»Und eine schwarze Seele, trotz all des Lichts.«

$\mathscr{D}$ann haben sie die Tür erreicht. Gerade will der RomKaqul diese öffnen und damit den Schutz dieses Raumes aufheben, da hält ihn Ithak'kl T~es Stegi'mahr noch einmal zurück: »Sag mir, Puuhrn K'equal Twikla, diese Lichtheiler, wie sahen sie aus, als sie wieder an Bord kamen? Waren sie schmutzig?«

$\mathscr{I}$rritiert schüttelt der alte RomKaqul den Kopf: »Nein, sie sahen genau so aus wie vorher. Warum fragst du?«

$\mathscr{I}$thak'kl T~es Stegi'mahr lächelt seinem Freund beruhigend zu: »Ach, das war nur so ein Gedanke. Schicke diesen Lichtheiler

zu mir, möglichst bald.«

𝒩ickend stimmt ihm Puuhrn K'equal Twikla zu, dann verlassen sie beide den Raum.

𝒥thak'kl T~es Stegi'mahr macht sich auf den Weg zum Innenhof des Lichtwächterpalastes. Sein Gesicht zeigt einen steinernen Ausdruck. Alle, die ihm entgegenkommen, weichen sofort zur Seite, als sie diese Miene sehen. Der engste Berater der Lichtgeschwister nimmt das nicht wahr. Seine Gedanken rasen, er muss etwas unternehmen. Wenn das, was er eben erfahren hat, stimmt und daran hat er keinerlei Zweifel, dann ist die Gefahr viel größer und viel näher, als er bisher dachte.

dīrghāṇi padāni
दीर्घानिपदानि
~ *Weite Schritte* ~

Nutze das Wissen
des Korallenbaumes

*K*aah K~rat Kaah hat sich hierher zurückgezogen. Sie will meditieren. Seit sie am Hofe der Lichtgeschwister ist, findet sie kaum Ruhe. Ihr Meister hat sie zwar vor diesem Ort gewarnt, aber wirklich im Palast zu sein ist noch weit aufwühlender, als sie es sich vorgestellt hat. Die Oh-Khalí am Hofe der Lichtgeschwister sind so von Intrigen und Ränkespielen durchseucht, dass die Lichtspürerin den Eindruck hat, dass ausgerechnet im Zentrum des Lichtwächterimperiums das Licht es besonders schwer hat.

*A*ber im großen Innenhof findet sie endlich etwas Ruhe. Sie taucht ein in ihre Meditation, gleitet zur Grenze der Lichtwelt. Heute will sie diese nicht besuchen. Lediglich Kraft schöpfen möchte sie aus der Beobachtung der Farbströme jenseits dieser Grenze. Plötzlich spürt sie eine Warnung. Erschrocken nimmt sie diese Warnung auf. Unvermittelt beendet sie ihre Meditation. Sie sitzt wieder im Garten des großen Innenhofs. Dann bemerkt sie den alten Oh-Khalí, der mit steinerner Miene vor ihr steht und sie schweigend beobachtet.

»Ithak'kl T~es Stegi'mahr, ihr wirkt aufgewühlt.«

*D*er Angesprochene nickt kurz, dann fasst er sie beim Arm: »Gehen wir ein Stück, Lichtspürerin.«

*E*rschrocken blickt sie sich um: »Ich hätte erwartet, dass ihr das, was ich bin, vertraulich halten wollt.«

*E*r führt sie weiter, tiefer in den Garten hinein, als er antwortet: »Dieser Garten wurde von mächtigen Oh-Khalí als geschützter Bereich eingerichtet. Kein normaler Oh-Khalí kann deshalb jemanden im Garten belauschen.«

*D*ie Lichtspürerin denkt über diesen Satz nach, dann versteht sie: »Ihr habt den Lichtgeschwistern dazu geraten, habe ich recht?«

*I*thak'kl T~es Stegi'mahr bleibt kurz stehen und blickt neugierig zur Lichtspürerin empor. Tatsächlich ist sie fast ein sechstel Vlakstock größer als er: »Du bist weiser als es dein Alter vermuten lässt. Natürlich hast du recht mit dieser Vermutung.«

*D*ann setzt er seinen Weg fort, Kaah K~rat Kaah folgt ihm nach kurzem Zögern.

*S*chließlich erreichen sie einen kleinen, versteckten Bereich mit einer Laube. Ithak'kl T~es Stegi'mahr betritt die Laube und fordert sie mit einer einladenden Handbewegung auf, sich zu ihm zu gesellen.

*A*ls sie neben ihm steht, schließt er kurz die Augen. Die Lichtspürerin bemerkt die Veränderung. Dieser Bereich ist nun noch einmal besonders geschützt. Ein solches Maß an Vorsicht macht sie misstrauisch: »Was im Namen der Lichtgeschwister soll das? Ich denke, man kann uns nicht belauschen.«

*N*och immer zeigt der engste Berater der Lichtgeschwister die steinerne Miene, als er leise antwortet: »Kein normaler Oh-Khalí kann uns hier belauschen. Bei den oberen Rängen der Lichtheiler wäre ich mir da nicht so sicher.«

$\mathcal{S}$ie versteht: »Daher das Mantra. Aber was ist so vertraulich, dass ihr mich im Garten aufsucht und diesen Aufwand betreibt?«

$\mathcal{I}$thak'kl T~es Stegi'mahr fixiert die Lichtspürerin. Er versucht, sich ein Bild von ihrem Wesen zu machen. Aber ihr Inneres ist gut geschützt. Er spürt mit seinem Lichtsinn die höfliche Ablehnung seiner mental formulierten Bitte auf Einlass. Ihre Augen verengen sich: »Was wollt ihr von mir, Ithak'kl T~es Stegi'mahr?«

$\mathcal{D}$ann gibt er sich einen Ruck. Sein Gesicht zeigt jetzt Sorge. Er versucht, der Lichtspürerin zu zu lächeln, aber der Versuch misslingt. Sie spürt genau, dass der engste Berater der Lichtgeschwister in großer, nein, sogar in größter Sorge ist. So will sie nachsichtig sein.

»Was weißt du über Portale?«

$\mathcal{D}$ieser spontane Themenwechsel verblüfft sie. Doch solcherart Gespräche ist sie von ihrem Meister gewohnt. Nach einem kurzen Moment des Nachdenkens antwortet sie leise: »Portale werden von besonders ausgebildeten Lichtzeigern erschaffen. Sie verbinden die Welten des Lichtwächterimperiums.«

$\mathcal{I}$thak'kl T~es Stegi'mahr nickt zufrieden. Die Lichtspürerin ist offensichtlich gut ausgebildet. Dann blickt er sie scharf an: »Was würdest du dazu sagen, wenn ich dir erzähle, dass jemand Portale auf Khalía betreibt, die nicht zu anderen Welten führen?«

$\mathcal{V}$erwundert blickt sie ihn an: »Was soll das heißen, sie führen nicht zu anderen Welten. Wohin führen sie denn sonst?«

$\mathcal{E}$inen Moment fixiert er sie nachdenklich. Dann gibt er sich einen letzten Ruck: »Sie führen zu anderen Orten auf Khalía.«

$\mathscr{S}$charf zieht die Lichtspürerin die Luft ein. Ihrer Antwort ist die Erschütterung anzuhören: »Das ist verfemt. Seit es das Lichtwächterimperium gibt, ist es strengstens verboten, Portale zu erschaffen, die zwei Punkte auf einer Welt verbinden. Das Risiko für das Gleichgewicht der Lichtströme ist viel zu hoch. Und...«

$\mathscr{E}$r hält den Kopf schief und wartet einfach, bis sie fortfährt.

»Und es braucht unglaubliche Mengen an Licht für solch ein Portal. Deshalb ist es ja so gefährlich für das Gleichgewicht der Lichtströme. Außerdem ist verfemt, habe ich das schon erwähnt?«

$\mathscr{N}$un seufzt Ithak'kl T~es Stegi'mahr. Er wendet sich um und sein Blick gleitet über den Garten. Dann fährt er leise fort: »Natürlich ist es das. Es ist falsch, gefährlich und verfemt. Und dennoch ...«, wieder geht sein Blick zur Lichtspürerin, bevor er fortfährt, »und doch haben die Lichtheiler diese Unsäglichkeit begangen.«

$\mathscr{K}$aah K~rat Kaah will zuerst widersprechen, aber dann spürt sie, dass dieser Oh-Khalí absolut von seiner Vermutung überzeugt ist. Sie ist sich sicher, dass der engste Berater der Lichtgeschwister nicht auf den Kopf gefallen ist und nicht einfach wirre Spekulationen verbreitet. Wenn sie all das berücksichtigt, bleiben für sie nur zwei Fragen offen, die sie auch sofort stellt: »Wie und warum?«

$\mathscr{E}$r lacht auf, es ist ein fatalistisches Lachen: »Das 'wie' ist einfach. Derzeit erreicht den Hof der Lichtgeschwister eine so unglaubliche Menge an Lichtgaben, dass den Lichtheilern damit genügend Licht für diese Verdammnis zur Verfügung steht.«

$\mathscr{K}$aah K~rat Kaah denkt nach und spricht dann aus, was ihr in den Sinn kommt: »Vielleicht ist deshalb der Lichtbruder krank.

Die Lichtspenden.«

$\mathcal{D}$er Blick von Ithak'kl T~es Stegi'mahr wird schärfer: »Wenn ich es nicht besser wüsste, dann würde ich vermuten, dass du eher eine Spionagemeisterin bist, denn eine Lichtspürerin.«

$\mathcal{S}$ie hebt eine Augenbraue, als sie antwortet: »Da stimmt euch sicher mein Meister zu.«
Ithak'kl T~es Stegi'mahr nickt zufrieden: »Sehr gut. Dann muss ich dir das nicht erklären. Aber vielleicht kannst du mir etwas erklären.«

$\mathcal{S}$ie blickt ihn auffordernd an.

»Warum reisen einfache Lichtheiler angefüllt mit unglaublichen Mengen an Licht zu den Schlammebenen, nur um dann einige Zeit später wieder an Bord eines Flussschiffes zu gehen, ohne dieses Licht noch in sich zu tragen? Sie können nicht in den Schlammebenen unterwegs gewesen sein, denn als diese Lichtheiler wieder an Bord kamen, waren ihre Roben sauber, nicht ein Schlammspritzer war zu sehen.«

$\mathcal{E}$r spürt genau, dass sein Verstand die Lösung dieses Rätsels finden kann. Aber etwas, ein Puzzleteil, fehlt ihm.

$\mathcal{D}$ie Lichtspürerin jedoch schaut erschrocken auf: »Sie reisen nicht zu den Schlammebenen. Sie reisen zu den Leuchtfarnen und sie benutzen dafür ein Portal.«

$\mathcal{N}$un erkennt auch Ithak'kl T~es Stegi'mahr es: »Dr'haamokli! Die Lichtheiler müssen sie gefunden haben. Den alten Erzählungen nach leben sie und ihre Hüter im Untergrund unter den Leuchtfarnwäldern.«

$\mathcal{D}$ie Lichtspürerin schüttelt ungläubig den Kopf. Dann erkennt sie die Wahrheit: »Die Lichtheiler haben etwas vor. Etwas Großes.«

*E*r nickt ihr zu: »Und dafür brauchen sie unglaublich viel Licht.«

*S*ie greift den Gedanken auf und fährt fort. »Deshalb ist Lichtbruder erkrankt, sodass die Lichtheiler die Lichtgaben einsammeln können.«

»Sie horten sie so, dass es niemand bemerkt. Dafür brauchen sie die Dr'haamokli.«

*J*etzt wendet sich die junge Lichtspürerin um und versucht durch einen Blick in den wunderschönen Garten um sie herum, ihr aufgewühltes Inneres zu beruhigen: »Das Lichtwächterimperium ist in Gefahr. Es ist in großer Gefahr.«

*I*thak'kl T~es Stegi'mahr stimmt ihr zu. Mit Ärger über sich selbst in der Stimme fährt er fort: »Und ich habe diesem schwebenden Federball nicht geglaubt, als er vor einiger Zeit zu mir kam und von einer Gefahr für das Lichtwächterimperium gefaselt hat. Ich dachte, es ist erneut einer der seltsamen Ideen dieses Vo-Shirrs. Nur die Lichtschwester hat ihm zugehört und ihm erlaubt, der Sache nachzugehen.«

*D*as Gesicht der Lichtspürerin wird weiß, dann flüstert sie leise: »Oh, bei den Lichtgeschwistern. Dann sind sie in Gefahr.«

*I*thak'kl T~es Stegi'mahr ist irritiert: »Wer ist in Gefahr?«

*D*ie Lichtspürerin ignoriert seine Frage, ihr Blick ist starr auf die Gartenanlage gerichtet. Schließlich fasst er sie am Arm und fragt erneut: »Wer ist in Gefahr?«

*S*ie strafft sich, offensichtlich hat sie eine Entscheidung getroffen. Ihr stahlharter Blick lässt Ithak'kl T~es Stegi'mahr schaudern. Der Kraft, die dieser Person innewohnt, will er nicht ausgesetzt werden. Leise, aber mit harter Stimme, antwortet sie

ihm: »Dieser junge Lichtwächter und der Vo-Shirr. Sie wollten zu den Leuchtfarnwäldern reisen. Sie sind in Gefahr.«

*D*ann blicken sich die zwei so unterschiedlichen Oh-Khalí ernst an. Schließlich hebt Ithak'kl T~es Stegi'mahr das Kinn: »Dann geh und hilf ihnen. Wir müssen das Lichtwächterimperium retten.«

*E*inen Moment stehen sie sich gegenüber. Dann wendet sich die Lichtwächterin um und ist wenige Augenblicke später bereits verschwunden.

*I*thak'kl T~es Stegi'mahr verharrt, wo er ist. Er zwingt sich dazu, all die Informationen, die er heute erhalten hat, sorgfältig zu durchdenken. Schließlich zeigt sein Gesicht wieder dieses böse Grinsen. Jeder, der ihn etwas kennt, weiß genau, dass dies kein gutes Zeichen für die Feinde des Imperiums ist. Einen Moment zögert er noch, dann hat er sich entschlossen. Es gibt etwas, dass er tun kann und das wird er nun auch tun, auch wenn dies sicher eine Menge Staub aufwirbeln wird, aber er ist so etwas schließlich gewohnt. Er spürt, wie er zum ersten Mal seit vielen Sonnenläufen etwas Hoffnung empfindet.

*J*etzt wird sich das Lichtwächterimperium seinen Feinden stellen.

*U*uhrtalon H~es M'ursur klopft sich den Staub aus seiner schwarzen Lichtwächterrobe. Dabei wird ihm mit einem Seufzen klar, dass diese nun eher als grünbraun denn schwarz ist. Er besinnt sich auf seine Ausbilderin. Diese hat ihm immer geraten, die Dinge so praktisch wie möglich zu sehen. So beschließt er, dass seine Robe nicht verschmutzt, sondern lediglich aufwendig mit einer Tarnung versehen ist. Jetzt, da sich der Staub etwas gelegt hat, kann er im fahlen Licht von Kohmatok seine Umgebung in Augenschein nehmen. Vor ihm ist eine große, dunkle Öffnung zu sehen. Als er sich umschaut, erkennt er, dass die Decke dieses Höhlenganges unter ihm eingebrochen ist. Aus den Augenwinkeln kann er den Vo-Shirr zu ihm herunter schweben sehen. Er wendet sich ihm zu: »Du hattest recht. Unter der Ebene der Leuchtfarne gibt es ein Höhlensystem.«

*V*orsichtig bewegt sich der Vo-Shirr auf den Höhleneingang zu, der vor ihnen liegt. Der Lichtwächter folgt ihm. Dabei murmelt er verdrossen vor sich hin: »Ich werde den Verdacht nicht los, dass das nicht einfach nur eine Höhle ist.«

*B*ei diesen Worten hält er inne und nimmt seinen Rucksack von der Schulter. Er öffnet das wasserdichte Behältnis und entnimmt ihm zwei Bündel. Vorsichtig öffnet er das Erste und fördert einen wunderbar gearbeiteten Kampfstock, den Soth-Buh, hervor. Er schiebt sich diesen gewandt in den Gürtel. Dann schlägt er das Tuch des zweiten Bündels zurück. Im Schein von

Kohmatok glänzt sein Kurzschwert. Die Scheide des Soth-Tra ist glatt und schmucklos, der Schwertknauf dagegen fein gearbeitet. Er trägt das Muster seines Medaillons. Prüfend zieht er das Kurzschwert aus seiner Scheide. Nach einem zufriedenen Blick schiebt der junge Lichtwächter behände das Soth-Tra in seinen Gürtel. Die Tücher verstaut er wieder in seinem Rucksack und verschließt diesen sorgfältig. Er richtet sich auf und bemerkt, dass ihn der Vo-Shirr-Gelehrte ununterbrochen aufmerksam beobachtet hat. Dann erzeugt dieser ein Rascheln mit seinem Federkleid, seine Stimme klingt ernst, als er die Entscheidung des Lichtwächters, sich zu bewaffnen, kommentiert: »Ich hoffe einerseits, dass wir diese Werkzeuge nicht benötigen, aber tatsächlich bin ich mehr als froh, dich an meiner Seite zu wissen, Uuhrtalon H~es M'ursur.«

Mit ernstem Gesichtsausdruck nimmt der junge Lichtwächter das unerwartete Lob zur Kenntnis. Tatsächlich kennt er seine Fähigkeiten im Kampf ganz genau. Nicht umsonst hat ihm seine Ausbilderin bei der Ernennung zum Lichtwächter das Soth-Tra geschenkt. Er hat sich mit Abstand als der fähigste Kämpfer aller Anwärter dieses Sonnenzyklus bewiesen. So ist seine Antwort auf die Worte des Vo-Shirrs lediglich ein ernstes Nicken. Dann geht sein Blick nach vorn: »Wenn wir dort hineingehen, werden wir uns nur schwer orientieren können. In Höhlen ist es gemeinhin dunkel.«

Jetzt ist aus dem Federkleid von Shirkla-Sva-Ssil wieder das leise Lachen zu hören: »Ich könnte mir denken, dass dort jemand für Helligkeit sorgt.«

Ohne weitere Worte zu verlieren, geht Uuhrtalon H~es M'ursur voran in die Höhle. Anfangs wird es tatsächlich immer dunkler. Die Höhle windet sich. Schon nach wenigen Schritten ist vom Eingang hinter ihnen nichts mehr zu sehen. Die blassgrün schimmernden Strahlen von Kohmatok erreichen sie nicht mehr. Dann bemerkt der junge Lichtwächter, wie sich seine Augen an

die Dunkelheit gewöhnen. Je weiter sie in die Höhle eindringen, desto heller wird es. Zuerst hält Uuhrtalon H~es M'ursur das für eine optische Täuschung. Dann macht ihn der Vo-Shirr auf etwas aufmerksam: »Schau nach oben. Wie ich sagte, es ist nicht wirklich dunkel.«

$\mathcal{U}$uhrtalon H~es M'ursur hebt den Blick. Die Decke ist durchzogen von feinen Lichtfäden. Dann versteht er es: »Das sind die Wurzeln der Leuchtfarne! Nicht nur die oberirdischen Farne leuchten, sondern auch deren Wurzeln.«

$\mathcal{S}$hirkla-Sva-Ssil ergänzt trocken: »Und wieder erlebst du ein weiteres Wunder der Natur.«

$\mathcal{D}$er junge Lichtwächter geht weiter und hält dabei seinen Blick nach vorn gerichtet, aber er antwortet mit grimmiger Stimme: »Wie gesagt, wenn du das nächste Mal eine solche Reise planst, denk bitte nicht mehr an mich. Ich bin mehr als gesegnet mit den Wundern, die ich bisher mit dir erleben durfte.« Ihm ist viel zu ernst zumute, als dass er den Vo-Shirr mit der Anrede im Plurals Majestatis aufziehen könnte, wie sie es immer wieder grinsend wechselweise tun.

$\mathcal{D}$er Vo-Shirr will gerade antworten, als der Lichtwächter warnend die rechte Hand hebt. Gleichzeitig bewegt er sich sofort zum Rand der Höhle. Dann schleicht er vorsichtig weiter. Der Vo-Shirr bleibt dicht bei ihm, schwebt aber ein wenig über dem Lichtwächter, sodass er ebenfalls den Bereich vor ihnen mustern kann.

$\mathcal{D}$ie Höhle erweitert sich an dieser Stelle. Uuhrtalon H~es M'ursur nimmt einen seltsam muffigen Geruch wahr. Dann bemerkt er, dass diese in eine weit größere Höhle mündet. Als sie die Kante erreicht haben, kauert sich der Lichtwächter nieder. Diese Höhle vor ihnen scheint riesig zu sein. Die Decke wölbt sich weich und weit nach oben. Auch dort sind die feinen

Lichtfäden der Leuchtfarnwurzeln zu sehen. Sie tauchen alles in ein schummrig buntes Licht. Dann geht sein Blick nach unten. Der Höhlenboden macht einen seltsamen Eindruck. Er scheint zu wogen. Nun hört der junge Lichtwächter auch ein Scharren. Es ist leise, fast nicht zu bemerken und klingt, als ob sich tausende Füße immer wieder bewegen. Der Lichtwächter legt sich auf den Bauch und versucht so über den Rand der Kante zu blicken. Aber anfangs kann er nicht erkennen, was den Boden der Höhle so wogen lässt. Jetzt, da er seinen Kopf über den Rand hält, hört er das Scharren viel intensiver. Gerade will er den Vo-Shirr dazu befragen, als ihn sein Lichtsinn warnt. Erschrocken richtet er sich auf und kauert wieder dicht an der Wand der Höhle, durch die sie hierhergekommen sind. Jetzt wird es hell gegenüber. Auf einem Plateau auf der gegenüberliegenden Seite entwickelt sich eine unglaubliche Helligkeit. Zuerst ist es ein feiner Punkt, dann weitet dieser sich und wird zu einem Ring. Uuhrtalon H~es M'ursur spürt mit seinem Lichtsinn, dass da ein Riss entsteht. Das ist etwas, das es nicht geben dürfte. Sein Lichtsinn lässt ihn spüren, dass die Farbströme der Lichtwelt rebellieren, aber scheinbar sind sie machtlos. Der Ring weitet sich und dann füllt sich sein Inneres mit 'Nichts'. Der junge Lichtwächter findet keine andere Bezeichnung für das, was er dort drüben beobachtet. Vollkommen unvermittelt erscheint ein Bein im Ring. Dann sieht man den Rest des Körpers, als ob es sich bei dem Ring um eine Tür oder einen Durchgang handeln würde. Heraus kommt ein träge um sich blickender Oh-Khalí in lila Robe und betritt das Plateau. Dann folgen ihm schnell hintereinander weitere Oh-Khalí, alle trage sie die lila Roben der Lichtheiler Gilde.

»Bei den Lichtgeschwistern. Das sind Lichtheiler.«

$\mathcal{S}$ein geflüsterter Kommentar kommt ihm unvermittelt über die Lippen. Nun stehen elf Lichtheiler in lila Robe auf dem Plateau. Uuhrtalon H~es M'ursur spürt, dass die Farbströme der Lichtwelt bis zum Zerreißen gespannt sind. Dann erlischt der

Ring. Er verschwindet einfach. Der junge Lichtwächter spürt, dass die Farbströme diesen Riss in der Welt auch nicht länger geduldet hätten. Es wird wieder dunkler in der großen Höhle. Die Lichtheiler greifen in ihre Taschen und holen kleine Behältnisse hervor. Niklamici, wie er sofort erkennt. Leise kommentiert der Vo-Shirr das Geschehen: »Das ist unsäglich. Das war ein Portal. Hier auf Khalía haben die Lichtheiler ein Portal erschaffen, das zwei Punkte dieser Welt verbindet. Das ist verfemt. Mehr noch: es ist hochgefährlich.«

𝒰uhrtalon H~es M'ursur denkt darüber nach. Sein als Lichtwächter geschulter Verstand analysiert nüchtern, was sie beobachtet haben: »Aber es ergibt Sinn, Shirkla-Sva-Ssil. Wir haben bereits vermutet, dass die Lichtheiler in etwas verwickelt sind. Wenn sie hierher zu den Leuchtfarnen wollen, dann müssten sie normalerweise die Schlammebene durchqueren oder aber sie benutzen ein Portal.«

»Das ist sicher alles richtig. Aber du kannst dir nicht im Ansatz vorstellen, wie riskant es ist, ein solches Portal zu errichten. Allein die Errichtung kostet unglaublich viel Licht. Es stabil zu halten, kostet noch mehr Licht. Außerdem ist es ein Verstoß, der bei Bekanntwerden die Lichtheiler für immer von allen Welten des Lichtwächterimperiums verbannt. Es ist das Unsägliche, ein Portal zur Verbindung zweier Punkte auf einer Welt zu errichten.«

𝒰uhrtalon H~es M'ursur wundert sich, dass der Vo-Shirr so außer sich ist. Nüchtern antwortet er deshalb: »Nun, das ist den Lichtheilern sicher bekannt, aber es scheint ihnen keine Sorgen zu machen. Sie planen etwas, das ihnen diese Verbannung ersparen wird.«

𝒟er Vo-Shirr will gerade antworten, da kommt Bewegung in die Gruppe der Lichtheiler auf dem Plateau. Vier große, kräftige Lichtheiler haben die Niklamici mit einer kurzen Lichtgabe

aktiviert und ihre Behältnisse an eine lange Stange gebunden. Diese werden zwei weiteren Lichtheilern übergeben, die damit bis zum Rand des Plateaus gehen. Langsam erhellt der Schein der kleinen, achtflügeligen Wesen nun den Boden der großen Höhle. Uuhrtalon H~es M'ursur kneift die Augen zusammen und versucht etwas zu erkennen. Dann sieht er, wie sich aus dem dunklen Wogen am Boden der großen Höhle im Licht der Niklamici einzelne Körper herausschälen. Es handelt sich um Tiere, da ist sich der junge Lichtwächter sicher. Es müssen Tausende sein, die dort unten stehen. Daher das Scharren, das er gehört hat. Der erste der kräftigen Lichtheiler hat eine Art Treppe erreicht, die er soeben hinabsteigt. Uuhrtalon H~es M'ursur nimmt besorgt zur Kenntnis, dass der Lichtheiler ein Soth-Buh, den kurzen Kampfstock, und ein Soth-Tra, das traditionelle Kurzschwert des Khatt-Than-Aah in seinem Gürtel trägt. Der junge Lichtwächter runzelt die Stirn. Er wusste nicht, dass Lichtheiler die Kampfkunst Khatt-Than-Aah beherrschen. Seines Wissens nach wird diese Kampfkunst einzig von den Lichtwächtern trainiert und praktiziert. Er konzentriert sich dann wieder auf die Geschehnisse am Plateau gegenüber. Unten angekommen, schiebt der Lichtheiler die Tiere mit einem angewiderten Blick zur Seite. Uuhrtalon H~es M'ursur kann nun erkennen, dass die Tiere einen wurmartigen Körper haben, der von vielen Stummelbeinen getragen wird. Einen Kopf kann er nicht ausmachen, die Tiere sehen an beiden Enden gleich aus. Ihre Haut schimmert grau, dabei zeigen sich in regelmäßigen Abständen knotenförmige Auswüchse.

»Was im Namen der Lichtgeschwister ist das?«

*D*er Vo-Shirr-Gelehrte antwortet mit leiser Stimme: »Das, mein junger Lichtwächter, sind Dr'haamokli. Es müssen Tausende sein.«

*E*r bemerkt erstaunt, dass ihn all dies nicht mehr weiter verblüffen kann. Zu viel hat er in den vergangenen Tagen erlebt,

als dass ihn die Begegnung mit tausenden von Dr'haamokli, einer mystischen Wesensart, die eigentlich als ausgestorben gilt, noch verwundern könnte. Jetzt wendet sich der bewaffnete Lichtheiler um und winkt nach oben zum Plateau. Zwei der großen Lichtheiler stellten sich wachsam neben den Treppenabgang. Der Vierte führt einen der schmächtigen Lichtheiler die Treppe hinab. Sorgenvoll registriert Uuhrtalon H~es M'ursur, dass diese vier kräftigen Lichtheiler allesamt bewaffnet sind. Er kann an ihren Bewegungen erkennen, dass diese Vier in der Lage sind, ihre Waffen zu benutzen.

»Schau genau hin, Uuhrtalon H~es M'ursur. Was du nun zu sehen bekommst, wird unsere Zukunft bestimmen. Benutze deinen Lichtsinn.«

$\mathcal{U}$uhrtalon H~es M'ursur kriecht vorsichtig auf dem Bauch zur Abbruchkante ihrer Höhle. Der große, kräftige Lichtheiler packt seinen schmächtigen Gildebruder an der Schulter und führt ihn zum nächstgelegenen Dr'haamokli. Dort angekommen, legt der schmächtige Lichtheiler die Hände auf zwei der hornartigen Auswüchse. Dann, für einen winzigen Moment nur, kann der Lichtwächter mit seinem Lichtsinn spüren, wie eine unglaubliche Menge an Licht aufblitzt. Schon im nächsten Augenblick ist es verschwunden. Der schmächtige Lichtheiler fällt etwas in sich zusammen, aber sein kräftiger Gildebruder schiebt ihn erbarmungslos zurück zur Treppe. Dort wartet schon der nächste der schmächtigen Lichtheiler. Neugierig kriecht Uuhrtalon H~es M'ursur noch weiter zur Abbruchkante. Das Spiel wiederholt sich. Wieder kann er für einen unmessbar kurzen Moment eine gigantische Menge Licht wahrnehmen, dann ist es vorbei, der entkräftet aussehende Lichtheiler wird zurück zur Treppe geschoben.

$\mathcal{U}$uhrtalon H~es M'ursur stemmt sich auf seine Unterarme und wendet sich nach hinten zum Vo-Shirr, der dort regungslos schwebt: »Wie wir befürchtet haben. Die Lichtheiler horten

Licht. Unglaubliche Mengen an Licht sind das. Wir müssen etwas tun. Das müssen wir den Lichtgeschwistern melden, dann ...«

*D*er Ruf des Vo-Shirr kommt zu spät: »Pass auf, die Kante unter dir, sie bricht ...«

*M*it lautem Getöse löst sich die Felskante unter dem Lichtwächter. Nur mit allergrößter Mühe kann er sich nach hinten retten, eine Abrollbewegung, die ihn schließlich in eine gebückte Haltung bringt. Dieses an und für sich fast unglaubliche Beispiel an Körperbeherrschung wird vom Rumpeln der unten auf dem Boden der großen Höhle aufschlagenden Reste der Abbruchkante übertönt. Erschrocken heben sich die Blicke der Lichtheiler auf dem Plateau.

*D*ie vier bewaffneten Lichtheiler dagegen ziehen übergangslos ihre Waffen und suchen die gegenüberliegende Höhlenwand mit misstrauischen Blicken ab. Dann haben sie den jungen Lichtwächter entdeckt. Schutzlos steht er da und im Blick von allen Lichtheilern.

*D*er Lichtheiler unten auf dem Höhlenboden reagiert als Erster. Mit lautem Gebrüll kommt er auf Uuhrtalon H~es M'ursur zu. Eine Kautka später stürmen die drei anderen bewaffneten Lichtheiler die Treppe vom Plateau herab auf den Boden der großen Höhle und eilen ihrem Bruder hinterher. Die Dr'haamokli schieben sich verängstigt zur Seite, sodass der Abstand zwischen den Angreifern und Uuhrtalon H~es M'ursur jede Kautka weiter dahinschmilzt. Jetzt zieht auch Uuhrtalon H~es M'ursur seine Waffen. Aber ihm ist klar, dass er allein gegen die vier angreifenden Lichtheiler ohne Chance ist. Grimmig ruft er nach hinten: »Shirkla-Sva-Ssil, bring dich in Sicherheit. Ich halte sie so lange es geht auf!«

Sein Blick huscht wieder nach vorn. Er versucht, seine Lage einzuschätzen. Das Geröll der abgebrochenen Kante bildet vor seiner Höhle eine steile Rampe. Er will versuchen, sich den Angreifern genau dort zu stellen. Energisch nimmt er eine Kampfposition ein. Das Kurzschwert hält er in seiner rechten Hand, den Kampfstock in seiner linken. So fixiert er den ersten Gegner, der sich gerade anschickt, die Geröllrampe zu erklettern. Da spürt er einen kurzen Luftdruck von hinten, ein leichter Schubs lässt ihn in den Knien abfedern. Erschrocken blickt er sich um.

Eine Gestalt in blaugrünem Mantel steht da. Sie ist plötzlich erschienen. Dann schlägt die Gestalt die Kapuze des Mantels zurück. Eine junge Frau blickt ihn an. Wallendes, rotes Haar fällt um ihren Kopf. Grüne Augen blicken ihn an. Er hat das Gefühl, dass die Zeit stehen bleibt. Der Blick dieser Augen berührt sein Innerstes. Die junge Frau spürt dies augenscheinlich ebenfalls. Es ist ein besonderer Moment von intensivem Erkennen, das in ein fast intim anmutendes Willkommen übergeht. Dann ist dieser magische Moment so schnell vorbei, wie er gekommen ist. Die junge Frau hebt das Kinn und zieht dabei zwei Kurzschwerter aus dem Gürtel ihrer Robe.

»Wie wäre es mit etwas Unterstützung, junger Lichtwächter?«

Ein Knurren entfährt seiner Kehle. Irritiert schüttelt Uuhrtalon H~es M'ursur den Kopf. Dann beschließt er, seine Fragen auf später zu verschieben und wendet sich wieder der großen Höhle zu.

»Nun, wer auch immer Ihr seid, Eure Hilfe ist willkommen.«

Mit einer fließenden Bewegung stellt sich die junge Frau neben den Lichtwächter. Noch einen kurzen Moment tauschen die beiden noch einen Blick voll Einigkeit und Entschlossenheit. Dann beginnt der Kampf.

Nutze das Wissen
des Korallenbaumes

Shirkla-Sva-Ssil hat sich etwas in den Höhlengang
zurückgezogen und schwebt nun dicht an der Höhlendecke.
So hofft er, sich dem unter ihm entwickelnden Kampf so gut
es möglich ist, auszuweichen. Zum Glück wissen nur sehr
wenige Wesen darüber Bescheid, dass die Vo-Shirr nicht mit
Situationen umgehen können, in denen physisch gekämpft wird.
Die Psyche dieser Spezies lässt sie vor physischer Konfrontation
zurückschrecken. Als Shirkla-Sva-Ssil damals auf Khalía ankam,
war ihm rasch klar geworden, dass er Situationen, in denen
Oh-Khalí miteinander kämpfen, nicht dauerhaft ausweichen
kann. Schließlich fand er für sich selbst eine Lösung für
dieses Dilemma. Dabei nutzt er eine gemeinhin nicht bekannte
Fähigkeit der Vo-Shirr aus. In besonderen Situationen können
die Vo-Shirr ihr Bewusstsein gleichzeitig in mehrere Bahnen
lenken. Shirkla-Sva-Ssil hat seinen Geist darauf trainiert, dass ein
Teil seines Bewusstseins nüchtern die Geschehnisse beobachtet,
sodass er sich so gut wie möglich außerhalb der Gefahrenzone
eines Kampfes halten kann. Der andere Teil seines Bewusstseins
legt seinen Fokus auf die Reflexion seiner Erinnerungen.

Er ist schon sehr viele Sonnenzyklen am Hofe der
Lichtgeschwister. Soweit er sich erinnern kann, und ein Vo-
Shirr verfügt über ein hervorragendes Gedächtnis, waren die
Wirkungszeiten der letzten vier Lichtgeschwister eine Zeit des
Friedens und der Eintracht. Das war jedoch bei Weitem nicht

immer so. Vor dieser Friedenszeit waren Streit und sogar Krieg auf Khalía an der Tagesordnung. Aus alten Schriften weiß er, dass es viele Zeiten der Lichtgeschwister gebraucht hat, bis sich die Gilden als stabilisierende und strukturierende Elemente der Gesellschaft der Oh-Khalí gefunden hatten. Heutzutage wirkt es so, als hätte jede Gilde ihren genau bestimmten Platz und die Aufgaben, Zuständigkeiten und Rechte der Gilden allgemein akzeptiert und allen bekannt sind. Shirkla-Sva-Ssil erinnert sich noch mit einem Schaudern daran, wie intensiv der Konflikt zwischen den Lichtheilern und den Lichtzeigern war. Es ist dem weisen Wirken der Lichtschwester in der damaligen Zeit zu verdanken, dass dieser Konflikt nicht zum Zerfall des Lichtwächterimperium geführt hat. Der damals gefundene Kompromiss ist unter seiner Mitwirkung entstanden. Er war zu dieser Zeit ganz neu am Hofe der Lichtgeschwister. Mit einem Gefühl der Wehmut denkt er an diese Zeit. Er erinnert sich noch genau an den Moment, als er der Lichtschwester damals den Vorschlag der Aufteilung der Macht über die Verwahrung und Verwaltung von Licht und den Portalen, die die Welten des Lichtwächterimperiums miteinander verbinden, gemacht hatte. Seine ehrliche Freundschaft mit dem damaligen, engsten Berater der Lichtgeschwister hat dafür gesorgt, dass sein Beitrag in den Schriften nicht erwähnt wurde. Schließlich war ihm schon damals vollkommen klar gewesen, dass die Oh-Khalí den Umstand, dass ein Vo-Shirr für deren Verständnis unglaublich lange lebt, irgendwann als Bedrohung auffassen könnten. So hat er all die vielen Sonnenzyklen im Hintergrund verbracht.

*E*in lautes Klingen, als Metall auf Metall trifft, holt den Fokus seines Bewusstseins aus seinen Erinnerungen zurück zum hier und Jetzt. Inzwischen haben zwei der vier bewaffneten Lichtheiler den Höhlengang erreicht. Uhrtalon H~es M'ursur macht seiner Gilde alle Ehre. Gewandt und souverän pariert er die Hiebe der Lichtwächter mit deren Kurzstöcken, den Soth-Buh, und weicht dabei scheinbar ohne Anstrengung den Stößen der Angreifer, die diese mit ihren Kurzschwertern, den Soth-tra,

in seine Richtung wagen.

$\mathcal{D}$abei sind seine Bewegungen in harmonischen Einklang mit der jungen Frau im blaugrauen Mantel. Shirkla-Sva-Ssil beobachtet mit zunehmender Faszination, wie sich diese beiden Kämpfenden ergänzen. Trotzdem scheinen sie gegen die körperlich viel größeren Lichtheiler im Nachteil zu sein. Durch deren Körpergröße und deren Reichweite wird es zunehmend schwerer für die Frau und den jungen Lichtwächter, Treffer zu landen. Als schließlich der dritte und der vierte Lichtheiler den Höhlengang über die Geröllrampe erklommen haben, wird es wirklich eng für die beiden. Der Vo-Shirr denkt schon an einen Rückzug, denn nun kämpfen der junge Lichtwächter und die Frau im blaugrauen Mantel Rücken an Rücken gegen vier riesigen Lichtheiler. Von vier Seiten trommeln Schläge mit Shoth-Buh und Shoth-Tra der Lichtheiler auf die beiden ein. Trotzdem bleiben die Abwehrbewegungen der beiden Rücken-an-Rücken-Kämpfenden weich und kraftvoll. Wäre die Situation nicht so hoffnungslos, könnte der beobachtende Vo-Shirr diese Präsentation der Kampfkunst des Khatt-Than-Aah-Rom fast genießen. So aber beobachtet er mit Interesse den Kampf, denn er erwartet eine unausweichliche Niederlage des jungen Lichtwächters und der Frau. In einem tänzerischen Manöver rollen die beiden Rücken an Rücken ab und wechseln so die Positionen. Shirkla-Sva-Ssil glaubt für einen winzigen Moment, der nur den Bruchteil einer Kautka währt, zu sehen, wie sich die Blicke von Uuhrtalon H~es M'ursur und der Frau kreuzen und diese sich völlig ohne Worte abstimmen. Die angreifenden Lichtheiler haben den Moment ebenfalls gespürt und vermuten wohl ein Erlahmen der Verteidiger. Mit noch wilderer Gewalt stoßen sie nun unter Einsatz ihrer Kurzschwerter auf die beiden ein. Dann ändert sich alles. Übergangslos lassen sich der junge Lichtwächter und die Frau zu Boden fallen. Da dem Stoßangriff der vier Lichtheiler plötzlich der Widerstand entzogen wurde, gleiten ihre Soth-Tra widerstandslos durch den jetzt leeren Raum zwischen ihnen und treffen schließlich

die Körper ihrer Waffenbrüder gegenüber. Die Lichtheiler sind völlig überrumpelt, als die Kurzschwerter ihres jeweiligen Gegenübers deckungslos in ihre Körper eindringen. So gelähmt sind die vier Lichtheiler hilflos dem Angriff von Uuhrtalon H~es M'ursur und der Frau ausgeliefert. Diese hatten sich nach ihrem Fallen zur Seite abgerollt und setzen dem Kampf ein rasches Ende. Wie Geister tauchen die beiden hinter den Lichtheilern auf, als sie sich nach dem Abrollen wieder erheben. Dann kann Shirkla-Sva-Ssil vier kurze, aber sehr hart geführte Schlägen mit den Knäufen der Kurzschwerter des Lichtwächters und der Frau beobachten, die die schwer verletzten Lichtheiler bewusstlos zusammenbrechen lassen. Keuchend vor Anstrengung schauen der junge Lichtwächter und die Frau einander an, dann wendet Uuhrtalon H~es M'ursur seinen Blick zum Vo-Shirr: »Zufrieden?«

*E*in Ausruf der Lichtheiler auf dem Plateau gegenüber lässt ihre Köpfe dann herumfahren. Dort hat ein Lichtheiler die Hände erhoben und wieder spüren der junge Lichtwächter und der Vo-Shirr den Riss in der Welt, wieder ist die Lichtwelt in Aufruhr und die Farbströme werden wie schon vorhin bis zum Zerreißen gespannt. Ein gleißend strahlender Lichtpunkt entsteht vor dem Lichtheiler, dann steht ein Ring aus Licht vor ihm. Seine Gildebrüder eilen einer nach dem anderen in das Nichts in der Ringmitte. Schließlich senkt der letzte Lichtheiler seine Arme und der Ring schrumpft zusammen. Noch bevor er gänzlich verschwunden ist, springt der letzte Lichtheiler in das Nichts inmitten des Rings. Dann ist der Spuk vorbei und das Plateau ist leer. Lediglich die Behältnisse mit den Niklamici liegen noch da. Die achtflügeligen Wesen beleuchten das Plateau in ihrem seltsamen, gelblichen Licht.

*D*ie junge Frau löst ihre Kampfhaltung und richtet sich auf. Nach einem letzten, misstrauischen Blick auf die verletzt und bewusstlos am Boden liegenden Lichtheiler schiebt sie ihre Kurzschwerter wieder in ihre Scheiden zurück. Inzwischen ist

die Anspannung aus ihrem Gesicht verschwunden und hat einer grimmigen Miene Platz gemacht. Auch Uuhrtalon H~es M'ursur verstaut seine Waffen. Dann setzt er seinen Rucksack ab, den er die ganze Zeit über getragen hat.

»Mit solch einem Ding auf dem Rücken sollte man nicht in einen Kampf ziehen.« Die Stimme der jungen Frau ist warm und angenehm. Shirkla-Sva-Ssil registriert jedoch verwundert, dass die Frau dies eher besorgt als ironisch oder verächtlich geäußert hat. Gerade so, als ob sie sich um das Wohlergehen des jungen Lichtwächters sorgt. Die Anbindung des Vo-Shirr an die Lichtwelt lässt ihn genau spüren, dass zwischen den Beiden eine mächtige und starke Verbindung besteht.

Uuhrtalon H~es M'ursur seufzt und fördert einige Lederriemen aus seinem Rucksack hervor. Zwei der Riemen wirft er lässig der jungen Frau zu: »Wie recht du hast. Ich werde versuchen, in Zukunft daran zu denken.«

Diese fängt die Riemen mit einer beiläufigen Handbewegung auf und nach einem letzten, sorgenvollen Blick zu dem jungen Lichtwächter macht sie sich daran, die bewusstlosen Lichtheiler sorgsam zu fesseln. Uuhrtalon H~es M'ursur tut es ihr gleich. Dann nickt er zufrieden und erhebt sich wieder. Der Vo-Shirr beobachtet die Szene und spürt, dass sich ein ganz besonderer Moment ankündigt.

Uuhrtalon H~es M'ursur mustert die junge Frau, die ihm entspannt gegenübersteht. Dann macht er einige Schritte um die gefesselt am Boden liegenden Lichtheiler herum und streckt seine rechte Hand zum Gruß aus. Ihr Blick geht kurz nach unten, dann geben sich die beiden feierlich die Hände.

»Ich bin Uuhrtalon H~es M'ursur, Lichtwächter. Es ist mir eine Ehre gewesen, an deiner Seite zu kämpfen.«

$\mathcal{W}$ieder, wie schon in den Schneebergen, nimmt die junge Lichtspürerin mit ihrem Lichtsinn dieses besondere, blaue Leuchten in dem jungen Mann ihr gegenüber wahr. Aber dieses Mal ist dieses Leuchten nicht nur ein Punkt in der Ferne. Es ist der Oh-Khalí vor ihr. Sein Hautfell leuchtet blau, genau wie ihres. Seine Haare dagegen sind tiefschwarz, ihres kontrastiert in leuchtendem Rot. Auch seine Augen bilden mit ihrem fast schwarz wirkenden Dunkelbraun einen Kontrast zu ihren grünen Augen. Gleichzeitig weiß die Lichtspürerin mit jeder Faser ihrer Selbst, dass sie zu diesem jungen Lichtwächter gehört. Dieses Wissen irritiert sie zutiefst. Dann erinnert sie sich wieder an die Worte ihres Meisters. Sie will den Weg des Lichts gehen und jetzt spürt sie gerade dieses besondere, blaue Licht in ihm.

»Kaah K~rat Kaah. Ich bin eine Lichtspürerin. Es war mir sowohl Ehre als auch tiefe Verpflichtung, dir zur Seite zu stehen, Lichtwächter.«

$\mathcal{U}$uhrtalon H~es M'ursur hält den Kopf leicht schief: »Eine Lichtspürerin. Ich dachte, Ihr seid nur ein Mythos.«

$\mathcal{S}$ie nickt wortlos zur Antwort. Dann sucht der junge Lichtwächter nach Worten. Sein Blick geht Hilfe suchend zum Vo-Shirr, der inzwischen neben den beiden schwebt. Nach einem tiefen Atemzug wendet er sich wieder Kaah K~rat Kaah zu: »In meinem Innern erkenne ich eine seltsame Verbindung zu dir, Lichtspürerin. Ich weiß nicht, was das ist und wie ich damit umgehen soll.«

$\mathcal{W}$ieder nickt sie wortlos. Lange schaut sie ihn an: »Das werden wir gemeinsam herausfinden, was meinst du?«

$\mathcal{E}$in strahlendes Lächeln macht sich auf dem Gesicht des Lichtwächters breit. Dann, wie auf ein geheimes Zeichen hin, umarmen sich die Beiden.

Shirkla-Sva-Ssil hat all dem schweigend beigewohnt. Nie war er sich so sicher wie jetzt. Diese beiden Oh-Khalí werden die Geschicke des Lichtwächterimperiums entscheidend prägen. Er weiß das mit unumstößlicher, innerer Zuversicht. Der Moment atmet eine besondere Magie. Dann beginnt einer der am Boden liegenden Lichtheiler zu stöhnen, und dieser besondere Moment verschwindet wie ein Nebelhauch im Wind.

Uuhrtalon H~es M'ursur wendet sich nun dem Vo-Shirr zu: »Was machen wir jetzt mit unserer Beute?«

Die Federkugel des Vo-Shirr schwebt kurz hin und her, der junge Lichtwächter kennt die Geste, eine fragende Aufforderung zur Erläuterung seiner Worte. Uuhrtalon H~es M'ursur seufzt: »Na, wir haben vier Lichtheiler, die wir dringend an den Hof vor die Lichtgeschwistern bringen müssen. Schließlich ist dies der Beweis für den Hochverrat der Lichtheilergilde.«

Kaah K~rat Kaah meldet sich zu Wort: »Genau darin liegt das Problem. Die Lichtheiler wissen entweder schon, dass ihre Machenschaften entdeckt wurden oder sie werden es zeitnah wissen. Die geflohenen Lichtheiler sorgen sicher dafür.«

Erschrocken richtet sich der Lichtwächter auf: »Dann sind die Lichtgeschwister in größter Gefahr und wir sitzen hier fest.«

Der Vo-Shirr lässt sein Federkleid ein leises Lachen produzieren: »Mein junger Freund. Denk nach. Was weißt du über die Lichtspürer?«

Irritiert wendet sich Uuhrtalon H~es M'ursur der Lichtspürerin zu: »Was meint dieser fliegende Federball damit?« Diese holt tief Luft. Dann deutet sie eine leichte Verbeugung in Richtung des Vo-Shirr an.

»Ich werde ihn fragen.«

$\mathcal{M}$it einem entschuldigenden Lächeln zum jungen Lichtwächter macht Kaah K~rat Kaah einen Schritt nach hinten und dreht sich dann rasch um. Sie verschwindet im Dunkel des Höhlengangs.

$\mathcal{W}$ieder ist ein seltsames Geräusch zu hören. Dann ist es erneut still. Nur noch das leise Scharren von tausenden von Beinen der Dr'haamokli ist zu hören. Uuhrtalon H~es M'ursur blickt immer noch entgeistert der Lichtspürerin nach.

$\mathcal{D}$er Vo-Shirr schwebt auf ihn zu.

»Keine Sorge. Wenn ich recht habe, dann bekommen wir bald Hilfe von einem mächtigen Verbündeten.«

vātyā prādurbhavati

वात्या प्रादुर्भवति

~ Ein Sturm zieht auf ~

Nutze das Wissen
des Korallenbaumes

Zlotaschir W~urs U'rsur steht am Bug des großen Flussschiffes. Vor ihm liegt der Araaalhithe im orangeroten Glanz von Sintkana. Weit vorn ist ein Palast zu sehen. Helle Gebäude und schlanke Türme kennzeichnen das Stadtbild um den Palast herum. Obwohl er schon öfter zu Besuch am Hof der Lichtgeschwister war, empfindet er jedes Mal Begeisterung. Mit Wehmut wird ihm klar, wie lange er schon nicht mehr hier war. Seine Reisen führten ihn über so viele Welten des Lichtwächterimperiums. Wenn er ehrlich zu sich selbst ist, dann genießt er dieses Reisen doch sehr. Denn als gefeierter Stronia-Champion, der auf nahezu allen Welten des Lichtwächterimperiums bekannt ist, erfährt er eigentlich überall, wo er ankommt große Aufmerksamkeit und Bewunderung.

Nun kehrt er nach vielen Sonnenzyklen zurück an diesen Ort. Sein Blick geht nach oben. Wolken ziehen auf. Noch glänzt der Fluss und die Stadt vor ihm im Sonnenlicht. Als er sich umwendet, kann er die dunklen Gebirge der Wolken sehen, die dort im Osten aufziehen. Ein Sturm zieht auf. Zlotaschir W~urs U'rsur entfährt ein heiseres Lachen, als er erkennt, dass dieser Sturm nicht nur in Form von Wind und Regen über die Oh-Khalí kommen wird. Nein, er ist sich sicher, dass dieser Sturm viel mächtiger ist. Mit jeder Faser seines Selbst spürt er, wie dunkle Kräfte sich sammeln. Kräfte, die die Ordnung und die Welt, die er so schätzt und kennt, verändern, ja sogar vernichten wollen. Er

strafft die Schultern beim nächsten Gedanken. Was er tun kann, damit dieser Sturm nicht erreicht, wofür ihn diese dunklen Kräfte erschaffen wollen, das will er tun. Ihm ist gänzlich klar, dass die nächsten Sonnenläufe Opfer fordern werden.

$\mathcal{D}$er Klang des großen Hornes, das sich genau über Zlotaschir W~urs U'rsur befindet, kündigt den nächsten Halt an. Sie sind am Hof der Lichtgeschwister angekommen. Sorgfältig beobachtet der Stronia-Champion das Flussufer und die Oh-Khalí dort. Nun, da sie sich der Anlegestelle nähern, kann er immer mehr Details erkennen. Mit gerunzelter Stirn wird ihm klar, dass die fröhliche, aufgeschlossene Stimmung, an die er sich aus früheren Besuchen bei Hofe erinnert, fast verschwunden ist. Die Oh-Khalí blicken praktisch alle sorgenvoll. Statt lauten, fröhlichen Gesprächen wird leise und vertraulich gesprochen. Er beobachtet zwei Händler, die sich während ihrer Unterhaltung immer wieder sorgsam umblicken. Dann erscheinen drei Lichtheiler auf dem Kai. Ihre lilafarbenen Roben leuchten im Sonnenlicht. Zlotaschir W~urs U'rsur beobachtet die Lichtheiler. Sie treten sehr selbstbewusst auf. Arrogante oder eher hochnäsige Blicke werfen sie den entgegenkommenden Oh-Khalí entgegen, sodass diese ihnen mit erzwungener Höflichkeit Platz machen. Als seine Augen nach den beiden Händlern suchen, entdeckt er diese, wie sie sich gerade hinter einem der Marktstände auf dem Kai zurückziehen und den Lichtheilern in ihren lilafarbenen Roben angstvoll nachblicken.

$\mathcal{S}$eine Gedanken werden von einem älteren Aqul unterbrochen, der sich dem Stronia-Champion höflich genähert hat. Aufmunternd nickt Zlotaschir W~urs U'rsur dem Aqul zu. Wache, intelligente Augen mustern den Stronia-Champion.

»Ich habe eine Botschaft des RomKaqul für Euch, ehrenwerter Herr. Er würde sich sehr darüber freuen, wenn der großartige Zlotaschir W~urs U'rsur ihn mit einem Besuch in seiner Residenz am Hofe der Lichtgeschwister beehren würde.«

ufrieden grinsend nickt Zlotaschir W~urs U'rsur dem Aqul zu: »Aber natürlich doch, gerne. Es wäre mir eine Ehre.«

er Aqul nimmt dies zufrieden zur Kenntnis und weist mit der linken Hand zum Kai, auf, den das Flussschiff gerade langsam zutreibt: »Sehr freundlich, der Herr. Dort drüben am Kai wartet eine Eskorte auf Euch. Sie begleitet Euch zur Residenz des RomKaqul.«

er Stronia-Champion will gerade zu einer Frage ansetzen, als der Kaqul ihn anlächelt: »Selbstverständlich wird Euer Gepäck umgehend entladen. Der RomKaqul bietet Euch Quartier in seiner Residenz und ich werde persönlich dafür sorgen, dass Euer Hab und Gut dort wohlbehalten ankommt.«

it ehrlicher Dankbarkeit verneigt sich Zlotaschir W~urs U'rsur vor dem Kaqul. Er ist sich inzwischen sicher, dass dieser Oh-Khalí nicht nur ein einfaches Mitglied der Ioqatii ist, sondern noch ganz anderen Herren dient.

ie angekündigt erwartet ihn eine Eskorte aus vier Ioqatii. Auf dem Weg zur Residenz des RomKaqul kann der Stronia-Champion beobachten, wie die Blicke der vier großen Ioqatii extrem achtsam die Umgebung mustern. Zwei gehen vor Zlotaschir W~urs U'rsur und die zwei weitere bilden die Nachhut. In einer engeren Gasse kommt ihnen schließlich eine Lichtheilerin entgegen. Mit selbstverständlicher Arroganz wählt sie ihren Weg genau in der Mitte der Gasse. Die Ioqatii seiner Eskorte ignorieren dies jedoch und ihre Schritte treffen noch energischer und härter auf das Kopfsteinpflaster der Gasse. Nur noch wenige Vlakstock trennen die Lichtheilerin von der Eskorte und Zlotaschir W~urs U'rsur. Aufmerksam beobachtet der Stronia-Champion, was nun geschieht. Der Führer seiner Eskorte wendet den Kopf ein wenig und fixiert die Lichtheilerin beim Entgegenkommen. Das Duell der Blicke wird klar von ihm

gewonnen und so weicht die Lichtheilerin mit einem ärgerlichen Ausruf im letzten Augenblick aus. Die Eskorte marschiert energisch weiter. Wenige Utka später haben sie ein prächtiges Gebäude erreicht. Weißer Stein mit blauer und roter Verzierung ragt vor ihnen auf. Auf ein gerufenes Kommando des Führers seiner Eskorte wird das große Tor geöffnet. So erreichen sie den Innenhof. Der Führer der Eskorte verabschiedet sich respektvoll. Eine junge Oh-Khalí erwartet ihn bereits und führt ihn umgehend in das Hauptgebäude. Die Räume und Gänge, die er durchschreitet, sind gepflegt und erlesen eingerichtet. Zlotaschir W~urs U'rsur weiß nur zu gut, wie sorgfältig der RomKaqul darauf achtet, seine Umgebung zu gestalten, auch wenn man diesem Oh-Khalí aufgrund seiner Erscheinung dies sicher im ersten Moment nicht zutrauen würde. In einem Anflug von Nachdenklichkeit sinniert Zlotaschir W~urs U'rsur darüber nach, ob dies vielleicht sogar ein Hinweis darauf ist, wie sehr sich der RomKaqul für Ausgleich und Achtsamkeit engagiert.

$\mathcal{J}$etzt wird eine letzte Türe geöffnet und sie betreten einen Sonnen durchfluteten Raum.

»RomKaqul, Euer Gast ist eingetroffen.« Die klare Stimme der jungen Oh-Khalí veranlasst den großen, mächtigen Mann, der vor dem Fenster steht und gerade noch nachdenklich hinaus auf die Stadt blickte, sich umzuwenden.

»Ah, Zlotaschir W~urs U'rsur! Ich grüße Euch. Danke, dass Ihr meiner Einladung gefolgt seid.«

$\mathcal{D}$ann schaut der RomKaqul zu der jungen Bediensteten. Sofort versteht diese, was ihr Herr von ihr möchte: »Ich sorge dafür, dass ihr nicht gestört werdet, Puuhrn K'equal Twikla.«

$\mathcal{L}$ächelnd bedankt sich der mächtige Mann bei ihr: »Danke, Laqhipa. Ich rufe dich, wenn ich etwas brauche.«

Mit einer respektvollen Verbeugung wendet sich die junge Oh-Khalí um und verlässt den Raum, dabei schließt sie leise die dicke Tür.

Jetzt geht der RomKaqul auf den Stronia-Champion zu und fasst ihn bei den Armen: »Zlotaschir W~urs U'rsur. Gut, dass du da bist. Es sind schlechte Zeiten.«

Der Angesprochene lächelt schräg, als er antwortet: »Oh, mein Bester, sind die Zeiten nicht immer schlecht? In unserem Gewerbe kann man zumindest diesen Eindruck gewinnen.«

Tief atmet Puuhrn K'equal Twikla ein. Mit einem letzten, nur angedeuteten Nicken wendet er sich wieder dem Fenster zu. Der Stronia-Champion stellt sich neben ihn. Ihr Blick geht hinaus über die Dächer der Stadt. Der Hof der Lichtgeschwister ist nicht zu sehen. Aber weit oben am Firmament im Osten stehen die sich auftürmenden Gewitterwolken wie eine drohende Warnung über dem Land.

»Nein, Zlotaschir, nein. So wie es heute ist, war es noch nie.«

Der Stronia-Champion blickt erschrocken seinen Freund an. Dann stimmt er ihm leise zu: »Wie gerne würde ich sagen, dass du dich irrst, aber ich glaube, du hast mehr recht, als uns beiden lieb ist.«

Mit nachdenklichem Blick wendet sich der RomKaqul um und geht zu einer Gruppe Sessel, die wunderbar fein gearbeitet und filigran sind. Mit einem Seufzen lässt er sich in einen der Sessel fallen und fordert seinen Gast mit einem Wedeln der linken Hand auf, sich ebenfalls zu setzen.

Einen Moment blicken sich die beiden Freunde an. Sind sie doch seit vielen Sonnenzyklen Weggefährten. Beide verkörpern sie für die Welt dort draußen weithin bekannte

Oh-Khalí. Hier der alternde RomKaqul, der zum Lohn für seinen vielen Sonnenzyklen währenden Dienst auf Flussschiffen als Repräsentant der Ioqatii an den Hof der Lichtgeschwister gerufen worden ist. Dort der im ganzen Lichtwächterimperium bewunderte Stronia-Champion, bekannt für seinen großzügigen Lebensstil und gilt hinter vorgehaltener Hand als hemmungsloser Schwerenöter.

*T*atsächlich ist Puuhrn K'equal Twikla verantwortlich für die vertrauliche Informationsbeschaffung der Lichtgeschwister und Zlotaschir W~urs U'rsur ist für ihn ohne Zweifel der beste Agent, über den er in seinem weltumspannenden Netz aus Informanten verfügt.

*F*erner verbindet diese oberflächlich so unterschiedlichen Oh-Khalí eine tiefe, ehrliche Freundschaft, die bedingungslose Hingabe an ihre Aufgabe und vor allem zu den Lichtgeschwistern.
So selten diese persönlichen Treffen auch sind, heute ist nicht der Moment, um diese Freundschaft mit Erinnerungen an gemeinsam Erlebtes zu feiern. Der Ton des RomKaqul ist daher sehr geschäftsmäßig, als er fragt: »Was hast du entdeckt?«

*I*n der nächsten Tickla berichtet Zlotaschir W~urs U'rsur dem Spionagemeister der Lichtgeschwister detailliert, was er herausgefunden hat und benennt auch klar seine Vermutungen und Befürchtungen.

*A*ls der Stronia-Champion geendet hat, schweigt der RomKaqul lange. Schließlich seufzt er verdrießlich.

»Hmm, das deckt sich alles im Großen und Ganzen mit den anderen Berichten, die ich erhalten habe. Aber bis jetzt ist nicht klar, woher diese dunkle Bedrohung kommen wird.«

$\mathcal{I}$n für ihn vollkommen untypischer Art zögert Zlotaschir W~urs U'rsur mit seinem Kommentar, der ihm schon auf der Zunge liegt. Grimmig hebt Puuhrn K'equal Twikla mit energischer Geste das Kinn an, seine gesamte Autorität als erfahrener TakoKaqul, als Kapitän eines großen Flussschiffes, und als RomKaqul ist in dieser Geste zu spüren. Seufzend gibt der Stronia-Champion nach.

»Nun, wenn du mich fragst, dann stecken die Lichtheiler hinter dem Ganzen.«

$\mathcal{N}$achdenklich nickt Puuhrn K'equal Twikla. Dann antwortet er wie im Selbstgespräch: »Aber was haben sie vor? Warum dieses Verbergen der Lichtgaben? Wofür das alles? Welches Spiel wird hier gespielt?«

$\mathcal{J}$etzt steht Zlotaschir W~urs U'rsur auf und geht die wenigen Schritte zum Fenster. Die letzte Bemerkung seines Freundes hat etwas in ihm angestoßen. Eine Kaskade an Gedanken und Erwägungen blitzt in seinem Kopf auf. Vollkommen unvermittelt trifft ihn die Erkenntnis wie ein Blitzschlag. Keuchend erkennt er, was das Lichtwächterimperium bedroht. Mit einer ruckartigen Bewegung wendet er sich um und seine Augen suchen den Blick seines Freundes, des RomKaqul und Spionagemeisters der Lichtgeschwister. Dieser ist offensichtlich verwundert über die heftige Reaktion des Stronia-Champions. Dann findet Zlotaschir W~urs U'rsur Worte für seine Erkenntnis. Inzwischen hat die Sturmfront die Stadt erreicht und die ersten Regentropfen fallen gegen das Fenster hinter ihm. Ein erster Blitz beleuchtet ihn dramatisch von hinten. Er stößt hervor: »Der Tausch der Bretter!«
Verwirrt schüttelt Puuhrn K'equal Twikla den Kopf und meint etwas ärgerlich: »Du weißt, dass ich Stronia nicht wirklich gut spiele. Was meinst du damit?«

For einen Moment blickt Zlotaschir W~urs U'rsur zu Boden, dann erklärt er mit fester Stimme: »In den alten Lehrschriften zu Stronia wird von einer Taktik berichtet, in der eine an und für sich statische Spielsituation, die keiner der Spieler für sich entscheiden kann, durch geschicktes Agieren eines Spielers der Spielverlauf weg vom Brett der Hauptkonfrontation gelenkt werden kann.«

Aufmerksam lauscht Puuhrn K'equal Twikla den Ausführungen des Stronia-Champions, als dieser nach einer kurzen Pause fortfährt.

»Die Stroniikla, die Hauptfigur eines Spielers, wird normalerweise vom Hauptbrett, also dort, wo sich die aktuellen Spielzüge entwickeln, ferngehalten.«

Der RomKaqul nickt ungeduldig, soweit kennt er das Spiel auch.

»Die alten Lehrschriften erzählen von einem Manöver, bei dem mit einem Streich die Lage geändert wird und das Brett, auf dem die Stroniikla gerade steht, zum Hauptbrett wird. Dadurch ist die Stroniikla gänzlich ungeschützt den Angriffen ausgesetzt.«

Fragend breitet der RomKaqul die Hände aus und er blickt seinen Freund verwundert an: »Und?«

»Nun, wo denkst, du ist gerade die größte Aktivität der Lichtheiler zu finden?«

Ärgerlich bewegt Puuhrn K'equal Twikla den Kopf: »hier am Hofe verhalten sie sich eher ruhig, auch wenn ihre Arroganz von Sonnenlauf zu Sonnenlauf zunimmt. Diese Entwicklung bei den Schlammebenen ist wohl derzeit das Auffälligste.«

Als der RomKaqul den verwunderten Blick seines Freundes sieht, setzt er ihn mit knappen Worten ins Bild. Schließlich kommentiert er seine Erzählung: »Aber die Schlammebenen sind weit weg und ich werde den Verdacht nicht los, dass sich dieses ganze Durcheinander zu etwas entwickeln müsste, das schließlich am Hofe der Lichtgeschwister ...«

Erschrocken hält er inne und steht dann ruckartig auf. Zlotaschir W~urs U'rsur nickt grimmig, als er die Erkenntnis in den Augen seines Freundes aufglimmen sieht. Einen Moment zögert der Spionagemeister der Lichtgeschwister noch. Dann hat er seine Entscheidung getroffen. Jetzt steht hier nicht mehr ein alternder Ioqatii, sondern ein Kapitän eines Flussschiffes, der sein Schiff und die Mannschaft mit grimmiger Entschlossenheit durch den Sturm führen will, der auf sie zurast. Noch einmal nickt er seinem Freund zu.

»Der Tausch der Bretter. Hinterlistige Bande, diese Lichtheiler.«

Dann eilt er mit festen Schritten zur Tür. Schon beim Öffnen ruft er mit lauter und befehlsgewohnter Stimme dem auf dem Gang bereitstehenden Ioqatii die ersten Anweisungen zu.

Zlotaschir W~urs U'rsur dagegen wendet sich wieder dem Fenster zu. Draußen tobt der Sturm. Im Gebäude spürt man jedoch nichts davon. Mit einem traurigen Blick schaut er sich um, wie gerne hätte er die Annehmlichkeiten dieser Residenz als Gast des RomKaqul genossen. Allerdings ist jetzt nicht die Zeit für Genuss. Fortan muss er seiner eigentlichen Bestimmung folgen.
Nun muss er das Herz des Lichtwächterimperiums beschützen. Die Lichtgeschwister sind in Gefahr.

*E*r schrickt auf. Es ist tiefe Nacht. Alarmiert blickt er sich um, dann beruhigt sich sein Herzschlag wieder. Sie sind nicht in Gefahr. Durch den dünnen Stoff des Zeltes kann er Kohmatok hoch am Nachthimmel sehen. Neben ihm wird ein Stöhnen laut. Die Wanderin wälzt sich im Schlaf. Besorgt geht sein Blick zu ihrer Seite des Zeltes, dort schläft die Wanderin unter einer dünnen Stoffdecke. Wieder wälzt sie sich unruhig im Schlaf, abermals hört er sie stöhnen. Die Sorge um Kkhil T~es M`aru ergreift sein Herz. Er schlägt seine Decke zurück und kriecht vorsichtig zu ihr hinüber. Im Schlaf wirft sie den Kopf hin und her. Besorgt streckt er die Hand aus und fasst sie vorsichtig an die Stirn. Nein, sie ist nicht heiß. Ihre Temperatur fühlt sich vollkommen normal an. Jetzt wird ihr Schlaf ruhiger, was ihm einen erleichterten Seufzer entlockt. Im fahlen Schein der durch den dünnen Zeltstoff dringenden Nachtsonne bewundert er ihre Gesichtszüge. Das blaue Hautfell schimmert geheimnisvoll. Sein Blick wandert zu ihren Beinen. Durch ihren unruhigen Schlaf hat sie ihre Decke zur Seite geschoben und ihr linkes Bein liegt frei. Er spürt, wie ihn dieser Anblick fasziniert. Sein Blick wandert bewundernd daran entlang. Es ist so schlank und muskulös, bedeckt von dem wunderbar blau schimmernden Hautfell, löst es in ihm eine Begierde aus, die ihn selbst erschreckt. Nach einem letzten, bewundernden Blick auf den Körper der Wanderin zieht er ihr die Decke zurecht, damit sie nicht auskühlt. Seine Gedanken sind in Aufruhr. Erst soeben ist

ihm bewusst geworden, welche Anziehungskraft diese Oh-Khalí auf ihn ausübt. Wieder geht sein Blick zu ihrem Gesicht. Nun liegt die Wanderin ruhig schlafend da. Er meint, die Andeutung eines Lächelns darauf zu erkennen und hofft, dass ihre Träume indessen angenehmer sind. Vielleicht träumt sie ja von ihm. Als er diese Worte im Geiste formuliert hat, wird ihm warm in der Brust. Er muss ich selbst gestehen, dass er bei diesem Gedanken ein bisher ungekanntes Gefühl der Freude empfindet, das seine Faszination für die neben ihm schlafende Wanderin noch vertieft. Einem plötzlichen Impuls folgend wendet er sich ihr erneut zu und küsst sie vorsichtig auf die Stirn. Der Geruch ihres Hautfelles lässt ihn genießerisch die Augen schließen. Als er sich wieder vorsichtig zurückzieht, kann er erkennen, dass ihre Gesichtszüge jetzt völlig entspannt sind. Sie lächelt plötzlich im Schlaf. Sanft streichelt er ihr Gesicht. Alles in ihm sehnt sich danach, ihren Körper zu spüren, sie in seine Arme zu schließen. Sein Blick wandert ihren Hals entlang. Ihr Medaillon liegt auf ihrer Brust. Vorsichtig tasten seine Finger nach dem Schmuckstück, das sie an einer goldenen Kette um den Hals trägt. Als seine Fingerspitzen es berühren, spürt er ein Pulsieren, eine drängende Verbindung in die Lichtwelt und noch weiter. Er spürt, dass dieses Medaillon viel mehr ist als nur ein Schmuckstück. Es ist die Verbindung zu etwas oder zu jemandem. Verblüfft erkennt er, dass diese Verbindung eine gänzlich andere Intention ausstrahlt als sein Sehnen nach ihr. Dann wendet er sich mit dem verzweifelten Versuch, sich selbst zur Ordnung zu rufen, ab und verlässt leise das Zelt.

*H*ier draußen, in der kühlen Brise, die ihm vom nachtschwarz daliegenden Tiefmeer ins Gesicht weht, versucht er seine Gedanken zu ordnen. Er muss sich jedoch eingestehen, dass er diese Ordnung eigentlich nicht möchte. Diese wirbelnden Gefühle in seinem Inneren und der Gedanke an den Geruch ihres Hautfelles möchte er nicht loslassen, im Gegenteil. Er hält die Erinnerung an das gerade Erlebte fest, solange es geht. Dann wagt er einen tiefen Atemzug. Um sich abzulenken, wendet

er sich um und kehrt zurück zum Zelt. Er kniet sich nieder und schlägt vorsichtig den Stoff am Eingang zur Seite. Kkhil T~es M`aru liegt ganz ruhig da. Die schwachen, fahlgrünen Lichtstrahlen, die durch das Zeltdach nach innen dringen, reichen nicht aus, um viel zu erkennen. Aber er ist sich sicher, dass die Wanderin noch immer lächelt, in seinem Kopf hat er ihr Bild genau vor Augen. Einen Moment verharrt er so, dann greift er sich den Schild und die beiden Schwerter, die er griffbereit neben seiner Schlafmatte deponiert hat. Vorsichtig erhebt er sich und schlägt den Zeltstoff wieder zurück.

*E*nergisch erklimmt er den sanften Anstieg nach oben zur Grasnarbe. Dort stehen ihre Pferde. Als er bei ihnen ankommt, wird er freudig begrüßt. Ohne darüber nachzudenken, prüft er ihre Futterbeutel und klopft jedem Pferd kurz freundschaftlich am Hals. Ein zufriedenes Schnauben ist die Antwort. Woher er weiß, wie man mit diesen schönen Tieren umgeht, kann er nicht sagen. Doch hat ihn die Zeit, die er bis jetzt auf dieser Welt verbracht hat, eines gelehrt: nicht die Quelle des Wissens, nicht der Weg der Erkenntnis ist bedeutsam. Einzig das Wissen selbst und das Verständnis, das sich daraus für die Welt um ihn herum und für sich selbst ergibt, haben für ihn Bedeutung. Als er dies im Geiste formuliert, kommt eine große Ruhe über ihn. Er beginnt nun auch zu verstehen, dass da mehr ist, als er anfassen und sehen kann. Dann wendet er sich um und blickt über das dunkle Meer. Noch einmal erinnert er sich an die Begegnung mit dem Ssvolyk-Korallenbaum. Ihm ist klar, dass diese Bezeichnung eben lediglich eine Bezeichnung darstellt. Das Wesen, das er dort unten auf dem Meeresgrund erlebt hat, ist weit mehr als eine Koralle oder ein Baum. Er erinnert sich an die mystische Kraft, die er gespürt hat, als der Korallenbaum ihm die beiden Schwerter und den Schild überreicht hat. Dieser Gedanke lässt ihn sich umwenden. Die Schwerter und den Schild hat er abgelegt, als er nach den Pferden sehen wollte. Spontan geht er die drei Schritte zu der Stelle, an der die Waffen auf dem Boden liegen. Mit einem Kopfschütteln korrigiert er sich selbst. Das

sind nicht irgendwelche Waffen. Das sind seine Waffen. Zuerst greift er das Kurzschwert. Aus den Tiefen seiner Erinnerung hinter dieser hell weißen Wand des Vergessens in seinem Geist erreicht ihn ein Wissen. Er zieht das Kurzschwert aus der Scheide und hält es hoch, sodass die grünen Strahlen von Kohmatok es aufleuchten lassen. Mit einem zufriedenen Lächeln wird ihm klar, dass er ein Wakizashi in der Hand hält. Er weiß genau, wie er diese so wunderbar fein gearbeitete Waffe zu benutzen hat, wie er sie zum Schutz einsetzen kann und wie sie mit kalter Gleichgültigkeit seinen Feinden den Tod bescheren kann. Er will bei diesem Gedanken erschrecken, aber er kann es nicht. Denn tief in seinem Selbst ist ihm klar, dass er diese Fähigkeiten nicht zum Negativen einsetzen wird. Vorsichtig steckt er das Wakizashi in den Sand zu seinen Füßen, seine Hände greifen nun nach dem zweiten Schwert. Auch dieses befreit er aus seiner Scheide. Bewundernd wandert sein Blick an der Klinge entlang. Er ist sich sicher, dass er noch niemals in seinem Leben ein so sorgfältig gearbeitetes Katana in Händen gehalten hat. Wieder erreicht ihn ein Wissen aus den Gefilden jenseits dieser hellen Wand, die ihn von seinen Erinnerungen trennt. Er weiß, dass er schon viele Schwerter dieser Art gesehen und sogar eingesetzt hat.

*D*ann legt er die Scheide des Katana sauber neben die kürzere Scheide des Wakizashi und greift das im Sand steckende Kurzschwert mit der linken Hand.

*E*s fühlt sich absolut richtig an, diese beiden wunderschönen, aber außerordentlich gefährlichen Waffen in seinen Händen zu spüren.

*W*ieder wendet er sich dem Meer zu. Kohmatok hat seinen Lauf über den Himmel schon fast beendet. Weit im Westen sieht er die ersten, zart orangefarbenen Anzeichen von Sintkana. Nun lässt er seinem inneren Wissen freien Lauf. Er schließt die Augen und seine Arme beginnen damit, die beiden Schwerter in langsamen, eleganten Bewegungen durch die kühle Brise des

anbrechenden Morgens zu führen.

$\mathcal{S}$ein Gesicht entspannt sich. Die Bewegungen werden komplexer, vielschichtiger und auch schneller. Schließlich führt er sein Katana und das Wakizashi in so raschen Bewegungen durch die Luft, dass ein leises Rauschen zu hören ist. Dann beginnt er auch seine Beine zu bewegen.
In einigen Vlakstock Entfernung beobachtet Kkhil T~es M`aru dieses Schauspiel. Sie spürt, welch kontrollierte Kraft von ihm ausgeht. Ihre Augen bewundern die mit Leichtigkeit ausgeführten Bewegungen seiner Arme, die die beiden im Licht der Nachtsonne funkelnden Schwerter durch die Luft wirbeln lassen. Sie spürt genau, dass diese Bewegungen, so ästhetisch und elegant sie auch erscheinen mögen, bei Bedarf einen sehr tödlichen Zweck erfüllen können. Sie spürt, dass dieser Mann, der durch die Lichtwelt zu ihr kam, nicht einfach nur ein Krieger ist. Er ist viel mehr. Einer Eingebung folgend senkt sie die Augenlider und nimmt Kontakt zur Lichtwelt auf. Sie spürt, sie ist willkommen. Sie kann die Farbströme in ihrem Wirbeln spüren. Nun hebt sie die Lider wieder. Und da ist es. Jetzt kann sie ihn sehen, wie er seine Waffen durch die Luft führt, aber sie kann auch sehen, dass dies in völligem Einklang mit den Wirbeln der Farbströme geschieht, die ihn umwabern. Wenn sie noch Zweifel gehabt hätte, wären diese soeben verschwunden. Er ist ein Lichtkrieger, eine Gestalt, die auf Khalía bisher nur in Sagen der alten Erzählungen existiert. Aber er steht vor ihr. Ihre Hand geht zu ihrem Gesicht. In ihren Träumen hat sie vorhin gespürt, wie er sie da berührt hat. Etwas in ihr lässt sie genau wissen, dass diese Berührung real gewesen war. Dies löst eine Woge an warmen Gefühlen in ihr aus. Vollkommen unvorbereitet spürt sie, wie diese Woge durch sie hindurch brandet.

$\mathcal{S}$chließlich werden seine Bewegungen langsamer und kommen dann ganz zur Ruhe. Am Ende steht er da, den Kopf leicht geneigt, und sie kann erkennen, wie sich seine Atmung beruhigt, wie das Heben und Senken seines Brustkorbes

langsamer wird. Die Wirbel der Farbströme verblassen. Einen Moment steht er da. Dann strafft er die Schultern und greift zu den Schwertscheiden am Boden. Sorgsam lässt er die Klingen wieder in ihre schützenden Hüllen zurückkehren und legt die beiden Waffen zu Boden. Als er sich umwendet, bemerkt er die Wanderin. Sein Gesicht, das eben noch von tiefer Ruhe durchzogen war, erhellt sich. Mit blitzenden Augen lächelt er ihr zu, dann kommt er ihr entgegen. Jetzt erhebt sich Sintkana über den Horizont und leuchtet warm und verheißungsvoll auf ihn. Kkhil T~es M`aru will diesen Anblick, diesen Moment, dieses Gefühl nie wieder vergessen.

*D*ann hat er sie erreicht, sein Blick wird nachdenklich: »Habe ich dich geweckt?«
Sie schüttelt einfach den Kopf, als sie leise antwortet: »Nein, hast du nicht. Leider!«

*B*eim letzten Wort schaut sie ihn fordernd, spitzbübisch an. Auch sie wird vom orangeroten Licht der Morgensonne beschienen. Lange Zeit blicken sich die Wanderin und der Mann aus der Lichtwelt in die Augen. Dann, als ihr Sehnen eine Macht erreicht, die sich jeder bewussten Kontrolle entzieht, fasst er sie bei den Händen. Seine Hände spüren das wunderbar weiche Hautfell auf ihrem Handrücken und ihre Hände spüren die willkommen heißende Wärme seiner glatten Haut. Sie will die Augen schließen, aber sein Blick hält sie davon ab. Langsam beugt er sich vor. Einen kurzen Moment meint sie in seinen Augen, die Frage zu erkennen. Sie öffnet ihren Mund und dann treffen ihre Lippen aufeinander. Er hebt die Arme und umfasst die schlanke Gestalt der Wanderin. Sie weiß genau, dass diese Umarmung ihre Bestimmung ist. Er spürt ohne jeden Zweifel, dass er dieses Wesen in seinen Armen für immer bewahren und beschützen wird.

*L*ange stehen sie so da. Dann gelingt es ihnen, sich voneinander zu lösen. Beide füllen ihre Lungen in einen tiefen

Atemzug. Schließlich fasst er sie bei den Schultern. Sein Blick ruht in ihrem.

»Kkhil T~es M`aru, ich weiß nicht, warum und wie sich unsere Wege gekreuzt haben, aber ich bin endlos dankbar dafür. Ich liebe dich. Ich werde dich beschützen. Bis zu meinem letzten Atemzug werde ich für dich da sein. Immer.«

*K*urz empfindet sie einen Stich, die Erwähnung seines letzten Atemzuges hat sie erschreckt. Dann versteht ihr Geist erst, was sie eben gehört hat. Da fällt ein Puzzlestück in ihr an den richtigen Platz. Sie ist bisher alleine durchs Leben gegangen, alleine über Khalía gewandert. Erst jetzt erkennt sie mit großer Verwunderung, dass sie niemals vollständig war, dass ihr immer etwas gefehlt hat. Diese Leere wollte sie nie erkennen, obwohl sie es immer gespürt hat. Nun hat sich diese Leere gefüllt. Sie ist komplett. Mit ernster Miene antwortet sie ihm mit fester Stimme.

»Ich will immer an deiner Seite sein und dich immer an meiner Seite wissen. Egal, wie unser Weg in dieser Welt sich windet. Wir sind eins.«
Noch einen Moment kosten beide das eben Erlebte, Gesagte und Gehörte aus.
Dann wird ihr Gesichtsausdruck ernst, als sie sagt: »Ich habe geträumt.«

*E*r nickt ihr aufmunternd zu.

»Ich habe davon geträumt, dass jemand kämpft. Ein Kampf auf Leben und Tod. Ich habe geträumt, dass dieser Kampf nur ein Vorbote von weit größerem Unheil ist.«

»Was für eine Art Unheil?«

*S*ie spürt wieder die Wärme in sich. Er stellt sie nicht infrage, im Gegenteil. Er glaubt und vertraut ihren Worten. Das gibt ihr Sicherheit. Sie versucht, diese Sicherheit dazu einzusetzen, ihre

Erinnerung an den Traum wieder hervorzuholen.

»Ein großes Unheil. Für Khalía. Für das ganze Lichtwächterimperium. Für die Lichtgeschwister.«

Sein Blick bleibt ernst, als er nach einem Moment des Nachdenkens antwortet: »Dann musst du dorthin. Wir müssen dorthin. Zu diesen Lichtgeschwistern.«

Sie wiegt zweifelnd den Kopf: »Der Weg dorthin, zum Hof der Lichtgeschwister, ist weit und uns bleibt nur noch wenig Zeit. Ich spüre das.«

Er nimmt das nickend zur Kenntnis. Dann grinst er sie an: »Nun, meine Liebe, du bist die Wanderin. Wie also kommen wir von diesem wunderschönen Strand hier ...«, seine linke Hand macht eine Bewegung, die die ganze Umgebung umfasst, ».. zu diesem Hof? In welche Richtung müssen wir reiten?«

»Es ist zu weit. Mit den Pferden benötigen wir dafür viel zu viele Sonnenläufe. So viel Zeit bleibt uns aber nicht.«

Er lacht kurz auf: »Na, dann müssen wir fliegen.«

Sie erkennt genau, dass er sich einen Scherz mit ihr erlaubt. Aber seine Worte lassen eine Idee in ihr entstehen. Dann hat sie sich entschieden.

»Werden wir, aber zuerst müssen wir durch das Tal der Nebel.«

Er kann an ihrem sorgenvollen Blick erkennen, dass dies ein weit gefährlicheres Vorhaben ist, als er es versteht: »Ist das der einzige Weg?«

»Zumindest der einzige Weg, der mir einfällt.«

$\mathscr{S}$ein Blick wird ernst: »Dann lass uns keine Zeit verlieren.«

$\mathscr{D}$ie weiter hinten angebundenen Pferde wiehern plötzlich angstvoll auf, als ob sie spüren, in welche Gefahr sie sich begeben werden.

Nutze das Wissen des Korallenbaumes

*A*khil T~es M`aru blickt sich um. Hinter ihr trabt das Packpferd. Frank ist weiter zurückgefallen. Sie kann sehen, dass er sich aufmerksam umschaut. Als er in ihre Richtung schaut, ändert sich sein Gesichtsausdruck und seine Mundwinkel heben sich. Spontan hält sie ihr Pferd an, das Packpferd bleibt folgsam neben ihr stehen. Frank gibt seinem Pferd die Sporen und ist wenige Augenblicke später neben ihr. Die Wanderin bewundert wieder einmal den ruhigen, aber bestimmten Umgang mit seinem Reittier. Frank weist mit dem Kinn nach vorn, dort sind die ersten Ausläufer eines Bergrückens zu erkennen. Genau vor ihnen zeichnet sich der dunkle Einschnitt eines Tales in den späten Strahlen Uuhnikla ab.

»Ich bin froh, dass wir diese steinige Steppe so schnell durchquert haben.«

*D*ie Wanderin stimmt ihm zu: »Ich ebenfalls. Das waren nur die ersten Ausläufer der Steinmooswüste. Weiter wollte ich dort auch nicht eindringen. Es lauern dort wirklich sehr gefährliche Kreaturen.«

*V*erwundert schaut er die Wanderin an. Das ist das erste Mal, dass sie sich vor dem Durchstreifen einer Region fürchtet, seit er sie kennengelernt hat. Einen Augenblick denkt er darüber nach, dass er bis auf die Gehrbäume mit ihren Spürranken auf Khalía noch keine gefährlichen Wesen gesehen hat. Gerade als

er diesen Gedanken zu Ende gedacht hat, kommt ihm das Bild des Wächterfisches in den Sinn, der den Ssvolyk-Korallenbaum geschützt hat. Und ihm wird klar, dass er bisher nur die friedlichen Seiten dieser Welt kennengelernt hat. Kkhil T~es M`aru unterbricht seine Gedanken: »Wir sollten noch heute das Tal der Nebel durchqueren. Ich möchte das lieber im Schein von Uuhnikla oder sogar Kohmatok hinter uns bringen als im Licht von Sintkana.«

*E*r stimmt ihr ohne weiteres Nachdenken zu: »Du bist die Wanderin. Ich bin nur der Typ, der dir aus der Lichtwelt vor die Füße geplumpst ist.«

*S*ie lacht fröhlich auf. Er liebt dieses Lachen, zeugt es doch von der fröhlichen und weltoffenen Art der Wanderin. Mit blitzenden Augen zwinkert sie ihm zu: »Genau so ist es. Und seither schleppe ich dich mit!«
Mit dieser schlagfertigen Antwort hat er nicht gerechnet, sein Gesichtsausdruck spricht Bände. Dann verneigt er sich galant in seinem Sattel in Richtung der Wanderin: »Wohl dann, du holde Maid. Dafür sind wir dir ewig dankbar.«

*I*hr Blick wird ernst: »Ich danke dir, mein Lichtkrieger.«

*D*ann wendet sie den Kopf zum Bergrücken: »Dort ist der Eingang zum Tal der Nebel. Es ist für unerfahrene Reisende ein sehr gefährliches Gelände.«

*M*it zusammengekniffenen Augen versucht er, etwas zu erkennen, aber von dieser Position aus sieht dieser dunkle Einschnitt im Bergrücken aus wie jedes andere Tal auch. Enger und vielleicht ein wenig dunkler mag es sein, aber ansonsten kann er keine Besonderheiten erkennen. Schnell hebt er den Kopf und hält die Hand an die Stirn: »Uuhnikla sollte noch für ein oder zwei Tickla genügend Licht geben, damit wir weiter reiten können. Reicht uns die Zeit für die Durchquerung dieses Tales

der Nebel?«

*K*khil T~es M`aru schaut ihn jetzt mit ausdrucksloser Miene an: »Glaube mir, das Licht wird nicht das Problem sein.«

*D*ann steigt sie ab. Sie befestigt mit flinken Bewegungen eine Leine am Zaumzeug des Packpferdes, die sie anschließend an einer Öse hinten an ihrem Sattel verknotet. Nach einem prüfenden Blick steigt sie wieder auf ihr Pferd und wendet es. Sie schaut noch einmal über die Schulter zu ihrem Begleiter, deutet ein Lächeln an und lässt ihr Pferd dann mit einem Schnalzen der Zunge und einem leichten Anheben der Zügel in Richtung des Bergrückens losgehen. Er zuckt mit den Schultern und folgt ihr einfach. Nach wenigen Utka haben sie sich dem Bergrücken so weit genähert, dass er den Einschnitt besser erkennen kann. Das blaue Licht von Uuhnikla wird dort von einer diffusen Nebelwand aufgenommen. Jetzt wird ihm auch klar, warum dies das Tal der Nebel genannt wird.

»Dort vorn sieht man die Hand vor Augen nicht, wenn ich den Nebel richtig einschätze.«

*K*khil T~es M`aru blickt weiter konzentriert geradeaus, nur den Kopf wendet sie leicht, als sie ihm über die Schulter antwortet: »Die Herausforderung für Reisende durch das Tal der Nebel ist nicht, dass man schlecht sieht, sondern vielmehr das, was man sieht.«

*E*inige Kautka später fügt sie noch hinzu: »Bitte bleib einfach dicht bei mir. Nicht anhalten, nicht umkehren.«

*E*r hebt die Augenbrauen und brummelt verwirrt vor sich hin, als ob er mit seinem Pferd sprechen würde: »Alles klar, dicht beieinander bleiben, nicht anhalten, nicht umkehren. Das sollte nicht allzu schwer werden, was meinst du?«

$\mathcal{D}$ann richtet er seine Aufmerksamkeit wieder dem Tal zu. Eigentlich hätte er erwartet, dass er am Boden zumindest eine Art Trampelpfad erkennen kann. Aber soweit er es beurteilen kann, ist der Untergrund unberührt.

»Hey, hier kommt wohl selten jemand durch?«

$\mathcal{W}$ieder dauert es einen Moment, bis die Wanderin ihm antwortet. Wie vorher auch wendet sie den Kopf nur leicht nach rechts und spricht über die Schulter zu ihm. Ihr Blick bleibt konzentriert nach vorn gerichtet.

»Normalerweise versucht man, das Tal der Nebel zu umgehen, aber uns bleibt leider keine Zeit dafür. Also wie ich gesagt habe, bleib bei mir, nicht anhalten, nicht umkehren.«

$\mathcal{E}$r spürt, dass ihn diese kurzen Antworten leicht ärgerlich machen, aber er spürt auch die Anspannung in der Stimme der Wanderin. So beschließt er, die Anweisungen kommentarlos hinzunehmen und lässt sein Pferd dichter an das Packpferd traben.

$\mathcal{D}$ann passieren sie den Taleingang. Gerade will er sich umwenden und einen letzten Blick auf die Ebene werfen, die die Ausläufer der Steinmooswüste bilden. Dann besinnt er sich auf ihre Anweisung, die ihm nun eher wie eine Warnung erscheint, und blickt deshalb weiter stur nach vorn.

$\mathcal{V}$or ihnen wird der blau leuchtende Nebel immer dichter. Kkhil T~es M`aru hält ihr Pferd konzentriert in der Mitte des Talbodens. Nach einiger Zeit haben die Nebelschwaden die Reisenden mit ihren Pferden völlig umschlossen. Um sie herum wabern blau leuchtende Nebelschwaden. Er blickt nach oben und kann Uuhnikla nur als blasse, blau leuchtende Scheibe erkennen. Dann werden die Nebelschwaden noch dichter und die Sonnenscheibe ist fast nicht mehr zu erkennen.

Seltsamerweise wirken auch die Geräusche in diesem Nebel unwirklich gedämpft. Eine Zeit lang reiten sie so immer tiefer in das Tal und in den Nebel hinein. Der Weg ist eintönig, die Nebelschwaden verhindern, dass er irgendetwas links oder rechts ihres Weges erkennen kann. Er spürt, wie ihn dieser Nebel einfängt und umschließt. Er spürt, wie die Umgebung ihn schläfrig werden lässt und seine Gedanken in alle Richtungen ausfasern.

Aus den Augenwinkeln sieht er plötzlich Schatten im Nebel. Er blickt träge zur Seite. Schemenhafte Szenen spielen sich dort ab. Er sieht eine Ebene, über die Menschen stürmen, alle tragen seltsam geformte Stöcke vor sich her. Ein Teil seines Bewusstseins will ihn selbst korrigieren und die Gestalten als Oh-Khalí bezeichnen. Aber diese Bezeichnung fühlt sich so falsch an. "Menschen" klingt besser. Immer wieder blitzt es an einem der seltsam geformten Stöcke grellgelb auf. Aber so unscharf wie die Schatten sind, kann er keine weiteren Details erkennen. Er reitet langsamer und verliert allmählich den Sichtkontakt zum Packpferd vor ihm. Dann bemerkt er Schatten über sich. Pfeilförmige Schatten sind das, die mit unglaublicher Geschwindigkeit über ihn hinwegjagen. Dann wechseln die Schatten. Nun glaubt er, eine Wasserfläche zu erkennen. In trägem Interesse lässt er sein Pferd noch langsamer gehen. Glatt liegt der Schatten der Wasserfläche im Dunkel, nur noch wenig gelbes Licht erhellt eine sanfte Dünung. Wieder will ein Teil seines Verstandes intervenieren. Die Nachtsonne auf Khalía strahlt in fahlgrünem Licht, gelbes Licht gibt es in der Nacht nicht. Aber er fühlt sich viel zu träge, um auf diesen Einwurf einzugehen. Die Wasserfläche verändert sich, dunkle Gestalten erheben sich aus dem Wasser. Ihre Körper sind nachtschwarz und ihre Köpfe seltsam geformt. Wo er Augen und Nase vermuten würde, sind kastenartige Auswüchse zu sehen, von denen dicke Tentakel links und rechts abgehen. Die Gestalten haben etwas im Sinne, das spürt er. Er weiß, wie sie denken. Schon wieder

ändern sich die Schatten. Er glaubt, Gebäude zu erkennen. Hohe Gebäude, viele Stockwerke hoch, ragen sie nach oben. Und wieder sind die andere Schatten da, die diese seltsam geformten Stöcke vor sich her tragen. Nun ist er völlig alleine in den Nebeln. Außer den Schatten ist niemand bei ihm. Einer der Schatten wird groß neben ihm. Energisch tritt er vor ihn und hebt den Stock, den er mit beiden Händen führt, und wieder blitzt es gelb auf. Dann ist der Schatten in den Nebelschwaden verschwunden. Sein immer noch träger Verstand ist zufrieden. Eine Zeit lang reitet er einfach weiter, lässt sich umfangen von diesem Nebelschwaden, als ob er sich darin geborgen fühlen könnte. Das vor ihm reitende Packpferd kann er nicht mehr erkennen, sein Reittier kennt wohl augenscheinlich den Weg. So trottet es weiter, wenn auch in sehr langsamer Gangart. Ihm kommt es so vor, als ob es nur gelegentlich einen Fuß bewegt, aber ansonsten verharrt er auf der Stelle. Dieser aufmüpfige Teil seines Verstandes, der seinen Seelenfrieden eben schon stören wollte, wundert sich darüber, dass sein Pferd offenbar nicht von den Schatten im Nebel irritiert wird. Langsam sorgt er sich darüber, dass er fast nicht mehr vorankommt. Er hat sich fast verloren in diesen Nebelschwaden, die jetzt wie abgerissene Fetzen von Geistwesen um ihn herum kreisen. Plötzlich spürt er eine Kälte. Eiseskälte kriecht seinen Rücken herauf. Etwas hinter ihm strahlt unglaubliche Kälte aus. Diese unendliche Eiseskälte sitzt ihm im Nacken. Ein wichtiger Teil seines Verstandes warnt ihn eindringlich davon, sich umzuwenden. Aber diese Kälte, die ihn heimtückisch von hinten heimsucht, muss doch eine Quelle haben.

Eine Zeit lang widersteht er dem immer stärker werdenden Impuls, sich umzuwenden. Doch dann gibt er nach. Er hält sein Pferd an. Erneut drängt sich dieser warnende Gedanke in den Vordergrund und er hält in der Bewegung des Umwendens inne. Dann schiebt er diese Störung zur Seite und blickt hinter sich. Ein großer Schatten steht hinter ihm. Der Schatten hat die Figur eines Menschen, da ist sich Frank sicher. Sein Kopf wirkt riesig,

statt eines Gesichts ist nur ein glänzender Schimmer zu sehen, der seltsam unterbrochen wirkt. Jetzt erhebt der Schatten die Arme in einer ihm sehr vertrauten Bewegung. In beiden Händen trägt der Schatten lange Stäbe. Schwerter sind das nicht, da ist er sich sicher.

»Frank, schau nach vorn!«

*D*ie Stimme, die nur leise seine Ohren erreicht, kennt er. Plötzlich spürt er, wie die Stimme diesen warnenden Teil seiner Gedanken erreicht und wieder stärker werden lässt. Er empfindet Ärger, hatte er diese Störung doch eben erst gelernt zu ignorieren. Denn dieser Schatten dort ist so faszinierend. Sich in diesen Nebeln zu verlieren erscheint ihm immer angenehmer. Es fühlt sich so leicht an, sich dort zu verlieren.

»Lichtkrieger, schau nach vorn!«

*D*iesen Ruf hat er schon sehr viel deutlicher gehört. Irgendetwas in seinem Inneren beschließt, dem Gehörten mehr Aufmerksamkeit zu gewähren. Erneut ist der Ruf dieser Stimme zu hören. Er kennt die Stimme. Er spürt in seinem innersten Wesen, es ist wichtig, dieser Stimme zu vertrauen und auf sie zu hören. Dann schüttelt er unbewusst den Kopf. Ja, es ist wichtig, ihrer Aufforderung Folge zu leisten. Weil es diese Stimme ist, die Stimme, die ihm so wichtig ist. Sein Pferd spürt seinen Wunsch und läuft gemächlich los. Langsam, zuerst zögerlich, doch schließlich schneller wendet er seinen Kopf wieder nach vorn. Er kann erkennen, dass dort der Nebel durchlässiger und lichter wird. Das lässt ihn kurz zögern, denn umfangen von Nebel und Schatten fühlt er sich aufgehoben. Aber er spürt auch, das, was ihm so wichtig ist, ist dort vorn und nicht in diesen Nebelschwaden. Dann wird dieser Nebel immer weniger. Immer durchscheinender wirken die Nebelschwaden. Jetzt kann er den Weg vor sich schon viel besser erkennen, genauso wie das Packpferd. Dann plötzlich ist der Nebel vorbei. Einzelne, letzte

fasrige Nebelschwaden umwehen ihn noch, aber nun reitet er wieder unter freiem Himmel. Die letzten, schwachen, blauen Strahlen von Uuhnikla werden von dem inzwischen schon kräftigeren grün blassen Leuchten der Nachtsonne Kohmatok überstrahlt.

$\mathscr{B}$enommen schüttelt er den Kopf. Etwas war in diesem Nebel, aber jetzt wagt er es nicht mehr, sich umzuwenden. Nach einem tiefen Atemzug blickt er nach oben. Sie müssen viele Utka oder gar Tickla durch den Nebel geritten sein, wenn Kohmatok schon diese Welt erleuchtet. Seine Erinnerung spielt ihm wohl einen Streich. Für ihn waren das bestenfalls einige Tickla. Wieder schüttelt er irritiert den Kopf. Dort im Nebel war es seltsam. Dann hebt er den Blick.

$\mathscr{K}$khil T~es M`aru hat ihr Pferd angehalten, das Packpferd hat sich links neben sie gestellt und zupft neugierig an der spärlichen Grasnarbe am Boden des Tales und da erkennt er es: Das Tal der Nebel ist zu Ende. Vor ihm liegt eine grüne Ebene mit unwirklich vielen, bunten Farbtupfern. Er vermutet, es sich wunderschöne Blüten. Sein unsicherer Blick geht zur Wanderin, als er zugibt: »Ich habe nach hinten geschaut.«

$\mathscr{M}$it Sorge in den Augen erwidert sie: »Das habe ich befürchtet. Ich musste lange rufen, bis du mich gehört hast.«

$\mathscr{E}$r erinnert sich schwach. Da war diese Stimme. Die einzige Kraft, die dazu in der Lage war, dass er sich wieder nach vorne umwendet. Seine Antwort ist ein verblüfftes Keuchen: »Du warst das? Du hast mich gerufen!«

$\mathscr{S}$ie lächelt ihn an: »Natürlich. Ich kann doch nicht einfach meinen Lichtkrieger an die Nebel dort hinten verlieren. Das wäre ja noch schöner.«

*I*hr leichter Ton lässt auch ihn die Mundwinkel heben.

Gerade will er ihr eine schlagfertige Antwort geben, als ein lautes Rauschen zu hören ist. Ein Schatten ist über ihnen. Dieses Mal ist es keine Erscheinung im Nebel, das spürt er genau. Riesig ist der Schatten und schnell. Sein keuchender Ausruf kommt zu spät. Schon senkt sich der Schatten vor ihnen auf den Boden. Ein Monster steht da. Riesige, irisierende Augen, die halbkugelförmig von einem schlanken, braunen Kopf abgehen, fixieren ihn kalt. Als das Monster den Kopf ein wenig anhebt, reagiert er instinktiv. In einer fließenden Bewegung gleitet er vom Pferd und zieht mit einer gleitenden Bewegung sein Langschwert aus der am Sattel befestigten Scheide. Auf dem Boden aufgekommen umfasst er es mit beiden Händen und hebt das Schwert sogleich kampfbereit an und macht ein, zwei schnelle Schritte auf das Monster zu, sodass er die Wanderin in seinem Rücken weiß. Kalt blicken diese riesigen Augen ihn an. Dann senkt das Monster den Kopf.

*Nutze das Wissen
des Korallenbaumes*

$\mathcal{D}$ie Zeit scheint stillzustehen. Frank wirft einen schnellen Blick nach links zu Kkhil T~es M`aru, die gänzlich ruhig auf ihrem Pferd sitzt und dem Monster geradewegs entgegenblickt. Jede Faser seines Körpers ist angespannt. Er ist bereit, die Wanderin bis zu seinem letzten Atemzug zu verteidigen.

Die Kautka ziehen sich in die Länge, ohne dass das Monster Anzeichen macht, anzugreifen. Immer noch schauen ihn die zwei riesigen Augen an. Aus den Tiefen seiner Erinnerung kommt ihm eine Erkenntnis ins Bewusstsein. Das sind Facettenaugen, deshalb schillern sie so im fahlen Licht von Kohmatok. Vorsichtig späht er am Kopf mit den riesigen Facettenaugen vorbei. Dahinter ragt der Körper des Monsters in die Höhe. Von seinem Standpunkt aus wirkt dieser Körper wie zwei riesige Blätter und sechs kleineren Blättern, die senkrecht nach oben zeigen. Langsam bewegen sich die Blätter, gerade so, als ob sie immer wieder ein wenig zur Seite auseinander klappen, um dann wieder in ihre senkrechte Position zurückzukehren. Frank ist verwirrt. Er hätte erwartet, dass das Monster schon lange angegriffen hätte, aber nichts geschieht. Die riesigen Facettenaugen blicken ihn unverwandt an.

»Da hast du aber einen sehr mutigen Reisebegleiter. Und flink ist er!«

$\mathcal{F}$rank macht erschrocken einen Schritt nach hinten. Die Stimme war einfach in seinem Kopf. Obwohl es eine angenehm

und freundlich klingende Stimme ist, lässt ihn der Umstand schaudern, dass er diese Stimme nicht über seine Ohren gehört hat, sondern einfach in seinem Geist erklingt. Als dann noch die Wanderin ein helles Lachen hören lässt, senkt er irritiert das Langschwert, das er die ganze Zeit über verteidigungsbereit vor sich gehalten hat. Immer noch verharrt das Monster regungslos vor ihnen. Schließlich wagt er es, sich zumindest ein wenig von dem Kopf mit seinen riesigen Facettenaugen abzuwenden und Kkhil T~es M`aru einen fragenden Blick zu zuwerfen. Diese lächelt ihn beruhigend an: »Keine Sorge. Das ist S'ain Th~E X'upey. Sie ist eine Aerolatis.«

*D*ann steigt die Wanderin von ihrem Pferd und geht zu ihm. Sie legt ihre rechte Hand auf seine Hände, die nach wie vor das Katana fest umfassen, und drückt sie lächelnd nach unten: »S'ain Th~E X'upey ist eine Freundin. Also erschreck sie bitte nicht.«

*V*erdattert schaut er Kkhil T~es M`aru an, dann dreht er den Kopf zu dem Wesen vor ihm. Langsam löst er seine Kampfhaltung und richtet sich auf. Er schaut sich die Aerolatis vor sich genauer an.

*D*ann geht er vorsichtig um das Wesen herum. Jetzt kann er dessen Körper im Ganzen erkennen. Der Kopf geht mit einer sehr schlanken Verbindung in einen langgestreckten Rumpf über. Von diesem gehen zwei riesige Flügel ab, weiter hinten noch sechs deutlich kleinere. Das Wesen schwenkt seine Flügel langsam herunter, bis sie fast waagerecht stehen. Von unten sind die Flügel bräunlich gefärbt. Auf der Oberseite dagegen schillern sie in allen Farben. Frank räuspert sich. Dann fragt er vorsichtig: »Was bist du?«

*E*rneut hört er die angenehme Frauenstimme nur in seinem Kopf: »Wie Kkhil T~es M`aru sagte, ich bin eine Aerolatis. Eine besonders Schöne sogar möchte ich doch meinen.«

$\mathscr{S}$ein Kopf bewegt sich unbewusst nickend auf und ab. Aber in seinem Gesicht ist sein Unverständnis abzulesen: »Eine Aerolatis. Und warum höre ich dich in meinem Kopf?«

$\mathscr{J}$etzt klappt die Aerolatis ihre Flügel wieder nach oben und wendet ihm ihren Kopf mit den zwei riesigen Facettenaugen zu. Das Hochklappen der Flügel erzeugt ein leises Rauschen über ihm.

»Ich kann nicht sprechen, wie du. Mein Körper atmet, dazu brauche ich meinen Kopf nicht. Also kann ich nicht mit Lauten kommunizieren.«

$\mathscr{J}$etzt ist er ratlos. Hilfesuchend blickt er zu Kkhil T~es M`aru und hebt auffordernd die linke Hand. Sie stellt sich neben ihn. Sie denkt einen Moment nach, dann versucht sie ihm die Situation zu erklären: »Ich habe dir erklärt, was Wanderer im Lichtwächterimperium tun.«

$\mathscr{E}$r nickt mit hochgezogenen Augenbrauen: »Sie erklären und beschreiben Dinge, sie reisen über die Welten. Ihr seid Lehrer und Heiler. Du hast mich geheilt, nachdem ich aus der Lichtwelt hierhergekommen bin.«

»Oh, er kam aus der Lichtwelt zu dir? Wie außergewöhnlich.«

$\mathscr{W}$ieder war die Stimme der Aerolatis nur in seinem Kopf zu hören. Kkhil T~es M`aru fährt ungerührt fort: »Sehr gut. Also, was dachtest du? Können lediglich Oh-Khalí als Wanderer wirken? Mir ist bewusst, dass du die schiere Menge an unterschiedlichen Welten, aus denen das Lichtwächterimperium besteht, bislang nicht überblicken kannst. Aber es muss dir doch klar sein, dass dort viele unterschiedliche Spezies leben. So wie S'ain Th~E X'upey. Sie ist wie ich eine Wanderin.«
Er blickt sie mit ausdruckslosem Gesicht an: »Eine Wanderin. Klar. Wie du. Ihr seid sozusagen Kumpels. Alles klar.«

$\mathcal{D}$ann wendet er sich mit einem energischen Kopfschütteln ab und geht zurück zu seinem Pferd. Dort schiebt er das Katana wieder vorsichtig in die Schwertscheide, die er an seinem Sattel befestigt hat. Er prüft umständlich das Zaumzeug seines Pferdes und wendet sich so von der Wanderin ab.

$\mathcal{K}$khil T~es M`aru blickt entschuldigend zu ihrer Freundin, der Aerolatis und geht ihm nach. Vorsichtig legt sie ihm die Hand auf die Schulter: »Was ist denn los?«

$\mathcal{E}$r atmet tief ein und wendet sich dann nach einem Moment des Zögerns ihr zu: »Ich dachte, ich komme klar auf dieser Welt. Deiner Welt. Khalía. Aber das war falsch. Wenn mich schon ein riesiger Schmetterling so aus der Ruhe bringt, dann kann ich dir nicht von Nutzen sein. In diesem Nebel da vorhin hätte ich mich fast verloren. Ich bin nutzlos. Das bin ich. Da hilft es auch nicht, dass ich aus mir übrigens vollkommen unverständlichen Gründen genau weiß, wie man mit so einem Ding umgehen kann.«

$\mathcal{Ä}$rgerlich rüttelt er dabei so heftig an der Schwertscheide, dem Katanastana, dass sein Pferd unruhig zu schnauben beginnt. Entschuldigend tätschelt er sofort dessen Hals, bis es sich wieder beruhigt hat.

»Oder wie ich mit Pferden umzugehen habe. Ich bin ein Erinnerungskrüppel.«

$\mathcal{S}$'ain Th~E X'upey hat den Dialog aufmerksam verfolgt und mischt sich nun beruhigend ein: »Aber nicht doch. Ich spüre dein Wesen. Du bist weit mehr als du siehst. Sag mir, woher hast du diese Waffen, von denen du weißt, wie du sie einsetzen musst?«

$\mathcal{Z}$ornig wendet er sich der Aerolatis zu: »Woher? Ich kann dir sagen woher. Ich wollte schwimmen. Einfach nur im Meer schwimmen.«

$\mathcal{D}$ann bemerkt er erschrocken, wie zornig er geworden ist. Er hält inne und schließt die Augen und versucht sich mit tiefen Atemzügen zu beruhigen. Schließlich wendet er sich um. Für einen Moment schaut er Kkhil T~es M`aru in die Augen, dann wendet er sich der Aerolatis zu. Er muss sich eingestehen, dass dieses Wesen alles andere als bedrohlich ist, jetzt, wo er es ohne Aufregung mustert. Die schillernden Facettenaugen glänzen wunderschön im Licht von Kohmatok und brechen das fahlgrüne Licht in Millionen Farben. Nochmals atmet er tief ein und aus: »Also am Besten nochmal von vorn: Ich bin Frank. Ich bin, ohne dass ich verstehe, wie, aus der Lichtwelt auf diese Welt gekommen. Bitte entschuldige meine feindselige Begrüßung eben. Ich freue mich, dich kennenzulernen, S'ain Th~E X'upey.«

$\mathcal{S}$tolz registriert er, dass er ihren Namen fast genauso ausgesprochen hat wie die Wanderin eben. Die Facettenaugen der Aerolatis schillern, als diese sich ihm zuwendet. Dann neigt sie ihren Kopf leicht: »Frank, ich grüße dich. Willkommen auf Khalía. Aber sage mir, in welchem Meer bist du geschwommen.«

$\mathcal{I}$nzwischen hat er sich an diese Stimme in seinem Kopf gewöhnt. Jetzt, da er sich wieder etwas beruhigt hat, kann er sich selbst gegenüber zugeben, dass es eine schöne, warme und vor allem sehr feminine Stimme ist, mit der die Aerolatis zu ihm spricht.

»Im Tiefmeer, richtig?«

$\mathcal{S}$ein Blick geht Hilfe suchend zu Kkhil T~es M`aru. Diese bestätigt es und legt dabei eine Hand beruhigend auf seinen Unterarm. Er spürt, wie sie sich um ihn sorgt.

»Wir waren gerade am Tiefmeer angekommen. Da sind wir schwimmen gegangen.«

$\mathcal{D}$ie Aerolatis macht einige Schritte zurück und hält den Kopf schräg. Dadurch wird das Schillern des Facettenauges, das nach oben zeigt, noch intensiver. Das andere Facettenauge dagegen ist nun nachtschwarz: »Und ihr habt dort jemanden getroffen.«

$\mathcal{E}$r lacht auf: »Ob das ein jemand war, weiß ich nicht. Aber okay, ja, wir haben jemanden getroffen und zwar einen Baum.«

$\mathcal{F}$asziniert hebt S'ain Th~E X'upey den Kopf jetzt wieder an: »Du bist erst vor Kurzem auf Khalía angekommen und warst vorher noch nie beim Tiefmeer und du hast schon einen Ssvolyk getroffen. Das sind die lichtmächtigsten Wesen, die ich kenne.«

$\mathcal{F}$rank schluckt. Dann kommentiert er das leise: »Ich habe ihn nicht nur getroffen. Er hat mir das Katana, das Wakizashi und einen Schild übergeben.«

$\mathcal{D}$ie Stimme der Aerolatis lässt ein erstauntes Keuchen in seinem Kopf entstehen.

»Diese Waffen sind aus Metall. Nicht aus Ästen des Ssvolyk-Korallenbaumes. Er muss sie aufbewahrt haben, damit er sie dir geben konnte.«

$\mathcal{F}$rank schaut nachdenklich an der Aerolatis vorbei ins Tal. Die grünen Strahlen von Kohmatok sind jetzt nur noch schwach zu sehen. Als er sich umwendet, kann er oben am Rücken der Erhebung hinter sich ein feines, fast nicht zu erkennendes, orangerotes Leuchten sehen. Ohne die Wanderin oder die Aerolatis anzublicken, sinniert er mit nachdenklicher Stimme: »Du willst mir also sagen, dass ich zu ungeduldig bin. Ich soll nicht erwarten, sofort alles zu verstehen.«

$\mathcal{D}$er Kopf der Aerolatis bewegt sich etwas hin und her, als sie ihm rät: »Es wäre weise, wenn du mehr Vertrauen in dich selbst setzen würdest.«

*F*atalistisch lacht er auf. Dann wendet er sich um und der riesigen Aerolatis zu: »Woher weiß ich dann, wie ich handeln soll? Woher weiß ich, was richtig und was falsch ist? Wie kann ich das Eine vom Anderen unterscheiden, wenn ich diese Welt nicht verstehe?«

*W*ieder lässt die Stimme von S'ain Th~E X'upey ein Geräusch in seinem Kopf erklingen. Es hört sich für ihn an, wie ein zufriedenes Seufzen: »Oh, das ist ganz einfach, Frank aus der Lichtwelt. Du spürst es. So wie eben, als du mich erblickt hast und erschrocken bist. Du hast die Bedrohung, die dich erschreckt hat, nicht blindlings angegriffen. Du warst lediglich bereit. Bereit, deine Partnerin zu verteidigen und das kann dir niemand vorwerfen. Das ist ehrenhaft. Du handelst wie ein ehrenhafter Krieger. Wie ein Lichtkrieger.«

*L*ange schauen sich die beiden so unterschiedlichen Wesen an. Dann lässt er die Luft aus seinen Lungen entweichen. Ein letztes, dankbares Nicken in Richtung der Aerolatis und dann wendet er sich schließlich wieder Kkhil T~es M`aru, als er sie fragt: »Also, warum sind wir hier?«

*S*ie lächelt ihm verschmitzt zu: »Weil wir eigentlich woanders hin möchten.«

*S*ein Gesicht zeigt zuerst einen verwunderten Ausdruck. Dann bahnt sich allmählich die Erkenntnis einen Weg in seine Gedanken. Schließlich blickt er bestürzt zur S'ain Th~E X'upey und dann zurück zur Wanderin. Diese hat den Erkenntnisprozess, der sich deutlich sichtbar in seinem Gesicht abgezeichnet hat, intensiv verfolgt. Er hält den Kopf leicht schief, als er verzweifelt fragt: »Das ist jetzt nicht dein Ernst? Das Ding soll uns mitnehmen?«

*M*it aufgesetzt tadelnder Miene antwortet die Wanderin ihm: »Erstens ist das meine Freundin S'ain Th~E X'upey und

kein Ding. Zum Zweiten würden die allermeisten Oh-Khalí alles dafür geben, wenn sie so reisen dürften. Also ja, wenn S'ain Th~E X'upey uns helfen will, können wir mit ihr zum Hof der Lichtgeschwister gelangen.«

*E*rneut geht sein Blick geschlagen zur Aerolatis, dann wieder zurück zur Wanderin: »Gelangen! Du meinst: fliegen! Auf einem Schmetterling!«

*E*rnst schüttelt sie den Kopf: »Nein, natürlich nicht.«

*E*rleichtert atmet er aus und will sich eben etwas beruhigt abwenden, als sie fortfährt: »Wir fliegen natürlich mit S'ain Th~E X'upey und nicht mit einem Schmetterling.«

*D*ie nächste Tickla verbringen sie damit, ihr Hab und Gut in Taschen und Rucksäcke zu verstauen. Die Pferde werden freigelassen. Zuerst zögern die treuen Tiere, aber nachdem er ihnen einen aufmunternden Klaps auf die Hinterhand gegeben hat, galoppieren sie wiehernd davon. Bald sind sie in der üppigen Vegetation des grünen Tales fast nicht mehr auszumachen.

*M*it ihren zehn filigranen und sehr flinken Beinen befestigt die Aerolatis ein Tragegeschirr an ihrem Körper. Das Gewicht wird so gut wie möglich gleichmäßig verteilt. Dann steigen Kkhil T~es M`aru
und Frank in ihr Hängegeschirr. Endlich ist alles bereit.

»Geht es euch gut da unten?«

*I*nzwischen kommt Frank mit dieser Stimme in seinem Kopf sehr viel besser klar: »Aber klar doch, wir hängen einfach so herum.«

*K*khil T~es M`aru kommentiert diese Antwort mit einem fröhlichen Kichern. Dann feuert sie ihre Freundin an: »Los, zeig ihm, was du kannst!«

*E*in fröhliches Lachen ist in ihren Köpfen zu hören.

*D*ie zehn Beine der Aerolatis beugen sich etwas, S'ain Th~E X'upey lässt einmal schnell ihre Flügel auf- und abschwingen. Dann stößt sie sich ab. Die Flügel schlagen rauschend über ihnen und er spürt, wie sie rasant an Höhe gewinnen. Bis auf das Geräusch der schlagenden Flügel und dem Wind, der ihnen ins Gesicht bläst, ist nichts zu hören.

*U*nendlich fasziniert blickt Frank nach unten. S'ain Th~E X'upey hat eine Schleife über dem grünen Tal gedreht. Weit unten kann er gerade noch die drei Pferde erkennen. Die Aerolatis mit ihren Passagieren ist schon sehr hoch und schwenkt dann weich herum. Nun fliegen sie genau der inzwischen aufgegangenen Sonne entgegen. Sintkana ergießt ihre orangeroten Strahlen über die Welt. Ein begeistertes Lachen löst sich aus seiner Kehle. Der Blick von hier oben über Khalía ist wunderbar. Schließlich wendet er sich der Wanderin zu. Auch sie trägt ein fröhliches Lächeln im Gesicht.

»Das ist unglaublich!«

*I*hr Blick wird weich, als sie ihm über den Wind hinweg zuruft: »Du musst es manchmal nur geschehen lassen. Das Unglaubliche, meine ich.«

*W*ortlos verstehen sich die Wanderin und der Mann aus der Lichtwelt. Dann fällt ihm etwas ein. Neugierig fragt er sie: »Wie nennt man das auf Khalía, ich meine, was wir beide sind?«

*D*ie Stimme der Aerolatis antwortet anstelle der Wanderin: »Das nennt man Partner, aber ihr seid viel mehr. Du bist der Lichtkrieger.«

*V*erblüfft blickt er nach oben. Aber er kann den Kopf der Aerolatis von seiner Position aus nicht erkennen. Trotzdem fragt

er nach: »Was ist Kkhil T~es M`aru?«

*L*ange Zeit gleiten sie über die Landschaft dahin, ohne dass S'ain Th~E X'upey ihm antwortet. Dann, als er schon nicht mehr mit einer Antwort gerechnet hat, hört er ihre Stimme wieder in seinem Kopf. Dieses Mal klingt es sehr feierlich, als sie sagt: »Noch ist sie eine Wanderin und mit dir unauflöslich in Partnerschaft verbunden. Das ist, was ihr beide sein wollt und spürt. Eine Verbindung, wie sie nur wenige Wesen erleben dürfen. Aber bald kann sie so viel mehr sein.«

*K*khil T~es M`aru hört diese Antwort ebenfalls. Sie versteht nicht, was die Aerolatis damit meint. Dann spürt sie eine Wärme an ihrer Brust. Als sie vorsichtig mit der Hand danach tastet, hat sie ihr Medaillon in den Fingern. Es ist warm. Wenn sie die Augen schließt, dann spürt sie ein Pochen, als ob es sich nach etwas sehnt. Etwas, zu dem sie gerade unterwegs sind. Zweifelnd blickt sie zu ihm hinüber. Er spürt ihren Blick und wendet ihr den Kopf zu: »Du musst es manchmal nur geschehen lassen. Das Unglaubliche. Ich werde dir beistehen.«

*S*ie spürt seine Stärke und wie sie ihm vertraut. Einem Impuls folgend, fasst sie seine Hand. Gemeinsam blicken sie nach vorn.

*W*eit vorn kommt langsam ihr Ziel in Sicht. Der Hof der Lichtgeschwister ist schon am Horizont zu sehen, aber dort hat sich ein Sturm zusammen gebraut. Blitze zucken durch die Wolken, gerade so, als ob sie ein schlechtes Omen zeigen wollten.

Nutze das Wissen des Korallenbaumes

*S*hirkla-Sva-Ssil schwebt langsam nach oben. Er hat versucht, die verwundeten Lichtheiler, so gut es ihm möglich ist, mit seinen Fähigkeiten und seiner Anbindung an die Lichtwelt zu versorgen. Der junge Lichtwächter konnte ihm dabei nicht helfen, dessen Kontakt zur Lichtwelt ist zwar sehr stark, aber dafür nicht tauglich. Der Vo-Shirr sieht ihn ganz vorn am Rand des Höhlenganges stehen und bewegt sich zu ihm. Schließlich schwebt die Federkugel neben Uuhrtalon H~es M'ursur. Schweigend blickt er in die große Höhle. Nur noch schwach leuchten die Niklamici, die die geflüchteten Lichtheiler auf dem Plateau gegenüber zurückgelassen haben.

»Ich versuche mir vorzustellen, welch unglaubliche Menge Licht diese Wesen dort unten in sich tragen.«

*D*er Vo-Shirr lässt sein Federkleid ein Seufzen erzeugen, bevor er antwortet: »Selbst ich kann es mir nicht ausmalen. Die Lichtheiler haben meiner Meinung nach schon seit vielen Sonnenzyklen Dr'haamokli hier und sicher auch an anderen, verborgenen Orten versammelt und sie mit Licht versorgt.«

*D*er junge Lichtkrieger schüttelt verzweifelt den Kopf: »Wenn ich mir vorstelle, wie viel Leid mit all diesem Licht vermieden worden wäre, hätten die Lichtheiler es zur Heilung eingesetzt.«

Dann wird sein Tonfall zorniger: »Denn das ist schließlich der Auftrag, den die Lichtheiler haben. Wir haben ihnen vertraut.«

Wieder ist ein Seufzen vom Vo-Shirr zu hören: »Dieses Vertrauen haben sie verraten.«

Ärgerlich wendet sich Uuhrtalon H~es M'ursur dem Vo-Shirr zu: »Verrat nennst du das? Das ist weit mehr als nur ein Verrat.«

Nach einem Moment antwortet Shirkla-Sva-Ssil mit ernstem Ton: »Es ist Verrat an allen Oh-Khalí, Verrat an den Idealen ihrer Gilde, Verrat an den Lichtgeschwistern, ja ein Verrat am ganzen Lichtwächterimperium.«

Der Zorn wallt im Lichtwächter auf: »Dann ist es ein großer Verrat!«

Erstaunt steigt die Federkugel des Vo-Shirr auf, nun schwebt er genau auf Augenhöhe mit Uuhrtalon H~es M'ursur. Einige Kautka sind nur das vieltausendfache Scharren der Dr'haamokli zu hören. Shirkla-Sva-Ssil spürt, wie sehr er diesen aufrechten, jungen Lichtwächter schätzt. Schließlich antwortet er leise: »So wird man sich daran erinnern. Man wird sich an den "Großen Verrat" erinnern.«

Aus dem Höhlengang hinter ihnen ist eine leise, altersschwache Stimme zu hören: »Aber man wird sich auch daran erinnern, dass dies der Beginn einer neuen und besseren Zeit war. Einer helleren Zeit. Denn es ist die Zukunft, die unsere Aufmerksamkeit haben sollte, nicht der Blick zurück in die Vergangenheit.«

Erschrocken fährt der Lichtwächter um. Hinter ihnen steht ein alter Mann. Er wirkt zumindest auf den ersten Blick so. Doch Uuhrtalon H~es M'ursur spürt die Stärke und innere

Kraft, die von diesem alten Mann ausgeht. Mehr noch spürt er. Er spürt wie er eins mit der Lichtwelt ist. Dann fällt der Blick des Lichtwächters auf die Frau im blaugrauen Mantel, die etwas hinter dem alten Mann steht. Mit großem Ernst blickt sie Uuhrtalon H~es M'ursur an. Er deutet ein Nicken zur Begrüßung an: »Kaah K~rat Kaah. Es ist gut, dich wiederzusehen.«

*E*in Lächeln stiehlt sich auf das Gesicht des alten Mannes: »Oh, ja. Die Jugend. Wirklich, ihr seid es, auf die es ankommt. Nicht auf uns, alte Knochensäcke. Nicht wahr, Vo-Shirr?«

*D*ie Shirkla-Sva-Ssil schwebt jetzt auf den alten Mann zu und senkt sich dabei etwas ab: »Oh, ich hoffe doch, dass wir Alten dann doch noch ein wenig von Nutzen sind. Warum wären wir denn sonst hier?«

*D*ie Lichtspürerin und der Lichtwächter kommentieren das nahezu gleichzeitig: »Wie könnt ihr so etwas sagen?«

»Ihr werdet gebraucht, Shirkla-Sva-Ssil! Sogar sehr.«

*V*erblüfft blicken sich die Lichtspürerin und der Lichtwächter an. Vom Vo-Shirr als auch von dem alten Mann ist ein leises Lachen zu hören. Er richtet sich etwas auf und wendet sich zur Lichtspürerin um: »Wenn das so ist, dann sollten wir keine Zeit verlieren.«

*D*iese nickt ihm energisch zu. Dabei beißt sie sich leicht auf die Unterlippe. Dieser Anblick lässt den Blick des Lichtwächters weicher werden. Einen winzigen Moment lang wünscht er sich, jetzt alleine mit dieser Frau zu sein. Er verspürt eine nicht zu leugnende Anziehung, die von ihr ausgeht.

*S*ie bemerkt seinen Blick und grinst ihn etwas verschämt an. Dann ist der Moment der Intimität vorbei. Resolut ruft er sich zur Ordnung und wendet sich dann höflich an den alten Mann: »Ihr seid der Meister dieser Lichtspürerin?«

*D*er Angesprochene nickt langsam: »Seit vielen Sonnenzyklen habe ich die Ehre, dieses unglaublich begabte und doch bisweilen widerborstige Wesen zu unterrichten. Also ja, ich bin ihr Meister.«

*M*it hochgezogenen Augenbrauen hebt der Lichtwächter den Blick zur Lichtspürerin, die sich angesichts der Antwort ihres Meisters sichtlich unwohl fühlt und mühsam auf eine Antwort ihrerseits verzichtet. Dann meldet sich der Vo-Shirr zu Wort: »Ich verstehe sehr gut, was Ihr meint, Meister. Auch ich empfinde es als Ehre, diesen jungen Lichtwächter gelegentlich anzuleiten. Aber diese Jugend ist manchmal ...«

*E*r lässt den Satz unvollendet in der Luft hängen. Jetzt ist es an Uuhrtalon H~es M'ursur, ein betretenes Gesicht zu machen. Das fröhliche Grinsen der Lichtspürerin ist dabei keine Hilfe für ihn. Natürlich hat der Meister diesen Austausch der Blicke aufmerksam verfolgt, genau wie Shirkla-Sva-Ssil. Dann greift er den unvollständigen Satz des Vo-Shirr auf und beendet ihn: » ... anstrengend. Ich würde es anstrengend nennen, meint Ihr nicht?«

*D*ie Federkugel des Vo-Shirr steigt etwas auf und der Meister blickt mit vollkommen neutraler Miene zwischen seiner Schülerin und dem jungen Lichtwächter hin und her. Sie fasst sich dann als Erste: »Hervorragend, Meister, es ist wunderbar, dass Ihr euch so gut mit Shirkla-Sva-Ssil unterhaltet und dass Ihr doch so viele gemeinsame Ansichten habt. Aber denkt Ihr nicht, dass wir aktuell bedeutsamere Dinge in den Blick nehmen sollten?«

*U*uhrtalon H~es M'ursur nimmt sich vor, niemals ohne triftigen Grund und guten Argumenten mit dieser Lichtspürerin zu streiten. Er hat das sichere Gefühl, dass er ansonsten den Kürzeren ziehen würde. Seltsamerweise löst dieser Gedanke ein wohltuendes Gefühl in ihm aus. Er bemerkt noch etwas anderes.

Verblüfft fasst er an seine Brust. Auch von dort spürt er Wärme. Er schiebt die schmutzige Lichtwächterrobe etwas beiseite und fühlt nach seinem Medaillon. Es pulsiert warm in seiner Hand.

$\mathcal{D}$er Meister hat auch dies aufmerksam beobachtet. Dann wendet er sich seiner Schülerin zu: »Du hast recht, Kaah K~rat Kaah. Wir haben Wichtigeres zu tun.«

$\mathcal{M}$it einem Blick zum Vo-Shirr und dem Lichtwächter fährt er fort: »Wir müssen so schnell wie möglich dorthin, wo wir gebraucht werden.«

$\mathcal{S}$hirkla-Sva-Ssil schwebt ein wenig nach vorn, als er antwortet: »Ihr habt recht. Wir müssen so schnell wie möglich zum Hof der Lichtgeschwister.«

$\mathcal{F}$rustriert meldet sich nun Uuhrtalon H~es M'ursur zu Wort: »Nun, Meister der Lichtspürerin, das ist uns klar, aber wir stehen hier, in einer Höhle unter den Leuchtfarnen. Die Schlammebene liegt zwischen uns und dem Araaalhithe. Selbst wenn wir dorthin gelangen, was wir nebenbei bemerkt, niemals schaffen und schon gar nicht schnell, welches Flussschiff soll uns denn dann aufnehmen?«

$\mathcal{D}$er alte Mann wiegt etwas den Kopf: »Natürlich, mein junger Lichtwächter, da hast du recht.«

$\mathcal{F}$rustriert hebt Uuhrtalon H~es M'ursur die Arme und wendet sich ab. Sein sorgenvoller Blick geht hinüber zum Plateau, auf dem die Niklamici gerade ihr letztes Leuchten abgeben.

»Dann müssen wir wohl eine andere Form des Reisens wählen.«

$\mathcal{U}$uhrtalon H~es M'ursur wendet sich um. Der Meister steht da und blickt ihn mit einem Ausdruck an, als ob er eine einfache Rechenaufgabe erklärt hätte. Auch Kaah K~rat Kaah nickt

bestätigend.

*K*urz schließt der Lichtwächter die Augen und ruft sich innerlich zur Ruhe: »Also schön, Meister Lichtspürer. Wie werden wir das machen?«

*D*ie Umgebung wird einen Moment unscharf, dann wird es heller und sie stehen plötzlich nicht mehr in einer dunklen Höhle, sondern in einer schmalen, engen und leeren Gasse.

»Ich denke, so ging das doch relativ gut, nicht wahr, mein junger Lichtwächter?«

*K*aah K~rat Kaah geht zu ihm und nimmt die schmutzige, rechte Hand von Uuhrtalon H~es M'ursur in ihre. Er spürt die Wärme ihres weiches Hautfells. Er schnuppert und ihr Duft berührt sein Inneres. Dann wird ihm bewusst, wie schmutzig er ist: »Ich muss stinken wie ein Ioqatii nach einer Nacht Landgang.«

*I*hre Augen suchen seine: »Das tust du, aber das ist unwichtig.«

*E*r hebt verwundert den Kopf: »Und was ist wichtig?«

*I*hr Lächeln ist ihm Antwort genug, das spürt sie. Trotzdem erwidert sie leise: »Das sollten wir gemeinsam herausfinden, nicht wahr?«

*D*er Meister räuspert sich lautstark: »Nun, vielleicht ist es wichtig, dass wir jetzt am Hofe der Lichtgeschwister sind. Möglicherweise gibt es auch, das eine oder andere zu erledigen. Was meint Ihr?«

*D*ie Lichtspürerin wendet sich um, hält aber dabei weiter die Hand von Uuhrtalon H~es M'ursur, was dieser mit großer, innerer Freude registriert.

»Ja, Meister. Aber Ihr habt mich gelehrt, dass die Gemeinschaft so wichtig ist oder habe ich das falsch in Erinnerung?«

$\mathscr{D}$er Vo-Shirr kommt dem Meister zu Hilfe: »Wie Ihr sagtet: Es ist anstrengend, manchmal jedenfalls.«

$\mathscr{E}$in Blitz zuckt über den Himmel und es beginnt zu regnen. Alle nehmen das als Zeichen. Uuhrtalon H~es M'ursur spricht ihre Gedanken aus: »Dann wollen wir diesem Verrat schnell ein Ende bereiten.«

$\mathscr{K}$aah K~rat Kaah lässt seine Hand jetzt wieder los, was er als Verlust empfindet. Ohne lang nachzudenken, wendet er sich schnell um und geht die Gasse entlang. Er ruft ihnen über die Schulter zu: »Wir müssen dort entlang.«

$\mathscr{D}$er Vo-Shirr bildet die Nachhut dieses kleinen Haufens, der sich aufmacht, die große Verschwörung aufzudecken und zu beenden. Er weiß nicht warum, aber er ist sich sicher, dass dies viel schwerer wird, als es sich der Lichtwächter und die Lichtspürerin vorstellen. Als der Meister sich nach einigen Schritten umwendet und ihn sorgenvoll anschaut, schwebt er näher zu ihm heran: »Keine Sorge, Meister. Uns mögen sie anstrengend erscheinen. Für die Feinde des Lichtwächterimperiums sind sie eine Nemesis.«

$\mathscr{D}$er Regen wird stärker.

XXVII

upaśamanam
उपशमनम्
~ Heilung ~

Nutze das Wissen
des Korallenbaumes

$\mathcal{D}$ie Lichtschwester blickt besorgt auf die vom hellen Zucken der Blitze beleuchtete Stadt. Dann wendet sie sich vom Fenster ab. Heute geht es dem Lichtbruder etwas besser, sodass er der Audienz mit dem RomKaqul beiwohnen kann, aber sie will ihrem Lichtbruder selbstverständlich zur Seite stehen. Zu fragil ist sein Zustand während der letzten Sonnenläufe geworden. Sie kann sich diese Verschlechterung seines Zustandes nicht erklären. Natürlich sind die beiden nicht mehr die jüngsten Oh-Khalí. Die zunehmende Entkräftung des Lichtbruders ist jedoch mehr als ungewöhnlich und äußerst besorgniserregend. Seufzend begibt sie sich auf den Weg zur großen Audienzhalle. Den Weg geht sie völlig in Gedanken versunken, lediglich begleitet von ihren Lichtwächtern. Auch der Lichtbruder hat seine eigenen Lichtwächter. Einer dieser Lichtwächter hat sie vor einigen Sonnenzyklen angesprochen. Sie bewundert den Mut dieses Mannes, schließlich hat er damit die Grenzen seiner Aufgabe und sogar die Grenzen der Zuständigkeit seiner Gilde weit überschritten. Die ehrliche Sorge um den Lichtbruder war so groß geworden, dass er diesen Schritt gewagt hat. Natürlich hat ihn die Lichtschwester angehört. Weise Führer hören auf die von ihren loyalen Untergebenen vorgetragenen Sorgen und Bedenken. Als sie schließlich vor einigen Sonnenläufen diesen mutigen Lichtwächter spätabends privat empfing, hat er ihr in präzisen Worten geschildert, was er beobachtet hat und welche Schlüsse er aus seinen Beobachtungen gezogen hat.

Anschließend schwieg er und betrachtete die Lichtschwester sorgenvoll. Nach einigen Utka des Schweigens war ihre erste Reaktion, dem mutigen Lichtwächter die Sorge zu nehmen, dass er sich ungebührlich oder gar falsch verhalten hätte. Sie lobte ihn ausdrücklich für seinen Mut und dankte ihm für seine treue Loyalität zu den Lichtgeschwistern und dem Lichtwächterimperium gegenüber. Dann bat sie ihn, den Führern der Lichtwächter-Gilde eine vertrauliche Botschaft zukommen zu lassen. Mit ernster Geste hat der Lichtwächter diese Aufgabe übernommen. Als sie an diesem Abend schließlich alleine war, fand sie keinen Schlaf. Schon so oft in ihrer Zeit als Lichtschwester hat sie sich Sorgen um das Imperium und die Oh-Khalí gemacht. Wenn die Sorgen des Lichtwächters begründet waren, dann ist das Lichtwächterimperium in größter Gefahr.

$\mathcal{N}$un ist sie bei der großen Audienzhalle angekommen. Die beiden Wachen öffnen ihr die schweren Tore am Eingang und sie betritt die ehrwürdige Halle. Sie lächelt ihnen zu. In Zeiten der Unsicherheit und der Bedrohung gibt ihr die verlässliche Ruhe und Standfestigkeit, mit der die Gilde der Lichtwächter ihre Bestimmung erfüllt, Hoffnung. Diese Hoffnung ist etwas, das sie zurzeit mehr denn je benötigt.

$\mathcal{D}$ie große Audienzhalle trägt ihren Namen nicht ohne Grund. Sie ist riesig. Der Raum atmet eine Weite und eine Mächtigkeit aus, die jeder Besucher sogleich beim Betreten spürt. Die Lichtschwester weiß genau, dass diese Wirkung nicht die oberste Absicht der Baumeister war. Diese wollten einfach einen Raum schaffen, in der sich auch große Gemeinschaften von Oh-Khalí mit den Führern des Lichtwächterimperiums treffen können. Man kann sofort an der Bauform erkennen, welcher Art die Regentschaft der Lichtgeschwister ist. Es fehlen in dieser Halle jegliche Podeste, Erhöhungen oder sogar Thronstühle. Die Lichtgeschwister stehen nicht über allen anderen Oh-Khalí, sondern werden durch das Dunkle Zeichen ausgewählt und sind Teil der Bewohner von Khalía.

*E*inerseits schöpft die Lichtschwester Hoffnung aus dem Umstand, dass bisher noch von keinem Hinweis auf ein dunkles Zeichen berichtet wurde. Obwohl sich selbstverständlich das ganze Imperium um den Zustand des Lichtbruders sorgt und alle nach dem dunklen Zeichen Ausschau halten. Ein Ausbleiben des dunklen Zeichens könnte auch darauf hinweisen, dass Lichtbruder eben bis jetzt nicht das Ende seiner Lebensreise erreicht hat. So gerne sie dieser Ansicht zustimmen will, so sehr spürt ihr Lichtsinn jedoch, dass noch ganz andere Dinge vorgehen und das Ausbleiben des dunklen Zeichens eher ein weiterer Grund zur Sorge ist.

*W*ie sie es erwartet hat, ist die Gruppe um den Lichtbruder am entgegengesetzten Teil der Halle versammelt. Aufmerksam nähert sie sich ihnen. Ithak'kl T~es Stegi'mahr, der engste Berater der Lichtgeschwister, bemerkt sie als erste und gibt ihr mit einer winzigen Bewegung seines Kopfes zu verstehen, dass es dem Lichtbruder heute besser geht. Warme Dankbarkeit durchströmt die Lichtschwester dabei. Dann hat sie die Gruppe erreicht. Aufmerksam machen ihr die Oh-Khalí Platz. Lichtbruder sitzt in einem bequemen Sessel. Sie bemerkt mit Freude, dass heute sein Blick klar ist und er sogar die Mundwinkel zu einem angedeuteten Lächeln hebt.

»Meine Lichtschwester, es ist schön, dich zu sehen.«

*S*ie sind Geschwister und kennen sich schon seit sie Kinder waren, sodass er die Sorge in ihren Gedanken erkennen kann. Ihr Lichtsinn spürt, wie sich sein Geist fokussiert. Mit etwas Wehmut erkennt sie, dass das Hautfell des Lichtbruders inzwischen an vielen Stellen grau geworden ist, aber sein Gesicht schimmert immer noch in diesem wunderbaren Rot. Das erinnert die Lichtschwester immer wieder an das wunderbare Glimmen von Sintkana, wenn diese am Horizont verschwindet. Beide haben sie ihre Partner bereits verloren, sodass sie indessen für die letzten

Sonnenzyklen, die sie in dieser Welt verbringen, noch deutlicher diese wunderbare Verbindung als Lichtgeschwister empfinden. Sie setzt sich zu ihm, ein hilfreicher Bediensteter hat einen Sessel für sie bereitgestellt. Vorsichtig greift sie mit der linken Hand nach seiner. Sie spürt ihren Lichtbruder, sie spürt seine Hand in ihrer und sie spürt sein Wesen neben ihr mit ihrem Lichtsinn. Einen magischen Moment lang ist die Welt für diese beiden Oh-Khalí in Ordnung. Einen Moment sind sie einfach nur eine Frau und ein Mann, die unzählige Sonnenzyklen gemeinsam erlebt haben, verbunden durch ihre Gemeinschaft als Lichtgeschwister.

Durch die Oberlichter der riesigen Audienzhalle strahlt inzwischen Sintkana warm und erhellend, das Gewitter hat wohl seine Kraft verbraucht und nun hat die Morgensonne den Himmel zurückerobert. Einer der Lichtbündel fällt auf die Gruppe und taucht die Lichtgeschwister in orangefarbenes Licht. Beide schließen sie die Augen und gewähren sich einen Moment der inneren Zufriedenheit. Als der Lichtbruder die Augen öffnet, blickt er seiner Lichtschwester in die Augen: »Nun, was ist dieses Besondere, meine Lichtschwester, das du mir unbedingt zeigen wolltest?«

Mit ernster Miene bewegt sie ihren Kopf sanft auf und ab. Dabei schimmert ihr rotes Hautfell wunderbar im Licht der Strahlen von Sintkana als sie antwortet: »Oh, es ist nicht 'etwas'. Es ist 'jemand'!«

In diesem Moment werden die Tore der großen Audienzhalle geöffnet. Begleitet von zwei Lichtwächtern betritt Puuhrn K'equal Twikla, der RomKaqul der Ioqatii bei Hofe, mit festem Schritt die Halle. Er wird begleitet von zwei weiteren Oh-Khalí. Die Lichtschwester wendet sich um und beobachtet die Gruppe beim Näherkommen. Als der RomKaqul die Lichtgeschwister erreicht hat, verbeugt er sich in ehrlichem Respekt vor ihnen: »Lichtgeschwister, ich grüße Euch. Mein Herz freut sich, Euch beide gemeinsam zu treffen.«

*K*urz geht der Blick des Lichtbruders verwundert zur Lichtschwester, diese bemerkt diesen Seitenblick jedoch nicht, sondern mustert aufmerksam die drei Besucher. Ohne dass sie den Kopf wenden muss, kann sie den Blick ihres engsten Beraters auffangen. Ithak'kl T~es Stegi'mahr lächelt ihr beruhigend zu. Trotz seiner Schwäche spürt der Lichtbruder diesen Austausch genau, schließlich dienen sie gemeinsam seit unzähligen Sonnenzyklen dem Imperium. So beschließt er, sich zu gedulden und nickt dem RomKaqul huldvoll zu: »RomKaqul, danke für dein Kommen. Wir sehen, du bist in Begleitung?«

*E*ifrig nickt Puuhrn K'equal Twikla und wedelt unsicher mit der rechten Hand zu seinen Begleitern. Lichtbruder bemerkt amüsiert, wie perfekt dieser Oh-Khalí die Rolle des etwas dümmlichen und dicken RomKaqul ausfüllt, wo dem Lichtbruder doch vollkommen bewusst ist, dass dieser Mann in Wirklichkeit der eigentliche Spionagemeister der Lichtgeschwister ist.

»Oh, werte Lichtgeschwister, natürlich. Ich habe Euch den auf allen Welten bekannten Stronia-Champion Zlotaschir W~urs U'rsur mitgebracht. Er möchte Euch seine Aufwartung machen.«

*D*ie wedelnde, linke Hand des RomKaqul weist auf den edel gewandeten Oh-Khalí neben ihm. Dieser verbeugt sich mit einem zufriedenen Lächeln. Mühsam richtet er sich auf und blickt dann den Lichtgeschwistern gerade in die Augen. Die Lichtschwester spürt den wachen Verstand hinter diesen Augen. Und sie spürt die ernste Warnung in seinem Blick: »Ehrenwerte Lichtgeschwister, ich danke für die Gelegenheit, hier sein zu dürfen. Bitte verfügt über mich, wie es nötig ist.«

*H*uldvoll nimmt Lichtbruder diese Begrüßung zur Kenntnis. Aber seine Lichtschwester spürt mit ihrem Lichtsinn genau, dass er alarmiert ist. Selbstverständlich wissen beide Lichtgeschwister über die eigentliche Funktion des Stronia-Champions, die dieser

im Netz des Spionagemeisters erfüllt. Die Lichtschwester wagt einen schnellen Blick zu ihrem engsten Berater. Doch dieser handelt bereits. Er winkt einen Lichtwächter zu sich heran und gibt ihm leise Anweisungen. Beruhigt wendet sie ihre Aufmerksamkeit wieder ihren Gästen zu. Immer noch wedelt der RomKaqul mit seiner Hand und wendet sich dann seinem zweiten Begleiter zu. Dabei erhascht die Lichtschwester einen Moment seinen Blick. Sie sieht die alarmierte Sorge dieses Oh-Khalí darin. Der Moment ist viel zu kurz, als dass andere diesen Austausch bemerken konnten, aber die Lichtschwester wappnet sich mit grimmiger Entschlossenheit. Die nächsten Worte des RomKaqul verhindern, dass sie weiter ihren dunklen Gedanken folgt: »Dieser Lichtheiler ist von weit her zu Euch gereist, Lichtbruder.«

*E*in uralter Oh-Khalí in einer einfachen, schmucklosen Robe aus mattem, lilafarbenem Stoff verbeugt sich leicht. Man sieht ihm an, dass er sich gerne tiefer verbeugt hätte, aber das Alter und die Gebrechlichkeit lassen dies nicht zu. Auf ein Heben des Kinns des Lichtbruders in Richtung einer der Lichtwächter eilt dieser zu dem alten Lichtheiler. Er trägt einen Sessel herbei. Freundlich lächelt der Lichtbruder dem alten Lichtheiler zu: »Mein Freund, setzt Euch. Ihr seid sicher müde von der langen Reise.«

*U*nsicher blickt der alte Lichtheiler zum RomKaqul, der ihn mit einem Lächeln zu verstehen gibt, dass es völlig in Ordnung ist, wenn der alte Mann das Angebot des Lichtbruders annimmt. Mit einem leisen Seufzen setzt sich der alte Lichtheiler. Dann geht sein Blick wachsam zu den Lichtgeschwistern. Er will beginnen, zu sprechen, aber seine Stimme versagt. Dann, nach einem Räuspern, kann er reden. Seine Stimme ist zwar leise, aber sehr fest: »Nie hätte ich geglaubt, dass ich während dieser Lebensreise die Ehre haben dürfte, den Lichtgeschwistern zu begegnen. Ihr müsst wissen, ich musste zweimal elf Portale durchschreiten, um von meiner Welt an den Hof der

Lichtgeschwister zu gelangen.«

*E*in Raunen geht durch die Menge. Lichtbruder beobachtet den alten Lichtheiler aufmerksam, dann fragt er: »Das ist erstaunlich und sehr mutig. Eine solche Reise ist sicher sehr beschwerlich. Sagt Ihr mir, warum ein Lichtheiler eine solche Strapaze auf sich nimmt?«

*U*nsicher blickt der Lichtheiler erneut zum RomKaqul. Der nickt ihm erneut jovial zu. Dann strafft sich der alte Lichtheiler im Sitzen: »Lichtbruder, bis in den letzten Winkel des Imperiums ist bekannt, dass Ihr Euch nicht wohlfühlt.«

*D*er Gesichtsausdruck des Lichtbruders wird unzufrieden, als er daraufhin antwortet: »So wahr es ist, dass ich schon bessere Sonnenläufe gesehen habe, so ist es doch der lichte Weg, dass wir alle in dieser Welt geboren wurden und am Ende zurückkehren in die Lichtwelt.«

*D*er alte Lichtheiler lässt sich von dieser Belehrung nicht verunsichern: »Natürlich habt Ihr recht, Lichtbruder. Wer wäre ich, diesen hellen Weg der Existenz aller Oh-Khalí infrage zu stellen? Ich habe mich ungeschickt ausgedrückt, bitte, verzeiht mir.«

*E*in letztes Mal blickt der alte Lichtheiler zum RomKaqul, aber dieses Mal wartet er nicht auf dessen Unterstützung, sondern fährt fort. Er beugt sich leicht vor und schaut dem Lichtbruder direkt in die Augen: »Ich habe es gespürt, Lichtbruder. Ich habe gespürt, was mit Euch geschieht.«
Wieder geht ein Raunen durch die Oh-Khalí. Verwundert schüttelt der Lichtbruder den Kopf: »Ihr kommt von einer Welt zweimal elf Portale entfernt von Khalía und habt gespürt, was mit mir geschieht?«

$\mathcal{D}$er alte Lichtheiler bewegt den Kopf eifrig auf und ab: »Natürlich, Lichtbruder, natürlich. Für die Lichtwelt sind Raum und Zeit nicht von Bedeutung. Die Lichtwelt verbindet alles.«

$\mathcal{V}$erwirrt blickt der Lichtbruder zu seiner Lichtschwester. Dieser alte Lichtheiler spricht in einfachen Worten vom fundamentalen Verständnis der Lichtwelt. Die Augen der Lichtschwester suchen den Blick des RomKaqul. Dieser antwortet ihr mit einer angedeuteten Bewegung des Kopfes. Da ergreift sie das Wort: »Danke, Lichtheiler, für Eure Anteilnahme. Aber sagt mir, warum nun habt Ihr diese beschwerliche Reise angetreten?«

$\mathcal{V}$erwundert wendet sich der alte Lichtheiler sich der Lichtschwester zu: »Oh, um dem Lichtbruder Heilung zu bringen natürlich, warum denn sonst?«

$\mathcal{O}$hne den Tumult zu beachten, der sich daraufhin in der großen Audienzhalle entwickelt, schließt der alte Lichtheiler die Augen. Er murmelt ein Meditationsmantra. Verblüfft bemerkt die Lichtschwester mit ihrem Lichtsinn, wie das Licht in den Körper ihres Lichtbruders zurückkehrt. Wo ihr Lichtsinn soeben noch ein kränklich schwaches Glühen in ihm wahrgenommen hat, ist nun helles, stabiles Licht. Dann öffnet der alte Lichtheiler wieder die Augen.

$\mathcal{D}$er Gesichtsausdruck des Lichtbruders ist fassungslos. Er hebt die Hände vor die Augen. Vom kränkelnden Zittern und der Schwäche, die seit vielen Sonnenläufen sein Wesen beeinträchtigt haben, ist nichts mehr zu spüren. Sein Hautfell verliert von Kautka zu Kautka die Mattheit und beginnt in alter Vitalität zu glänzen.

$\mathcal{D}$ie Lichtschwester kann ihr Glück nicht fassen. Wie viele Nächte hat sie meditiert und die Lichtwelt um Hilfe gebeten.

»Seht Ihr, Herr, wie ich sagte. Es war eigentlich nicht weiter schwierig, genauso wie ich es von der Lichtwelt gezeigt bekommen habe.«

$\mathcal{L}$ichtbruder möchte sich erheben. Sofort sind zwei Lichtwächter an seiner Seite, die er jedoch mit energischen, sicheren Bewegungen abweist. Ohne Probleme erhebt er sich. Aufrecht stehend, mit klarem Blick, schaut sich der Lichtbruder um. Die Oh-Khalí im Raum schweigen atemlos. Dann macht der Lichtbruder einige Schritte zu dem alten Lichtheiler und geht vor ihm auf die Knie. Er genießt diese Bewegung, die wiedergewonnene Spannkraft seiner Muskeln. Seine Augen fixieren den alten Lichtheiler: »Ich und das ganze Lichtwächterimperium sind Euch zu unendlichem Dank verpflichtet, Lichtheiler. Aber sagt mir, was hat mich so krank gemacht und wie konntet Ihr dieses Übel so einfach beseitigen?«

$\mathcal{D}$er Gesichtsausdruck des alten Lichtheilers zeigt völliges Unverständnis, als er antwortet: »Aber haben Euch Eure Lichtheiler denn nichts gesagt? Für einen Lichtheiler war doch offensichtlich, was Euch krank gemacht hat.«

$\mathcal{J}$etzt ist es still in der großen Audienzhalle. Lichtbruder blickt dem alten Lichtheiler einfach weiter fragend in die Augen. Schließlich fährt dieser leise sprechend fort: »Euer Licht wurde abgeführt. Ich habe es genau gespürt. Jeder Lichtheiler hätte das.«

$\mathcal{I}$mmer noch hält der Lichtbruder den Blickkontakt aufrecht, als er mit ebenfalls leiser Stimme nachfragt: »Und wohin wurde mein Licht abgeführt?«

$\mathcal{D}$er alte Lichtheiler strafft sich, als er erkennt, wie bedeutsam dieser Moment ist.

»Es wurde in ...« In diesem Moment werden die Tore zur großen Audienzhalle aufgestoßen und eine große Gruppe Oh-Khalí in glänzenden, aufwendig gearbeiteten, lila Roben stürmt herein. Im Gang vor dem Tor sind laute Rufe zu hören, Waffen klirren.

Als Erstes reagiert der Stronia-Champion, fast zeitgleich mit dem RomKaqul. Beiden ist klar, dass gerade das innerste Heiligtum des Lichtwächterimperiums gestürmt wird. Ohne dass eine Absprache nötig ist, gruppieren sich die wenigen Lichtwächter zum Schutz um die Lichtgeschwister. Aber jedem ist klar, wie aussichtslos die Lage ist. Die Beschützer der Lichtgeschwister sind hoffnungslos in der Unterzahl gegenüber der eindringenden Horde.

*Nutze das Wissen
des Korallenbaumes*

*K*khil T~es M`aru atmet erleichtert auf. Das Gewitter vor ihnen verzieht sich langsam ins Hinterland. Nun liegt der Hof der Lichtgeschwister und die Stadt um ihn herum im orangeroten Leuchten von Sintkana vor ihnen. Sie sind jetzt schon fast da und die Aerolatis hat die Flughöhe bereits etwas reduziert.

»Wo möchtest du denn hin, meine Freundin?«

*A*n die Stimme der Aerolatis in seinem Kopf hat sich Frank inzwischen so gewöhnt, dass er diese Besonderheit nicht einmal mehr bewusst wahrnimmt. Er dreht den Kopf zur Seite und blickt die Wanderin fragend an. Diese runzelt die Stirn, bevor sie antwortet: »Ich schlage vor, du landest im Hof der Lichtzeigergemeinschaft. Dort sollten wir am wenigsten Aufmerksamkeit erregen.«

»Das ist auch mein Gedanken gewesen. Nun denn, auf geht's.«

*I*n den nächsten Utka korrigiert die Aerolatis ihren Kurs immer wieder. Dann sind die Gebäude der Stadt schon sehr nah. Sie passieren in geringer Höhe einen imposanten Gebäudekomplex, erbaut aus weißem Stein. Frank deutet darauf: »Was ist das?«

*B*eide kichern. Das Kichern der Aerolatis ist in seinem Kopf, das von Kkhil T~es M`aru schwebt glockenhell durch

die Luft. Sie findet als erstes Worte: »Das ist der Hof der Lichtgeschwister.«

*V*erstehend geht sein Blick zur Seite, inzwischen haben sie den Gebäudekomplex fast passiert. Im Zentrum steht ein riesiges Bauwerk.

»Das dort in der Mitte, was ist das?«

*J*etzt antwortet die Aerolatis: »Das ist die große Audienzhalle der Lichtgeschwister. Das innerste Heiligtum des Lichtwächterimperiums. Von dort werden die Geschicke des Imperiums von den Lichtgeschwistern gelenkt.«

*N*un geht sein Blick nach hinten, als sie am Hof der Lichtgeschwister vorbeigleiten. Er spürt die Bedeutsamkeit des Ortes. Dann, mit einer ihm unverständlichen Hellsichtigkeit, wird es ihm klar. Er wendet sich Kkhil T~es M`aru zu: »Wir müssen dorthin. So schnell wie möglich.«

*S*ie blickt ihn irritiert an, der Wind lässt ihr Haar wirbeln. Aber so angenehm er diesen Anblick auch empfindet, so dringend spürt er doch die Notwendigkeit, in diese Halle zu gelangen.

*D*er Wanderin ist klar, wie ernst es ihm ist. Auch die Aerolatis spürt dies: »So sei es, Lichtkrieger.«

*M*it diesen Worten wendet die Aerolatis und inzwischen gleiten sie in niedriger Höhe über die Dächer der Gebäude. Gerade als er befürchtet, dass sie die Giebel streifen, öffnet sich vor ihnen ein großer Platz. Ohne Hast lässt S'ain Th~E X'upey ihre Flügel schlagen, sodass sie genau über der Mitte des Platzes schweben. Schließlich landen sie, weich federn die zehn filigranen Beine der Aerolatis das Aufsetzen auf dem Platz aus Pflastersteinen ab: »Willkommen am Hof der Lichtgeschwister, meine Freunde.«

$\mathcal{O}$hne Zögern windet sich Frank aus seinem Tragegeschirr. Vorsichtig richtet er sich neben der Aerolatis auf. Auch Kkhil T~es M`aru hat sich aus den Halteleinen herausgearbeitet und steht nun neben ihm. Ihre Blicke treffen sich und so zeigen sie sich gegenseitig ernste Mienen tiefen Vertrauens. Er wendet sich schließlich um und geht nach vorn. Wieder steht er vor dem Kopf mit den zwei riesigen Facettenaugen. Aber dieses Mal sieht er nicht das Monster. Er sieht ein freundliches Wesen und eine Freundin. Feierlich hebt er die Hand zum Gruß: »Danke, S'ain Th~E X'upey, dass du uns so schnell hierher gebracht hast. Ich spüre, dass wir zur richtigen Zeit am richtigen Ort sind.«

$\mathcal{D}$er riesige Kopf bewegt sich sanft auf und ab: »Ich spüre es ebenfalls. Dunkles gegen Licht, das geht hier vor. Hoffentlich sind wir noch rechtzeitig hergekommen.«

$\mathcal{E}$ben will er der Aerolatis antworten, da gesellt sich Kkhil T~es M`aru zu ihm und reicht ihm mit der einen Hand das Bündel mit den Schwertern und mit der anderen Hand den Schild. Die Aerolatis kommentiert dies und ihre Stimme wird feierlich dabei: »Dies sind deine Waffen, Lichtkrieger. Geh und erfülle deine Bestimmung.«

$\mathcal{F}$rank schluckt, seine Antwort kommt schließlich leise: »Meine Bestimmung kenne ich nicht, aber ich weiß, dass ich dort hinein muss, dort geschieht etwas.«

$\mathcal{D}$abei hat er mit dem Kopf eine Bewegung in Richtung des riesenhaften Gebäudes gemacht, das hinter ihnen steht. Inzwischen hat sich ihnen eine Gruppe misstrauisch blickender Lichtwächter in schwarzen Roben genähert. Der Führer der Gruppe will gerade die Neuankömmlinge, mit einer Hand bereits am Knauf des Kurzschwertes, das in seinem Gürtel steckt, befragen, als eine weitere Oh-Khalí sich ihnen mit großen Schritten nähert. Sie trägt eine wallende, weiße Robe: »S'ain

Th~E X'upey, welch Freude, dich zu sehen.«

$\mathcal{D}$ie Aerolatis neigt in Respekt den Kopf: »Rektorin. Ich grüße dich mit Freude im Herzen.«

$\mathcal{D}$er Blick der Lichtzeigerin verweilt kurz auf der Aerolatis und wechselt dann zur Wanderin: »Dich kenne ich auch. Du bist Kkhil T~es M`aru. Ich hätte vermutet, dass du weit im Norden, bei den Gehrbäumen deiner Wege ziehst, Wanderin.«

$\mathcal{D}$ie Angesprochene verneigt sich respektvoll. Dann antwortet sie mit fester Stimme: »Rektorin, wie recht Ihr habt. Allerdings ist es so, dass viele Dinge in diesen Tagen geschehen sind und am Ende war es dringend geboten, diesen Oh-Khalí hierher zum Hof der Lichtgeschwister zu bringen. Bitte verzeiht.«

$\mathcal{D}$er strenge Blick der Lichtzeigerin verweilt noch einen Moment auf der Wanderin, dann wendet sie sich Frank zu. Dieser hat den Dialog nur halb verfolgt, war er doch mit dem Befestigen des Schildes auf seinem Rücken beschäftigt. Jetzt blickt er kurz auf und nickt der Oh-Khalí in ihrer weißen Robe zu. Dann geht sein Blick zurück zu dem Bündel in seiner Hand. Mit beiläufigen Bewegungen wickelt er die Schwerter aus. Zuerst das kleinere Wakizashi, dass er sich mit selbstverständlicher Eleganz in den Gürtel schiebt. Das erstickte Keuchen der Lichtwächter ignoriert er, ebenso wie diese ihrerseits, ihre Kurzschwerter, die Soth-Tra mit klingendem Summen aus ihren Scheiden ziehen. Dann folgt das Katana, das Langschwert. Auch dieses schiebt er sich mit sicheren Bewegungen in seinen Gürtel. Nun schaut er auf und blickt der Lichtzeigerin, die diesen Vorgang mit Faszination beobachtet hat, freundlich zu und grüßt sie höflich: »Rektorin.«

$\mathcal{G}$erade möchten die Lichtwächter Frank einkreisen, da hebt die Lichtzeigerin die Hand. Die Bewegungen der Lichtwächter erstarren, ratlos schauen sie sich an. Die Lichtzeigerin hat die ganze Zeit über ihre Augen auf den Oh-Khalí vor ihr

konzentriert. Solch einen Oh-Khalí hat sie noch nie gesehen. Seine Haut ist rosig und gänzlich ohne Hautfell. Lange Haare sind im Nacken mit einer Spange zusammen gehalten. Blaue Augen blicken sie etwas traurig, aber auch ungeduldig an. Sie ergreift mit befehlsgewohnter Stimme das Wort: »Sagt mir, Fremder, wer seid Ihr und was wollt Ihr.«

*F*rank seufzt, sein Blick geht Hilfe suchend zur Wanderin, die ihm jedoch lediglich aufmunternd zunickt. Er holt tief Luft. Dann beginnt er zu erklären: »Nun, Rektorin, wie ich hierherkomme, ist etwas kompliziert. Zuerst bin ich aus der Lichtwelt dieser Wanderin vor die Füße geplumpst, in diesem seltsamen Gehrbaumwald.«

*E*r schaudert kurz, bevor er fortfährt: »Dann sind wir ans Meer gereist. Tiefmeer, wollte ich sagen. Dort habe ich einen Ssvolyk-Korallenbaum getroffen.«

*S*ein Blick geht wieder zur Wanderin, sein fragender Gesichtsausdruck und die angehobenen Augenbrauen lassen sie lächeln. Den Namen des Korallenbaumes hat er fast perfekt ausgesprochen. Zufrieden kehrt sein Blick zurück zur Lichtzeigerin.

»Er hat mir diese Schwerter und den Schild übergeben. Das war eine wirklich seltsame Erfahrung. Das können Sie mir glauben.«

*B*ei diesen Worten klopft er kurz auf die Schwertknäufe. Die Lichtwächter lassen ungläubige Ausrufe hören. Frank fährt fort: »Nachdem wir dieses Tal der Nebel durchquert hatten, auch so eine wirklich unglaubliche Geschichte, hat uns S'ain Th~E X'upey hierher gebracht. Danke dafür!«

*S*eine Kopfbewegung geht dabei in Richtung der Aerolatis, die diesem Vortrag schweigend folgt.

$\mathcal{L}$ange mustert ihn die Lichtzeigerin genau: »Sehr ungewöhnlich diese Geschichte. So ungewöhnlich wie Euer Aussehen, aber Ihr beantwortet nicht meine Fragen. Wer seid Ihr und was wollt Ihr hier.«

$\mathcal{J}$etzt wird sein Blick hart: »Rektorin, ich weiß nur, dass mein Name Frank ist. Ich weiß, dass dieser Korallenbaum mir diese Waffen gegeben hat und ich sehr wohl weiß, wie ich damit umzugehen habe. Was ich nicht weiß ist, woher ich komme und woher ich das Wissen zum Umgang mit diesen Waffen habe.«

$\mathcal{E}$r schweigt einen Moment lang. Dann setzt er noch etwas hinzu: »Also kann ich euch nicht sagen, wer ich bin. Ich weiß es schlicht und einfach nicht.«

$\mathcal{D}$ie Lichtzeigerin hört ohne Regung zu. Die Lichtwächter dagegen schwanken zwischen Faszination und Handlung. Dann fährt Frank fort: »Was ich jedoch auch weiß ist, dass ich dort hin muss. Etwas Dunkles kommt. Ihr solltet es auch spüren, Rektorin. Ihr Lichtzeiger seid doch die Lehrer der Wanderer. Ihr müsst es spüren, habe ich recht?«

$\mathcal{K}$khil T~es M`aru beobachtet fasziniert, mit welcher Sicherheit und welchem Nachdruck er spricht.

$\mathcal{P}$lötzlich stürmt eine immer größer werdende Gruppe von Oh-Khalí auf den Platz. Alle tragen aufwendig gearbeitete, lila glänzende Roben. Ganz vorn schreitet eine Frau. Sie strahlt eine dunkle Form der Autorität und Macht aus. Anfangs beachten die Oh-Khalí in ihren lila Roben weder die Aerolatis noch die Lichtwächter noch sonst jemanden. Stur und starr ist ihr Blick auf das Gebäude gerichtet, das so riesig hinter Frank aufragt.

$\mathcal{M}$isstrauisch mustert er diese Oh-Khalí in ihren lila Roben. Dann ruckt der Kopf der vorausgehenden Frau zu ihm herum. Ein altes Gesicht voller Falten blickt ihm entgegen.

$\mathscr{F}$rank keucht laut. Sein gesamtes Inneres weiß, dass diese Frau böse ist. Sie trägt eine dunkle Schwärze in ihrem Wesen, wie er es noch niemals zuvor erlebt hat. Der Blick der Frau mit dem alten Gesicht weilt einen Moment auf ihm. Er wendet sich langsam um, sodass er sie weiter beobachten kann. Gerade als die Frau sich näher mit ihm befassen will, strömt eine große Gruppe Lichtwächter in ihren schwarzen Roben aus dem riesigen Gebäude heraus und marschiert auf die Oh-Khalí in den lila Roben zu.

$\mathscr{F}$rank wendet sich wieder der Rektorin zu. Sein Blick ist todernst: »Ihr habt es doch auch gespürt, nicht wahr? Diese alte Schachtel dort hat Böses im Sinn. Etwas durch und durch Bösartiges.«

$\mathscr{Z}$uerst ist der Blick der Rektorin unsicher, dann wird er hart: »Es ist, wie du sagst. Übrigens, Fremder, diese alte Schachtel ist die erste Lichtheilerin am Hof der Lichtgeschwister. Wisst Ihr, was das bedeutet?«

$\mathscr{E}$r schüttelt den Kopf: »Es ist vollkommen egal, welche Aufgabe sie hat. Sie hat Böses im Sinn. Ich muss dort hinein. Bitte.«

$\mathscr{E}$inen Moment kreuzen sich ihre Blicke, dann hat die Lichtzeigerin sich entschieden. Mit einem Rauschen ihrer Robe wendet sie sich um und gibt den Lichtwächtern Zeichen. »Folgt mir, Fremder. Du auch, Kkhil T~es M`aru!«

$\mathscr{N}$ach einem letzten Blick zu den Lichtheilern nickt Frank der Wanderin zu und folgt dann mit festen Schritten der Rektorin.

$\mathscr{K}$khil T~es M`aru geht neben ihm und flüstert leise: »Ich habe Angst.«

Als Antwort zeigt er lediglich einen steinernen
Gesichtsausdruck. Die Wanderin erschrickt ob dieser
unnachgiebigen Härte in seinem Blick. Dann wird ihr klar, denn
sie spürt es in ihrem Inneren, dass in dem sich anbahnenden
Konflikt, welcher auch immer das sein möge, nur von ihm
Hoffnung zu erwarten ist. Nur der Lichtkrieger kann das Blatt
noch wenden.

XXIX

maitryāḥ prakarāḥ
मैत्र्याः पूरकराः
~ Wege der Freundschaft ~

*Nutze das Wissen
des Korallenbaumes*

$\mathcal{S}$ie haben einen Seiteneingang erreicht. Die Tür ist verschlossen. Ohne Zögern klopft der junge Lichtwächter an, dabei ist sein Klopfen seltsam ungleichmäßig. Lange Zeit geschieht nichts.

$\mathcal{D}$er Vo-Shirr kommentiert das Warten mit trockenem Ton: »Nun, mein junger Lichtwächter, was meint Ihr? Wie lange werden wir hier wohl verharren, bis wir es einsehen und unser Glück woanders versuchen?«

$\mathcal{A}$uch die Lichtspürerin steht mit misstrauisch gerunzelter Stirn da. Nur ihr Meister wartet mit geduldiger Miene.

$\mathcal{P}$lötzlich werden mit lautem Krachen Riegel zurückgeschoben und die Türe schwingt nach außen auf. Ein riesenhafter Oh-Khalí in schwarzer Robe zwängt sich durch die Öffnung und blickt sie grimmig an. Sein Hautfell ist nachtschwarz. Dann erhellen sich seine Züge: »Uuhrtalon H~es M'ursur, der verloren Geglaubte ist wieder da.«

$\mathcal{D}$röhnend lacht der riesige Lichtwächter und klopft dem Angesprochenen mit seinen unglaublich großen Händen auf die Schulter.

$\mathcal{U}$uhrtalon H~es M'ursur verzieht das Gesicht. Dann grinst er den Riesen an: »Namhbane K~ur Samir, gut dich zu treffen.«

*D*er Riese macht einen Schritt zurück. Jetzt mustert er die Gruppe vor ihm sorgfältig. Als sein Blick auf den Vo-Shirr fällt, lässt er ein Knurren hören: »Worin hat dieser Federball dich denn nun wieder verwickelt?«

*E*in leises Lachen ist aus dem Federkleid des Vo-Shirr zu hören: »Auch dir einen guten Tag, Namhbane K~ur Samir.«

*G*rimmig schüttelt der Riese den Kopf: »Vo-Shirr, wenn ihr beteiligt seid, ist mein Tag niemals gut.«

*D*ie Lichtspürerin kommentiert dies leise zu ihrem Meister: »Da scheinen sich alte Bekannte zu treffen, Meister.«

*D*ann geht der Blick des Riesen zurück zum Lichtwächter und mustert dessen mit grünlichem Schlamm verkrustete Robe. Leise fragt er: »Wo um der Lichtgeschwister Willen kommst du her, mein Freund?«

*U*uhrtalon H~es M'ursur seufzt. Dann schaut er mit ernstem Blick nach oben und dem riesenhaften Lichtwächter in die Augen: »Ich war zuerst bei den Schlammfeldern, dann in einer Höhle unter den Leuchtfarnen.«

*D*er riesige Lichtwächter nimmt das regungslos zur Kenntnis. Er hebt das Kinn kurz an und Uuhrtalon H~es M'ursur redet hastig weiter: »Jetzt muss ich zu den Lichtgeschwistern. Dringend. So schnell wie nur irgend möglich.«

*E*r fasst mit seiner linken Hand den riesigen Oberarm seines Lichtwächterbruders. Das wirkt, als ob ein Kind einen Erwachsenen anfasst: »Es ist wichtig.«

*E*inen Moment mustert der Riese seinen Freund. Dann blickt er der Reihe nach dessen Begleiter an. Bei der Lichtspürerin verharrt sein Blick: »Wer und was bist du, Frau?«

»Ich bin Kaah K~rat Kaah. Ich bin eine Lichtspürerin.«

$\mathcal{M}$it einer angedeuteten Kopfbewegung zur Seite fährt sie eilig fort: »Das ist mein Meister.«

$\mathcal{D}$er Blick des Riesen geht zurück zum Vo-Shirr, dann blickt er wieder Uuhrtalon H~es M'ursur: »Eine Lichtspürerin, ein Lichtspürer Meister und einen Vo-Shirr bringst du mit.«

$\mathcal{U}$uhrtalon H~es M'ursur nickt einfach. Nach endlosen Kautka lacht der Riese grollend: »Wenn das kein Abenteuer gibt, dann weiß ich auch nicht.«

$\mathcal{E}$r wendet sich um, bückt sich und passiert den Durchgang. Aus dem Dunkel ist seine Stimme zu hören: »Wenn du recht hast, dann müssen wir uns beeilen. Die Lichtschwester hat im Geheimen alle Lichtwächter alarmiert. Etwas Großes wird geschehen.«

$\mathcal{U}$uhrtalon H~es M'ursur wendet sich kurz um. Seine Augen finden den Blick der Lichtspürerin. »Bleib bei mir.«

$\mathcal{M}$it großem Ernst in der Stimme antwortet sie: »Immer.«

$\mathcal{A}$lle folgen dem Riesen in den dunklen Gang. Uuhrtalon H~es M'ursur wartet an der Tür und schließt sie, als alle den Durchgang passiert haben. Sorgfältig schiebt er die Riegel wieder vor. Er fragt sich dabei, ob er jemals wieder das Licht einer der Sonnen von Khalía erblicken wird. Dann wendet er sich um und folgt den anderen.

Nutze das Wissen
des Korallenbaumes

$\mathcal{D}$er Lichtbruder steht aufrecht und stolz da. Er blickt der entgegenkommenden Flut von Oh-Khalí in ihren aufwendig gearbeiteten und glänzenden Roben entgegen. Ganz vorn marschiert eine große, dürre Frau. Ihr Gesicht zeigt Häme und ihre Augen glitzern bösartig und zornig. Ihr teilweise graues Hautfell glänzt noch immer gepflegt. Direkt vor dem Lichtbruder bleibt sie energisch stehen. Gerade will sie etwas sagen, da wird ihr bewusst, mit welch klarem Blick und welch aufrechter Körperhaltung ihr der Lichtbruder entgegen schaut. Misstrauisch geht ihr Blick in die Runde. Auf dem alten Lichtheiler in seiner einfachen Robe verharren ihre Augen etwas länger. Schließlich wendet sie sich mit Verachtung in der Stimme an den Lichtbruder: »Seid Ihr inzwischen so verzweifelt, dass Ihr Scharlatane von den Randwelten zu Euch vorlasst, ohne meinen hellen Rat einzuholen?«

$\mathcal{D}$ie Lichtschwester hat die ganze Szene still beobachtet. Jetzt will sie energisch einschreiten. Aber mit einem kleinen Heben der Augenbraue bittet der Lichtbruder sie, sich zurückzuhalten. Die vielen Sonnenzyklen, die sie dem Imperium gemeinsam dienen, machen es möglich, dass beide durch so subtile Gesten miteinander kommunizieren können. Ihr gegenseitiges Vertrauen ist ohne Zweifel. So hält sich die Lichtschwester mühsam zurück.

$\mathcal{I}$mmer noch erwidert Lichtbruder den Blick der ersten Lichtheilerin ruhig. Er überragt die Oh-Khalí, weil er inzwischen

wieder kraftvoll und aufrecht stehen kann, sodass sie den Kopf in den Nacken legen muss, um ihn weiter mit ihrem bösen Blick anzufunkeln.

$\mathcal{F}$reundlich spricht er sie an: »Lichtheilerin. Ich grüße Euch.«

$\mathcal{D}$ie Stimme des Lichtbruders hallt durch die riesige Audienzhalle. Seine Mundwinkel heben sich zu einem Lächeln, das jedoch weit davon entfernt ist, auch seine Augen zu erreichen. Diese blicken kalt, fast ein wenig angewidert in das vom Alter gezeichnete Gesicht der vor ihm stehenden Frau. Viel zu spät wird ihr bewusst, dass dies kein kranker Oh-Khalí ist, der sich von ihrer forschen Art einschüchtern lässt. In ihrem Gesicht arbeitet es, als sie versucht, sich auf die neue Situation einzustellen. Dann bemüht sie sich, ein Lächeln auf ihre Miene zu zaubern. Den Umstehenden wird bei diesem Anblick sofort klar, dass die Oh-Khalí erfolglos versucht, ihr intrigantes Wesen hinter dieser Mimik mit vorgespielter Höflichkeit zu verbergen. Nicht nur die Lichtschwester stellt sich in diesem Moment im Geiste die Frage, warum ihr die wahre Natur der ersten Lichtheilerin bisher nicht bewusst geworden war.

»Lichtbruder, ich sehe, es geht Euch besser. Ich bin froh zu sehen, dass unsere Bemühungen nun endlich Erfolg zeigen.«

$\mathcal{E}$r nickt ihr huldvoll zu: »Ich bedanke mich bei Euch für Eure Fürsorge und dass Ihr Euch mit Eurem Besuch nach meiner Gesundheit erkundigen wolltet, erste Lichtheilerin Z'oom B~ir Deepir.«

$\mathcal{W}$ieder entgleisen ihr die Gesichtszüge. Für einen winzigen Moment war ihr abfälliger Blick zu sehen. Dann ist der Moment vorbei: »Aber das ist doch nicht nötig, Lichtbruder. Meine Aufgabe ist es schließlich, Eure Gesundheit zu überwachen.«

$\mathcal{D}$ie Umstehenden beobachten atemlos den Dialog. Jedoch runzeln der erste Berater der Lichtgeschwister, der RomKaqul und der Stronia-Champion ärgerlich die Stirn. Die Aufgabe der Lichtheiler ist die Heilung nicht die Überwachung. Mit einem Seufzen nickt der Lichtbruder ihr zu. Immer noch zeigt er das milde Lächeln, immer noch blicken seine Augen der alten Frau eiskalt ins Gesicht.

»Wenn Ihr meint, Z'oom B~ir Deepir. Es geht mir gut, ich möchte Euch daher wieder entlassen. Ihr habt wichtigere Dinge zu tun, als Eure Zeit mit einem Oh-Khalí zu teilen, der Eure Dienste nicht benötigt.«

$\mathcal{D}$iese Bemerkung ist eine schallende Ohrfeige für die erste Lichtheilerin. Das Gemurmel ihrer Entourage spricht Bände. Dieses Mal hat die erste Lichtheilerin ihre Gesichtszüge besser im Griff. Trotzdem ist die Mordlust in ihren Augen so unverkennbar, dass die beiden Wächter dichter zum Lichtbruder aufschließen. Ihre Haltung bezeugt, dass sie bei der winzigsten Bewegung, die als Angriff interpretiert werden könnte, sofort einschreiten.

$\mathcal{D}$ie Lichtschwester hat Blickkontakt mit Ithak'kl T~es Stegi'mahr aufgenommen. Dieser schüttelt fast unmerklich den Kopf. So schweigt sie weiter, obwohl ihr Zorn auf diese Oh-Khalí hell lodernd in ihrem Innern brennt. Wie kann sie es wagen, dem Lichtbruder so entgegenzutreten?

$\mathcal{D}$ann zuckt der Kopf der ersten Lichtheilerin zu dem alten Oh-Khalí in lila Robe herum. »Euch erwarte ich in meiner Residenz, wenn Ihr schon einmal den weiten Weg nach Khalía gefunden habt, Lichtheiler. Dort findet Ihr auch Unterkunft.«

$\mathcal{J}$etzt bemerkt die Lichtschwester aus den Augenwinkeln, wie ihr der Lichtbruder ein fast unmerkliches Zeichen gibt. Sie ergreift mit zuckersüßer Stimme das Wort: »Oh, Z'oom B~ir

Deepir, wie überaus zuvorkommend, aber das ist nicht nötig. Dieser sehr geschätzte Oh-Khalí ist bereits Gast bei den Ioqatii, nicht wahr, RomKaqul?«

*D*er Angesprochene verschleiert seinen bisher scharfen Blick hinter seinem Gehabe, als er sich wichtig machend nach vorn drängt und der ersten Lichtheilerin jovial zunickt: »So ist es, meine Gute, so ist es. Ich habe mich schon sehr darauf gefreut, Geschichten von den Randwelten zu hören, das könnt Ihr mir glauben. Ah, wie gerne würde ich doch diese Wunder des Imperiums selbst besuchen. Aber die Pflicht hält mich hier fest, die Pflicht, Lichtheilerin. Ihr versteht?«

*I*nzwischen steht der große und mächtig aufragende RomKaqul vor Z'oom B~ir Deepir. Sein energisches Wesen in Verbindung mit seinem autoritären Gehabe wirken vordergründig amüsant. Diese Wendung hat die alte Frau wohl nicht erwartet. Ihr ärgerlicher Blick geht in die Runde, dann macht sie arrogant einen Schritt nach hinten: »Nun denn, ich empfehle mich.«

*S*ie wendet sich so rasch um, dass ihre Robe ein Rauschen erzeugt und marschiert mit selbstbewusster Überheblichkeit zum Ausgang. Ihre dienstfertige Entourage folgt ihr mit Verwunderung im Blick.

*S*ie hat schon einige Vlakstock zurückgelegt, als der Lichtbruder sie erneut mit klarer, kalter Stimme anspricht: »Lichtheilerin.«

*M*itten im Schritt stockt sie, um sich dann auf dem Absatz umzuwenden. Ihre hochgezogene Augenbraue gibt ihrem faltigen Gesicht ein seltsam lächerliches Aussehen: »Lichtbruder?«

»Wenn ich Zeit finde, würde ich mich gerne mit Euch über Eure fürsorglichen Bemühungen in den letzten Sonnenläufen unterhalten. So vieles habt Ihr getan. Das soll nicht unbemerkt

bleiben.«

$\mathscr{A}$uch diese mit vollkommen gleichmütiger Stimme vorgebrachte Aussage des Lichtbruders, der die erste Lichtheilerin regungslos betrachtet, ist eine schallende Ohrfeige. Der aufwallende Zorn, der indessen in ihrer Haltung zu erkennen ist, entlarvt ihre zur Schau gestellte Höflichkeit: »Natürlich, Lichtbruder. Jederzeit.«
Jetzt lächelt der Lichtbruder sie an. Es ist das Lächeln eines Raubtieres, das seine Beute erkannt hat. Gnädig nickt er ihr zu.

$\mathscr{D}$ie erste Lichtheilerin wendet sich um und nimmt ihren Weg zu den Toren der riesigen Audienzhalle wieder auf. Nachdem alle Lichtheiler die Halle verlassen haben, lassen die Lichtwächter die Tore mit einem nachdrücklichen und endgültigen Geräusch in den Rahmen gleiten.

$\mathscr{E}$inen Moment schweigen alle. Dann ergreift der alte Oh-Khalí in seiner einfachen, lila Robe als Erster das Wort: »Was für ein gefährliches Wesen diese Frau hat.«

$\mathscr{Z}$lotaschir W~urs U'rsur hat sich neben den RomKaqul gestellt und spricht ihn leise an: »Die müssen wir im Auge behalten.«

$\mathscr{S}$eufzend kommentiert der Lichtbruder das, dabei lässt er sich erschöpft in seinen Sessel fallen. Offensichtlich hat ihn diese Konfrontation doch sehr angestrengt: »Oh, das wird nicht reichen. Ein Raubtier, das mich als Beute erkannt hat, wird sich nicht durch Beobachten in die Schranken weisen lassen.«

$\mathscr{S}$orgenvoll stimmt ihm die Lichtschwester zu: »Das sehe ich genau so.«

$\mathscr{D}$ann wird ihre Stimme hart: »Aber es gibt Kräfte, gute Kräfte, die sich nur zu gerne mit dieser alten Schachtel beschäftigen würden.«

*D*as auf die Bemerkung der Lichtschwester folgende Kichern löst die Spannung etwas. Einzig Ithak'kl T~es Stegi'mahr und Puuhrn K'equal Twikla lassen sich nicht von der Heiterkeit anstecken. Als der RomKaqul sich zum Lichtbruder umwendet, nickt dieser ihm mit ernst zu. Er spürt die Gefahr genau.

*E*ine Gefahr für das gesamte Lichtwächterimperium.

*D*er Gang ist lang und dunkel. Nur vereinzelt hängt einer der kleinen Behälter mit aktiven Niklamici an der Steinwand. So bilden sich an der Gangwand immer wieder kleine Inseln von blau-gelbem Licht, die die Dunkelheit ein klein wenig erhellen.

*D*ie Lichtspürerin bewundert den riesenhaften Wächter. Namhbane K~ur Samir kann sich nur in tief gebückter Haltung durch diesen Gang quälen. Ihr fragender Blick erreicht die Augen des vor ihr gehenden Uuhrtalon H~es M'ursur, als dieser sich kurz nach ihr umblickt: »Später. Zunächst müssen wir aus diesem Dunkel heraus.«

*S*ie seufzt, muss ihm aber doch recht geben. Je länger sie in der Nähe dieses jungen Lichtwächters ist, desto mehr spürt sie eine innere Verbundenheit zu diesem Oh-Khalí, eine Zugewandtheit, die ihr Innerstes vereinnahmt. Ohne dass es ihr bewusst ist, wird ihr Gesichtsausdruck fröhlicher, als ob die Nähe zu diesem Lichtwächter ihre Seele erfreut.

*V*or ihnen weitet sich der dunkle Gang in einen etwas größeren Raum. Die Lichtspürerin ist die Letzte der Gruppe, und als sie diesen Raum betritt, blickt sie sich kritisch um. Eine Tür oder einen weiteren Ausgang kann sie nicht erkennen. Nachdenklich hebt sie den Kopf, die Decke des Raumes ist weit über ihnen. Dort oben leuchtet inzwischen Uuhnikla durch ein Oberlicht herein. Allerdings ist es noch sehr früh am Abend,

sodass die noch tief stehende Abendsonne von Khalía mit ihren blauen Strahlen lediglich die weiß getünchten Wände weiter oben erreichen. Unten auf dem Boden ist nur wenig Licht. Sie alle sind in ein mystisch blaues Schimmern getaucht. Der riesenhafte Lichtwächter wendet sich mit einem Knurren an seinen Gildebruder: »Du bist dir wirklich sicher? Denn wenn nicht, mein Bruder, dann wirst du jede einzelne Kautka deines jämmerlichen Daseins beklagen, die du noch lebst, bis ich dir das Licht aus dem Wanst vertreibe.«

*E*rschrocken schaut Kaah K~rat Kaah zu dem jungen Lichtwächter. Dieser lacht fröhlich auf und klopft seinem riesigen Gildebruder auf den mächtigen Unterarm. Wieder bewundert die Lichtspürerin das wunderbare Schimmern des tiefschwarzen Hautfelles des Giganten: »Keine Sorge, Namhbane K~ur Samir, wir bereiten dir und deiner Sippe keine Schande dadurch, dass du uns hilfst, im Gegenteil.«
Misstrauisch wendet sich der riesige Lichtwächter um und blickt einen nach dem anderen noch einmal grimmig an.

»Nun lass schon gut sein. Wir müssen zu den Lichtgeschwistern. Das ist wichtig.«

*Ü*bergangslos hebt sich der riesige Brustkorb des Oh-Khalí unter seiner schwarzen Robe. Mit einer Gewandtheit, die man ihm bei seiner Körpergröße niemals zugetraut hätte, klopft er an einer bestimmten, weit oben liegenden Stelle an die Wand. Kaah K~rat Kaah ist sich klar, dass nur ein besonders großer Oh-Khalí diese Stelle erreichen kann. In der Wand vor ihnen wird jetzt ein senkrechter Spalt sichtbar, und einen Moment später schwingt ein Teil der Wand geräuschlos nach außen. Als alle durch den so entstandenen Durchgang geschlüpft sind, ist es wieder an dem jungen Lichtwächter, den Durchgang hinter ihnen zu schließen.

»Wo sind wir?« Kaah K~rat Kaah blickt sich erstaunt um. Polierte, glänzende Böden und edle Wandteppiche prägen das

Bild. Soeben ergreift der Vo-Shirr das Wort.

»Das ist der Palast der Lichtgeschwister. Genauer gesagt die Residenz der Lichtschwester.«

*O*hne zu zögern, schwebt die weiße Federkugel des Vo-Shirr in Richtung der Treppenflucht davon.

»Shirkla-Sva-Ssil, was soll das? Wohin willst du?«

*D*er Lichtwächter hat sich als Erster aus seiner Erstarrung gelöst und die zwei Vlakstock zurückgelegt, sodass er jetzt neben dem Vo-Shirr hergeht und ihn dabei ärgerlich anblickt.

»Zur Lichtschwester. Wir müssen dort entlang.«

*U*uhrtalon H~es M'ursur rollt die Augen und blickt seinen riesigen Gildebruder entschuldigend an: »Glaube mir, wenn sich dieser Federball etwas in den Kopf gesetzt hat, sind gewöhnliche Oh-Khalí machtlos.«

*E*r gibt der Lichtspürerin ein Zeichen. Ohne dass er Worte benötigt, weiß sie genau, was er von ihr will. Kopfschüttelnd schaut ihnen Namhbane K~ur Samir nach, dann geht der Blick des Riesen zu dem alten Mann in der einfachen, weißen Robe. Einen Moment verweilt sein Blick auf dem alten Mann. Es ist ein intelligenter Blick, der sein Gegenüber genau mustert und einordnet. Übergangslos lächelt der riesige Lichtwächter den Meister an: »Möchtet Ihr, dass ich Euch trage, alter Mann?«

*E*in Wiegen des Kopfes ist die Antwort, der alte Mann strafft sich und geht entschlossen los:»Nein, diese Tickla will ich auf meinen eigenen Beinen erleben, bei den Lichtgeschwistern!«

*D*er Vo-Shirr kennt den Weg offenbar sehr genau. Sie folgen den Gängen und Treppenfluchten weiter nach oben. Auf ihrem Weg begegnen sie immer wieder Lichtwächtern,

die sie misstrauisch beäugen. Aber die Anwesenheit von Namhbane K~ur Samir beruhigt die im ersten Moment alarmiert reagierenden Oh-Khalí schnell. Wenn sie dann noch den Vo-Shirr entdecken, sind sie gänzlich beruhigt. Als Kaah K~rat Kaah sich umwendet, kann sie erkennen, wie zwei der Lichtwächter in ihren schwarzen Roben aufgeregt miteinander tuscheln. In diesem Gebäude herrscht eine sehr angespannte Stimmung. Sie sieht wie sich ihr Meister die letzten Stufen hinauf quält und eilt zu ihm: »Meister, soll ich Euch stützen?«

*E*ntschlossen schüttelt er den Kopf. Dann versucht er ein Lächeln: »Nein, danke, meine Schülerin. Ich will weder getragen noch gestützt werden. Dies ist ein viel zu bedeutsamer Moment, als dass ich bereit bin, meiner körperlichen Gebrechlichkeit Raum zu geben.«

*I*hr Kommentar ist grimmig, als sie ihn trotz seiner Aussage vorsichtig unter die Arme greift: »Natürlich, Meister. Und ein Muränenwolf ist sicher ein nettes Haustier. Zumindest an einem Ende.«

*E*r lacht keckernd. Diesen Vergleich hat er schon lange nicht mehr aus ihrem Mund gehört. Nicht mehr, seit sie vor vielen Sonnenzyklen in den Bergen einem verirrten Exemplar dieses gefährlichen Raubtieres begegnet sind. Noch heute ist er stolz auf ihre überlegte Form des Kampfes. Sie hat diesem bösartigen Tier mit seinen zwei Köpfen an jedem Ende des Schlangenkörpers den vorzeitigen Übergang in die Lichtwelt beschert. Doch nun haben sie das Ziel erreicht. Vor einem wunderbar fein gearbeiteten Tor stehen vier Lichtwächter in sauberen, schwarzen Roben. Der Blick dieser vier Wächter, den sie den Besuchern entgegenwerfen, ist eindeutig.

*D*er Vo-Shirr schwebt auf Augenhöhe des Wächters, den er als Anführer ausgemacht hat: »Wir müssen in dringender Angelegenheit zur Lichtschwester. Lasst uns passieren.«

*D*er Lichtwächter schaut ihn unverwandt an und schüttelt dann den Kopf: »Nein. Niemand stört die Lichtschwester, auch ihr nicht, Shirkla-Sva-Ssil. Ganz besonders ihr nicht.«

*U*uhrtalon H~es M'ursur kann beobachten, wie sich das Federkleid des Vo-Shirr im Wortsinne aufplustert. Da tritt die Lichtspürerin dazwischen: »Meldet der Lichtschwester, dass Kaah K~rat Kaah sie dringend sprechen muss. Es geht um das Imperium.«

*S*orgsam mustert der Lichtwächter die junge Frau. Dann trifft er eine Entscheidung. Ein knappes Nicken und ein kurzer Seitenblick zu seinen Gildebrüdern genügen. Sofort ist die Gruppe umringt von finster blickenden Lichtwächtern, deren Hände bereits an den Soth-Tra in ihren Gürteln sind.

»Ihr wartet hier.«

*D*ann wendet er sich um, öffnet die Tür und ist verschwunden. Keine zehn Kautka später kehrt der Lichtwächter zurück. Es ist ihm anzusehen, dass er sehr überrascht ist: »Die Lichtschwester bittet Euch alle herein.«

*M*it diesen Worten öffnet er die Tür weiter. Ohne weitere Aufforderung geht der riesige Lichtwächter mit schwarzem Hautfell durch die Türöffnung. Der Vo-Shirr folgt ihm auf dem Fuße. Die Lichtspürerin verharrt einen Moment. Jetzt bemerkt sie den jungen Lichtwächter neben sich. Beide schauen sich ernst in die Augen: »Spürst du es auch?«

*N*achdenklich nickt er zur Antwort: »Natürlich. Hoffen wir, dass wir noch rechtzeitig gekommen sind.«

*S*ie bewegt den Kopf leicht hin und her: »Ich denke schon, aber ich frage mich, ob wir stark genug sind.«

*E*r fasst ihre Hand, ohne dass sein Blick ihre Augen entlässt: »Das sind wir. Gemeinsam. Gemeinsam sind wir stark genug.«

*E*in mildes Lächeln erhellt ihr Gesicht, das wunderbar blau schimmernde Hautfell leuchtet förmlich auf: »Ja, gemeinsam.«

*N*ach einem tiefen Atemzug blickt sie nach vorn. Der an der Türe stehende Lichtwächter hat den Austausch genau verfolgt. In ehrender Anerkennung nickt er den beiden zu. Selten hat er eine solche Gemeinschaft im Licht bei zwei Wesen so deutlich verspürt. Vielleicht noch am ehesten bei den Lichtgeschwistern. Aber dann schüttelt er skeptisch den Kopf, als er die Türe leise hinter ihnen schließt. Die Verbindung, die die Lichtgeschwister miteinander teilen, hat eine andere Prägung.

*I*nnen wendet sich die Lichtschwester ihren Besuchern mit einem zufriedenen Lächeln zu. Mit schnellen Schritten eilt sie zum Meister der Lichtspürerin: »Ihr seid da, der Lichtwelt sei Dank.«

*D*er alte Mann bewegt nachdenklich den Kopf.

»Ja, wir sind da, meine Tochter. Wir müssen reden. Dringend reden.«

XXXII

upakalpanam

उपकल्पनम्

~ *Vorbereitung* ~

*N*utze das Wissen
des Korallenbaumes

*D*ie Wanderin macht große Augen. Natürlich hat sie von der großen Audienzhalle gehört. Sie hat von den Bildern gehört, die die Wände zieren. Sie weiß, dass diese Bilder die lange Geschichte des Lichtwächterimperiums erzählen. Davon zu hören, ist etwas ganz anderes, als selbst da zu sein. Der Raum ist hell beleuchtet, ohne dass man genau sagen könnte, woher das Licht kommt. Die Oberlichter in der hohen, weit gespannten Decke lassen die fahlgrünen Strahlen der Nachtsonne von Khalía eindringen, ohne dass dieses Licht die Halle tatsächlich erhellt. Dazu ist es viel zu schwach.

*S*taunend schaut sich Kkhil T~es M`aru um. Sie geht mit fasziniertem Blick an den Wänden entlang und völlig in Gedanken versunken. Auch Frank war zuerst verblüfft nach einigen Schritten stehen geblieben, als sie von der Rektorin und begleitet von der Gruppe der Lichtwächter in diese Audienzhalle geführt wurden. Ihm war sofort klar, dass dies der richtige Ort ist. Er kann spüren, wie sich die Dinge auf diesen Ort konzentrieren. Nachsichtig blickt er der Wanderin hinterher, die staunend von einem zum nächsten Wandbild geht. Erst jetzt ahnt er, welch großes Reich dieses Imperium ist, von dem er bisher immer nur erzählt bekommen hat. Einer Eingebung folgend schließt er die Augen und findet nach kurzer Zeit Eingang zur Lichtwelt. Die Farbströme, die er wahrnimmt, kann er nicht deuten, aber er hat das sichere Gefühl, dass die Lichtwelt gerade besonders aktiv

ist. In Wirbeln und an ihm zerrend spürt er die Farbströme. Seine Aufmerksamkeit wird aber nicht in der Lichtwelt benötigt. So verabschiedet er sich höflich und kehrt zurück ins hier und Jetzt seiner körperlichen Existenz. Als er die Augen wieder aufschlägt, blickt ihn die Rektorin nachdenklich an: »Fällt es dir immer so leicht, in die Lichtwelt zu schauen?«

$\mathcal{F}$rank seufzt. Er weiß nicht, wie er ihr das beschreiben kann, was in seinem Geist beim Übergang in die Lichtwelt geschieht. Als ihm bewusst wird, dass die Rektorin lediglich von einem Blick in diese andere Welt spricht, schüttelt er nachdenklich den Kopf: »Es ist nicht nur der Blick dorthin. Ich bin dort. Inzwischen gelingt es mir ohne Anstrengung, diese Grenze zu überwinden.«

$\mathcal{E}$rschrocken atmet die Rektorin ein. Sie tritt näher an ihn heran und spricht leise weiter: »Du bist tatsächlich in der Lichtwelt? Nicht zu glauben.«
Sein freundlicher, aber etwas verwirrter Blick als Antwort auf ihre letzte Bemerkung scheint ihre Zweifel zu beseitigen: »Du weißt nicht einmal, welch besondere Gabe du hast.«

$\mathcal{F}$rank blickt zu Boden. Er möchte die Rektorin nicht beleidigen. Wahrlich empfindet er diese ganze Lichtweltgeschichte mehr als übertrieben und dazu noch etwas esoterisch. Gerade als er diesen Gedanken im Geiste formuliert, wird ihm klar, dass dieser Begriff aus dem Wissen hinter dieser weißen Grenze kommt. Mit einem entschuldigenden Lächeln antwortet er ihr dann ebenso leise: »Ich weiß nicht einmal genau, wer ich bin.«

$\mathcal{D}$ie Rektorin bedenkt ihn mit einem ernsten Blick: »Nun, ich habe so das Gefühl, dass es heute nicht darauf ankommt, wer wir sind. Viel wichtiger ist, was wir sind und vor allem wofür wir stehen.«

$\mathcal{V}$erblüfft stimmt er ihr zu: »Richtig. Genau so fühlt es sich für mich auch an.«

$\mathcal{M}$it begeistertem Gesichtsausdruck kehrt die Wanderin zu ihnen zurück. Ihre Schritte hallen laut in diesem riesigen Raum. Aufgeregt sprudelt sie ihnen entgegen: »Entschuldigt. Ich war noch nie hier! Das ist wirklich aufregend.«

$\mathcal{D}$ann bemerkt sie die ernste Stimmung, die sich im Gesicht der Rektorin der Lichtspürergemeinschaft und in Franks Gesicht widerspiegelt. Er kann erkennen, wie sie sich selbst zur Ordnung ruft.

»Aber wir sind natürlich nicht gekommen, um die Bilder zu bewundern.«

$\mathcal{E}$r will gerade eine ironische Bemerkung machen, da werden die großen, raumhohen Tore am Eingang geöffnet. Alle wenden sich um.

$\mathcal{Z}$uerst betreten lediglich Lichtwächter in schwarzen Roben den Raum. Sorgsam blicken sie mit misstrauischen Mienen in alle Ecken. Schließlich verteilen sie sich im Raum. Frank versteht, ohne dass er erklären kann, warum die Lichtwächter den Raum sichern. Nach kurzer Zeit sind alle taktischen Positionen mindestens zwei Lichtwächtern besetzt. Vorübergehend geschieht nichts weiter, bis weitere Oh-Khalí den Raum betreten. Gemeinsam mit einem großen Aufgebot an Lichtwächtern erscheint daraufhin eine Gruppe, deren Roben andere Farben tragen. Langsam füllt sich die Audienzhalle trotz ihrer Größe.

$\mathcal{I}$n die Oh-Khalí kommt nun Bewegung, eine weitere Gruppe, dieses Mal eine deutlich Kleinere, betritt den Raum. Am auffälligsten ist ein riesiger Lichtwächter. In seiner schwarzen Robe überragt er alle anderen um fast einen Vlakstock. Sein grimmiger Blick geht forschend durch die Audienzhalle, auf der

Suche nach Bedrohungen. Jetzt verweilt dieser Blick auf Frank. Der riesenhafte Lichtwächter beugt sich nach vorn und spricht leise mit der Gruppe. Dabei deutet er mehr oder weniger auffällig in ihre Richtung. Die Wanderin macht unbewusst zwei Schritte nach vorn, sodass sie jetzt direkt an der Seite von Frank steht.

*D*ann setzt die Gruppe ihren Weg for. Ihr Ziel ist offenbar der hintere Bereich der Audienzhalle. Als Frank diesen genauer mustert, kann er dort einige Sessel stehen sehen. Schweigsam verfolgen sie gemeinsam die Prozession der Gruppe dorthin. Schließlich setzen sich einige der Oh-Khalí in die Sessel, die anderen bilden eine lose Gemeinschaft um die Sitzenden, von denen zwei tiefblaue Roben tragen. Frank hört, wie Kkhil T~es M`aru erschrocken einatmet: »Das dort drüben ist die Lichtschwester!«

*E*hrfurcht ist in ihrer Stimme zu hören. Die Rektorin kommentiert dies nüchtern: »Neben ihr sitzt der Lichtbruder. Seit vielen Sonnenläufen hat er sich nicht mehr in der Öffentlichkeit gezeigt, soweit ich weiß.«

*F*rank fragt verwundert nach: »Warum nicht? Scheut er die Gesellschaft?«

*N*achdrücklich schüttelt die Rektorin den Kopf: »Nein, ganz und gar nicht. Er ist schon seit längerer Zeit krank. Man hört, er sei schwer krank.«

*F*rank runzelt die Stirn: »Also für mich sieht er vollkommen gesund aus.«

*D*ie Rektorin gibt ihm mit größter Verwunderung in der Stimme recht: »Für mich auch. Etwas Seltsames liegt in der Luft.«

*D*ann kneift Frank die Augen zusammen: »Was ist das für ein weißer Ball, der dort herumfliegt?«

*M*it Faszination in der Stimme antwortet Kkhil T~es M`aru: »Das muss ein Vo-Shirr sein!«

*E*r blickt sie verblüfft an: »Das ist ein Jemand und kein Ball?«

*D*ie Rektorin erklärt es ihm nach einem leisen Lachen: »Nun, Fremder aus der Lichtwelt. Der Ball ist ein Wesen, ein Vo-Shirr, wie die Wanderin sagt. Dieser spezielle Vo-Shirr ist mit Sicherheit Shirkla-Sva-Ssil, ein bei Hof hoch angesehener Gelehrter.«

*E*r möchte gerade nachfragen, da kann er beobachten, wie ein Oh-Khalí sich aus der Gruppe löst und langsam auf sie zukommt. Er trägt sehr aufwendig gearbeitete Kleidung. Als er sie erreichte, zeigte sein Gesicht ein freundliches Lächeln: »Ich grüße Euch. Die Lichtgeschwister bitten Euch zu sich. Wenn Ihr mir bitte folgen wollt.«

*F*rank schaut diesen Oh-Khalí an, dann lacht er erstaunt auf: »Ich kenne Euch. Ihr seid dieser Spieler ... der Champion.«

*J*etzt verneigt sich der Angesprochene leicht. Als er sich wieder aufrichtet, ist sein Gesicht immer noch freundlich. Doch Frank erkennt, dass hinter dem höflichen Gehabe und der prunkvollen Kleidung ein Mann steht, dessen Augen den messerscharfen Verstand hinter ihnen nur erahnen lassen: »Oh, wie unangenehm. Ihr habt mich erkannt. Ich bin Zlotaschir W~urs U'rsur«

*J*etzt fasst die Wanderin Frank am Arm, bevor dieser antworten kann und ergreift selbst das Wort: »Es ist uns eine große Ehre, Euch kennenzulernen. Eine noch größere Ehre ist es für uns, dass die Lichtgeschwister uns zu sich bitten. Würdet Ihr bitte vorausgehen?«

$\mathcal{V}$erblüfft schaut Frank zu Kkhil T~es M`aru. Der Stronia-Champion beobachtet diesen Blick interessiert, galant antwortet er der Wanderin: »Aber natürlich. Bitte folgt mir.«

$\mathcal{I}$n seiner Verblüffung blickt Frank zur anderen Seite. Die Rektorin hat ein fröhliches Grinsen im Gesicht. Sie neigt ihren Kopf leicht zu ihm hin: »Wie du erleben konntest, lernt eine Wanderin nicht nur Banales, sondern auch höfliche Umgangsformen.«

$\mathcal{E}$r spürt genau, wie die Rektorin ihn damit zurechtweisen will und ihm wird in diesem Moment klar, warum sie die Rektorin ist. Nach einigen Schritten wendet sich der Stronia-Champion leicht um und fragt Frank neugierig: »Darf ich fragen, wo wir uns schon einmal getroffen haben?«

$\mathcal{D}$ann geht sein Blick wieder nach vorn. Frank antwortet ihm ehrlich: »Oh, das war kein Treffen. Ich war im Publikum und habe Euch spielen sehen.«

»Ah, Ihr habt ein Spiel gesehen. Hat es Euch gefallen?«

$\mathcal{F}$rank schüttelt den Kopf: »Ehrlich, ich kenne dieses Spiel nicht. Der arme Tropf, der Euer Gegner war, wirkte doch recht verzweifelt.«

$\mathcal{A}$ufmerksam blickt sich der Stronia-Champion erneut um. Wieder fixiert dieser bohrende Blick Frank: »Ihr kennt Stronia nicht?«

»Nein, bedauerlicherweise nicht. Da, wo ich herkomme, spielt das niemand.«

$\mathcal{B}$ei dieser Antwort stockt Zlotaschir W~urs U'rsur und wendet sich nun Frank ganz zu: »So, so, da wo Ihr herkommt. Interessant. Wo genau habt Ihr mich spielen sehen?«

$\mathcal{K}$khil T~es M`aru will für Frank antworten, aber ein strenger Blick des Stronia-Champions lässt sie schweigen. Frank versucht die Situation zu entspannen: »In einer Schenke. Ich habe Euch in der Herberge bei diesem Gehrbaumwald im Norden gesehen.«

$\mathcal{E}$inen weiteren Moment fixiert der Blick des Stronia-Champions ihn, dann wendet er sich leise murmelnd um: »Beim Gehrbaumwald. Interessant.«

$\mathcal{S}$chließlich haben sie die Gruppe erreicht. Die Oh-Khalí dort machen Platz und dann stehen die Wanderin zusammen mit der Rektorin und Frank vor zwei Oh-Khalí, die in tiefblauen Roben gekleidet in ihren Sessel sitzen und sie neugierig anschauen. Die Frau ergreift zuerst das Wort: »Rektorin, ich grüße Euch. Ihr habt Gäste dabei, wie ich sehe?«

»Lichtschwester, auch ich grüße Euch. Lichtbruder, ich bin so froh, Euch gesund und munter zu sehen!«

$\mathcal{D}$er Oh-Khalí im zweiten Sessel hebt die Mundwinkel und antwortet mit einem leisen Lachen: »Rektorin, wenn Ihr wüsstet, wie froh ich selbst darüber bin, dass es mir besser geht.«

$\mathcal{D}$ie Rektorin nickt eifrig: »Dann haben die Bemühungen der Lichtheiler am Ende doch etwas Gutes bewirkt.«

$\mathcal{D}$er Gesichtsausdruck des Lichtbruders wird schlagartig ernst: »Zumindest die Bemühungen eines Lichtheilers, möchte ich doch meinen.«

$\mathcal{D}$ankbar nickt er in Richtung des dritten Sessels. Dort sitzt ein sehr alter Oh-Khalí. Die Rektorin erkennt verwirrt, dass der alte Oh-Khalí ein Lichtheiler ist. Seiner Erscheinung nach zu urteilen jedoch kein Lichtheiler, der am Hof der Lichtgeschwister wirkt. Dafür ist seine Robe viel zu einfach und schmucklos.

»Nun, Rektorin, möchtet Ihr uns Eure Gäste vorstellen?«

*E*rschrocken wendet sie sich wieder den Lichtgeschwistern zu: »Aber natürlich, bitte entschuldigt.«

*I*hr Blick geht zu Frank und dann weiter zur Wanderin: »Dies ist Kkhil T~es M`aru, eine Wanderin. Sie ist von weit her angereist. Der Oh-Khalí ist ihr Begleiter.«

*F*rank spürt, wie alle Augen sich auf ihn richten. Unsicher, wie er sich nun verhalten soll, verbeugt er sich einfachheitshalber leicht: »Mein Name ist Frank. Ich bin aus der Lichtwelt gekommen und Kkhil T~es M`aru hat mich vor einem grausamen Tod im Gehrbaumwald bewahrt.«

*A*ufmerksam betrachtet der Lichtbruder ihn: »Interessant. Sagt mir, woher habt Ihr die Waffen, die Ihr bei Euch tragt?«

»Wir waren am Tiefmeer. Dort habe ich diesen Ssvolyk-Korallenbaum getroffen. Er hat mir die beiden Schwerter und den Schild übergeben.«

*B*ei der Erwähnung des Schildes macht Frank eine Bewegung nach hinten, wo er den Schild auf seinem Rücken trägt.

*D*ie Gruppe beobachtet sie indessen sehr aufmerksam. Nach einem langen, sorgsam prüfenden Blick des Lichtbruders spricht dieser weiter: »Das ist eine absolut verwunderliche Geschichte.«

*D*ie Lichtwächter bewegen sich, dabei rascheln ihre Roben leise. Frank ist vollkommen klar, dass er als Bedrohung wahrgenommen wird. Hilfesuchend schaut er zu Kkhil T~es M`aru.

*D*iese jedoch scheint den Austausch eben und die Situation überhaupt nicht wahrzunehmen. Mit erhobenen linken Hand

hält sie ihr Medaillon mit der Faust umfasst. Dabei fixiert sie jemanden, der hinter den Sesseln der Lichtgeschwister steht. Frank folgt ihrem Blick. Dort steht ein Lichtwächter. Es ist ein junger Lichtwächter. Auch sein Blick zeugt davon, dass er seine Umgebung im Moment nicht wahrnimmt. Er schaut starr zur Wanderin. Jetzt geht seine rechte Hand nach oben. Er tastet an seiner Robe und ergreift etwas, das er an einer Kordel um den Hals trägt. Frank blickt alarmiert zur Seite. Dort steht eine junge Oh-Khalí. Sie hat rote Haare, der Blick ihrer grünen Augen ruhen nachdenklich auf ihm. Mit der rechten Hand hält sie einen Stab, den sie senkrecht auf den Boden gestellt hat.

*D*er Moment ist bizarr. Einige Kautka geschieht nichts und niemand redet. Dann meldet sich der Vo-Shirr zu Wort, der die ganze Zeit über neben der Lichtschwester schwebt: »Welch wundersames Zusammentreffen von verschiedenen Wesen ist das gerade.«

*L*angsam schwebt er auf Frank zu. Auf Augenhöhe hält er schließlich inne. Frank erkennt, dass diese Kugel rundherum mit weißen Federn versehen ist. Irgendwie schafft es dieses Wesen, mit diesen Federn Geräusche, ja sogar Sprache zu produzieren.

»Wer seid Ihr?«

*E*in leises Lachen ist zu hören: »Oh, mein Name ist Shirkla-Sva-Ssil. Ich sehe mich selbst als Lernenden, aber man sieht in mir wohl einen Gelehrten. Aber was ich bin, ist eigentlich eher unbedeutend. Viel interessanter, ja bedeutender ist es, was Ihr seid, mein Freund.«

*L*ange Zeit blickt Frank diese Federkugel an. Dann strafft er sich und fasst nach der Hand der Wanderin neben ihm. Stolz richtet er seinen Blick zu den zwei Oh-Khalí in blauen Roben: »Man sagt, ich sei ein Lichtkrieger. Ich sage, ich bin der Lichtkrieger dieser Wanderin.«

*E*in allgemeines Keuchen ist zu hören. Dann spricht Kkhil T~es M`aru mit leiser, aber sehr betonter Stimme. Ihren Blick hat sie nach, wie vor unverwandt, auf den Lichtkrieger gerichtet, der sie immer noch erstaunt anschaut: »Wer bist du?«

»Uuhrtalon H~es M'ursur. Ich bin ein Lichtwächter.«

»Ich kenne dich.«

*E*r nickt verständnislos: »Ich kenne dich auch.«

*S*ein Blick geht nach unten zu seiner Brust. Er holt etwas aus seiner Robe hervor und hält es hoch. Es ist ein Medaillon. Seltsam bekannt sieht es für Frank aus.

*D*ann ruckt sein Kopf verblüfft zur Wanderin neben sich. Solch ein Medaillon hat er schon einmal gesehen. Die Wanderin hält nun ebenfalls etwas in die Höhe. Ihr Medaillon baumelt an der goldenen Kette, mit der sie es immer um ihren Hals trägt. Es gleicht dem Medaillon des Lichtwächters, wie ein Ei dem anderen. Von beiden Medaillons geht plötzlich ein seltsames Glühen aus. Ein Schimmern, das nicht wirklich mit den Augen zu sehen ist. Frank spürt vielmehr, wie diese beiden Medaillons miteinander Kontakt aufnehmen. Auch die Lichtschwester spürt es.

*A*temlos haucht sie: »Das ist ein Zeichen!«

*D*ie Lichtgeschwister erheben sich, kurz kreuzen sich ihre Blicke. Dann lächeln sich beide an. Der Lichtbruder spricht als Erster: »Tatsächlich. Es ist das ...«

*M*it lautem Krachen werden schlagartig die Tore der Audienzhalle aufgestoßen. Erschrocken wenden sich alle Blicke dem Eingang zu.

*E*inen Moment zögert Frank. Dann schiebt er in einer nachdrücklichen Bewegung Kkhil T~es M`aru hinter sich. Die junge Frau im blaugrauen Mantel steht plötzlich neben ihm. Für einen Moment teilen sie ihre Blicke. Sie nicken sich gleichzeitig zu und machen ohne zu zögern einen Schritt nach vorn. Dabei ziehen sie ihre Schwerter aus den Scheiden. Eine Kautka später stehen sie beide Seite an Seite nebeneinander, bereit zur Verteidigung und falls nötig bereit zum Kampf. Sie spüren sich und kennen genau Kraft des anderen, ohne zu verstehen, wie sie dieses Wissen erlangt haben.

*N*un reagieren auch die Lichtwächter. Das wird aber auch Zeit, denkt sich Frank. Denn was da auf sie zukommen sieht, lässt ihn vermuten, dass in den nächsten Utka zu einer gewaltigen Konfrontation kommen wird.

XXXIII

ālambanam

आलम्बनम्

~ Unterstützung ~

*K*aah K~rat Kaah versucht, mit raschen Blicken die Situation einzuschätzen. Binnen kürzester Zeit wird die riesige Audienzhalle von Oh-Khalí geflutet. Alle tragen sie farbenprächtige Roben, vertikal gestreift in Orangerot, Blau und Grün. Alle sind bewaffnet. Die meisten tragen die Waffen des Khatt-Than-Aah in den Gürteln ihrer Roben, also einen Kampfstock, das Soth-Buh und ein Kurzschwert, das Soth-Tra. Dann teilt sich das Meer der farbenprächtigen Roben, und ein kleiner, untersetzter Oh-Khalí schreitet durch die entstehende Gasse auf sie zu. Verwundert geht ihr Blick zu Frank neben sich. Auch er versucht zu verstehen, was hier los ist. Für einen Moment wendet der untersetzte Oh-Khalí den Blick zu ihr und Frank. Sein Kinn hebt sich, dann nickt er ihnen anerkennend und respektvoll zu. Sowohl Kaah K~rat Kaah als auch Frank geben ihre Kampfhaltung auf und richten sich auf. Beiden ist klar, dass von diesem Oh-Khalí, der diese farbenprächtig gekleidete Gruppe anführt, nichts Böses ausgeht.

*S*chließlich hat der untersetzte Oh-Khalí die Lichtgeschwister erreicht. Respektvoll bleibt er in zwei Vlakstock Abstand vor der Gruppe stehen, die sich schützend vor den Lichtgeschwistern aufgebaut haben. Die Lichtwächter haben ihre Kurzschwerter gezogen und die Soth-Buh kampfbereit in der anderen Hand. Sein Blick wird nachsichtig, dann verbeugt er sich. Nachdem er sich wieder aufgerichtet hat, beginnt er mit klarer Stimme zu

sprechen.: »Mein Name ist Ukler T~es Unam. Ich grüße Euch.«

$\mathcal{D}$er engste Berater der Lichtgeschwister ergreift die Initiative und schiebt sich durch die Lichtwächter, die immer noch mit grimmigen Mienen und gezogenen Waffen einen Schutzwall vor den Lichtgeschwistern bilden. Seine Augen fixieren den untersetzten Ukler T~es Unam, der diesen Blick ruhig erwidert: »Ich bin Ithak'kl T~es Stegi'mahr, Berater der Lichtgeschwister. Was ist Euer Begehr?«

$\mathcal{N}$achdenklich blickt der Angesprochene in die Runde. Schließlich wendet er sich erneut an Ithak'kl T~es Stegi'mahr: »Wir wurden gerufen und sind deshalb gekommen.«

$\mathcal{S}$tirnrunzelnd wendet sich der Berater zu den Lichtgeschwistern um als eine leise Stimme zu hören ist: »Oh, verzeiht. Ich fürchte, dafür bin ich verantwortlich.« Der Meister der Lichtspürerin kommt nach vorn. Als der untersetzte Oh-Khalí ihn erblickt, wird sein Gesicht freundlicher: »Meister, wie froh bin ich, Euch gesund und unversehrt zu sehen.«

$\mathcal{D}$ie Lichtspürerin hat diese Szene mit größter Verwunderung im Gesicht beobachtet: »Meister, was ist hier los?«

$\mathcal{M}$ilde geht der Blick des alten Oh-Khalí in weißer Robe zu seiner Schülerin: »Nun, dies sind die Tickla und Lepiirna, die über die Zukunft unserer Welten bestimmen werden. Da dachte ich mir, ein wenig Unterstützung für die hellen Kräfte in diesem Konflikt sollte hilfreich sein.«

$\mathcal{U}$nbemerkt hat sich die Lichtschwester erhoben und steht nun neben ihrem Berater. Dessen fragender Blick wird von ihr lediglich mit einer hochgezogenen Augenbraue kommentiert, dann wendet sie sich an den untersetzten Oh-Khalí: »Wir danken Euch, Ukler T~es Unam für Euer Erscheinen. Wir sind froh für

Eure Unterstützung.«

$\mathcal{M}$it grollender Stimme meldet sich indessen der Lichtbruder: »Tatsächlich wären wir sehr an einer Erklärung interessiert, einer richtigen Erklärung, die nicht nur Phrasen drischt.«

$\mathcal{D}$amit hat der Lichtbruder nahezu allen Anwesenden aus der Seele gesprochen. Die Lichtschwester nickt dem untersetzten Oh-Khalí aufmunternd zu. Dieser seufzt etwas theatralisch, dann wendet er sich halb um und weist mit der offenen Hand auf die Gruppe der Oh-Khalí die in farbenprächtigen Roben mit ernsten Gesichtern hinter ihm stehen: »Wir sind die Wächter der Lichtwelt. Ich bin Ukler T~es Unam, erster Wächter. Wir wurden vom Meister der Lichtspürerin gerufen. Uns wurde gesagt, dass das Imperium und alle hellen Wesen auf unseren Welten in Gefahr sind. Unsere Pflicht ist es, diesem Ruf zu folgen und die Gefahr abzuwenden und dazu sind wir hier.«

$\mathcal{D}$er Lichtbruder ist inzwischen aufgestanden und schreitet energisch nach vorn. Er mustert die Oh-Khalí hinter dem ersten Wächter misstrauisch: »Wächter der Lichtwelt. Nur in den ganz alten Schriften ist von Euch die Rede. Ich hätte nie gedacht, dass es diese Gilde tatsächlich gibt und noch weniger hätte ich vermutet, einem der Mitglieder zu begegnen. Sagt, erster Wächter, welche Bewandtnis haben die Farben eurer Roben?«

$\mathcal{Z}$ufrieden nickt der erste Wächter: »Lichtbruder, es macht mich froh, dass niemand mit uns rechnet. Denn wir Wächter bevorzugen in normalen Zeiten, dass man uns nicht kennt und nichts von uns weiß.«

$\mathcal{E}$r blickt an sich hinab und beantwortet dann die Frage des Lichtbruders: »Ach ja, unsere Roben. Wir repräsentieren alle Welten des Imperiums. Symbolisch zeigen unsere Roben die Farben der Sonnen von Khalía, nämlich Sintkana, Uuhnikla

und Kohmatok. So soll nichts ausgeschlossen sein von unserer Wache.«

*R*egungslos blickt Lichtbruder ihn an, dann antwortet er: »Wo verbergt Ihr Euch?«

*E*in Wiegen des Kopfes des ersten Wächters begleitet seine nächsten Worte: »Wir sind verteilt über alle Welten des Lichtwächterimperiums.«

*V*erwundert schüttelt der Lichtbruder den Kopf: »Aber über unsere Portale könnt Ihr nicht gereist sein, davon hätte ich erfahren.«

»Natürlich, Lichtbruder, deshalb haben wir eigene Portale. Seit dem letzten Sonnenlauf sogar sehr viele davon, nur so konnten wir Euch so zahlreich beistehen.«

»Dafür benötigt Ihr Unmengen an Licht. Woher habt Ihr das?«

*F*ragend wendet sich der Lichtbruder um. Da meldet sich der Vo-Shirr zu Wort: »Oh, ich hätte da eine Vermutung.«

*N*ach einer auffordernden Kopfbewegung, die der Lichtbruder mit grimmigem Gesicht in die Richtung des Vo-Shirr macht, beeilt sich dieser mit seiner Erklärung: »Nun, diese freundlichen Unterstützer haben das Licht von einem Dr'haamokli, vermute ich.«

*E*in Knurren entfährt der Kehle des Lichtbruders: »Welch seltsame Dinge geschehen. Wir haben die Wächter der Lichtwelt, die eigentlich bis vor wenigen Utka jeder als mystische Erzählung abgetan hätte. Jetzt redest du auch noch von Wesen, die mindestens ebenso mystisch sind und die niemand seit vielen elfmal elf Sonnenzyklen gesehen hat. Shirkla-Sva-Ssil ich muss sagen, dass ihr dringend erklären müsst, was ihr wisst und ...«, jetzt donnert die Stimme des verärgerten Lichtbruders durch die

Halle, »... was im Namen der Lichtwelt das Ganze soll und was Ihr damit zu schaffen habt!«

Stille senkt sich schlagartig über die große Audienzhalle. Alle blicken gebannt zum Vo-Shirr, der vollkommen unbeteiligt nach oben schwebt.

Da legt die Lichtschwester besänftigend ihre Hand auf die Schulter des Lichtbruders: »Der Vo-Shirr ist nicht unser Feind.«

Der Lichtbruder löst den Blick vom Federball und wendet sich seiner Lichtschwester zu: »Wer ist er dann?«

Frank hat die ganze Zeit über die Entwicklung schweigsam beobachtet. Doch jetzt kann er nicht mehr an sich halten: »Das kann ich Euch sagen. Diese dürre, alte Frau in ihrer roten Robe ist es. Sie ist der Feind. Sie ist ein sehr dunkler Feind. Das kann ich Euch versichern.«

Neugierig wendet der Lichtbruder den Kopf, dann hebt er auffordernd das Kinn: »Dann sagt uns, warum das so ist, Lichtkrieger dieser Wanderin.«

Alle Augen richten sich jetzt auf Frank. Dieser schweigt ratlos.

»Lichtbruder, glaubt mir. Ich habe es gesehen. In einer Höhle unter den Leuchtfarnwäldern haben die Lichtheiler viele elfmal elf Dr'haamokli versammelt. Alle tragen Licht in sich. Es sind unglaubliche Mengen Licht.«

Der Ausruf von Uuhrtalon H~es M'ursur lässt die Menge aufstöhnen. Der Lichtbruder wendet sich dem jungen Lichtwächter zu: »Wie haben die Lichtheiler es angestellt, dorthin zu kommen? Die Ebene der Leuchtfarne liegt hinter den Schlammebenen. Nur wenige können diese Schlammebene passieren. Ich habe diese Reise gewagt und weiß, wovon ich

spreche. Auch wenn diese Erfahrung viele Sonnenzyklen zurückliegt, kann ich mich noch hervorragend an diesen beschwerlichen Weg erinnern.«

*E*rschöpft nickt ihm Uuhrtalon H~es M'ursur zu: »Wie recht Ihr habt, Lichtbruder. Auch ich habe diesen mühsamen Weg hinter mich gebracht. Ein Lichtheiler scheitert da ganz sicher, aber es gibt noch einen anderen Weg in diese Höhle.«

*S*orgenvoll leise fragt der Lichtbruder nach: »Welchen anderen Weg?«

*D*er junge Lichtwächter atmet tief ein. Sein Blick geht erst zum Vo-Shirr, der wortlos über allen schwebt, dann weiter zur Lichtspürerin. Diese lächelt ihn voll Vertrauen und Zuneigung an. Uuhrtalon H~es M'ursur erwidert dieses Lächeln und lässt dann die Luft aus seiner Lunge weichen und fährt mit lauter, bestimmter Stimme fort: »Die Lichtheiler haben Portale geöffnet. So haben sie die Lichtspenden, die Euch, Lichtbruder, von allen Welten des Imperiums gesandt wurden, zu den Dr'haamokli in diese Höhle gebracht. Ich habe es gesehen. Diese Wesen tragen inzwischen eine schier unglaubliche Menge Licht in sich.«

*N*ach endlosem Schweigen ergreift Ithak'kl T~es Stegi'mahr mit erschrockener Stimme das Wort: »Lichtbruder, das ist verfemt. Wenn die Lichtheiler dies getan haben, wenn sie Portale zu zwei Punkten einer Welt geöffnet haben, ist ihre Gilde verfemt. Für alle Sonnenzyklen.«

»Ob verfemt oder nicht, das Öffnen von Portalen, die zwei Punkte auf einer Welt verbinden, ist vor allem auch eine Gefahr für die Lichtwelt. Kein Oh-Khalí, der dieses Verbrechen begeht, darf seine Reise in dieser Welt fortsetzen. Das ist Lichtgesetz.« Mit klarer, anklagender Stimme hat der Meister der Lichtspürerin diese Anklage vorgebracht.

*D*er Lichtbruder schaut zu seiner Lichtschwester: »Ist das wahr? Ist es wahr, dass das Imperium von den Lichtheilern so verraten wurde?«

*D*ie Lichtschwester bestätigt das mit einer Kopfbewegung und antwortet mit zorniger Stimme: »Es ist wahr, aber es sind nicht die Lichtheiler selbst. Die erste Lichtheilerin Z'oom B~ir Deepir und ihre Getreuen bei uns am Hof haben diesen Verrat begangen.«

*E*r fragt sie mit leiser Stimme: »Warum? Was ist ihr Ziel?«

»Sie wünscht sich das Ende der Herrschaft der Lichtgeschwister.«

*D*er Lichtbruder schüttelt verwirrt den Kopf: »Sie will unser Ende? Was haben wir ihr getan?«

*D*er oberste Berater der Lichtgeschwister antwortet grimmig darauf: »Nein, Lichtbruder. Nicht Euer Ende verlangen sie. Sie wollen das Ende der Führung des Imperiums durch die Lichtgeschwister.«

*E*in erschrockenes Raunen geht durch die Menge in der großen Audienzhalle. Jetzt beginnen viele der anwesenden Oh-Khalí erst zu verstehen, wie ernst die Lage ist. Da meldet sich der erste Wächter der Lichtwelt deutlich zu Wort: »Oh-Khalí, Lichtgeschwister. Diese erste Lichtheilerin strebt nicht weniger an als das Ende des Lichtwächterimperiums und damit das Ende von allem, was uns seit vielen elfmal elfmal elf Sonnenzyklen mit der Lichtwelt verbindet. Sie möchten uns von der Lichtwelt trennen. Dann hat nur noch sie Macht über das Licht. Die Macht über das Licht, das die Dr'haamokli in sich tragen.«

*W*ieder schweigen alle. Angst und Schrecken machen sich in den Gesichtern breit. Schließlich antwortet die Lichtschwester:

»Wir werden das nicht zulassen. Wir werden diesen Großen Verrat an uns verhindern. So wahr ich hier stehe.«

*E*nergisch geht sie nach vorn und stellt sich vor ihren Lichtbruder. Beide wissen jetzt, wie dunkel es um das Lichtwächterimperium bestellt ist. Sein ernster, sorgenvoller Blick ruht auf ihr: »Das ist unsere Aufgabe, ich stimme dir zu.«

*E*r macht einen tiefen Atemzug: »Aber wenn sie Zugriff auf diese unvorstellbare Menge an Licht haben, dann wird dieser Weg schwierig.«

*J*etzt beginnt die Lichtschwester ihren Bruder anzulächeln. Es ist ein hinterlistiges Lächeln, das ihr Gesicht erhellt. Sie wirkt dabei plötzlich um viele Sonnenzyklen verjüngt: »Natürlich, mein Lichtbruder, das wird sogar sehr schwierig, wenn die erste Lichtheilerin das Licht der Dr'haamokli für ihren Verrat nutzen kann.«

*F*ragend hebt der Lichtbruder die Augenbrauen, da antwortet sie: »Ich muss gestehen, ich war nicht ganz untätig, während es dir nicht gut ging. Mit der Hilfe des Meisters und der Unterstützung einiger sehr vertrauenswürdiger Lichtzeiger haben wir Portale errichtet. Die Dr'haamokli sind nicht mehr in der Höhle. Wir haben sie allesamt weggebracht.«

*E*rschrocken holt Lichtbruder Luft: »Du hast für den Transport auf Khalía Portale errichtet? Hast auch du dich versündigt, meine Schwester?«

*S*ie schüttelt amüsiert den Kopf: »Nein, natürlich nicht. Die Dr'haamokli wurden auf allen Welten des Lichtwächterimperiums verteilt. Nur die Lichtzeiger wissen, wo sie sind. Niemand kennt alle Orte.«

*E*rleichtert lockert sich die verkrampfte Haltung des Lichtbruders. Dann wird sein Blick zuerst ernst und dann

ärgerlich: »Wie konnte ich an dir zweifeln, meine Lichtschwester, vergib mir.«

*E*in weises Nicken der Lichtschwester ist die Antwort. Dann umarmen sich beide.

*A*pplaus brandet auf. Die Oh-Khalí feiern ihre Lichtgeschwister.

*F*rank lässt sich von der Begeisterung in der Audienzhalle nicht anstecken. Sorgenvoll geht sein Blick zu der Lichtspürerin neben ihm. Auch sie blickt grimmig: »Es ist noch nicht vorbei.«

*E*r schaut zur Wanderin. Auch sie mustert unsicher suchend die Umgebung. Wieder und wieder geht ihr Blick zu dem jungen Lichtwächter und jedes Mal wendet dieser sich ihr zu. Frank spürt, dass eine tiefe Bindung zwischen diesen beiden Oh-Khalí besteht. Etwas, das sich völlig von seiner tiefen Zuneigung zur Wanderin und ihre Verbindung zu ihm unterscheidet. Noch bevor er diesem Gedankengang weiter folgen kann, ist ein seltsames brutzelndes Geräusch zu hören.

*A*larmiert wendet sich die Lichtspürerin genauso wie Frank mit erhobenen Waffen dem Geräusch zu.

*E*in gleißend heller Punkt erscheint frei schwebend unweit des Lichtbruders in der Luft. Binnen weniger Augenblicke weitet sich der Punkt zu einem Kreis, dessen Rand feurig funkelt, aber dessen Inneres von absoluter Schwärze beherrscht wird.

*D*er junge Lichtwächter Uuhrtalon H~es M'ursur reagiert als Erster. Mit lautem Kampfschrei stürmt er nach vorn und versucht, den Lichtbruder zu erreichen.

*Z*uerst nur schemenhaft, dann immer deutlicher erscheint mit rasender Geschwindigkeit ein Oh-Khalí in lila Robe im Dunkel des Kreises. Der Lichtheiler ist riesig und er ist bewaffnet. Als

er gänzlich aus dem Schwarz des feurig funkelnden Lichtkreises in die große Audienzhalle eingetreten ist, blickt er sich eine Kautka suchend um. Dann haben seine Augen den Lichtbruder entdeckt. In einer schnellen, fließenden Bewegung zieht er das Soth-Tra aus der Scheide und wirft es zielgenau in Richtung des Lichtbruders.

*U*uhrtalon H~es M'ursur hat den Lichtbruder fast erreicht. Der Lichtheiler wendet sich um und verschwindet anschließend wieder im Dunkel des feurigen Lichtkreises. Sofort schrumpft dieser wieder zurück zu einem Punkt und verschwindet.

*A*uch Frank hat reagiert. Er stürmt zum Lichtbruder, aber er ist noch zu viele Vlakstock von ihm entfernt.

*A*lle Oh-Khalí in der großen Audienzhalle können beobachten, wie der junge Lichtwächter darum kämpft, das geworfene Soth-Tra noch zu erreichen und so von seinem Ziel abzulenken. Die Zeit scheint sich zu dehnen. Uuhrtalon H~es M'ursur wagt einen verzweifelten Sprung, aber er schafft es nicht. Tief dringt die Schneide des scharfen Kurzschwertes in die Brust des Lichtbruders ein.

*D*ann hat der junge Lichtwächter ihn erreicht. Es ist zu spät. Gerade noch kann er den Lichtbruder auffangen, der getroffen, mit ungläubigem Blick in sich zusammen sackt. In den Armen von Uuhrtalon H~es M'ursur endet die Reise des Lichtbruders auf dieser Welt. Noch einen letzten Moment wird sein Blick klar und nachdrücklich. Seine letzten Worte sind so leise, dass nur Uuhrtalon H~es M'ursur sie verstehen kann: »Es ist von nun an deine Ehre.«

*D*ann bricht der Blick des Lichtbruders. Die Lichtgeschwister des Lichtwächterimperiums haben aufgehört, als Geschwister zu existieren. Das verzweifelte Schluchzen der Lichtschwester ist das einzige Geräusch im Raum.

$\mathcal{U}$uhrtalon H~es M'ursur spürt, wie seine Brust heiß wird. Vorsichtig bettet er den toten Lichtbruder auf dem Boden. Dann richtet er sich auf und fasst sich an die Brust. Sein Medaillon, das er mit vorsichtigen Fingern an der Kordel anhebt, glüht förmlich. Erschrocken blickt er zur Wanderin. Auch sie hebt ihr Medaillon an der goldenen Kette an, das genauso hell glüht wie seines. Dann entsteht eine Art dunkelblaues Tentakel aus beiden Medaillons. Die Tentakel wachsen immer schneller aufeinander zu. Als sie sich berühren, wirkt das wie eine lautlose Explosion aus dunklem Blau. Die gesamte Audienzhalle glüht in diesem unwirklichen, tiefblauen Licht auf. Dann erlischt es.

$\mathcal{Z}$urück bleiben die Wanderin und der junge Lichtwächter, die erschrocken ihre nun in tiefem Blau leuchtenden Medaillons betrachten.

$\mathcal{D}$ies ist ein besonderes Blau. Jeder im Lichtwächterimperium kennt es. Es ist das Blau der Lichtgeschwister.

$\mathcal{D}$er RomKaqul findet als erstes Worte: »Das Dunkle Zeichen! Das ist das Dunkle Zeichen! Die Lichtwelt hat uns gezeigt, dass das Imperium nicht untergeht. Wir haben das Dunkle Zeichen gesehen!«

$\mathcal{I}$n diesem Moment bricht die Hölle los.

*Nutze das Wissen
des Korallenbaumes*

$\mathcal{F}$rank handelt ohne Nachdenken. Mit großen Schritten erreicht er innerhalb von wenigen Kautka die Wanderin. Gleichzeitig versucht er, sich mit schnellen Kopfbewegungen einen Überblick über die Situation zu verschaffen. Es sieht nicht gut aus. An unzähligen Stellen in der riesigen Audienzhalle sind diese feurigen Lichtkreise entstanden. Aus dem Schwarz dieser Kreise kommen ohne Unterlass Lichtheiler in lila Roben, und alle sind bewaffnet. Sofort stürzen sie sich auf alle Anwesenden. Lichtwächter in schwarzen Roben kämpfen nun Seite an Seite mit den Wächtern der Lichtwelt im verzweifelten Versuch, den Angriff abzuwehren.

»Runter mit dir.«

$\mathcal{K}$khil T~es M`aru steht wie erstarrt mit weit aufgerissenen Augen da, noch nie war sie in einen solchen Kampf verwickelt. Frank hat sich schützend vor sie gestellt. Hektisch blickt er sich um. Noch kann er keine Strategie in diesem Durcheinander erkennen. Aber in seinem Inneren ist ihm klar, dass sowohl die Wanderin als auch dieser junge Lichtwächter das Hauptziel der Angreifer sein müssen. Auch die Lichtspürerin hat dies erkannt.

»Los jetzt, runter. Du musst ein möglichst kleines Ziel abgeben.«

*J*etzt folgt die Wanderin endlich seiner Anweisung. Zufrieden nimmt er das zur Kenntnis. Er schiebt das kleinere Wakizashi zurück in die Scheide und greift mit einer fließenden Bewegung nach dem Schild auf seinem Rücken. Er hat erkannt, dass die angreifenden Lichtheiler mit langen Speeren ausgestattet sind, die sie mit beiden Händen führen. Solch ein Speer kann auch geworfen werden und wird dadurch zu einer Waffe mit Fernwirkung. Aus den Augenwinkeln bemerkt er eine Bewegung. Die Lichtspürerin und der junge Lichtwächter arbeiten sich Seite an Seite zu ihm durch. Er nickt zufrieden, offensichtlich haben beide genügend Erfahrung und Wissen zum Kampfgeschehen, dass ihnen der Wert einer schützenden Gruppe bewusst ist. Langsam bewegt er sich rückwärts auf die Wand der Audienzhalle zu. Etwas sagt ihm, dass diese seltsamen Portale, die nach wie vor überall in der Audienzhalle erscheinen, eine freie Fläche benötigen. So verspricht er sich Schutz zur hinteren Flanke. Endlich haben die beiden ihn und die Wanderin erreicht. Der junge Lichtwächter will sich neben Frank und Kaah K~rat Kaah in die Verteidigungslinie einordnen, aber sie schüttelt energisch den Kopf und weist mit dem Kinn zu Kkhil T~es M`aru, die geduckt hinter ihnen kauert. Der junge Lichtwächter will widersprechen, da platzt es aus Frank heraus: »Was glaubst du wohl, wofür diese lila Teufel hergekommen sind?«

*M*it Zorn im Blick gibt Uuhrtalon H~es M'ursur nach und kauert sich ebenfalls nieder. Dabei hält er jedoch seinen Körper schützend vor der Wanderin.

*F*rank beobachtet die Kämpfe. Nun ist der Zustrom an Oh-Khalí in lila Roben versiegt. Ihm wird klar, dass die Lichtheiler zwar in der Unterzahl sind, aber jetzt setzten sie diese teuflischen Portale dazu ein, um aus ausweglosen Kämpfen zu fliehen, nur um Kautka später woanders aufzutauchen und dort Lichtwächtern oder Wächtern der Lichtwelt das Leben schwer zu machen. Die Audienzhalle ist erfüllt vom Klirren der Waffen und

Schreien der Kämpfenden. Für Frank ist klar, dass die Lichtheiler mit ihrer größeren Beweglichkeit durch die Nutzung der Portale am Ende den Kampf für sich entscheiden werden. Fieberhaft sucht er nach einem Ausweg aus der Lage. Von der Seite her bewegt sich ein großer Trupp von Lichtwächtern und Wächtern der Lichtwelt auf sie zu. Sie beschützen die noch lebende Lichtschwester und den Meister der Lichtspürerin. Ein riesiger Oh-Khalí mit nachtschwarzem Hautfell geht voran und mäht mit todbringenden Hieben alles nieder, was sich ihm in den Weg stellt. Frank beobachtet fasziniert, wie Namhbane K~ur Samir einem der Angreifer seinen Speer entwindet und damit noch mehr Reichweite gewinnt. Endlich hat es der Trupp geschafft, bis zu ihnen durchzukommen. Sofort bilden sie einen gestaffelten Kokon um ihre Schützlinge. Das verschafft Frank eine Atempause. Er schließt die Augen und beginnt zu meditieren. Völlig ohne Zeitverlust wird er von der Lichtwelt willkommen geheißen. Da geschieht noch mehr. Er öffnet die Augen und ist nun gleichzeitig in beidem. Er kann die Farbströme und Wirbel der Lichtwelt wahrnehmen, genauso wie er den Kampf in der riesigen Audienzhalle spürt. Dieses Spüren ist es, das ihn endlich erkennen lässt, wie die Lichtheiler agieren. Weit hinten, fast auf der gegenüberliegenden Seite der Audienzhalle, bilden sie einen schützenden Kreis um zwei ihrer Gilde. Da ist noch etwas. Es ist ein Wesen, das ihn die Lichtwelt gleichzeitig als dunkel und strahlend wahrnehmen lässt. Es ist groß und viel massiger als ein Oh-Khalí, aber es ragt deutlich weniger auf, sodass der Ring der Lichtheiler dieses Wesen vor den Blicken der anderen Oh-Khalí in der Halle schützt. Nur er kann es sehen, verbunden mit der Lichtwelt. Nur mit seiner Existenz gleichzeitig im hier und Dort wird das möglich. Er spürt, dass diese Erkenntnis die Schlacht entscheiden kann. Dann warnt ihn ein Farbwirbel der Lichtwelt. Ohne Zögern reißt er den Schild hoch und kann so in letzter Kautka drei gleichzeitig anfliegende Speere der Lichtheiler abwehren. Krachend donnern sie gegen die Steinwand hinter ihnen und hinterlassen dort tiefe Scharten

im Mauerwerk. Jetzt schwebt diese weiße Federkugel, der Vo-Shirr, herbei. Frank spürt, dass die Lichtwelt Kontakt zu diesem Wesen aufgenommen hat. Einer Eingebung folgend bittet er die Lichtwelt um Hilfe. Einen Moment geschieht nichts, dann kann er die Stimme des Vo-Shirr in seinem Kopf wahrnehmen, ähnlich wie er es bei der Aerolatis erlebt hat: »Wie kann ich helfen?«

$\mathcal{F}$rank versucht ihm, das Bild dieses Wesens hinten in der Audienzhalle zu vermitteln. Wieder warnt ihn ein Farbwirbel aus der Lichtwelt. Dieses Mal erscheint ein gleißender Punkt genau vor ihm, der sich rasend schnell zum feurigen Kreis erweitert. Ohne Nachdenken lässt Frank sein Katana kreisen und durchtrennt den feurigen Kreis mit einem wuchtigen Hieb. Der schon halb aus dem Schwarz herausgetretene Lichtheiler brüllt vor Schmerz, als der Lichtkreis zusammenbricht und dabei den Lichtheiler in der Mitte durchtrennt.

»Ah, ich sehe, was du meinst.«

$\mathcal{J}$etzt stürmen weitere Lichtheiler auf sie zu und Frank hat alle Hände voll zu tun. Seinen lichtschnellen Hieben mit dem Katana haben die Angreifer jedoch wenig entgegenzusetzen. Ihre Speere werden zu Kleinholz und schon streckt sein nächster Schwerthieb den waffenlosen Lichtheiler nieder. Er spürt, wie der Vo-Shirr sich hinter ihm zum Meister der Lichtspürerin herabsenkt. Die Lichtwelt gewährt ihm diese Wahrnehmung, auch wenn das hinter ihm geschieht.

$\mathcal{P}$lötzlich steht der alte Oh-Khalí neben ihm und blickt ihn grimmig an. Er streckt die Hand nach Frank aus und einen Moment später befinden sich beide auf der anderen Seite der Audienzhalle, mitten im Kreis der Lichtheiler. Sie stehen jetzt unmittelbar neben diesem seltsamen Wesen. Der Meister nimmt die Hand von seinem Arm und legt sie auf das Wesen. Im nächsten Moment sind beide verschwunden.

$\mathcal{D}$ie Lichtheiler um ihn herum haben ihn bisher nicht bemerkt. Eine große, dürre Lichtheilerin brüllt böse auf, als der Meister mit diesem seltsamen Wesen verschwunden ist. Frank erkennt sie sofort. Das ist diese erste Lichtheilerin, deren dunkles Wesen er bereits draußen auf dem Platz vor der Audienzhalle der Lichtgeschwister gespürt hat. Durch den zornigen Schrei aus dem aufgerissenen Mund in diesem alten Gesicht werden die Lichtheiler um ihn herum gewarnt. Sie wenden sich um, blicken nun nach innen in den Kreis. Das Fehlen des großen Wesens lässt sie jedoch einen Moment verblüfft zögern. Dieser Moment genügt Frank vollkommen. In einer fließenden Bewegung stürmt er auf die erste Lichtheilerin zu. Dabei kann er genau erkennen, wie sich in ihren böse funkelnden Augen ein Erkennen bildet. Das Surren seines in weitem Bogen geführten Katanas ist überlaut zu hören. In dem Moment, als die erste Lichtheilerin die Bewegung sieht, versucht sie auszuweichen, aber Frank hat das vorhergesehen, die Lichtwelt hat ihm ihr Ausweichen bereits gezeigt. So durchfährt das Kata den faltigen Hals der ersten Lichtwächterin und gleitet durch ihn hindurch, als ob da nichts wäre.

$\mathcal{D}$ie Zeit dehnt sich. Zornige Erkenntnis möchte sich im alten Gesicht der ersten Lichtheilerin ausbreiten, aber die Kraft für diese Mimik fehlt ihr dann doch. Nur die Augen lassen ahnen, dass diese böse Frau ihr Scheitern erkennt. Dann bricht ihr Blick. Die Augen werden leer. Das Katana hat seinen Bogen beendet und Frank lässt es nun weiter kreisen. Die immer noch erstarrten Lichtheiler spüren den tödlichen Kuss seiner Schwertklinge.

$\mathcal{J}$etzt sackt der Körper der ersten Lichtheilerin in sich zusammen. Ihr Kopf kippt dabei fast in Zeitlupe zur Seite, schließlich fällt er hinab auf den Boden der Audienzhalle. Einen Moment später fällt auch der Körper nieder. Leere Augen blicken aus dem hässlichen, faltigen Gesicht hinauf zur Decke der hohen Audienzhalle.

$\mathcal{D}$en Lichtheilern um ihn herum wird klar, was geschehen ist. Nur einer wagt es noch, Frank anzugreifen. Ein beiläufiger Hieb mit seinem Schwert lässt auch diesen Oh-Khalí tödlich getroffen zu Boden gehen.

$\mathcal{F}$rank kann mithilfe der Lichtwelt sehen, dass sich der Kampf in der Audienzhalle gedreht hat. Die Lichtheiler können nicht mehr durch Portale flüchten, denn diese sind mit dem Verschwinden des Wesens ebenfalls verschwunden. Die Lichtwächter treiben die verbleibenden Lichtheiler nun vor sich her. Erbarmungslos werden die jetzt völlig überforderten Kämpfer aufgerieben. Entweder streckt ein zorniger Lichtwächter sie nieder oder sie sterben durch die Hand eines Wächters der Lichtwelt.

$\mathcal{D}$ann ist der Kampf zu Ende. Eine seltsame Stille setzt ein. Nur die Schreie der Verletzen sind noch zu hören. Die Lichtwächter, die eben noch einen Ring um Frank gebildet haben, blicken sich erschrocken um und ziehen sich dann zurück.

$\mathcal{W}$eit kommen sie nicht, denn eine Phalanx aus schwarzen und bunten Roben verstellt ihnen mit steinernen Mienen den Weg. Da tritt ein kleiner, untersetzter Oh-Khalí vor. Seine Robe schimmert in den Farben der Sonnen von Khalía. Er ist über und über mit Blut bespritzt, seine Waffe hält er lässig in der Hand. Finster mustert Ukler T~es Unam die Lichtheiler: »Es ist genug gestorben worden. Lasst die Waffen fallen.«

$\mathcal{V}$orübergehend geschieht nichts. Dann klirren die ersten Schwerter zu Boden. Die Lichtheiler ergeben sich.

$\mathcal{F}$rank schließt die Augen und dankt der Lichtwelt. Dann spürt er, wie er von ihr verabschiedet wird. Nun steht er wieder gänzlich in der Audienzhalle. Seine Wahrnehmung ist wieder so, wie er sie immer schon gekannt hat. Ein Ruck durchfährt ihn. Mit schnellen Schritten eilt er durch die Audienzhalle. Alle, die

seinem finsteren Blick begegnen, weichen erschrocken zur Seite. Der Weg ist weit, bis ganz auf die andere Seite der Halle. Dort haben sich viele Lichtwächter versammelt. Als er diese große Gruppe erreicht hat, drängt er sich energisch durch die Reihen.

$\mathcal{D}$ort vorn liegt jemand am Boden. Es ist eine Frau, da ist er sich sicher. Blut ist neben ihr am Boden. Ein dunkler Zorn will sich in ihm breit machen. Dann hat er die Reihen der Lichtwächter hinter sich gelassen. Die Wanderin kniet neben der Frau am Boden. Es ist die Lichtschwester, die ihm mit einem verzerrten Lächeln entgegenblickt. Der ältere Lichtheiler in seiner einfachen Robe hantiert am Bein der Lichtschwester. Er hebt den Kopf und nickt Frank zu. Es ist ein zuversichtliches Nicken.

»Der Lichtkrieger.«

$\mathcal{D}$ie Lichtschwester versucht sich aufzurichten, hält aber sofort inne, als diese Bewegung ihr weitere Schmerzen bereitet.

$\mathcal{F}$rank kniet sich nieder und schaut der Oh-Khalí traurig in die Augen: »Es tut mir leid, Lichtschwester. Ihr habt Euren Lichtbruder verloren.«

$\mathcal{S}$ie schüttelt nachsichtig den Kopf: »Nenn mich nicht Lichtschwester. Ich bin nicht mehr die Lichtschwester.«

$\mathcal{I}$hr Blick geht zur Wanderin, die neben ihm steht. Frank erhebt sich. Sein Blick geht in die Runde.

$\mathcal{N}$eben ihm steht Kkhil T~es M`aru, die Wanderin. Ihr Medaillon leuchtet in tiefem Blau auf ihrer Brust. Vorsichtig fasst er mit der freien Hand nach ihrer: »Geht es dir gut?«
Das Lächeln, das sie ihm schenkt, entschädigt ihn für die letzten Utka des Kampfes: »Es geht mir gut.«

*E*r bewundert ihr blau schimmerndes Hautfell, ihre wunderschönen Gesichtszüge und versinkt in ihren lachenden Augen. Um nichts in der Welt möchte er jetzt woanders sein. Er lässt das Katana fallen, das er immer noch in der rechten Hand getragen hat. Ohne die Augen von ihren zu lösen, nimmt er sie in die Arme. Ihr Lächeln lässt ihn mutiger werden. Dann berühren seine Lippen die ihren. Ohne auch nur einen Hauch von Zögern oder Zweifel zu zeigen, begrüßen ihre Lippen die Berührung.

*J*ubel bricht aus. Die Wanderin und der Besucher aus der Lichtwelt nehmen diesen jedoch nicht wahr. Sie sind voll und ganz mit sich selbst beschäftigt.

*U*uhrtalon H~es M'ursur lächelt. Er greift nach seinem Medaillon. Er spürt das blaue Leuchten bei dieser Berührung.

»Wenn du lächelst, gefällst du mir deutlich besser.«

*V*erblüfft wendet er den Kopf. Neben ihm steht Kaah K~rat Kaah. Ihre grünen Augen funkeln ihn schelmisch an. Nicht zum ersten Mal wird dem jungen Lichtwächter bewusst, wie schön diese Lichtspürerin ist. Das rote Haar und die feinen Gesichtszüge entführen seine Gedanken. Dann spürt er, wie sie seine Hand nimmt, und sein Lächeln wird breiter: »Was meinst du, gibt es in diesem riesigen Hof auch einen Raum, in dem ein frisch gebackener Lichtbruder etwas ungestörter ist als hier?«

*D*abei macht die Lichtspürerin eine unbestimmte Kopfbewegung, die ihr rotes, lockiges Haar leicht wippen lässt. Er atmet tief ein.

»Nun, das sollten wir doch herausfinden können, was meinst du?«

*M*it gespieltem Ernst im Gesicht antwortet sie ihm: »Aber unbedingt.«

*N*ur einige wenige haben diesen Austausch bemerkt. Einzig der RomKaqul und Ithak'kl T~es Stegi'mahr beobachten mit Wehmut in den Mienen, wie sich der Lichtbruder und die Lichtspürerin, immer noch an den Händen haltend, davonschleichen. Nachdenklich kommentiert Puuhrn K'equal Twikla das: »Hach, die Jugend.«

*D*er Berater der Lichtgeschwister lacht auf und knufft dem großen Oh-Khalí neben sich freundschaftlich in die Seite: »Nun jammert nicht, RomKaqul. Dankt der Lichtwelt lieber dafür, dass wir diesen Sonnenlauf noch erleben dürfen.«

*N*üchtern geht ihr Blick durch die Audienzhalle. Tote und Verletzte werden abtransportiert. Es sieht aus wie auf einem Schlachtfeld. Schließlich hat auch eine Schlacht stattgefunden.

»Von dieser Schlacht werden noch viele Generationen erzählen.«

*W*eise nickt Ithak'kl T~es Stegi'mahr.

»Wie recht du hast, RomKaqul. Das ist die Schlacht, die dem Großen Verrat ein Ende gemacht hat.«

XXXV

prasthanam

प्रस्थानं

~ Aufbruch ~

*E*r schlägt die Augen auf. Einen Moment ist er vollkommen orientierungslos. Er liegt weich in einem großen Bett. Warmes Morgenlicht ergießt sich vom Fenster auf den Boden und streckt sich bis dorthin, wo er liegt. Nachdem er sich noch immer schläfrig die Augen gerieben hat, kann er etwas klarer sehen. Das Bett ist tatsächlich riesig. Neben ihm liegt jemand unter weißen Laken. Er rollt sich zur Seite und kann sehen, wie die Frau leise atmet. Ihr Rücken ist nur halb durch ein wohlriechendes Laken bedeckt. Das blaue Hautfell schimmert im Morgenlicht der Sonne. Jetzt fällt es ihm wieder ein. Er lächelt zufrieden. Kkhil T~es M`aru liegt neben ihm. Er spürt ihre Nähe. Er spürt nicht nur die Wärme ihres Körpers. Er spürt auch die Nähe ihres Wesens. Ohne Anstrengung gleitet er im Geiste zur Grenze der Lichtwelt und wird herzlich willkommen geheißen. Er genießt die Ruhe und die wärmenden Sonnenstrahlen, dabei kann gleichzeitig die Lichtwelt erleben. Ruhig gleiten die Farbströme dahin. Kein Vergleich mit den turbulenten Wirbeln, die er in den letzten Sonnenläufen so oft erlebt hat, wenn er die Lichtwelt besuchte. Nun spürt er dort Ruhe. Langsam erlaubt er sich zu erinnern, was am letzten Tag passiert ist. Die Stunden gestern waren erschütternd. An jede Kautka des Kampfes kann er sich erinnern und wird er sich bis an das Ende seiner Reise in dieser Welt erinnern können. Vor seinem geistigen Auge tauchen die verzerrten Mienen der kämpfenden Lichtheiler auf. Jetzt in der Rückschau kann er darin den Fanatismus erkennen, der diese

Oh-Khalí dazu gebracht hat, ihre Ideale und das Vertrauen, das alle ihnen entgegengebracht haben, so zu verraten. Irgendjemand hat es gestern den großen Verrat genannt. Unbewusst nickt er, so wird man sich für alle Zeiten an dies alles erinnern. Es wird in das Gedächtnis der Generationen eingehen als: der Große Verrat.

*E*ine kleine Bewegung neben ihm zieht seinen Blick wieder auf die Wanderin. Er erinnert sich an ihre erste Begegnung. Es war düster gewesen, dort im Gehrbaumwald. Er erinnert sich daran, wie sie ihm seine Stimme wiedergegeben hat, die ihm auf seiner Reise durch die Lichtwelt abhandengekommen war. Er denkt daran, wie er das erste Mal ihr Hautfell berührt hat. Vorsichtig streckt er die Finger der rechten Hand wieder nach ihr aus, streicht in einer sanften Bewegung an ihrem Rückgrat entlang. Ein zufriedenes Murmeln antwortet ihm. Auch sein Körper erinnert sich ohne bewusstes Zutun an die Wonnen der letzten Nacht. Jetzt wendet sie sich um. Alles an ihrem Gesicht lächelt ihn an. Spontan beugt er sich zu ihr und wieder treffen ihre Lippen aufeinander Wieder atmen sie schneller und sehnen sich mit jeder Berührung nach noch mehr Nähe. Er gleitet zu ihr unter das Laken.

*S*päter liegt Kkhil T~es M`aru in seinen Armen. Beide genießen es erschöpft, wieder zu Atem zu kommen.

»So sollte ein Sonnenlauf beginnen.«

*E*r lacht. Sie kann sein Lachen spüren, ihr Kopf liegt auf seiner Brust. Einige Utka genießen sie den Frieden, aber dann spürt sie, wie seine Anspannung wächst. Er versucht, sich nichts anmerken zu lassen, doch die Verbindung ihrer beider Wesen ist viel zu eng, als dass die Wanderin diese Anspannung nicht wahrnehmen könnte. Sie setzt sich auf und blickt ihm forschend ins Gesicht: »Was ist los?«

In seinen Gesichtszügen kann sie lesen, wie er ihr zuerst eine ausweichende Antwort geben will, doch dann ändert er seine Meinung und nickt ihr sorgenvoll zu: »Natürlich hast du es gespürt.«

Verschmitzt hebt sie die Mundwinkel: »Was denkst du denn, immerhin bin ich die Lichtschwester!«

Erschrocken über ihre eigene Aussage, schlägt sie die Hand vor den Mund. Er blickt sie weiter ernst an: »Genau das bist du: die Lichtschwester des Lichtwächterimperiums. Wie viele Welten umfasst dieses Reich gleich noch einmal?«

»Viele elfmal elf Welten.« Ihre Stimme ist lediglich ein leises Flüstern, als sie ihm antwortet. Plötzlich wird ihr die Bedeutsamkeit ihrer neuen Rolle bewusst. Gestern war sie noch eine einfache, junge Wanderin. Heute ist sie die Lichtschwester. Da erinnert sie sich an gestern. Ihr Blick wird traurig. Er kann genau erkennen, was sie beschäftigt.

»Ich möchte, dass du mir etwas versprichst.«

Fragend hebt sie die Augenbrauen, für einen Moment von ihren trüben Gedanken abgelenkt.

»Wenn du dich an die Schlacht gestern erinnerst, meine ich.«

»Die Schlacht?«

Jetzt setzt er sich auch auf. Ernst fasst er sie bei den Schultern.

»Genau, ich meine die Schlacht. Denn das war es, was dort unten in dieser Halle gestern geschah. Es wurde eine Schlacht geschlagen und wir haben gewonnen.«

»Aber um welchen Preis! Es gab so viele Tote und so viele Verletzte!«

Sein Griff wird fester: »Nicht wir haben damit begonnen, es war diese widerliche, alte Schachtel, diese erste Lichtheilerin. Sie hat den Angriff begonnen. Wir haben uns nur verteidigt.«

Sie spürt, wie viel Wahrheit in seinen Worten liegt. Aber Frank spricht eindringlich weiter: »Wir haben gewonnen. Los, sag es. Sag es laut.«

Zweifelnd hält sie den Kopf schräg, dann flüstert sie leise: »Wir haben gewonnen.«

»Sehr gut. Gleich noch einmal. Dieses Mal laut und deutlich.«

Sie schließt für einen Moment die Augen, sucht nach Stärke in ihrem Inneren und sie findet diese Stärke. Dort in ihr ist sie verborgen gewesen. Dort war sie schon immer. Jetzt schlägt sie die Augen wieder auf und nun ist ihr Blick ruhig gefasst. Lächelnd nickt er ihr zu. Dann beginnt sie zu sprechen. Laut und deutlich und mit hörbarer Kraft und Überzeugung: »Wir haben gewonnen.«

Jetzt zieht sich auch die graue Trauer zurück, die in ihrem Herzen bis eben gewohnt hat. Leiser wiederholt sie es: »Wir haben gewonnen.«

»Du bist die Lichtschwester.«

»Ich bin die Lichtschwester.«

Erneut wird ihr Blick verschmitzt: »Und du bist mein Lichtkrieger.«

Ernst stimmt er ihr zu: »Immer.« Er spricht ernst weiter: »Und jetzt versprich mir, dass du das niemals vergessen wirst.«

$\mathcal{F}$eierlich nickt sie: »Ich verspreche es dir.«

$\mathcal{S}$ie fasst seine Hände und schiebt sie sich von den Schultern, aber sie hält sie weiter umfasst im Schoß: »Ich spüre, dass dich etwas bedrückt.«

$\mathcal{E}$r nickt, sein Blick geht zum Fenster: »Das ist so.«

$\mathcal{M}$it einem Seufzen steht er auf, vorher hebt er ihre Hände und küsst sie. Dann windet er sich aus dem Bett, wickelt das Laken um sich. So geht er zum Fenster und blickt hinaus. Die orangeroten Strahlen von Sintkana beleuchten sein Gesicht. Kurz zögert er, dann wendet er sich zu ihr um: »Kannst du dich erinnern, wie ich zu dir kam? Wie ich auf diese Welt gelangt bin?«

$\mathcal{I}$hre Antwort kommt sofort: »Als ob es gestern gewesen wäre. Immer werde ich mich daran erinnern.«

$\mathcal{E}$r nickt zustimmend. »Das werden wir beide tun.«

$\mathcal{M}$it einem tiefen Seufzer fährt er dann fort: »Was ich jedoch meine, ist etwas anderes. Weißt du noch, woher ich kam?«

$\mathcal{I}$rritiert blickt sie ihn an: »Aus der Lichtwelt natürlich.«

»Genau. Ich bin dir aus der Lichtwelt genau vor die Füße geplumpst.«

$\mathcal{S}$ie kichert verhalten: »Du konntest keinen Pieps reden.«

»Bis du mich geheilt hast. Geheilt mit deinen Fingern.«

$\mathcal{E}$nergisch schüttelt sie den Kopf: »Nein, mit Licht habe ich dich geheilt. Meine Finger waren lediglich der Weg dafür.«

»Natürlich. Aber fragst du dich nicht, wo ich war, bevor ich durch die Lichtwelt gereist bin?«

*E*rschrocken richtet sich Kkhil T~es M`aru auf. Ihre Augen werden groß. Sie blickt zur Seite und schweigt lange Utka. Dann flüstert sie leise, ohne ihn dabei anzuschauen: »Musst du dorthin zurück?«

*U*nsicher schüttelt er den Kopf, sein Blick geht hinaus auf die leuchtenden Dächer der Stadt. Er schweigt lange und sucht verzweifelt nach den richtigen Worten. Schließlich spricht er leise weiter: »Du spürst es auch, nicht wahr, Lichtschwester?«

*S*ie möchte ihm nicht zuhören. Sie will das nicht. Aber eine Stimme in ihr mahnt sie zur Ehrlichkeit. Mit von Tränen erstickter Stimme gibt sie ihm recht: »Ja, ich spüre es auch. Etwas ruft nach uns. Es ruft nach dir. Etwas Mächtiges.«

*D*ann steht sie zornig auf: »Aber ich möchte nicht, dass du gehst. Du bist mein Lichtkrieger. Du gehörst hierher! Du gehörst an meine Seite.«

*V*or Zorn und Angst bebend steht sie da. Die Hände hat sie zu Fäusten geballt, über ihre Wangen fließen Tränen über das samt blau schimmernde Hautfell ihres Gesichts. Dieser Anblick gibt ihm einen Stich in sein Herz. Verzweifelt macht er die drei Schritte auf sie zu und schließt sie in seine Arme. Schluchzend lehnt sie sich an ihn, viele Utka stehen sie so da. Doch schließlich beruhigt sie sich langsam. Vorsichtig hebt sie den Kopf und blickt ihm in diese wunderbaren blauen Augen: »Ich kann nicht ohne dich sein.«

*E*r lächelt ihr zu: »Doch, das kannst du.«

*D*as vehemente Kopfschütteln lässt ihre Haare fliegen: »Nein, nein, nein, ich kann das nicht.«

$\mathcal{S}$ein Blick wird ernst: »Doch, Lichtschwester. Du kannst das!«

$\mathcal{S}$ie drückt sich weg von ihm, ihr Blick ist verzweifelt: »Wie?«

$\mathcal{T}$ief blickt er ihr in die Augen: »Du kannst das, weil du weißt, dass ich wieder komme. Und wenn es das Letzte ist, was ich mache. Ich komme zurück und dann bleibe ich bei dir. Das verspreche ich.«

$\mathcal{I}$hr Aufschluchzen ist herzzerreißend. Nach endlos langer Zeit versiegen ihre Tränen. Die ganze Zeit hat sie den Blick nicht von ihm abgewandt: »Ich glaube dir.«

$\mathcal{E}$r macht einen tiefen Atemzug. Es ist ihm anzusehen, wie sehr ihn diese Unterhaltung quält. Noch einmal nimmt er sie in den Arm. Beide wünschen sich, dass dieser Moment nicht vorübergeht. Doch dann spüren beide, dass es jetzt genügen muss. Sie lösen sich voneinander.

$\mathcal{V}$iele Utka später steht die Lichtschwester am Fenster. Zum ersten Mal in ihrem Leben trägt sie eine Robe im Blau der Lichtgeschwister. Sintkana steht bereits hoch am Firmament. Ihr Geist ist leer. Ihre Trauer, ihre Wut und ihren Zorn hat sie fest verpackt in ihr Inneres verbannt. Ein Geräusch hinter ihr lässt sie sich umwenden.

$\mathcal{I}$hr Lichtkrieger steht vor ihr. Er trägt die schwarze Robe der Lichtwächter und darunter ein weißes Brustkleid. Sie kann die Schwerter erkennen, die der Korallenbaum ihm übergeben hat. Sie sieht, dass er den Schild auf dem Rücken trägt. Ernst blickt er sie an, will zu ihr gehen. Nur andeutungsweise schüttelt sie den Kopf. Wenn er sie jetzt in die Arme nimmt, dann bricht ihr mühsam aufgebauter Schutzwall zusammen. Sein Blick erzählt ihr, dass er das versteht und sie ist ihm unendlich dankbar dafür.

»Lichtschwester, die Lichtwelt ruft mich. Darf ich gehen?«

*S*tolz richtet sie sich auf und neigt huldvoll den Kopf: »Lichtkrieger. Du darfst gehen. Unter einer Bedingung.«

*V*erstehend nickt er ihr zu: »Ich komme wieder. Ich verspreche das bei meinem Leben und meiner Liebe zu dir.«

*E*inen Moment scheint es so zu sein, als bekomme ihr Schutzpanzer Risse und bräche auseinander, doch dann hat sie sich wieder gefasst.

»Ich nehme dich beim Wort.«

*S*ie wendet sich um und blickt wieder auf die Stadt. Das ist jetzt ihre Aufgabe. Das alles, was sie sieht, ist von nun an ihre Bestimmung. Es ist still im Raum. Es ist zu still. Sie wendet sich um.

*E*r ist verschwunden.

*S*ie ist allein.

*Nutze das Wissen
des Korallenbaumes*

»Himmel, noch einmal, Frank, warum versteckst du dich denn hier?«

Er wendet sich um und lächelt die mürrische Frau an, die mit in die Hüften gestemmten Fäusten in der Tür steht.

»Ich bin doch da.«

Immer noch ärgerlich, schüttelt sie den Kopf. Endlich hat sie ihn gefunden. Seit über einer Stunde sucht sie ihn im ganzen Gebäude.

»Wir müssen los.« Sein ernstes Nicken ist ihr nicht Antwort genug. Dann vertieft sich ihr Stirnrunzeln: »Musst du wieder in solch einem Aufzug herumlaufen? Eine normale Uniform ist dem Colonel wohl nicht mehr gut genug?«

Milde grinst er sie an: »Ex-Colonel, wie du weißt. Ich bin im Ruhestand.«

»Pffff, natürlich. Deshalb ist auch deine gesamte Einheit hier in Paris, weil der Colonel im Ruhestand ist.«

Ihre schwarzen Haare werden von der verächtlich ausgestoßenen Luft zur Seite geweht. Wie alle im Haus trägt sie Uniform. Wie alle sind sie aus einem einzigen Grund hier. Er hat sie gebeten, ihm zu helfen. Ein letztes Mal hat er um Hilfe

gebeten. Daher schüttelt er nachsichtig den Kopf: »Nein, liebste Catarina. Ihr seid alle da, weil ich euch darum gebeten habe und weil ihr wisst, dass das nötig ist.«

*D*ie ärgerliche Anspannung verschwindet aus ihrem Körper und macht einer ernsthaften Sorge Platz: »Dann erklär mir bitte noch einmal, was wir tun sollen.«

*E*r nickt. Nur zu gut versteht er ihre Unsicherheit. Schließlich durfte er seine Kameraden bisher nicht näher einweihen, so lenkt er ab: »Lass uns zum Briefing gehen. Dann erfährst du es.«

*J*etzt findet sie zurück in ihre Aufgabe: »Natürlich, Colonel. Hier entlang bitte. Alle warten bereits unten.«
»Einen Moment noch. Ich bin gleich da. Geh schon mal voraus, bitte.«
Mit einem angedeuteten Lächeln nickt sie ihm zu, dann macht sie auf dem Absatz kehrt.
Sein Blick geht zum Fenster hinaus. Jetzt weiß er es wieder. Alles. Er weiß wieder, wer er ist. Er weiß wieder, was seine Aufgabe ist.

*A*ber inzwischen weiß er so viel mehr. Er schaut auf sein Handgelenk. Natürlich hat er seine Uhr nicht getragen, als er wieder zurückgekommen ist. Sein Blick geht zum Fenster hinaus. Vor ihm liegt Paris. Es ist ein trüber, nebliger Tag. Weit hinten ist tatsächlich der Eiffelturm zu sehen. Immer noch ein Wahrzeichen. Dort wird es heute geschehen. Zum ersten Mal seit den weltweiten Terrorwarnungen hat sich der Präsident der Vereinigten Staaten von Amerika außer Landes begeben. Heute trifft er auf die Staatsoberhäupter von Europa. Die Welt hat sich verändert. Obwohl die EU noch besteht, hat sie in den vergangenen Monaten dramatisch an Bedeutung verloren. Die Realität hat die hohlen Phrasen der Europapolitik eingeholt und die Regierungen dieses Kontinents straucheln. Jetzt suchen sie einen neuen Schulterschluss, miteinander und mit Amerika.

Das ist notwendig aufgrund der Bedrohungen durch den Wirtschaftsterrorismus. Er hat den alten Terrorismus ersetzt, der oft religiös oder politisch begründet war. Heute sind es finstere Kräfte mit unglaublich großer Macht und riesigen Ressourcen, die die Welt bedrohen. Frank seufzt. Er hat diese Entwicklung vorausgesagt. Jedem, der ihm zuhören wollte, hat er es erzählt, aber auch jedem, der ihm nicht zuhören wollte. Mit einem fatalistischen Lachen erinnert er sich daran, dass man ihn genau deshalb zum Eintritt in den Ruhestand genötigt hat. Ihn, den hochdekorierten Navy Seal, der mit seinen pointierten Analysen der politischen und militärischen Gegebenheiten innerhalb der Army fast Legendenstatus erreicht hat, aber dann kam der Wirtschaftsterror. Zum Glück ist sich die neue Regierung in Amerika dieser neuen Zeit mehr als bewusst.

*D*er aktuelle Verteidigungsminister ist ebenfalls ein erfahrener Kämpfer. Ganz anders als seine Vorgänger weiß er genau, wie es auf einem Schlachtfeld zugeht, denn er war dort gewesen. Vor knapp zwei Wochen hat Frank diesen Anruf bekommen und mit ihm eine höfliche Einladung ins Pentagon. Sein alter Freund hat ihn dort empfangen. Inzwischen ist er Verteidigungsminister. Als Freund und Minister hat er ihn um einen Gefallen gebeten. Frank hat nach einigem Zögern zugestimmt. Ein letztes Mal möchte er seinem Land beistehen. Diese Aufgabe will er noch erfüllen.

*E*r wendet sich um. Dann schließt er die Augen. Immer noch kann er sie spüren, die Lichtwelt. Als er die Augen wieder öffnet, wird ihm klar, wie spät es ist. Energisch macht er sich auf den Weg.

XXXVII

kridakanam gatih

क्रीडकानां गतिः

~ *Bewegung der Spieler* ~

*Nutze das Wissen
des Korallenbaumes*

$\mathcal{P}$aris sieht im Nieselregen genauso trostlos aus wie jede andere Stadt. Ihre Wagenkolonne aus fünf Großraumlimousinen, alle in unauffälligem Schwarz gehalten, wird von zwei Polizisten auf Motorrädern mit blitzenden Lichtern und Sirengeheul durch den Verkehr der Großstadt gelotst. Frank sitzt im dritten Fahrzeug zusammen mit sechs weiteren seiner Kameraden. Catarina ist auf dem Platz links neben ihm mit ihrem Tablet beschäftigt. Er hat beim Einsteigen das Wakizashi und das Katana aus dem Gürtel seiner schwarzen Robe genommen und balanciert diese nun entspannt auf den Knien. Den Schild hat er neben sich auf den Boden gestellt. Er kann aus den Augenwinkeln beobachten, wie Catarina ihren Blick hebt. Sie mustert interessiert den Schild und versucht, einen Blick auf die Schwerter zu erhaschen.

$\mathcal{F}$rank wendet sich ihr zu und blickt sie erwartungsvoll an: »Was möchtest du wissen?«

$\mathcal{S}$ie wirft kurz einen Blick nach hinten und vergewissert sich, dass die anderen fünf ihre Unterhaltung nicht beachten. Von dort droht keine Gefahr, denn es werden nur die üblichen Sprüche ausgetauscht, wie vor jedem Einsatz.

»Das sind keine japanischen Schwerter. Den Schild da kann ich überhaupt nicht zuordnen.«

*E*r nickt einfach. Mit einem Rollen der Augen fragt sie schließlich: »Woher hast du diese Dinger? Kein Mensch kommt mit einem Schwert zu einer Schießerei.«

*E*r wiegt nachdenklich seinen Kopf: »Wenn wir unseren Job richtig machen, dann gibt es keine Schießerei.«

»Und wenn nicht?«

*E*r wirft kurz einen Blick nach hinten. Alle Mitglieder seines Teams sind bis an die Zähne bewaffnet: Handfeuerwaffen und Schnellfeuerpistolen. Alle tragen Schutzwesten. Auch er hat vor der Abfahrt eine Weste unter der Robe angezogen. Es ist schlicht leichtfertig, solche Schutzmaßnahmen zu ignorieren.
»Wir haben genügend Feuerkraft, um eine spanische Galeone zu erobern. Eine Pistole mehr oder weniger macht da keinen großen Unterschied.«

*F*ragend beugt sie sich vor und hebt die Augenbrauen: »Aber ein nachgebautes Japanschwert hilft uns dann?«

*E*in mildes Lächeln seinerseits ist die Antwort. Dann setzt er hinzu: »Das ist kein Nachbau. Die Schwerter und übrigens auch der Schild sind echt.«

»Ok, die Dinger sind echt. Woher, bitte schön, kommen die?«

*E*inen Moment möchte er ausweichen, dann erlaubt er sich einen kleinen Spaß: »Oh, das sind Ssvolyk-Waffen.«

*S*ie macht einen Schmollmund. Im Hinblick auf Waffenkunde macht ihm niemand etwas vor, so viel ist klar. Sie hat erlebt, wie er mit Schwertern umgehen kann. Tatsächlich ist ein Kurzschwert in einer räumlich engen Situation wie in einem gewissen Bunkerhaus in Dubai sehr von Vorteil. Daran kann sie sich noch sehr genau erinnern.

»Also schön. Aber diese Klamotten sind eindeutig schräg.«

*V*erwundert zupft er an der Lichtwächter-Robe, die er trägt: »Findest du? Die ist tatsächlich auch authentisch, glaube mir.«

*S*ie winkt nun desinteressiert ab: »Ist ja gut. Ich glaube es dir.«

*D*ann wird ihr Ton ernst: »Also, Colonel, ich habe bestimmt schon zum zwanzigsten Mal diese Briefingunterlagen durchgesehen. Mir ist schleierhaft, was wir dort zu tun haben. Neununddreißig Secret Service Kräfte vor Ort. Drei Gruppen mit jeweils fünf Mann in Bereitschaft. Hubschrauber in Bereitschaft, komplette Drohnenabdeckung. Vor dieser Kirche, ähm, diesem... 'Dôme des Invalides'. Allerdings ist das keine Kirche. Es ist das Grabmal von Napoleon I.«

»… meinetwegen, also vor diesem Grabmal sind sämtliche Straßen von der Polizei gesperrt. Sogar auf diesem Fluss ...«

*E*r seufzt: »Das ist die Seine«

»Also schön, auf der Seine patrouilliert die Wasserschutzpolizei mit unzähligen Boten.«

*S*ie tippt auf ihrem Tablet und muss dabei kurz innehalten, als ihr Fahrzeug durch eine scharfe Rechtskurve fährt. Dann fährt sie fort: »Der Luftraum ist gesperrt, sogar Satellitenüberwachung hat der Secret Service angefordert.«

*D*ann blickt sie hoch: »Colonel, was bitte machen wir da noch? Wir sind gerade mal zwanzig Mann.«

*N*un wird sein Blick scharf: »Catarina. Das alles, was du eben aufgezählt hast, schützt nur dann den Präsidenten und vor allem den Verteidigungsminister, wenn das alles überhaupt zum

Schutz dient.«

*E*rst will sie ihm widersprechen, dann werden ihre Augen groß: »Oh verdammt.«

*S*ie blickt erschrocken nach hinten zu ihren Kameraden: »Willst du Ihnen das sagen?«

*E*r lächelt sie an und tippt sich an sein Ohr: »Wenn es sein muss. Mir wäre lieber, mein Gefühl täuscht mich. Also ja, ich informiere das Team über den Protokollwechsel, falls es nötig wird.«

*B*esorgt blickt sie nach links hinaus auf die nasse Straße, die draußen an ihnen vorbeirast. Dann schaltet sie ihr Tablet aus und schaut ihm in die Augen: »Wir können das! Den Protokollwechsel meine ich und wir schaffen das auch, wenn du es willst und benötigst. Das sollte nicht die Frage sein«, einen tiefen Atemzug später fährt sie fort, »aber ich habe noch nie erlebt, dass dich dein Gefühl täuscht. Du hast diese seltsame Verbindung zu den Dingen. Ich habe eine Bitte.«

*J*etzt hebt er fragend die Augenbrauen.

»Lass mich zwei Mann zu deinem Schutz abstellen. Denn wenn die Kacke so richtig am Dampfen ist, dann benötigen wir genau dich. Bist du tot, hilfst du uns nicht.«

*E*r denkt nach, schließlich nickt er knapp. »Simon und Kurt sollen das machen. Sie können dann auch gleich das Backup für dich bilden. Denn dich benötigen wir ganz sicher mindestens genauso dringend wie mich.«

*E*rnst blickend, bestätigt sie: »Ay, Colonel. Copy.«

*D*er Fahrer steigt in die Bremsen und eine Sekunde später werden die Schiebetüren geöffnet. Behände steigen alle aus.

Frank setzt sich seinen Schild wieder auf den Rücken und schiebt sich die beiden Schwerter in den Gürtel seiner Robe.

*A*ls er sich auf dem Platz umsieht, eilt ein drahtiger Mann mit stechend grauen Augen auf ihn zu: »Monsieur Colonel, wie ich vermute.«

*F*rank nickt dem Franzosen zu und ergreift dabei dessen angebotene Hand. Es ist ein respektvoller Händedruck zwischen zwei Profis.

»Je suis Lieutenant D'Aragon, Colonel. Ich bin der Leiter der Sicherheitskräfte vor Ort.«

*E*r blickt prüfend in die Runde. Frank folgt seinem Blick. Das Gelände vor dem Invalidendom ist auf dieser Seite als schöne Parkanlage gestaltet. Ihre fachkundigen Blicke registrieren zufrieden, dass alle neuralgischen Punkte von Zweierteams besetzt sind. Am Rande des Geländes sind provisorische Türme aufgebaut, vermutlich als Positionen für Scharfschützen und Beobachter.

»Es ist schön hier.« Der Franzose lacht leise. Frank beschließt, ihn als einen der Guten zu betrachten.

»Oh, das war der Plan de Rois Luis XIV. An diesem Ort sollten seine Soldaten wieder Kraft schöpfen und heilen.«

»Inzwischen dient es als Gedenkstätte für die Helden.«

*G*rimmig gibt ihm Lieutenant D'Aragon recht: »Davon gibt es viele. Wissen Sie, Colonel, was all diese Helden gemeinsam haben?«

*F*rank hält seinen Blick auf die Seine gerichtet, die dort am Ende der Avenue du Marechal Gallieni im dunstigen Grau dieses Tages zu sehen ist. Wenigstens hat der Nieselregen aufgehört. Er

seufzt, dann antwortet er dem Lieutenant mit ernster Miene: »Sie sind alle tot.«

»Exactement, Colonel, exactement. Mai aujourd'hui, heute …«, Frank führt seinen Satz zu Ende, »heute wollen wir keine Helden schaffen.«

*E*inig nicken sich die beiden Männer zu. Lieutenant D'Aragon bemerkt die beiden Schwerter, die Frank in seinem Gürtel trägt. Einen Moment verweilt sein Blick auf diesen und er mustert sie mit einem Blick, der ein gewisses Erkennen erahnen lässt: »Das sind wirklich besondere Waffen, Colonel.«
Bevor Frank antworten kann, erscheint Catarina und begrüßt den Franzosen höflich: »Bonsoir, Lieutenant. Ich bin First Lieutenant Catarina Limargo. Kommunikation und Aufklärung.«

»Enchanté, First Lieutenant.«

*D*er Franzose wendet sich nun wieder Frank zu. »Ich mache Sie mit meinem Stab bekannt.«

*K*napp vierzig Minuten später sind Frank und seine Gruppe im Bilde. Tatsächlich gab es nichts an den Vorbereitungen der Franzosen für den heutigen Tag zu verbessern. Die Mienen seines Teams sprechen eine eindeutige Sprache. Die Ankunft der Staatsoberhäupter ist per Fahrzeug am Bleuet de France geplant. Dort führt die Rue de Grenelle am Gebäudekomplex vorbei. Die eigentliche Zeremonie soll im Innenhof stattfinden. Dann erfolgt eine kurze Führung durch das Armeemuseum im alten Militärkrankenhaus, gefolgt von einem Rundgang im Invalidendom. Einzig die Fluchtwege machen ihm Sorgen. Das Gelände ist riesig und selbst mit der Unterstützung der Pariser Polizei ist es nur schwer vorstellbar, dass die Straßen um sie herum für eine Notfallextraktion auch wirklich frei gehalten werden können. Hubschrauber können lediglich auf dieser Seite im Park oder auf der nördlichen Seite vor dem

Invalidendom landen. Gerade hat Catarina ihr Gespräch mit ihrem französischen Gegenüber beendet. Er fängt ihren Blick auf und sie eilt gleich darauf zu ihm. Fragend schaut er sie an: »Ok, Colonel. Die Franzosen sind Profis, das muss ich ihnen lassen. Die gesamte Gegend ist unter Kontrolle. Das hatten wir ja bereits. Zusätzlich haben die Franzosen tiefe Hintergrundchecks von allen anwesenden Kräften gemacht. Es gab wie üblich einige Markierungen, aber nichts wirklich Bedeutsames.«

*D*ann grinst sie ihn an: »Nur dich konnten sie nicht prüfen. Es gab lediglich eine pauschale Freigabe vom DoD. Der Verteidigungsminister persönlich hat für dich gebürgt.«

*E*r nickt, so etwas hat er sich schon gedacht. Nachdenklich geht sein Blick in die Runde: »Ihr habt euch mit den Franzosen vernetzt?«

»Jep, Kommunikation und Backup sind online, wie üblich haben wir Teams mit jeweils drei Mann auf dem Gelände verteilt.«

*D*as hat Frank bereits gesehen. Es entspricht ihrer üblichen Vorgehensweise: »Vier Teams bleiben in meiner Nähe auf Abruf.«

*S*ie runzelt die Stirn: »Dann sind wir aber auf diesem riesigen Gelände dünn besetzt.«

*E*r nickt zustimmend: »Schon klar. Aber lass die Franzosen die Fußarbeit erledigen. Die restlichen Teams sollen die Umgebung beobachten.«

*S*ein Blick wird hart: »Ich meine tatsächlich beobachten. Wenn da irgendetwas geschieht, das bei einem von uns auch nur den Hauch eines Zweifels auslöst, will ich davon hören. Ist das klar?«

»Ay, Colonel.« Sie greift zu ihrem Tablet und dann zu ihrem Funkgerät. Alle Teammitglieder sind mittels verschlüsseltem Digitalfunk verbunden. Trotzdem werden die Anweisungen codiert übermittelt.

»Wann kommt unser Paket an?«

*C*atarina beendet noch kurz ihre Eingabe auf dem Tablet, dann antwortet sie ihm: »In zweiunddreißig Minuten kommt der französische Präsident mit seiner Begleitung. Die europäischen Staatsoberhäupter folgen, unser Präsident ist zusammen mit dem Verteidigungsminister geplant, mit ETA für 1215.«

*E*r nickt. Das entspricht den Informationen, die er vom Verteidigungsminister erhalten hat. Das Gespräch war sehr kurz gewesen, aber für sie beide war es nicht nötig, ausschweifender zu kommunizieren. Als ehemaliges Mitglied einer Spezialeinheit weiß der Verteidigungsminister genau, welche Informationen wie zu transportieren sind.

»Chef, was besorgt dich denn so? Es ist doch alles perfekt.«

*D*ie nachdenkliche Frage seiner Adjutantin lässt ihn lächeln. Zu gut kennt sie ihren Kommandeur. Er denkt kurz nach, bevor er ihr mit einer Frage antwortet: »Catarina, wie würdest du es anstellen?«

*S*ie hebt die Augenbrauen: »Was anstellen, Chef? Alles in die Luft jagen? Den französischen oder unseren Präsidenten ermorden?«

*E*r muss ihr zustimmen. Ohne das Ziel einer Aktion zu kennen, ist es fast unmöglich, diese vorherzusehen. Dann wird ihm etwas klar: »Es ist nichts Derartiges, zumindest nicht primär. Dafür gibt es Pläne und Gegenmaßnahmen. Dafür sind wir alle trainiert und ausgebildet. Auch wenn ein Attentat gelingen würde, hätte

das zwar große mediale Aufmerksamkeit, aber die Regierungen von heute arbeiten genau aus diesem Grunde inzwischen viel zu redundant. Das ist es, was sich in den vergangenen Jahren bedingt durch den Wirtschaftsterror hinter den Kulissen geändert hat.«

$\mathcal{S}$ie hört ihm zu und wartet einfach ab. Wieder geht sein Blick durch den Park. Dann schüttelt er den Kopf: »Es wird nicht hier geschehen. Lass uns den Innenhof und den Kuppelbau dort hinten noch einmal inspizieren.«

$\mathcal{W}$ortlos wendet er sich um und marschiert auf das große, schmiedeeiserne Tor zu, hinter dem das Gebäude des Pariser Militärgouverneurs zu sehen ist.

$\mathcal{D}$ie nächsten zwanzig Minuten verbringt er damit, den Innenhof und das alte Militärkrankenhaus mit dem Militärmuseum zu inspizieren. Normalerweise würde er sich sehr für die ausgestellten Stücke interessieren, aber heute hat er keinen Blick dafür. Heute muss er verstehen, was geplant ist. Denn er spürt genau, dass sich dunkle Kräfte sammeln. Es soll etwas geschehen. Die anwesenden französischen Sicherheitskräfte verfolgen misstrauisch seinen Weg. Dieser Mann mit der schwarzen Robe, der auf seinem Rücken einen Schild trägt und in seinem Gürtel zwei Schwerter, ist gelinde gesagt eine Besonderheit. Wenn Sicherheitskräfte eines nicht mögen, dann sind es Besonderheiten. Abweichungen bereiten Probleme und Probleme verursachen Opfer. Die Anweisungen von Lieutenant D'Aragon an die Einsatzkräfte vor Ort waren in dieser Hinsicht jedoch eindeutig: der Amerikaner wird nicht behelligt.

$\mathcal{J}$etzt haben sie den Kuppelbau erreicht. Es wimmelt nur so vor Sicherheitskräften. Spezialisten untersuchen jedes Element des Gebäudes, jede Lampe und jede Statue. Auch das Vorauskommando des Secret Service ist da. Sie grüßen den

First Lieutenant und den Colonel professionell, aber er kann genau sehen, wie sie ihre Witze über seinen Aufzug machen. Ihm ist das egal. Er ist hier als Wächter für einen Freund. Seine Lichtwächter-Robe erscheint ihm dafür mehr als angemessen, auch wenn er sich sicher ist, dass keiner der Anwesenden die Bedeutung versteht.

»Es ist ziemlich viel los, Chef.«

Nachdenklich stimmt er seiner Adjutantin mit einer angedeuteten Kopfbewegung zu. Er schließt für einen Moment die Augen. Die Grenze kann er immer noch problemlos wahrnehmen. Respektvoll bittet er um Einlass. Ohne Verzögerung heißt ihn die Lichtwelt willkommen. Jetzt kann er die Augen wieder öffnen. Wie schon einmal ist er nun gleichzeitig Gast in der Lichtwelt und existent im hier und Jetzt. Wenn er sich umschaut, sieht er die ruhigen Farbströme. Hier ist alles in Ordnung, das weiß er jetzt. Aber er spürt eine Veränderung, etwas kommt auf ihn zu und dieses Etwas ist dunkel und böse. Schon einmal hat er so etwas wahrgenommen. Damals wusste er die Zeichen nicht klar zu deuten, aber heute ist das anders.

»Hier wird es geschehen. Ich will, dass alle Teams sich im Kuppeldom verteilen. Sie sollen im Hintergrund möglichst unsichtbar Posten beziehen.«

»Ay, Colonel, dann sind wir aber überall sonst ohne eigene Kräfte.«

Er holt tief Luft. Viele Jahre hat diese Frau unter seinem Kommando gedient. Tatsächlich ist sie heute die einzige Frau in seinem Team. Er schätzt ihren Intellekt und ihre taktischen ebenso ihre strategischen Fähigkeiten sehr. Schließlich war er es, der ihre Versetzung zur Militärakademie West Point aus ihrem Rang als Unteroffizier heraus in die Wege geleitet hat. Sie hat als

Jahrgangsbeste abgeschlossen. Wenn First Lieutenant Catarina Limargo ihrem Vorgesetzten also ihre Bedenken mitteilt, so ist dieser Vorgesetzte gut beraten, diese auch zu erwägen: »Was schlägst du vor?«

$\mathcal{S}$ ie muss nicht nachdenken: »Ein Team auf der Südseite und eines auf der Nordseite zur Beobachtung, je ein weiteres auf Ost- und Westseite, als Einsatzreserve und ebenfalls zur Beobachtung. Der Rest hier. Viel mehr Platz ist auch nicht, Chef.«

$\mathcal{E}$ r muss ihr zustimmen. Sich gänzlich auf die Aufklärung und Beobachtung der Franzosen zu verlassen, ist vielleicht nicht der beste Weg. Auch wenn er sich sicher ist, dass seine Teams innen gebraucht werden und nicht dort draußen. Sie spürt seinen Vorbehalt: »Die Ost- und Westseitenteams können uns durch die Seiteneingänge innerhalb von fünf Minuten erreichen.«

$\mathcal{D}$ as gibt den Ausschlag: »Mach es so.«

$\mathcal{S}$ ie greift zu ihrem Tablet und benützt gleichzeitig leise murmelnd ihr Funkgerät. Wenige Minuten später betreten seine Männer den Dom. Catarina hat jedem Team taktisch günstige Positionen zugewiesen, die die Männer nun unaufgeregt und unauffällig einnehmen.

»Haben wir etwas zur nichtinvasiven Fixierung dabei?«

$\mathcal{S}$ ie nickt: »Zwei Teams mit Klebenetzwerfer und eines mit EMP-Bolzengewehren.«

»Hervorragend. Sie sollen aufbauen. Ich will, dass jeder Winkel dieser Halle erreicht werden kann.«

$\mathcal{D}$ er First Leutnant nickt wortlos und gibt die Befehle über ihr Tablet weiter. Dann blickt sie auf: »Wir decken einen Großteil ab, aber der Raum hat zu viele Winkel.«

$\mathscr{E}$r will gerade antworten, da kommt Bewegung in die französischen Einsatzkräfte. Auch die inzwischen zahlreichen Secret Service Mitarbeiter werden aktiv. Er blickt seine Adjutantin fragend an: »Planänderung. Der französische Präsident kommt gleichzeitig mit den wichtigsten Führern der Europäischen Gemeinschaft an. Bis auf einige Nachzügler werden dann bereits alle draußen versammelt sein.«

$\mathscr{E}$r hat das Programm im Kopf: Begrüßung, Fototermin, Medientermin, Ansprache im Innenhof. Zum Abschluss dann die Besichtigungstour, die im Kuppeldom endet.

$\mathscr{F}$rank kann spüren, wie die Wirbel in den Farbströmen der Lichtwelt intensiver werden. Das Dunkel, dass er erwartet, kommt näher. »Wie lange?«

»Ungefähr 45 Minuten. Die Franzosen halten das Programm straff.«

$\mathscr{E}$r muss grinsen, wenn er sich vorstellt, wie einer der Pressebeauftragten der französischen Regierung versucht bei Lieutenant D'Aragon eine Änderung der Abläufe zu erwirken. Dieser Mann weiß, was er tut und daher werden solche Versuche schon im Keim erstickt. Die Zeit verstreicht zäh. Seine Außenteams melden, dass die Dinge ohne Störung ablaufen. Einzig ein übereifriger Kameramann hat auf die harte Tour erfahren, dass die Franzosen nicht zu Diskussionen bereit sind. Gut so, denkt er sich.

»Chef, unsere Pakete sind in Bewegung. Sowohl der Verteidigungsminister als auch der POTUS begleiten den französischen Präsidenten an der Spitze der Besucher.«

$\mathscr{E}$r schließt die Augen. Ja, jetzt wird es bald sichtbar werden. Die Lichtwelt beginnt in wallenden Wirbeln zu strömen. Er wendet sich an seine Adjutantin: »Meldung an alle Teams:

höchste Alarmbereitschaft.«

$\mathcal{S}$ie nickt ihm lediglich zu, diese Anweisung hat sie eben bereits auf eigenen Antrieb hin ausgegeben.

$\mathcal{N}$och sind die Gäste nicht im Dom angekommen, aber jetzt öffnen sich die großen Seitenportale. Eine Gruppe Männer betritt den Raum. Sie tragen alle graue Anzüge. Aber sowohl Frank als auch jedem anderen Mitglied seines Teams ist sofort klar, dass dies keine zivilen Mitarbeiter sind.

$\mathcal{F}$rank beobachtet diese Gruppe genau. Allmählich kommen immer mehr dieser Männer mit ihren grauen Anzüge in den Kuppeldom. Ohne die Augen abzuwenden, weist er seine Adjutantin an: »Dringende Anfrage an Lieutenant D'Aragon: Zu wem gehören die neu angekommenen Einsatzkräfte?

$\mathcal{E}$inen Moment später meldet sich sein Headset: »Lieutenant D'Aragon, Colonel. Wir wissen nicht, wer das ist. Die Freigaben der Zugangspässe sind gültig, direkt aus dem Gesundheitsministerium ratifiziert.«

$\mathcal{F}$rank holt tief Luft, bevor er antwortet: »Verstanden, Lieutenant. Werden Sie Ihre Kräfte im Dom aufstocken?«

$\mathcal{E}$inen Moment zögert der Franzose: »Nein, Colonel. Wir wurden angewiesen, uns auf die Gruppe der Besucher und die Präsidenten zu konzentrieren.«

$\mathcal{F}$rank zeigt jetzt ein raubtierhaftes Grinsen: »Lieutenant, dann werden wir uns um sie kümmern.«

$\mathcal{D}$ie Verbindung ist digital und vollkommen rauschfrei. Frank denkt für einen Moment, dass das Gespräch beendet sei, aber dann antwortet ihm der Franzose doch noch, bevor er das Gespräch tatsächlich beendet: »Bon chance, Colonel!«

*C*atarina blickt ihn an: »Das Gespräch ist beendet worden.«

*J*etzt werden die Seitenportale des Kuppeldomes wieder geschlossen. Ein seltsam mechanisches Geräusch ist zu hören. Dann meldet sich einer seiner Beobachtungsteams von weiter oben: »Colonel, die haben zwei Hundedrohnen dabei. Da ist irgendetwas auf diesen Dingern oben drauf montiert.«

*C*atarina hält ihm ihr Tablet hin. Es ist ein Video-Stream zu sehen. Zwei Drohnenhunde stapfen teilnahmslos in den Kuppeldom. Ihr Ziel ist offensichtlich der Sarkophag, der seit 1840 dort steht und die sterblichen Überreste von Napoleon enthält.
Er greift sich das Tablet und ruft mit flinken Fingern Menüfunktionen auf. So geht an den Beobachter die Anweisung, eine Fernanalyse durchzuführen. Als das Ergebnis angezeigt wird, keucht seine Adjutantin erschrocken auf.

*E*iner der Drohnenhunde trägt nun das Warnsymbol für Radioaktivität. Beim Zweiten wird ein Hinweissymbol eingeblendet. Die Last auf dessen Rücken zeigt sehr tiefe Temperaturen und Spuren von Distickstoffmonoxid.

»Verbindung zu Lieutenant D'Aragon. Notfallpriorität.«

*E*r reicht sein Tablet an seine Adjutantin zurück. Binnen kürzester Zeit hört er den Franzosen auf seinem Kopfhörer: »Colonel?«

»Strahlungswarnung und Biohazardwarnung im Kuppeldom. Haben Sie Eindämmungswerkzeuge für Biohazard verfügbar?«

*D*er Franzose ist offenbar ein Schnellumschalter: »Zugang zur Kommandostruktur und Authentifizierung ist gerade an Ihre Adjutantin gegangen. Müssen wir abbrechen, Colonel?«

*F*rank antwortet ohne Nachdenken: »Bisher nicht, aber halten Sie die Gruppe im alten Krankenhaus auf. Noch nicht den Kuppeldom betreten. Wiederhole. Nicht den Kuppeldom betreten.«

»Verstanden«

*W*ieder ist die Verbindung sofort beendet. Catarina meldet sich: »Ich bin im Com-Kreis der Franzosen. Soll ich dich aufschalten?«

*E*r nickt grimmig: »Ja, aber sende vorher die Authentifizierung. Das sind Profis, sonst werden sie mir nicht zuhören.«

*C*atarina lässt wieder die Finger über ihr Tablet fliegen. Nebenher fragt sie ihn: »Chef, Strahlenwarnung verstehe ich, aber warum Biohazard?«

*F*rank knurrt. »Tiefe Temperaturen und Spuren von Distickstoffmonoxid. Gekühltes Biomaterial und Treibgas. Biohazard.«

*E*rschrocken blickt sie ihn an: »Oh mein Gott!«

*E*inen Moment später hört er eine Stimme über seinen Kopfhörer: »Oui, qui est?«

»Haben Sie meine Authentifizierung erhalten?«

*E*ine Sekunde zögert sein Gegenüber. Dann kommt die nüchterne Antwort: »Oui, Colonel.«

»Wir haben eine Biohazard-Warnung und eine Strahlenwarnung ausgehend von den beiden Drohnenhunden, die eben durch die Seitenportale in den Dom eingelassen wurden. Zusätzliches Personal, Männer in grauer Kleidung mit Freigabe

Ihres Gesundheitsministeriums, begleitet die Hunde. Frage: haben Sie Biohazard Eindämmung verfügbar und bereit?«

*E*inen Moment ist die Verbindung wieder still. Dann meldet sich der Franzose, dieses Mal hörbar erschüttert: »Oui, Colonel. Auf der Emporenebene. Ich habe eben die Aktivierung angeordnet.«

»Warten Sie noch. Da geht noch mehr vor sich.«

*J*etzt schiebt sich eine Frau durch die Gruppe Männer nach vorn. Sie ist schlank, eher dürr und groß gewachsen. Als sie ihre Sonnenbrille abnimmt, wird ihr faltiges Gesicht sichtbar.

*D*ieser Anblick lässt es Frank eiskalt den Rücken hinablaufen. Ihm ist sofort klar: Paris ist in großer Gefahr.

*E*r weist seine Adjutantin an: »Sofort einen Melder mit Glasfaserkabel zum französischen Kommandoposten entsenden. Anderes Ende zu dir. Sofort!«

*Nutze das Wissen
des Korallenbaumes*

$\mathscr{E}$ine endlose Minute lang beobachtet Frank die Frau. Sie blickt sich sorgfältig im Kuppeldom um. Zum Glück haben alle Einsatzkräfte die Warnung verstanden und agieren unauffällig. Ihr kalter, misstrauischer Blick gleitet herüber zu ihm und Catarina, aber selbstverständlich hat er seinen Standpunkt sorgfältig gewählt. Sie stehen im Halbschatten und seine schwarze Lichtwächter-Robe tut ihr Übriges. Sehen kann ihn die Frau also nicht. Trotzdem verharrt ihr Blick zögernd einen Moment in seiner Richtung. Dann spricht sie einen der Männer im grauen Anzug an. Noch einen Moment ist ihr Blick in seine Richtung gerichtet, dann wendet sie sich dem Mann zu. Im Profil ist ihr altes Gesicht zu erkennen. Das Licht des dezent aufgebauten Scheinwerfers fällt hart auf ihre Miene. Alles an ihr ist böse und aggressiv. Frank kann sehen, wie die Farbwirbel der Lichtwelt um sie herum einen lokalen Wirbel bilden. Weiter außen ist es dunkel. Der schwer atmende Melder seines Beobachtungsteams lenkt Frank ab. Er stellt einen schwarzen Kasten auf den Boden und klappt ihn auf. Eine komplette Kommandostation für den Feldeinsatz ist in diesem schwarzen Kasten verborgen. Er ist verbunden mit seinem Gegenstück, das jetzt bei Lieutenant D'Aragon stehen müsste. Wortlos greift der Melder zum antiken Telefonhörer, der an der Seite des Kastens befestigt ist, und reicht ihn ihm: »Colonel, die Franzosen sind bereits in der Leitung.«

$\mathcal{L}$ächelnd nickt Frank dem Melder zu: »Perfekt, Simon. Danke.«

$\mathcal{D}$ann nimmt er den Hörer und hält ihn sich ans Ohr. »Lieutenant D'Aragon?«

»Oui, Colonel. Status für Sie: wir können die Gruppe nur noch für maximal fünf Minuten zurückhalten. Ansonsten kommen wir zu Ihnen oder brechen ab.«

»Verstanden. Informieren Sie Ihre Männer, dass es zu einem kompletten Kommunikationsblackout kommen wird. Wir haben einen Protokollwechsel, nun gilt 'Bedrohung von Innen'«

»Ah, Colonel. Woher haben Sie diese Information?«

»Der Blackout? So würde ich es machen, wenn ich an deren Stelle wäre.«
Der französische Einsatzleiter schweigt kurz. Auch diese Verbindung ist digital und zeichnet sich durch eine exquisite Sprachqualität aus. Frank kann Lieutenant D'Aragon atmen hören: »Certainement. Was haben Sie vor zu tun, Colonel?«

»Wenn Sie einverstanden sind, kläre ich die Situation.«

$\mathcal{N}$ur einen Augenblick zögert der Franzose: »In Ordnung. Sie haben meine Freigabe.«

$\mathcal{E}$rleichtert atmet Frank aus. Sofort dankt er der Lichtwelt dafür, dass dieser Franzose nicht auf den Kopf gefallen ist: »Danke, Lieutenant. Zwei Dinge noch.«

»Colonel?«

»Lassen Sie die Umgebung räumen. Möglichst unauffällig wäre gut.«

»In Ordnung, das läuft bereits.«

$\mathcal{F}$rank nickt zufrieden. Dann fährt er fort: »Wenn das bei mir schiefgeht, muss für ganz Paris eine Biohazard-Warnung Stufe 3 ausgesprochen werden. Können Sie das für mich tun?«

»Stufe 3? Colonel, das bedeutet Abriegelung und Eindämmung. Sie sprechen von Paris!«

»Lieutenant, wenn ich recht habe, können wir von Glück sprechen, wenn am Ende nur Paris betroffen ist, falls ich das in den Sand setze.«

$\mathcal{J}$etzt wendet sich die hagere Frau um und spricht mit jemandem hinter ihr.

»In Ordnung Colonel. Aber tun Sie mir einen Gefallen.«

»Welchen?«

»Setzten Sie es nicht in den Sand.«

$\mathcal{F}$rank lacht kurz auf: »Ich sehe Sie auf ein Bier danach.«

»Wein, Colonel. Wir Franzosen trinken Wein. D'Aragon aus.«

$\mathcal{E}$r reicht den Hörer nach unten zu seinem Melder, der ihm diesen sofort abnimmt. Die Frau hat er währenddessen nicht aus den Augen gelassen. Jetzt hält sie ein kleines Eingabeterminal in der Hand.

»Catarina, ich werde jetzt dort hinübergehen. Damit ich ungesehen hinkomme, benötige ich eine Ablenkung. Sorge dafür.«

»Nur ablenken oder handeln?«

»Ablenken. Irgendetwas, das zivil wirkt. Wir dürfen sie nicht erschrecken.«

Einen Moment wird ihr Blick nachdenklich, dann lächelt sie grimmig: »Ay, Colonel. Was dann?«

Frank macht einen tiefen Atemzug. Er blickt seiner Adjutantin in die Augen: »Wenn ich das Zeichen gebe, schaltet ihr diese Hundedrohne mit dem Biohazard im Gepäck aus. Vollständige Eindämmung.«

Sie nickt ihm zu: »Ay, Chef. Was ist mit der anderen Hundedrohne?«

Sein Blick wird traurig: »Strahlungswarnung. Das ist eine taktische Atombombe. Eine Fissionsbombe vermute ich. Sprengkraft um die hundert Kilotonnen. Wir haben nichts, das so etwas eindämmen kann.«

Ihr Blick ist klar, als sie antwortet: »Also darf das Ding nicht hochgehen.«

Er nickt nachdrücklich. Sie blickt kurz zur Seite, dann kehren ihre Augen wieder zu ihm zurück: »Colonel, was ist das Zeichen?«

Wieder zeigt er sein Grinsen, als er antwortet: »Oh, das erkennst du sofort, wenn du es siehst.«

Er richtet sich auf. Noch einmal blickt er sich im Kuppeldom um. Dann erteilt er den Befehl: »Fangt an. Ablenkung jetzt.«

Lieutenant Catarina Limargo reagiert gefasst. Routiniert greift sie zu ihrem Tablet.

Frank beobachtet die Gruppe der Männer in grauen Anzügen. Die hagere, dürre Frau steht jetzt entspannt in der ersten Reihe,

als ob sie auf etwas warten würde. Er ist sich sicher, sie wartet auf die Besucher. Erst wenn der Präsident von Frankreich und POTUS ankommen, wird sie handeln.

$\mathcal{N}$un ist im Bereich links von ihm Bewegung zu sehen. Zwei Männer in grauen Overalls hantieren an den aufgestellten Scheinwerfern. Halblaut unterhalten sie sich. Es ist jedoch nicht zu verstehen, was sie reden. Sie tragen Schildmützen, aber Frank ist sich sicher, dass die beiden zu seinem Team gehören. Er schließt die Augen. Jetzt ist er gänzlich in die Lichtwelt eingetaucht. Sein Geist versucht der Lichtwelt, seine Wünsche zu vermitteln. Die Wirbel der Farbströme umkreisen ihn daraufhin. Sie prüfen ihn, sein Wesen und seinen Wunsch. Dann ziehen sie sich zurück, aber nicht ohne ihm seinen Wunsch zu gewähren. Dankbarkeit erfüllt ihn. Eine Dankbarkeit, die er versucht, den Farbströmen zu übermitteln, aber diese scheinen ihn inzwischen nicht weiter wahrzunehmen. Er kehrt zurück in diese Welt und öffnet die Augen.

$\mathcal{B}$edächtig macht er sich auf den Weg. Er geht außen herum. Sein Besuch in der Lichtwelt hat etwas verändert. Die Menschen nehmen ihn nicht wahr. So kann er sich vorsichtig, aber vor allem unbemerkt der Gruppe der Männer in den grauen Anzügen nähern. Dann beginnt die Ablenkung.

$\mathcal{M}$it lautem Klappern fällt einer der Scheinwerfer um und reißt im Umfallen einen Zweiten von seinem Stativ. Alle Augen richten sich dorthin. Auch die wachsamen Köpfe der Männer in grauen Anzügen rucken herum. Einige ziehen ihre Waffen. Frank erkennt diese ohne Anstrengung. Es handelt sich um SIG Sauer MPX Maschinenpistolen. Das sind definitiv keine Waffen, die er für eine Personenschutzaufgabe wählen würde. Diese Männer sind für einen Angriff ausgerüstet.

$\mathcal{D}$ie beiden Männer in ihren grauen Overalls hantieren ungeschickt an den umgefallenen Scheinwerfern. Ihr halblaut

geführter, hitziger Dialog macht den Eindruck, dass sie einander die Schuld für den Vorfall zuschieben. Einer der beiden wendet sich um und ein weiterer Scheinwerfer fällt zu Boden. Von irgendwoher im Kuppeldom kommt ein launischer Kommentar in französischer Sprache, gefolgt von einem belustigten Lachen. Die Männer in den grauen Anzügen blicken sich sorgfältig um. Das sind Profis, die sich nicht lange von einem umfallenden Scheinwerfer ablenken lassen. Aber die Ablenkung kam genau richtig. Frank ist inzwischen hinter der Gruppe. In seiner schwarzen Lichtwächter-Robe ist er hinten an der Wand des Domes für sie unsichtbar. Einen Moment lang hat er die hagere Frau aus dem Blick verloren, aber jetzt steht er nur zwei Meter hinter ihr. Auch sie wurde von den umfallenden Scheinwerfern abgelenkt. Frank beobachtet sie genau. Er ist gleichzeitig im Kuppeldom und in der Farbwelt. Wie schon vorhin sieht er die Wirbel der Farbströme einen Bogen um diese Frau machen. Sie ist umgeben von Dunkelheit. Einer bösen Dunkelheit. Frank zögert einen Moment, dann nimmt er den Schild vom Rücken und hält ihn in der linken Hand. Mit der rechten Hand zieht er lautlos das Katana aus seiner Scheide.

*D*ie Frau strafft sich. Er ist sich sicher, dass sie etwas spürt, aber ihr suchender Blick geht nur nach vorn, nicht nach hinten. Sie hebt ihr Eingabeterminal.

*D*a meldet sich sein Kopfhörer: »Chef, Störsender ak....«

*D*ie Verbindung ist abgebrochen. Er hat so etwas erwartet. Übergangslos handelt er.

*I*n einem weiten Bogen lässt er sein Schwert durch die beiden Männer im grauen Anzug fliegen, die direkt vor ihm und damit hinter der Frau stehen. Fast lautlos brechen sie zusammen. Die Frau registriert, dass sich etwas geändert hat und wendet sich um. Frank kann eine Sekunde lang an den blinkenden Tasten ihres Eingabeterminals erkennen, dass es nun aktiv ist. Einer der

Tasten am oberen Ende des Terminals blinkt hektisch rot. Eine zweite Taste daneben, etwas kleiner, leuchtet tiefrot. Die Frau erkennt die Gefahr. Sie schaut ihm direkt in die Augen. Zwei dunkle Pupillen blicken ihn gehässig an. Ihr Finger senkt sich auf das Terminal.

$\mathcal{F}$rank erlebt das alles wie in Zeitlupe. Ein Teil von ihm lässt das Schwert wieder hochkommen, um es nur Momente später durch die Körper zweier weiterer Männer in grauen Anzügen zu führen. Der Finger der Frau nähert sich immer weiter der Taste.

$\mathcal{D}$och seine Adjutantin hat gehandelt. Hinter der Frau ist ein lautes, schmatzendes Geräusch zu hören. Sie drückt jetzt voller Grimm die große, rot blinkende Taste an ihrem Handterminal. Dann wendet sie sich um. Einer der Hundedrohnen ist begraben unter einem Berg von schnell aushärtendem Sicherungsschaum. Frank weiß, dass dieser Schaum im Innern beim Aushärten Temperaturen von über zweihundert Grad Celsius erzeugt. Schon jetzt ist der Drohnenhund komplett eingeschlossen und versiegelt unter dem Schaum begraben, der soeben rauchend auch im Außenbereich hart wird.

$\mathcal{D}$er Schrei der Frau ist nicht menschlich. Zornig fährt sie zu Frank herum. Ihr hasserfüllter lodernder Blick erfasst ihn für einen Moment. Dann handelt die Frau. Sie hebt die linke Hand, die das Terminal trägt.

$\mathcal{N}$och einmal lässt Frank das Katana die Richtung ändern. In seiner Hand gleitet diese Waffe in einer Form durch die Luft, als ob sie nur seinem Willen gehorcht und nicht den physikalischen Gesetzen. Die letzten beiden Männer in grauen Anzügen haben gerade ihre SIG Sauer Maschinenpistolen unter ihren Jacketts hervorgezogen, als das Katana zuerst dem einen und dann gleich darauf dem zweiten die Brust zerteilt. Mit aufgerissenen Augen fallen sie zu Boden.

$\mathcal{D}$ie Frau ignoriert den Verlust ihrer Männer völlig. Ihr fanatischer Blick ist auf das Terminal in ihrer linken Hand fixiert. Der Zeigefinger ihrer rechten Hand ist nur noch Zentimeter von der zweiten Taste, die nun ebenfalls in hektischem Rot blinkt, entfernt. Dann ist der Zeigefinger fast an seinem Ziel angekommen. Sie hebt den Blick und grinst ihn höhnisch an, sicher, dass er ihren Tastendruck nicht mehr vermeiden kann.

$\mathcal{D}$och Frank hat die Bahn seines Katanas instinktiv geplant. Mit dem Schild in der linken Hand lenkt er die Maschinenpistole eines heranstürmenden Komplizen der Frau nach oben ab. Seine rechte Hand hält das Schwert auf Kurs, lautlos schwirrt es durch die Luft. Nur noch wenige Millimeter ist der Finger der Frau entfernt von der rot blinkenden Taste des Terminals. Sie öffnet bereits den Mund für einen Siegesschrei. Dann fährt das Katana durch ihr Handgelenk. Vom Schwung des Schwertes angestoßen, wirbelt die abgetrennte Hand davon. Der ungläubige Blick der Frau folgt ihrer Hand. Jetzt ist Frank neben ihr. Mit dem Schild schlägt er ihr das Terminal aus der linken Hand, sodass es am Boden zerbricht. Seine Augen blicken sie kalt an. Erst jetzt wird ihr klar, wer da vor ihr steht. Das ist kein Mitglied der Einsatzkräfte vor Ort. Ein Lichtwächter in schwarzer Robe vollstreckt sein Urteil. Den finalen Hieb seines Katanas sieht sie nicht kommen. Frank hält ihren Blick gefangen, bis er bricht. Ihr Kopf ist vom Rumpf getrennt.

$\mathcal{U}$m ihn herum bricht die Hölle los. Sämtliche Einsatzkräfte stürmen auf ihn zu. Innerhalb von Sekunden sind die restlichen Männer in grauen Anzügen am Boden entwaffnet. Der zweite Drohnenhund wird von vier in Schutzanzügen gekleideten Gestalten, die zum Hauptportal hereinstürmen, in eine strahlungssichere Hülle verbracht und mit rasender Geschwindigkeit abtransportiert. Draußen ist das dröhnende Geräusch eines großen Helikopters zu hören. Nur Sekunden später startet der Helikopter. Es ist ein Alarmstart, Frank erkennt

das am Geräusch der Triebwerke und dem lauten, schlagenden
Klopfen der Rotoren.

$\mathcal{K}$euchend steht er da. Das Katana zeigt zu Boden. Er hat den
Kopf gesenkt. Noch einmal schließt er die Augen. Er bedankt
sich bei der Lichtwelt. Dann richtet er sich auf.

$\mathcal{E}$insatzkräfte umzingeln ihn. Vorsichtig legt er den Schild
und das Katana zu Boden und hebt die Arme. Schon ist er an
den Armen gepackt und die Einsatzkräfte wollen ihn zu Boden
werfen.

»Arrêt!«

$\mathcal{F}$rank wendet den Kopf, Lieutenant D'Aragon steht da und er
grinst ihn schief an: »Sorry für die Sauerei.«

$\mathcal{A}$uf eine Kopfbewegung des Lieutenants entlassen die
Spezialkräfte Frank aus ihrem Griff, aber sie behalten ihn
misstrauisch im Blick.

»Oh, wir sind das gewohnt, Colonel. Amerikaner hinterlassen
immer irgendetwas, das wir dann wegräumen müssen.«

$\mathcal{B}$eide blicken sich ernst an. Dann wird ihr Blick entspannter.
Lieutenant D'Aragon streckt ihm die Hand entgegen. Frank
ergreift sie: »Im Namen der französischen Nation und aller
Menschen danke ich Ihnen.«

$\mathcal{F}$rank nickt einfach, dann hebt er fragend die Augenbrauen.
Der Lieutenant versteht sofort, was er meint. Er bückt sich und
hebt das Schwert und den Schild auf. Nachdenklich betrachtet
er es. Schließlich hebt er den Kopf, nickt seinen Männern
zu, wendet sich um und geht gemachlichen Schrittes zum
Hauptportal. Verblüfft blickt ihm Frank nach, dann folgt er ihm.
Die Einsatzkräfte bilden eine Gasse, durch die er dem Lieutenant
folgen kann. Immer wieder klopft einer ihm anerkennend auf

die Schulter. Diese Männer wissen genau, auf welch Messers Schneide sie alle eben noch balanciert sind.

*A*uch draußen herrscht ein wildes Durcheinander. Krankenwagen, Einsatzfahrzeuge und umher eilende Einsatzkräfte bilden ein undurchschaubares Chaos.

*L*ieutenant D'Aragon steht etwas abseits unter einem Baum. Er blickt Frank neugierig an. Als Frank den Franzosen erreicht hat, wendet dieser sich um und macht noch einige Schritte. Nun stehen sie hinter einer Zierhecke vor dem Kuppeldom und den Blicken der Menschen dort geschützt.

*E*indringlich mustert der Lieutenant die Waffen in seiner Hand. Dann reicht er Frank den Schild. Dieser nimmt es und setzt es sich ohne nachzudenken auf den Rücken. Dort dort ist sein Platz.

*V*orsichtig wendet der Franzose das Schwert in den Händen und betrachtet es von allen Seiten. Dann hebt er den Kopf. Sein Blick ist durchdringend: »Welche Herkunft sagten Sie noch, hat dieses Schwert?«

*V*erwundert antwortet ihm Frank: »Ssvolyk.«

*E*inen Moment gleitet der Blick des Franzosen über seine schwarze Lichtwächter-Robe: »Ein ungewöhnlicher Name, möchte ich meinen.«

*F*rank nickt und antwortet ausweichend. »Es ist auch ein ungewöhnlicher Ort, von dem dieses Schwert kommt.«

*D*er Blick des Franzosen ist nun todernst: »So, so, ein Ort, sagen Sie.«

*N*och einmal mustert er das Schwert, dann fördert er ein großes Taschentuch aus seiner Hosentasche hervor und reinigt vorsichtig die Klinge. Tatsächlich ist nur sehr wenig Blut haften

geblieben. Das weiße Taschentuch färbt sich trotzdem rot.

»Dieses Schwert ist so besonders. Außergewöhnlich.«

$\mathscr{F}$rank beobachtet Lieutenant D'Aragon verwundert. Als dieser wieder aufblickt, reicht er ihm das Schwert: »Nur wenige haben es verdient, eine solche Waffe zu führen.«

$\mathscr{F}$rank nickt einfach und schiebt dann das Katana zurück in seine Scheide.

»Nur wenige haben das Tiefmeer besucht.«

$\mathscr{E}$rschrocken blickt Frank auf.

$\mathscr{J}$etzt lächelt ihm der Lieutenant zu. Dann fährt er leise fort: »Und noch weniger Wesen haben die Ehre erfahren, eine solche Waffe zu erhalten. Wissen sie, diese Korallenbäume sind sehr wählerisch in solchen Dingen.«

$\mathscr{E}$r greift nach hinten und fördert eine kurze Klinge hervor. Frank erkennt es. Es ist eindeutig eine Waffe aus einem Ast des Ssvolyk-Korallenbaumes: »Ich war würdig, dieses überreicht zu bekommen.«

$\mathscr{D}$er Franzose seufzt: »Aber Sie, mein Lieber, sind etwas anderes. Sie sind ein Lichtkrieger.«

$\mathscr{J}$etzt findet Frank endlich Worte: »Sie wussten es die ganze Zeit.«

$\mathscr{G}$rimmig nickt ihm der Franzose zu: »Was glauben Sie denn? Dass ich jedem dahergelaufenen Amerikaner das Überleben von Paris anvertraue?«

$\mathscr{E}$inen Moment ist Frank verblüfft. Dann antwortet er dankbar mit einer leichten Verbeugung: »Danke für Ihr Vertrauen,

Lieutenant.«

$\mathcal{D}$er Franzose steckt den Dolch wieder am Rücken in seinen Hosenbund. Anschließend reicht er Frank die Hand. Es ist eine Geste der Verabschiedung, soviel ist klar: »Nochmals danke für die Rettung von Paris, Lichtkrieger.«

$\mathcal{S}$ie schütteln sich die Hände. Dann wendet sich der Lieutenant ab und macht sich auf den Weg zurück zum Kuppeldom. Mitten im Schritt bleibt er stehen und wendet sich noch ein letztes Mal um: »Ich sage Ihrem Team Bescheid, dass Sie sofort wieder aufgebrochen sind.«

$\mathcal{E}$r zwinkert ihm mit dem rechten Auge zu: »Eine neue Mission, würde ich meinen.«

$\mathcal{F}$rank nickt ihm dankbar zu: »Danke.«

$\mathcal{D}$ann ist der Franzose hinter der Hecke verschwunden.

$\mathcal{F}$rank blickt sich um. Einen Moment ist er unsicher, was er nun machen soll.

$\mathcal{D}$och dann ist er sich plötzlich sicher, was zu tun ist. Er schließt ein letztes Mal die Augen und bittet die Lichtwelt um Einlass.

𝒩utze das Wissen
des Korallenbaumes

𝓜üde lässt sich Kkhil T~es M`aru in einen Sessel fallen. Noch immer verliert sie manches Mal die Orientierung am Hof der Lichtgeschwister. Die Lichtzeiger haben es sich wohl zur Aufgabe gemacht, ihr die Eingewöhnung so angenehm wie möglich zu gestalten. Immer, wenn sie jemanden braucht, ist einer der Lichtzeiger für sie da. In dieser ersten Zeit als Lichtschwester hat ihr das wirklich sehr geholfen.

𝒟ie letzten elfmal elf Sonnenläufe waren angefüllt mit Aufgaben. Die Gilde der Lichtheiler wollte sich ursprünglich auflösen. Zu groß war die Scham der aufrechten Lichtheiler über den Großen Verrat, den ihre erste Lichtheilerin begangen hatte. Aber sie war sich mit Uuhrtalon H~es M'ursur von Anfang an einig gewesen, dass dies nicht der Weg zur Heilung ist. So hat sie als Lichtschwester darauf hingewirkt, dass die Lichtheiler einen Neuanfang gewagt haben. Aus freiwilliger Buße heraus sind ihre Roben nun für alle Zeit grau und einfach ausgeführt. Sie hält diese Art der gezeigten Reue für sinnlos. Ihr Lichtbruder hat jedoch darauf bestanden, dass die Lichtheiler heute und in Zukunft ein öffentlich sichtbares Zeichen für ihren Neuanfang setzen. Er versteht mehr von höfischer Politik als sie. Sie seufzt bei dem Gedanken an Hofpolitik und Kämpfe der Gilden um Einfluss.

𝒰rsprünglich war ihre Hoffnung gewesen, dass die ehemalige Lichtschwester ihr zur Seite stehen könnte. Aber diese hat

sich mit höflicher Selbstverständlichkeit wenige Sonnenläufe nach dem Großen Verrat von ihr verabschiedet. Sie will ihre letzten Tage als Wanderin über die weiter entfernten Welten des Lichtwächterimperiums reisen.

$\mathcal{O}$bwohl sie nahezu nie alleine ist, empfindet Kkhil T~es M`aru eine große Einsamkeit. Ihr Berater, Ithak'kl T~es Stegi'mahr, und der RomKaqul stehen ihr treu zur Seite. Ohne diese beiden Oh-Khalí wüsste sie nicht, wie sie ihre Aufgaben als Lichtschwester erfüllen sollte. Seltsamerweise findet ihr Lichtbruder sich deutlich besser zurecht in seiner neuen Rolle. Sie hat jedoch den Verdacht, dass ein gewisser Vo-Shirr und eine Lichtspürerin nicht gänzlich unbedeutend für diese Entwicklung sind. Jetzt muss sie lächeln. Uuhrtalon H~es M'ursur strahlt vor Glück, wenn Kaah K~rat Kaah an seiner Seite ist. Sie gönnt ihm dies von ganzem Herzen.

$\mathcal{S}$eufzend steht sie auf. Dies ist die private Residenz der Lichtschwester. Hierher zieht sie sich zurück, wenn sie ihre Gedanken ordnen will, denn sie ist dann ungestört. Niemand, wahrlich niemand, kommt an ihrem persönlichen Lichtwächter vorbei. Der riesige Namhbane K~ur Samir steht unverbrüchlich Wache. Falls tatsächlich jemand einen Versuch wagen sollte, die Lichtschwester zu stören, reicht dieser unglaublich ernste Blick des riesigen Oh-Khalí mit seinem nachtschwarzen Hautfell in den allermeisten Fällen aus, um den Störenfried zu vertreiben.

$\mathcal{S}$ie steht auf und geht zum Fenster. Der Blick von hier oben ist unglaublich. Diese Stadt ist wunderschön. Die Oh-Khalí sind alle so wunderbar freundlich. Hier spürt sie, dass der Geist des Lichtwächterimperiums durch den Großen Verrat keinen Schaden genommen hat. Uuhnikla erhebt sich gerade über den Horizont, während Sintkana noch warm auf die Stadt strahlt. Dies ist ihre Lieblingszeit im Sonnenlauf.

*E*in leises Klopfen ist zu hören. Offensichtlich hat es
doch ein Störenfried geschafft, an Namhbane K~ur Samir
vorbeizukommen.

*I*hren Blick weiterhin auf die golden leuchtende Stadt
gerichtet, antwortet sie nach einer Kautka des Zögerns mit fester
Stimme: »Ich bin da.«

*D*ie Tür öffnet sich. Sie kann hören, wie ein Oh-Khalí mit
festem Schritt ihre Räumlichkeiten betritt. Sie seufzt ergeben.
Sicher ist das wieder ein Abgesandter der Ioqatii. Seit über elf
Sonnenläufen senden die jüngeren Kaqul immer wieder einen
Botschafter zu ihr. Es geht um die Aufteilung der Handelsrouten
auf einer der näher liegenden Welten des Lichtwächterimperiums.
Nichts, was sie heute wirklich interessiert, aber dann ermahnt
sie sich selbst, strafft sich und wendet sich mit einem offiziellen
Gesichtsausdruck dem Besucher zu.

*V*or ihr steht ein Lichtwächter in schwarzer Robe. Er
hat helles Haar und seine Haut schimmert rosig. Nirgends ist
Hautfell zu erkennen. Ihr Verstand erkennt den Lichtwächter
sofort, aber ihre Gefühle weigern sich noch. Sie möchte nicht
enttäuscht werden. Nur mühsam ist es ihr während der letzten
Sonnenläufe gelungen, dieses Gefühl des Verlustes und der
Einsamkeit in einen festen Panzer tief in ihrem Wesen zu
verpacken.

*B*laue Augen lächeln sie an. Es ist ein Blau, in das ihr Geist
ohne Bedenken einsinken will. Sie steht da, wie erstarrt. Dann
ergreift der Lichtwächter das Wort.
»Wanderin, ich grüße dich. Dieses Mal bin ich dir nicht vor die
Füße gefallen. Ein Fortschritt, findest du nicht?«

*J*etzt gibt es kein Halten mehr für sie. Wie ein Wirbelwind
eilt sie auf den Lichtkrieger zu, der sie so keck anlächelt. Kautka

später liegen sie sich in den Armen. Ihre Lippen finden sich und ihre Augen versinken ineinander.

*V*iele Utka später erst findet Kkhil T~es M`aru Worte. Sie hält ihn vorsichtig an den Schultern und blickt ihm sorgenvoll in die Augen: »Musst du wieder gehen?«

*E*r zögert kurz. Dann schüttelt er den Kopf: »Nein, meine Lichtschwester. Ich bin meinem Ruf gefolgt und nun bleibe ich bei dir.«

*I*hre Stimme ist nur ein Hauchen: »Ist das so?«

*E*r nimmt sie erneut in seine Arme. Sie spürt seine Haut. Die Haut ohne Hautfell. Seine Finger gleiten ihren Rücken hinab. Sie spürt, wie er dieses Gefühl genießt. Erneut finden sich ihre Blicke.

»Jetzt bin ich dein, meine Lichtschwester.«

XL

dvitiyah upasanharah

द्वितीयः उपसंहारः

~ *Zweiter Epilog* ~

*Nutze das Wissen
des Korallenbaumes*

*S*hirkla-Sva-Ssil fühlt sich erschöpft. Das Erzählen und vor allem das Erinnern an die Ereignisse von damals haben ihn deutlich mehr Kraft gekostet, als er erwartet hat. Die jungen Wanderer-Schüler waren ein unglaublich dankbares Publikum. Ihr ehrliches Interesse und die Begeisterung, die der alte Vo-Shirr-Gelehrte in ihren Augen erkennen konnte, als er ihnen die Geschichte erzählt hat, waren eine mehr als ausreichende Belohnung für ihn. Er musste am Ende noch viele Fragen beantworten, aber dann haben die beiden Lichtzeiger die Initiative ergriffen und ihre Schäfchen zuerst zu einer Verabschiedung gedrängt und dann die ganze Gruppe aus der großen, alten Audienzhalle hinausgeführt. Der junge Lichtwächter war noch einen Moment zurückgeblieben. Schließlich hat er sich mit großem Ernst und tiefer Ehrfurcht vor dem Vo-Shirr verbeugt, bevor auch er die Audienzhalle verlassen hat.

*N*un ist der Vo-Shirr wieder alleine. Nachdenklich verweilt er vor dem Bildnis. Es ist eines der besseren und realistisch wirkenden Bilder in der großen Audienzhalle. Die beiden Oh-Khalí wirken lebensecht. Wenn Shirkla-Sva-Ssil seine Wahrnehmung etwas unscharf werden lässt, kann er fast glauben, dass die beiden lebendig vor ihm stehen. Uuhrtalon H~es M'ursur blickt ihn mit diesem ernsten Blick an, hinter dem sich ein wacher und schlagfertiger Geist verbirgt. Kkhil T~es M`aru

lächelt ihm zu.

$\mathcal{A}$ls er vorhin in das Gesicht dieser jungen Schülerin geblickt und sie ihm ihren Namen genannt hat, wollte er es zuerst nicht glauben. Er ist sich sicher, dass die wundersamen Ströme der Lichtwelt die Wanderin mit ihrem fröhlichen und warmen Wesen in diesem Kind erneut auf die Wanderung über Khalía schicken. Dass in heutigen Zeiten keine dieser dunklen Mächte mehr aktiv ist, macht ihn froh.

$\mathcal{J}$etzt hört er das Geräusch eines sich im Laufschritt nähernden Oh-Khalí. Shirkla-Sva-Ssil erkennt an den schnellen Schritten, dass es sich um ein Mitglied der Gruppe junger Oh-Khalí handeln muss, die ihm vorher gelauscht hat. Eine der älteren Schülerinnen betritt die große Audienzhalle. Sie bleibt einen Moment an den Eingangstoren stehen, dann hat sie den Vo-Shirr entdeckt, der noch immer im hinteren Teil der Halle schwebt. Mit schnellen Schritten kommt die junge Wanderin auf ihn zu. Dabei wippt ihr wallendes, rotes Haar im Takt ihrer Schritte. Erneut durchfährt Shirkla-Sva-Ssil eine Erinnerung. Als sie ihn erreicht, blickt sie ihn atemlos an. Sie sucht sichtlich nach Worten. Der Vo-Shirr-Gelehrte möchte es ihr leicht machen: »Oh, du hast noch eine Frage, habe ich recht?«

$\mathcal{I}$hr Nicken ist kurz, aber prägnant. Auch diese resolute Bewegung lässt im Vo-Shirr Erinnerungen aufblitzen.

»Ja. Darf ich sie stellen?«

»Aber natürlich. Du willst eine Wanderin werden. Da ist es sozusagen deine Lebensaufgabe zu fragen.«

$\mathcal{N}$achdrücklich schüttelt sie ihre rote Mähne. Grüne Augen blitzen ihn an: »Nein, ich war nur bei dieser Gruppe dabei. Ich werde Lichtspürerin!«

$\mathcal{D}$er Vo-Shirr lässt sich nicht anmerken, wie sehr ihn diese Worte berühren. Deshalb lässt er sein Federkleid leise seine Antwort geben: »Das ist natürlich etwas anders. Sage mir, was willst du fragen?«

$\mathcal{N}$och zögert sie, dann nimmt sie all ihren Mut zusammen und fragt: »Wart Ihr das in der Geschichte? Seid Ihr dabei gewesen? Damals meine ich. Das alles, was Ihr uns erzählt habt, habt Ihr selbst erlebt. Habe ich recht?«

$\mathcal{S}$tille senkt sich über die große Audienzhalle. Der Vo-Shirr antwortet lange Utka nicht. Dann schwebt er ganz dicht vor das Gesicht der jungen Lichtspürerin. Diese blickt ihn unverwandt an: »Nun, meine junge Lichtspürerin. Kannst du ein Geheimnis bewahren?«

$\mathcal{S}$pontan nickt sie ihm zu. Grüne Augen schauen ihn geradeheraus an. Ihre Stimme ist nur ein Hauchen: »Ja. Das kann ich und das werde ich auch.«

$\mathcal{D}$er Vo-Shirr schwebt nach oben und verharrt vor dem Bildnis. Auf die junge Lichtspürerin wirkt das, als ob er Zwiesprache mit den beiden Oh-Khalí hält, die dort abgebildet sind. Dann senkt sich die grauschwarze Federkugel wieder herab und schwebt erneut vor ihrem Gesicht: »Ich nehme dich beim Wort.«

$\mathcal{W}$ieder kommt von ihr das energische Nicken. Shirkla-Sva-Ssil beschließt, dass ihm dies als Zusicherung mehr als genügt: »Mein Name ist Shirkla-Sva-Ssil. Ich darf mit Stolz sagen, dass ich während ihres Lebens ein engster Freund der ersten Lichtgeschwister nach dem Großen Verrat gewesen bin. Und ...«, er lässt sein Federkleid ein trauriges Seutzen erzeugen, »... ich vermisse sie noch heute und an jedem einzelnen Sonnenlauf.«

*T*ief atmet die junge Lichtspürerin ein. Dann antwortet sie ihm mit großem Ernst: »Ich glaube, das hätten sie nicht gewollt. Ich glaube, sie hätten gewollt, dass Ihr Eure Zeit in dieser Welt genießt und Freude an dem habt, was Ihr tut.«

*O*hne darüber nachzudenken, antwortet der Vo-Shirr spontan, mit einem launischen Unterton in der Stimme: »Was soll eine alte Federkugel wie ich es bin, denn noch groß tun oder bewegen?«

*I*hre grünen Augen blicken ihn einige Kautka ratlos an. Dann sieht er, wie sie zu einer Erkenntnis gelangt: »Ihr habt so viel erlebt. Erzählt davon. Erzählt den Oh-Khalí von ihrer Geschichte. Ihr könnt das. Ich habe es erlebt.«

*E*ine ärgerliche Stimme ist vom Eingang der großen Audienzhalle zu hören: »Kaah-Oh, wo bleibst du denn schon wieder. Belästige den ehrwürdigen Vo-Shirr bitte nicht weiter. Los, komm, wir müssen weiter!«

*E*in letzter Blick aus blitzenden, grünen Augen, dann spurtet die junge Lichtwächterin davon. Zurück bleibt ein vollkommen verdatterter Vo-Shirr. Eine Namensgleichheit ist sicher Zufall. Aber gleich zwei? Wieder geht sein Blick zurück zum Bild. Er glaubt zu sehen, wie ihm die Wanderin listig zublinzelt. Dann ist der Moment vorbei. Shirkla-Sva-Ssil versucht sich einzureden, dass dies nur eine Sinnestäuschung war.

*E*ine neue Lebensfreude durchströmt sein Wesen. Er will es tun. Er will den Oh-Khalí erzählen, was er erlebt hat. Er möchte dafür sorgen, dass die Erinnerung an die vielen Freunde, die er hatte und noch hat, erhalten bleibt. Nachdenklich schwebt er zum Ausgang der großen, alten Audienzhalle. Dabei wird ihm klar, dass er dieses Vorhaben nur umsetzen kann, wenn er hinausgeht. Hinaus auf die vielen Welten des Lichtwächterimperiums. Mit diesem Gedanken schwebt er schneller. Als er die Eingangstore

der großen Audienzhalle durchquert, hat er ein neues Ziel.

*E*s ist spät geworden. Das fahlgrüne Licht von Kohmatok schimmert durch die schmutzigen Oberlichter. Ein Beobachter hätte vielleicht den Eindruck bekommen können, dass sich die beiden Oh-Khalí auf dem letzten Bildnis ganz hinten zufrieden lächelnd zunicken.

Kkhil T~es M`aru
  * Dritter Herindt des Blausonnenzyklus
  Wanderin über Khalía, der Zentralwelt des Licht-
  wächterimperiums

Frank
  Ein Besucher, der durch die Lichtwelt nach Khalía
  gelangt

Uuhrtalon H~es M'ursur
  * Dritter Herindt des Blausonnenzyklus
  Lichtwächter

Shirkla-Sva-Ssil
  Ein Vo-Shirr-Gelehrter am Hofe der Lichtgeschwister, sein Alter ist unbestimmt.

Zlotaschir W~urs U'rsur
  * Elfter Herindt des Rotsonnenzyklus
  Ein auf allen Welten des Lichtwächterimperiums
  bekannter Stronia-Spieler. Er war viele Sonnen-

zyklen unangefochtener Champion dieses Stra-
tegiespiels. Seit einigen Sonnenzyklen ist er aber
weniger erfolgreich, seine Anhänger sind darüber
sehr verwundert.

Kaah K~rat Kaah
* Dritter Herindt des Blausonnenzyklus
Eine junge Lichtspürerin, auf die große Aufgaben
warten.

Ithak'kl T~es Stegi'mahr
* Elfter Herindt des Blausonnezyklus
Berater der amtierenden Lichtgeschwister.

Puuhrn K'equal Twikla
* Neunter Herindt des Rotsonnenzyklus
RomKaqul am Hofe der Lichtgeschwister

S'ain Th~E X'upey
ist eine Aerolatis. Aerolati haben fünf Geschlech-
ter, S'ain Th~E X'upey ist derzeit in ihrem weiblichen Geschlechtszyklus. Aerolati stammen von
einem Planeten mit üppiger Vegetation, dessen Namen sich menschlicher Aussprache oder Schreib-
form entzieht.
Ihre Körper sind sehr unterschiedlich geformt, je
nachdem in welchem Geschlechtszyklus sie sich
befinden. Die Körper von Aerolati im weiblichen
Zyklus gleichen riesigen Schmetterlingen mit acht
Flügeln. In diesem Geschlechtszyklus ernähren sie

sich von Pflanzensäften wie z.B. Nektar. Aerolati haben keine Sprechwerkzeuge, können aber mit Hilfe ihrer Anbindung an die Lichtwelt direkt mit dem Bewusstsein ihres Gegenüber kommunizieren (»Stimme im Kopf«).

Namhbane K~ur Samir
   Lichtwächter und Freund von Uuhrtalon H~es M'ursur
   Er hat nachtschwarzes Hautfell und ist sehr groß und kräftig.

Ukler T~es Unam
   Erster Wächter der Lichtwelt

XLII

Begriffe

Lichtwächterimperium

Unzählige Welten wurden vor vielen Sonnenzyklen geeint durch die Lichtkriege. Das Lichtwächterimperium wird geführt von den Lichtgeschwister. Die Hauptwelt ist Khalía. Die Lichtgeschwister residieren am »Hof der Lichtgeschwister«.

Lichtgeschwister

Die Lichtgeschwister sind die Führer des Lichtwächterimperiums. Ihre oberste Aufgabe ist der harmonische Ausgleich zwischen der realen Welt und der Lichtwelt. Über diesen Ausgleich wachen die Lichtwächter.
Es gibt immer zwei Lichtgeschwister. Es handelt sich dabei immer um biologische Geschwister und immer um eine Frau und einen Mann.

Das Dunkle Zeichen

Ein mystischer Hinweis aus der Lichtwelt. Es erscheint bei dem Geschwisterpaar, das für die Nachfolge der amtierenden Lichtgeschwister bestimmt ist. Es kann den Erzählungen nach in unterschiedlichster Form erscheinen. Seine wahre Erscheinung offenbart es erst, wenn es an der Zeit für die Ernennung der nächsten Lichtgeschwister ist.

Khalía
> Hauptwelt des Lichtwächterimperiums

Oh-Khalí
> Oh-Khalí bedeutet wörtlich übersetzt Volk von
> Kahlí. Die Oh-Khalí stellen die überwiegende
> Mehrheit der Bürger des Lichtwächterimperiums
> und sind so die dominante Spezies. Daher werden
> die Lichtgeschwister aus den Reihen der Oh-Khalí
> gewählt.

Lichtheiler
> Die Mitglieder der Gilde der Lichtheiler sind in der
> Lage mittels ihrer unglaublich engen Anbindung
> an die Lichtwelt den Bewohnern des Lichtwächter-
> imperiums als Heilmedien zu dienen. Sie sind auch
> die einzigen, denen es erlaubt ist, Licht von leben-
> den Bewohnern des Lichtwächterimperiums zu
> empfangen und es zu verwahren. Diese hervorge-
> hobene Position und der Umstand, dass die Gilde
> der Lichtheiler eine sehr verschlossene Gemein-
> schaft ist, bleiben sie für Außenstehende völlig
> undurchsichtig und geheimnisvoll. Die Lichtheiler
> sind einzig dem Lichtbruder verantwortlich und
> bilden somit ein Pendant zur Gilde der Flussschif-
> fer um die Kräfte im Gleichgewicht zu halten.

> Die Gilde der Lichtheiler hat sich offiziell der
> Versorgung der Kranken Oh-Khalí verschrieben.
> Damit sie diese Aufgabe verrichten können, emp-
> fangen die Lichtheiler von den Oh-Khalí Licht-

geschenke. Sie verfügen somit als Gilde über eine für normale Bewohner der Lichtwächterimperiums unglaublich mächtige Menge an Licht. Keine andere Gilde kommt ihnen in dieser Hinsicht gleich. Durch die Verbindung ihrer Heilaufgabe mit der Verwahrung von Licht aus den Lichtgeschenken ergibt sich eine große Macht.

Obwohl die Lichtheiler in der Gesellschaft sehr respektiert sind, wird hinter vorgehaltener Hand oft darüber spekuliert, ob bei dieser Gilde alles mit rechten Dingen zu geht. Aufgrund ihrer Macht werden solcherart Gedanken sofort mit einer vernichtenden Gegenreaktion der Lichtheiler beantwortet, falls diese in öffentlicher Art und Weise geäußert werden. Lichtheiler tragen lilafarbene Roben, so sind sie von den anderen Gilden gut zu unterscheiden.

Lichtwächter

Die Lichtwächter halten die Ordnung im Lichtwächterimperium aufrecht. Sie haben neben ihrer paramilitärischen Funktion zusätzlich die Aufgabe, das Wissen des Imperiums zu bewahren und zu mehren. Die Ausbildung zum Lichtwächter ist legendär schwierig zu meistern, daher werden Lichtwächter einerseits hoch geachtet und andererseits auch furchtsam respektiert.

Lichtspürer

Die Lichtspürer gelten in der normalen Gesellschaft auf Kahlía und im Lichtwächterimperium
als Mythos. Sie treten niemals öffentlich in Erscheinung und nur die obersten Ebenen der Lichtheiler und der Lichtwächter wissen näher über
die Lichtspürer Bescheid. Dem Mythos zur Folge
gelten die Lichtspürer als Gruppierung, die eine
extrem starke Anbindung an die Lichtwelt haben.
Ihnen wird nachgesagt ihre Zeit mit philosophi-
schen und ethischen Erwägungen zu verbringen.
Manchmal wird vermutet, dass die Lichtspürer
eigentlich eine Kriegergilde sind.
Dem Mythos zufolge sind die Lichtspürer in den
Bergen auf Kahlía beheimatet, die sich an die weite Ebene beim nördlichen Gehrbaumwald anschlie-
ßen. Dort oben in den Blauschneefeldern wird ihr
Tempel vermutet.

Wanderer

Oh-Khalí mit einer engen Anbindung an die
Lichtwelt, kombiniert mit einer offenen Wesensart
werden oft zu Wanderern ausgebildet. Für diese
Aufgabe werden sie bereits im Kindesalter ausgewählt und dann viele Jahre unterrichtet. Wanderer
haben, wie ihr Name es sagt, die Aufgabe über
die Welten des Lichtwächterimperiums zu ziehen.
Dort sammeln sie neue Eindrücke und Wissen.
Gleichzeitig sind sie dazu berufen, ihr Wissen mit
den Oh-Khalí zu teilen, denen sie auf ihren Wanderungen begegnen. In kleinerem Umfang sind
sie auch als Heiler tätig. Ihre enge Anbindung an

die Lichtwelt macht dies möglich. Die Wanderer verfolgen, wahrscheinlich als einzige der großen Gesellschaftsgruppen und Gilden im Lichtwächterimperium, keinerlei politische oder wirtschaftlichen Ziele. Sie streifen neugierig über die Welten des Lichtwächterimperiums und erfreuen sich am Teilen von Wissen und Verständnis. So sind Wanderer nahezu überall gern gesehene Gäste, denen auf ihren Wanderungen Unterkunft und Verpflegung geschenkt wird.

Lichtzeiger

Lehrer, der Wanderer unterrichtet, sie mit der Lichtwelt vertraut macht und das Wissen vermitteln, mit der Lichtwelt in Kontakt zu treten und ihre Anbindung an die Lichtwelt zu nutzen. Besonders fähige Lichtzeiger betreiben die Portale, die die Welten des Lichtwächterimperiums verbinden. Lichtzeiger tragen gelbe Roben.

Gehrbaum

Staatenbildendes Wesen, baumartig, ernährt sich vom Restlicht der verdunkelten Waldflüchter, die der Gehrbaum mit seinen Spürranken erfassen kann.

Sintkana

Die rote Morgensonne von Khalía

Uuhnikla
>Die blaue Abendsonne von Khalía

Kohmatok
>Die grüne Nachtsonne von Khalía

Sonnenlauf
>Ein Sonnenlauf auf Khalía geht vom Aufgang von Sintkana bis zum Untergang von Kohmatok. Damit entspricht ein Sonnenlauf unserer Vorstellung eines Tages. Da sowohl die Morgensonne Sintkana als auch die Abendsonne Uuhnikla deutlich heller leuchten als die Nachtsonne Kohmatok, spricht man auf Khalía von 'Tag', wenn eine oder diese beiden Sonnen am Himmel zu sehen sind.

Sonnenzyklus
>Ein Sonnenzyklus entspricht dreimal elfmal elf, also 363, Sonnenläufen und beschreibt somit das Äquivalent eines Jahres auf Khalía.

Ssvolyk-Lanze
>Lanze aus dem Holz des im Tiefmeer von Khalía lebenden Ssvolyk-Korallenbaumes. Eine Ssvolyk-Lanze ist ein mächtiges Werkzeug und daher auch sehr selten. Da Ssvolyk-Korallenbäume die Lichtart eines Wesens erkennen und nur selten eine ihrer

Aststrukturen abgeben, ist eine Ssvolyk-Lanze an das Wesen gebunden, für welches die Aststruktur der Lanze gefertigt wurde und vom Ssvolyk-Korallenbaum erhalten hat.

Tskiplot

Wird auch Muränenwolf genannt. Ein grausamer Jäger, der in den Steinmooswüsten von Khalía auf Beutezug geht. Nur sehr erfahrene Jäger sind in der Lage, einem Tskiplot alleine entgegenzutreten. Ein Tskiplot hat einen schlangenartigen Körper mit vielen Beinen. An beiden Enden ist ein zahnbewehrtes Maul, aber nur an einem Ende seines Körpers sind die fünf Augen, jedes in einer anderen Farbe und für anderes Licht geeignet.

Vlakstock

Längennormal im Lichtwächterimperium, entspricht ungefähr 1,23 Meter.

Helkamar

Waldtier, dass sich von Moos und Rinde ernährt. Im Lichtwächterimperium ist ein Helkamar das Symbol für Freundlichkeit und Wärme.

Vo-Shirr

Die Vo-Shirr stammen von einer Gaswelt mit extrem niedriger Schwerkraft, die Einwohner nennen diese Welt Ssaarritaiy. Sie sind kugelförmige Wesen. Von ihrem Körper gehen in alle Richtungen

federartige Arme ab. Durch Bewegungen dieser
Arme sind sie in der Lage sich elegant und vor
allem schnell zu bewegen.

Vo-Shirr sind im Lichtwächterimperium bekannt
für ihre scharfen Analytikfähigkeiten. In seltenen
Fällen verfügt ein Vo-Shirr über eine genügend
starke Anbindung an die Lichtwelt, so dass er auf
Welten mit normaler Schwerkraft diese ausglei-
chen kann und sich dadurch wie auf seiner Heimatwelt schwebend bewegen kann. Vo-Shirr werden
sehr alt. Man munkelt dass sie viele hundert
Zyklen leben.

Stronia

Ein Brettspiel. Auf fünf unterschiedlichen Spielbrettern mit farblich hervorgehobenen Spielfeldern
treten zwei oder mehrere Spieler gegeneinander
an. Jeder Spieler verfügt über zwei mal zehn
Spielfiguren, deren Fähigkeiten im Spiel sehr
unterschiedlich ausgestaltet sind. Die Hauptfigur,
Stroniikla, hat zwar die meisten Fähigkeiten, sie
wird jedoch in fast allen Fällen vom Brett, auf dem
gerade das eigentliche Spielgeschehen stattfindet,
ferngehalten. Wird die Stroniikla geschlagen, ist
das Spiel für diesen Spieler verloren, unabhängig
vom sonstigen Spielstand. Daher gilt die Übergabe
der Stroniikla an den Gegner als Eingeständnis der
Niederlage, gleich dem Umlegen des Königs beim
Schach.

Stronia ist ein sehr altes Spiel im Lichtwächter-

imperium. Aufgrund seiner Komplexität bedarf es sehr viel strategisches Verständnisses um einen erfahrenen Gegenspieler zu besiegen. Tatsächlich werden in jedem Sonnenzyklus Meisterschaften ausgetragen und am Hof des Lichtwächterimperiums auf Khalía gibt es eine Gemeinschaft, die dieses Spiel unterrichtet. Nur die besten Spieler des Imperiums dürfen hier studieren.

Obwohl Stronia vordergründig ein Strategiespiel ist gehen viele davon aus, dass nur ein wahrer Krieger erfolgreich Stronia spielen kann.

Oohzlima Beeren

Die Beeren des Oohzlima-Strauches sind sehr nährstoffreich. Getrocknet aufbewahrt sind sie nahezu ewig haltbar. Sie dienen den Wanderern als Nahrung, wenn sie alleine in den Weiten der Welten unterwegs sind. Oohzlima-Beeren schmecken leicht salzig und sind aufgrund ihres Nährstoffgehalts und den in ihnen enthaltenen Spurenelementen und Mineralien eine vollständige Mahlzeit.

Ohiirt

Ein Getränk, dass aus vergorenen Ohiirakthe-Knollen gewonnen wird. Es ist leicht alkoholhaltig und erinnert geschmacklich an Starkbier, allerdings mit einer etwas blumigeren Geschmacksnote.

Niklamici

> Kleine, achtflügelige Wesen. Sie sind in der Lage, mit ihren Flügeln Licht aus der Lichtwelt zu einem kleinen Strudel über ihren schlagenden Flügeln zu konzentrieren. Gefangene Niklamici dienen als Lichtquelle für die Bewohner des Lichtwächterimperiums, wenn sie außerhalb von Städten in der freien Natur unterwegs sind. Niklamici ernähren sich von Licht, dass ihnen geschenkt wird. Wenn sie etwas Licht geschenkt bekommen, setzen sie ihre Fähigkeiten zum Leuchten ein.

Tickla

> Entspricht ungefähr einen zweimal elften eines Tages auf Kahlía, dieser dauert vom Aufgang der Morgensonne Sintkana bis zum Untergang der Abendsonne Uuhnikla . Die Zeiteinheit Tickla wird somit nur für Zeitspannen verwendet, die im Wesentlichen tagsüber liegen.

Lepiirna

> Ungefähr ein Sechstel der Zeit, in der die Nachtsonne Kohmatok am Himmel über Kahlía zu sehen ist.

Utka

> Elfmal sechs - also sechsundsechzig - Utka ergeben eine Tickla oder eine Lepiirna.
> Eine Utka ist somit unseren Vorstellungen einer Minute gleichzusetzen.

Kautka

Elfmal sechs - also sechsundsechzig - Kautka ergeben eine Utka.
Eine Kautka entspricht also unserer Vorstellung
einer Sekunde.

Araaalhithe

Der Fluss Araaalhithe umspannt die gesamte Welt
von Khalía. Er verbindet die großen Zentren der
Hauptwelt des Lichtwächterimperiums miteinander. Dieser große Strom ist an den meisten Stellen
sehr breit und wirkt in seinem Verlauf oft eher
wie ein See als ein Flusslauf. Nahezu der gesamte
Waren- und Personenverkehr wird auf dem Araaalhithe abgewickelt.
Die Stromrichtung des Araaalhithe ändert sich in
seinem Verlauf immer wieder. Grund dafür ist,
dass das Wasser des Flusses an manchen Stellen
im Boden von Khalía verschwindet und dort oft
über mystische Wege weiter fließt, nur um an einer
anderen Stelle des Flusslaufes wieder an die Ober-
fläche zu kommen.

Der Araaalhithe wird in zwei Richtungen beschifft.
Dabei wird die Strömung des Flusses auf Höhe des
Hofes der Lichtgeschwister als Bezug genommen.
Stromabwärts wird Südstromrichtung genannt,
stromaufwärts entsprechend Nordstromrichtung.

Ioqatii

Die Ioqatii ist die Flussschiffergilde auf Khalía. Aufgrund der großen Bedeutung des Gütertransportes durch die Flussschifffahrt für Kultur und Wirtschaft sind die Mitglieder der Ioqatii sehr angesehen und einflussreich auf Khalía. Die Ioqatii sind einzig der Lichtschwester verantwortlich, die damit auch die oberste Instanz dieser Gilde ist und so über Weisungsrecht bis hinab zum geringsten Mitglied der Ioqatii verfügt.

Ränge der Ioqatii

Die Ioqatii sind streng hierarchisch organisiert. Daraus folgt, dass die jeweiligen Positionen innerhalb der Flussschiffergilde mit Namenszusätzen kenntlich gemacht werden. Dazu wird dem Lichtnamen, also dem ersten Teil eines Namens, eine Silbe angehängt, die den Rang der Person immer mit ausdrücken. Die gebräuchlichsten Rangsilben sind:

Pequl
Einfacher Flussschiffer.

Aqul
Einfacher Flussschiffer, der bereits mehr als sechsmal sechsundsechzig, also 396, Sonnenläufe der Morgensonne Sintkana im Dienst der Flussschiffergilde steht.

Kaqul
Erfahrener Flussschiffer, der die Verantwortung und das Kommando zumindest über eine Gruppe

von zweimal sechs, also mindestens zwölf, Mitglieder der Flussschiffergilde im Range der Pequl
oder Aqul hat.

OpuKaqul
Kapitän eines Flussbootes und damit verantwortlich für alle Personen, Tiere und Waren an Bord
des Bootes.

TakoKaqul
Kapitän eines großen Flussschiffes, trägt ansonsten
die gleiche Funktion wie ein OpuKaqul.

RomKaqul
Verantwortlicher für eine Flotte von Flussschiffen
und Flussbooten. Dies ist eine eher administrative
Position, sie wird verdienten TokoKaqul als Anerkennung ihrer Dienste über viele Sonnenzyklen
hinweg zuerkannt. Ein RomKaqul hat keine Wei-
sungsbefugnis, jedoch wirkt sein Wort aus Anerkennung seiner Position als ob er Befehlsgewalt
hätte. Ein RomKaqul vertritt die Flussschiffergilde
auch gegenüber dem Lichtwächterimperium, daher
ist immer ein Abgesandter diese Gilde im Rang
eines RomKaqul am Hofe der Lichtgeschwister
akkreditiert.

Dr'haamokli
Mystische Wesen, die in der Lage sind Licht in
ihrem Körper zu speichern. Die blinden Dr'haamokli leben in verzweigten Höhlensystemen. Auf
ihrem Körper bilden sich im Laufe der Zeit kristal-

lene Knoten, die als Lichtspeicher dienen.

Die Dr'haamokli gelten bei den meisten Oh-Khalí als mystische Wesen, die schon lange ausgestorben sind. Tatsächlich hat seit vielen Sonnenzyklen niemand mehr davon berichtet, einen Dr'haamokli gesichtet zu haben.

Khatt-Than-Aah

Eine Form der Kampfkunst. Khatt-Than-Aah besteht aus drei Elementen. Es gibt den waffenlosen Kampf, der sich wiederum in Verteidigung, dem Khatt-Than-Aah-Uhl und einer Form des Angriffs, Khatt-Than-Aah-Tra gliedert. Khatt-Than-Aah-Uhl kann aus unserer Sicht als eine Synthese aus Judo und Jiu Jitsu betrachtet werden. Den waffenlosen Angriff Khatt-Than-Aah-Tra kennen wir als Karate. Der bewaffnete Kampf Khatt-Than-Aah-Rom ist dem uns bekannten Kendō ähnlich. Jedoch wird mit zwei Waffen gekämpft. Zum einen ist da ein Kurzstock Soth-Buh, der optisch wie eine Kurzform des Kendō-Shinai wirkt, und einem Kurzschwert, dessen Form einem zentralafrikanischen Libaka ähnelt und Soth-Tra genannt wird.

Khatt-Than-Aah ist die Kampfkunst der Lichtwächter. Alle drei Elemente, also die waffenlose Verteidigung, der waffenlose Angriff und der bewaffnete Kampf sind elementarer Teil der Ausbildung zum Lichtwächter.

Einordnung

Auf Khalía wie auf den restlichen Welten des
Lichtwächterimperiums kann kein Explosivstoff
eingesetzt werden. Dies war die Einigung, die
die Gründer des Lichtwächterimperiums mit den
Farbströmen der Lichtwelt getroffen haben. Somit
gibt es keine Schusswaffen oder Ähnliches, ein
Kampf wird meist in direktem Kontakt Oh-Khalí
gegen Oh-Khalí geführt. In seltenen Fällen kommen Wurfschleudern oder Katapulte zum Einsatz.
Da die abgefeuerten Geschosse von Lichtwächtern
mittels ihrer Anbindung an die Lichtwelt leicht
abgelenkt werden können, ist der Nutzen dieser
Kampfmittel begrenzt.

Khatt-Than-Aah-Soth

Eine in alten Erzählungen erwähnte Kampfkunst.
Sie verwendet die Techniken von Khatt-Than-Aah,
jedoch werden beim Khatt-Than-Aah-Soth im bewaffneten Kampf nicht Kurzschwert und Kampfstock eingesetzt. Statt dessen werden ein scharfes,
einschneidiges Kurzschwert gleich einem Wakizashi und ein Langschwert, das einem japanischen
Katana gleicht verwendet. Ein Krieger, der Khatt-
Than-Aah-Soth beherrscht, gilt den alten Erzählungen nach als unüberwindbar. Die Geschichten
der alten Erzählungen beschreiben diese Art von
Krieger als Lichtkrieger, da sie die Fähigkeiten
eines Lichtspürers mit den Fähigkeiten eines Lichtwächters verbinden und durch die extrem gefährliche Bewaffnung mit zwei Schwertern für normale
Kämpfer als unüberwindliche Gegner gelten.

Die Kunst der Schwertherstellung ist im Lichtwächterimperium verloren gegangen. Die Schwerter der Lichtkrieger existieren nur noch in Erzählungen und auch dort nur mythenhaft beschrieben.

Namen im Lichtwächterimperium

Üblicher Weise setzen sich die Namen der Oh-Khalí aus drei Elementen zusammen.

Der erste Teil ist der Eigenname des Oh-Khalí. So wird er von Freunden angesprochen. Da er das Wesen identifiziert, wird dieser Teil auch als Lichtnamen bezeichnet.

Der zweite Teil weist auf eine weitergehende Generalogie hin. Heutzutage sind diese Generalogiebezüge eher formal als sachlich erklärbar.

Der dritte Teil des Namens erklärt die Familienzugehörigkeit.

Der Name der hellen Wanderin lautet Kkhil T~es M`aru gesprochen (kakahil tees maru)

hier ist entsprechend der Lichtname Kkhil, der geralogische Mittelnamen T~es und die Familienzugehörigkeit ist M`aru.

XLIII

Zeitliche Einordnung

Dritter Herindt des Grünsonnenzyklus
>   Kkhil T~es M`aru trifft auf einen Besucher aus der
>   Lichtwelt im großen Wald der Gehrbäume

XLIV

Buchvorschläge

$\mathcal{I}$ch hoffe sehr, Sie hatten beim Lesen dieses Buches genauso viel Spaß wie ich beim Schreiben und haben mit der Wanderin und ihrem Lichtkrieger die spannenden Zeiten miterlebt und gespürt, wie es sich anfühlt, auf Khalía die Machenschaften des Großen Verrats zu vereiteln.

$\mathcal{V}$ielleicht haben Sie ja Lust bekommen noch Bücher von mir zu lesen. Deshalb stelle ich Ihnen auf den folgenden Seiten meine Bücher vor. Es würde mich sehr freuen, wenn Sie die Leseproben neugierig auf ein weiteres Buchabenteuer von mir machen und Sie sich zum Lesen des Buches entscheiden!

$\mathcal{E}$infach den QR-Code scannen, Buch bestellen und los geht es mit weiterer Spannung und Unterhaltung.

$\mathcal{V}$iel Spaß beim Lesen.

Human-KI-Welten

Menschen und KI im Zusammenspiel - kann das gut gehen?

In einer spannenden Erzählung, die sich über mehrere Bände erstreckt, arbeiten KI, die künstliche Intelligenz, und menschliche Intelligenz zusammen, um einer gefährlichen Verschwörung auf die Schliche zu kommen.

Wir schreiben das Jahr 2443. Seit drei Jahrhunderten leben Menschen und KI friedlich zusammen. Das war nicht immer so. Fast hätten sich Menschen und KI in einem vernichtenden Krieg gegenseitig ausgelöscht. Im letzten Moment wurde ein Friedensschluss möglich durch den Vorschlag einer mutigen Frau und einer weitsichtigen KI. Die gemeinsame Zukunft beider Intelligenzen sollte durch die unverbrüchliche Verbindung von jeweils einem Menschen mit einer KI besiegelt werden - der Korrelation. Diese bestimmt und regelt fortan den gemeinsamen Weg von Menschheit und KI.

Nachdem der furchtbare Schrecken des KI-Krieges über die Jahrhunderte hinweg langsam in Vergessenheit geraten war, gibt es im ersten Band immer wieder aufkeimende Skepsis gegenüber der Korrelation. Lillith, die Hauptperson des ersten Bandes, hat anfangs auch ein Problem damit, eine KI in ihrem Kopf zu haben, und ständig mit dieser verbunden zu sein.

Niccola, die Hauptperson im zweiten Band, steht im Zusammenspiel mit KIs vor ganz anderen Problemen. Durch eine Katastrophe im Weltraum hätte sie beinahe ihr Leben verloren, aber in Zusammenarbeit von Menschen und KIs stellen sie sich gegen die finsteren Machenschaften, um die Bedrohung der Menschheit abzuwehren.

Im dritten Band arbeiten Mutter und Tochter, Lillith und Niccola, dann Seite und Seite daran, die noch immer schwelenden Konflikte hoffentlich endgültig lösen zu können, damit das friedliche Miteinander wieder möglich wird.

Spiegeltaten

Markus D. Mühleisen

Roman

Für diesen Tag war nur die von Lillith ungeliebte Korrelation mit einer KI geplant.

Doch plötzlich gerät die junge Frau in ein Netz von Hinterhalten und Verschwörungen, das die gesamte Menschheit gefährdet. Gemeinsam mit neuen Freunden stellt sich Lillith den dunklen Machenschaften entgegen. Es entwickelt sich eine atemberaubende Jagd über den Planeten Erde und darüber hinaus.

Ein Roman mit interaktiven Elementen.

Leseprobe
Spiegeltaten

2. Wegpunkt

Musik   2. Satz der 9. Sinfonie von
Antonin Dvoráks
"Aus der neuen Welt" – Largo

Zeit   11.3.2443 9:24 GMT

Ort   Portland Maine / USA

Fertig angezogen, blickt sich Lillith noch einmal in ihrem Appartement um. Neben dem Poster einer uralten Band und dem orangefarbenen Radiowecker hat sie viele Stücke aus der Zeit von 1980 zusammengetragen. Ihre Freunde sind einhellig der Meinung, dass diese Neigung bestenfalls als Spleen, jedoch eher als Verwirrtheit zu werten ist. Lillith war schon als kleines Mädchen von dieser Zeit begeistert gewesen. Damals gab es so viele Dinge noch nicht im Leben der Menschen und es herrschte ein großes Gefühl von Aufbruch und Veränderung. Sie weist ihren Neurolink an, leise den zweiten Satz von Dvoráks 9. Sinfonie zu spielen. Gerne würde sie jetzt das Gesicht ihrer Mutter zu dieser Musikauswahl sehen.

Sie weist ihren Neurolink an, die Türe des Appartements zu entriegeln und geht auf den Flur. Der Aufzug bringt sie zur Vakpill-Station im Untergeschoss. Gerade, als sie die Station betritt, gleitet ihre Vakpill herein. Die Türe an der Zugangsöffnung gleitet zur Seite und die gebundene KI der Vakpill begrüßt ihren Fahrgast per Neurolink.

"Guten Tag, Lillith RSR. Ich bin deine Vakpill. Unser Ziel ist der terrestrische Korrelationsrat. Heute ist dein großer Tag, Lillith!"

Lillith nickt nur und steigt ein. Sie setzt sich in einen der bequemen Sessel und lauscht der leisen Musik aus ihrem Neurolink.

Die Vakpill setzt sich in Bewegung: "Wir werden ungefähr 2 Stunden und 45 Minuten für unsere Fahrt benötigen. Kann ich dir eine Erfri-

schung anbieten, Lillith?"

Lillith schüttelt den Kopf und blickt zur vorderen Wand der Vakpill. Natürlich ist ihr klar, dass dort kein Fahrer sitzt. Die KI ist tief in den technischen Systemen der Vakpill und in der Netzsphäre verankert, aber Menschen neigen dazu, alte Gewohnheiten beizubehalten. Und in früheren Zeiten saß der Fahrer nun mal vorne in einem Fahrzeug.

"Danke, ich brauche nichts. Lass mich einfach etwas meinen Gedanken nachhängen"

"Natürlich, ich bin da, wenn du etwas brauchst."

Lillith nickt und macht es sich im Sessel bequem. Kurz sinniert sie über die angekündigte Transportzeit. Eine Fahrt zum Zentrum des Korrelationsrates sollte eigentlich in knapp einer Stunde möglich sein. Dann, getragen von Dvoráks Musik, erinnert sie sich an den großen Streit mit ihrer Mutter vor sechs Jahren, der dazu geführt hat, dass Lillith erst mit 24 Jahren eine Neurokorrelation eingehen wird.

Band 2 der
Human-KI Welten

Tiefenfall
Markus D. Mühleisen

Roman

Der Weltraum. Unendliche Weiten und unendliche Möglichkeiten, ein Komplott im Verborgenen zu schmieden.

Eine junge Frau und außergewöhnliche Raumschiffpilotin mit besonderen Fähigkeiten gerät in den Hinterhalt der reinen KIs mit Bewusstsein. Sie trachten ihr überall nach dem Leben. Ihre Eltern galten als verschwunden. Kann sich Niccola aus ihrer Trauer befreien und mithilfe ihrer Freunde dem finsteren Treiben Einhalt gebieten?

Menschen und KIs kämpfen Seite an Seite, aber wird es dem Grüppchen gelingen, die Gefahr zu bannen oder ist es das Ende der Menschheit? Nehmen Sie Platz, schnallen Sie sich an und jagen Sie mit Niccola durch die Tiefen des Weltraums, den dunklen Mächten entgegen.

Ein Roman mit interaktiven Elementen.

Leseprobe
Tiefenfall

1 Perigäum

Musik	String Quartet No. 16 in F Major Op. 135	Wiener Philharmoniker & Leonard Bernstein Ludwig van Beethoven Giacomo Puccini Essentials	1992
Zeit	06.04.2773 5:13 GMT [Gegenwart]
Ort	Orbitalkomplex Pluto

Das große Raumschiff gleitet antriebslos auf den um Pluto kreisenden Orbitalkomplex zu. Es hat den Größten der Zwergplaneten im Sonnensystem fast erreicht. Die ungewöhnlich kurze Reisezeit von der Erde zum Kuipergürtel, also einer Region außerhalb der Bahn des Neptun um die Sonne, hätte sicher für hochgezogene Augenbrauen bei fachkundigen Beobachtern gesorgt, wäre sein Flugplan öffentlich verfügbar. Aber so erschien das Raumschiff für die Raumsicherung zuständige Anflugkontrolle des Orbitalkomplexes am Pluto recht unvermittelt auf deren Radar.

Seit diesem Moment registriert die KI an Bord des Raumschiffes eine intensive Abtastung ihres Schiffes von Seiten des Orbitalkomplexes mit Radar und Lidar. Die KI ist sich auch sicher, dass inzwischen sowohl sämtliche stationsgebundenen Teleskope wie die Teleskoparrays auf Satelliten beim Pluto auf das Schiff ausgerichtet sind.

Vor einigen Stunden bereits hat das Schiff eine 180-Grad Wende vollzogen und sein Haupttriebwerk in Flugrichtung ausgerichtet. So konnte das Schiff mit einer Bremszündung des Haupttriebwerkes die interplanetare Reisegeschwindigkeit auf die relativ geringe Annäherungsgeschwindigkeit reduzieren, mit der es sich nun dem Dockring des Orbitalkomplexes am Pluto nähert.

Amüsiert stellt sich die KI des Raumschiffes vor, mit welchem Stirnrunzeln ein Beobachter reagiert hätte, wäre ihm die Kürze der Bremszündung aufgefallen, mit der das Schiff von interplanetarer Reisegeschwindigkeit auf die aktuelle Manövergeschwindigkeit abgebremst wurde. Aber zum Zeitpunkt der Bremszündung war das Schiff den Überwachungsstrukturen des Orbitalkomplexes noch nicht aufgefallen. So muss für diese so ausgesehen haben, als ob das Schiff aus dem Nichts heraus beim Orbitalkomplex erschienen ist und sich langsam und stetig nähert.

Die KI des Schiffes hat von seiner Kommandantin die Anweisung erhalten, völlige Funkstille zu wahren. Einzig der Transponder mit Schiffskennung und Freigabeberechtigungen des Korrelationsrates ist aktiv.

Inzwischen werden die Nachfragen des Orbitalkomplexes nachdrücklicher. Wie jede Raumstation ist auch der im Orbit um Pluto kreisende Startkomplex eine empfindliche und fragile Struktur. Entsprechend wachsam und vorsichtig agiert die Raumüberwachung der Station. Objekte, die sich auf Kollisionskurs mit der Station befinden, können durch den Einsatz von Railguns pulverisiert werden. Auch das Raumschiff könnte so problemlos von der Station in kleinste Partikel zerschossen werden.

Soweit will die KI es jedoch nicht kommen lassen. Mit einem mentalen Seufzen fokussiert sie sich daher auf das Innere des Schiffes.

Die gesamte Schiffszelle vibriert unter der Musik, die seine Kommandantin wie üblich laut im gesamten Habitatsbereich des Schiffes abspielen lässt. Sie hat der KI einmal erklärt, dass sie sich damit viel besser auf ihre Arbeit konzentrieren kann. Und tatsächlich hat die KI bei anderen Gelegenheiten eindrucksvoll erlebt, wie seine Kommandantin ein geradezu unglaubliches Geschick beim Lösen von technischen Problemen gezeigt hat, trotz oder gerade wegen des Umstandes, dass sie sich dabei von lauter Musik beschallen ließ.

Mit der gleichen akribischen Aufmerksamkeit, die sie den Antriebssystemen des Schiffes entgegenbringt, hat sie sich sofort nach der Übernahme des Kommandos der Verbesserung der akustischen Systeme im Habitatbereich des großen Schiffes gewidmet. Die KI muss neidlos anerkennen, dass die Akustik inzwischen keinen Vergleich mit den großen Konzertsälen der Menschheit scheuen muss. Nach ihrer Einschätzung ist der Raumklang in den Wohnbereichen vieler dieser

Veranstaltungsorte weit überlegen.

Im Schiff herrscht derzeit Schwerelosigkeit. Die KI lokalisiert ihre Kommandantin wie erwartet in der Antriebssektion. Der neuartige Antrieb wurde zum größten Teil auf Basis ihrer Spezifikationen gebaut. Das hält sie jedoch nicht davon ab, jede freie Minute an der Optimierung der Systeme zu arbeiten.

Eine Überwachungskamera zeigt die strampelnden Beine und untere Hälfte eines schlanken Frauenkörpers, dessen obere Hälfte sich tief im Gehäuse des Hauptmoduls des Linearbeschleunigers in der Antriebssektion gewühlt hat. Die KI weiß, dass seine Kommandantin wie üblich einen weißen Bordoverall mit roten Streifen an der Seite trägt. Allerdings ist vom Weiß des Overallstoffes nur noch wenig übrig geblieben. Der sichtbare Teil ist übersät mit Flecken und Schmutzstreifen in allen Farben. Aus dem Gehäuse ist nun lautes Schimpfen zu hören, dann wechselt die Stimme zu einem unüberhörbaren Selbstgespräch.

Um auf sich aufmerksam zu machen, lässt die KI leise einen Dreiklang in der Antriebssektion erklingen. Wenn keine Notlage vorliegt, hat die Kommandantin die Schiffs-KI angewiesen, sie lediglich akustisch und nicht per Neurolink zu kontaktieren. Wie üblich, wird der Hinweiston von seiner Kommandantin selbstverständlich ignoriert. Und wie üblich steigert die KI die Lautstärke des Dreiklangs bei den folgenden Wiederholungen langsam.

Schließlich ertönt aus dem Gehäuse eine gereizte Frauenstimme, die trotz des gut wahrnehmbaren Ärgers über die Störung verblüffend warm und angenehm klingt.

„Was?"

„Wir werden gerufen."

„Vom Orbitalkomplex? Warum? Hast du den Transponder eingeschaltet?"

„Natürlich. Aber sie scheinen doch etwas in Sorge zu sein. Schließlich ist ein Transporter der Tiefraumklasse 14 so plötzlich bei ihnen aufgetaucht. Das macht sie sicher nervös."

„Das ist deren Problem. Ich bin beschäftigt. Wann ist die nächste Kurskorrektur geplant?"

Die Stimme der KI lässt ein Schmunzeln vermuten, als sie antwortet.

„Das weißt du genau, meine Liebe. Du hast noch genau neun Minuten,

bis der Deckel auf dem Leistungsteil dieses Linearbeschleunigers wieder darauf sein sollte, damit dieser online gehen kann."

„Ja, ja. Also lass mich in Ruhe das hier fertig machen."

„Nur aus Neugier, was machst du genau gerade fertig? Soweit ich weiß, hat der Antrieb bei diesem ersten Langzeittestflug ohne irgendwelche Abweichungen und problemlos funktioniert."

„Funktionieren und richtig funktionieren sind zwei Paar Stiefel. Ich hatte eine Idee."

Die KI lässt ein lautes Seufzen hören.

„Eine Idee. Natürlich. Und deshalb baust du unseren Antrieb in der Anflugphase auf unser Ziel kurz noch einmal auseinander."

„Ich baue um, nicht auseinander. Und wenn du mich jetzt noch kurz in Ruhe lässt, werde ich auch fertig damit."

Die Stimme der Kommandantin klang bereits wieder sehr abwesend. Aus vielfältiger Erfahrung der Vergangenheit beschließt die KI, sich in Geduld zu üben.

Endlich windet sich der Körper seiner Kommandantin unter weiterem Strampeln aus dem Gehäuse.

Zum Vorschein kommt eine Frau, die sich, nachdem sie vollends aus dem Gehäuse heraus gekrabbelt ist, elegant abstößt und zu einer Konsole an der Wand der Antriebssektion schwebt. Aus dem Hintergrund schweben Hilfsdrohnen herbei, die offenbar von der Kommandantin per Neurolink die Aufgabe des Verschließens des Gehäuses zugewiesen bekommen haben. Während die Drohnen den schweren Deckel mit eleganter Leichtigkeit in Position bewegen und befestigen, hat die Frau die Wandkonsole erreicht. Mit den Magnetstiefeln ihrer Bordkombination fasst sie Tritt am Boden vor der Konsole. Leise murmelnd, ruft sie mit atemberaubender Geschwindigkeit Menüs und Einstellfenster an der Konsole auf.

Die KI beobachtet das schweigend. Jeder andere Mensch hätte für diese Arbeit seinen Neurolink verwendet. Aber seine Kommandantin behauptet, dass ihr das viel zu umständlich und indirekt ist. Mit ihren Händen arbeitet sie schneller und viel genauer. Und die Ergebnisse geben ihr Recht. Mit leisem Murmeln kontrolliert sie nochmals einige Einstellungen. Dann schließt sie die Menüfenster am Bildschirm der Konsole und wendet sich um.

Der Blick ihrer smaragdgrünen Augen fixiert die Überwachungskamera, mit der die KI die Szene beobachtet hat. Dann nickt sie in die Kamera und versucht dabei, die verirrten Strähnen ihres lockigen, roten Haarschopfes zurück unter das Haarband zu schieben.

„Also los jetzt, Antrieb hochfahren."

Die KI startet ohne weiteren Kommentar die Antriebssysteme. In der Antriebssektion ist ein lauter werdendes Summen zu hören. Wie üblich hält die Kommandantin den Kopf schief und lauscht den Lebensgeräuschen der Maschinerie. Dann nickt sie zufrieden.

„Ich denke, das hat uns über 13 % Effizienzsteigerung gebracht."

Die KI analysiert die Daten des Antriebssystems schon seit dem Start der Hochfahrprozedur.

„Es sind eher 13,8 %."

Die Frau nickt zufrieden und grinst breit.

„Sehr schön."

„Was genau hast du verändert?"

„Na ja, ich hatte das Gefühl, dass die Injektionszeiten nicht optimal auf die Magnetfeldfluktuation des Reaktoreinspeisesystems abgestimmt waren. Ich habe deshalb eine Rückkopplung eingebaut, sodass der Reaktor nicht unnötig Energie zur Kompensation verwenden muss."

Nach einer kurzen Pause, in der die KI die Systeme erneut überprüft, kommentiert sie das.

„Das ist aber nicht kalkulierbar. Die Initialparameter musst du erraten haben."

Die Frau wiegt den Kopf.

„Nee, das ist eine Sache des Gefühls für richtig und falsch."

Diese Antwort hat die KI schon zu oft gehört, um sie weiter zu hinterfragen.

„Also schön. Wir sind nun kein manövrierunfähiger Metallklumpen mehr, aber wir sollten uns so langsam auf das Andockmanöver vorbereiten."

Die Frau nickt: „Ok. Ich komme gleich, muss nur noch mal kurz für kleine Mädchen."

Damit wendet die Frau sich mit einem sanften Abstoßen nach dem Lösen der Magnetstiefel dem Ausgang der Antriebssektion zu.

Jetzt wird der Klang der Stimme der KI vorsichtig.

„Du kommst gleich? Das Andocken wird normalerweise von der Stationskontrolle ferngesteuert."

„Nee, ich mache das selbst. Schließlich ist das mein Schiff."

„Das wird der Raumflugkontrolle des Orbitalkomplexes nicht gefallen."

„Sende einfach unsere Kennung und Freigabe, das sollte das Problem lösen."

Ein deutlich hörbares Seufzen der KI lässt die Kommandantin an der Schleuse einen der Haltegriffe packen und sich so elegant zur Überwachungskamera umdrehen.

„Was soll das? Ich habe die Freigaben dafür."

„Meine Liebe, glaube mir, das ist der Raumflugkontrolle völlig egal. Die sorgen sich um die Station und wollen nicht, dass irgendein Cowgirl sie zu Klump fährt."

Jetzt funkeln die smaragdgrünen Augen böse.

„Ich bin nicht irgendein Cowgirl und du weißt das sehr gut."

Wieder das Seufzen: „Aber die wissen das nicht. Die haben nur unseren Transpondercode und die Freigabezertifikate."

Ein Nicken antwortet der KI.

„Eben, das wäre also geklärt."

Ohne ein weiteres Wort öffnet die Kommandantin die Schleusentüre und verlässt die Antriebssektion.

Innerlich seufzt die KI. Immer wieder erinnert sie die Kommandantin an deren Mutter. Und wie immer empfindet die KI bei dieser Gelegenheit das Gefühl des Verlustes, schließlich ist sie seit 170 Jahren unterwegs und verschwunden und niemand weiß, wie es ihr in dieser Zeit ergangen ist.

Im dritten Teil der Buchreihe des Human-Ki-Zyklus kommt es zum finalen Showdown der Kräfte.

Lillith und Niccola, Mutter und Tochter, bestreiten mit ihren Freunden und Verbündeten sowohl aus den Reihen der Menschen, als auch aus den Reihen der KIs den finalen Kampf gegen die dunklen Mächte. Wird es ihnen gelingen, diese dunklen Mächte zu besiegen oder werden sie alles Leben im Weltraum und auf der Erde in Zukunft bestimmen? Lassen Sie sich mitnehmen auf die geheimnisvolle Reise durch das Weltall und über die Erde. Wer wird am Ende das Sagen haben?

Ein fulminanter Showdown der ersten Staffel
dieser Buchreihe.

Geplanter Erscheinungstermin: Sommer 2025

Gewerk I des Architekten-Zyklus

Die Leiden des jungen Architekten B.

Bauvoranfrage

Markus D. Mühleisen

Roman

Der junge Architekt Franz von Brrand erbt überraschend das Häuschen seiner Tante. Dies liegt in einer verträumten Kleinstadt, so macht es jedenfalls zuerst den Anschein.

Völlig unvermittelt findet er sich plötzlich in eben jenem Städtchen als freier Architekt mit eigenem Büro wieder, das er vom ebenfalls verstorbenen, ehemaligen Lebensgefährten der Tante übernommen hat.

Er freut sich auf eine geruhsame und friedliche Zukunft, aber die Niederungen der Architektentätigkeiten und der kleinstädtischen Bürokratien warten hinter jeder Ecke auf ihn.

Ein Roman mit Augenzwinkern.

Leseprobe
Bauvoranfrage

I Wie alles begann

Das Städtchen Kleinberghain liegt fast malerisch am Fuße eines Hügelzuges irgendwo in der süddeutschen Provinz. Durch glückliche Fügung der Geschichte hat sich Kleinberghain über die Jahrzehnte des industriellen Wiederaufbaus in Deutschland nach dem Zweiten Weltkrieg zum prosperierenden Lebensraum für eine Standbevölkerung von fast einundzwanzig tausend Menschen entwickeln können. Durch die geografische Lage, die nächste, größere Stadt ist nur über die holperige Landstraße zu erreichen und bietet daher wenig Attraktivität für einen Einkauf des alltäglich Benötigten, hat sich eine gesunde Stadtkultur erhalten.

Am Hang über Kleinberghain thront ein schmuckes Jagdschloss. Durch die Erwähnung dieses architektonischen Kleinods in den entsprechenden Reiseführern und Wanderratgebern erfreut sich Kleinberghain sogar eines gewissen, touristischen Gästeverkehrs.

Dies führt dazu, dass sowohl das inhabergeführte Hotel samt Gaststätte in der Innenstadt als auch die eher einfach anmutende Pension Garni im Gewerbegebiet am Stadtrand einen ansehnlichen Anteil zur wirtschaftlichen Tätigkeit der Stadtgemeinschaft beitragen.

Der Stadtkern, geprägt durch einige Gebäude mit sichtbarem Fachwerk, hinterlässt auf den ersten Blick bei dem Besucher von Kleinberghain einen angenehmen, fast mittelalterlichen Gesamteindruck.

Hinter dieser idyllischen Kleinstadtwelt findet sich naturgemäß das von Stadtpolitik und leider auch der einen oder anderen Intrige einflussreicher Persönlichkeiten der Stadtgemeinschaft geprägtes Getriebe des Alltags. Für Alteingesessene sind derlei Dinge so normal wie die Luft zum Atmen. Neu Hinzugezogene, auch wenn sie aufgrund ihrer Lebensgeschichte mit Kleinberghain verbunden sind, müssen sich erst mühsam in die Verhältnisse der Kleinstadt einleben.

So geht es auch dem noch jungen Architekten Franz von Brrand, den die Stromschnellen des Lebens wieder zurück nach Kleinberghain gespült haben. Hier hat er die letzten beiden Jahre seiner Schulzeit am Gymnasium verbracht.

Da seine Eltern zu dieser Zeit beruflich im Ausland waren, wohnte Franz von Brrand bei seiner Tante väterlicherseits. Das Häuschen, fast im Stadtzentrum gelegen, war besonders. Es war eines der wenigen Objekte mit einer echten Gartenfläche rundherum. Franz von Brrand kann sich noch gut an die heißen Sommernachmittage erinnern, wenn er seiner Tante den Rasen gemäht hat.

Nach bestandenem Abitur hat ihn sein Studium der Architektur dann in der Landeshauptstadt verschlagen. Eigentlich hat Franz von Brrand eine Karriere als angestellter Architekt eines internationalen Architekturbüros geplant. Er träumte von der Errichtung großartiger Gebäude in fremden Ländern.

Das Leben hält jedoch für uns alle die eine oder andere Überraschung bereit. Auch Franz von Brrand wurde von einer solchen eingeholt. Gerade hatte er die halbjährige Probezeit bei seinem ersten Arbeitgeber, wie von ihm erträumt, eines der großen Unternehmen der Architekturbranche, durchgestanden, als ihn die Nachricht vom Tode seiner Tante erreichte. Seine Eltern waren nach wie vor im Ausland und dort unabkömmlich. So blieb es an ihm, die Formalitäten der Beerdigung seiner Tante und die Regelung des Nachlasses der kinderlos gebliebenen, unverheirateten Frau zu regeln.

Für ihn gänzlich unerwartet hat ihm seine Tante ihr Häuschen in Kleinberghain vererbt. Durch die besondere Lage des Häuschens war noch auf der Beerdigung seiner Tante jemand an ihn herangetreten und hat sein Interesse am Kauf des Häuschens wortreich bekundet. Der Kaufinteressent, ein stadtbekannter und politisch sehr aktiver Makler, hat Franz von Brrand förmlich bedrängt. Er malte ihm in dunklen Farben die zu erwartenden Kosten, wenn nicht nur für Renovierung, so dann doch für die Instandhaltung des inzwischen in die Jahre gekommenen Anwesens seiner Tante aus.

Selbst ein gutmütiger Mensch, solch einer ist Franz von Brrand nach Bekunden seiner Freunde mit Sicherheit, musste bei dieser Nachdrücklichkeit des Maklers misstrauisch werden. Die immer größer werdende Menschenmenge, die Franz von Brrand zu seinem Verlust kondolieren wollte, hat ihn dann schließlich aus den Fängen des Maklers gerettet.

Mit einem letzten, nachdrücklichen Blick aus wässrigen Augen hinter der modischen Hornbrille hat der Makler ihm seine Visitenkarte in die Hand gedrückt und schließlich von ihm abgelassen.

Irgendwann war dieses gesellschaftlich so geforderte wie geübte Ritual der Beileidsbekundungen am Grab seiner Tante fast abgeschlossen. Nur ein letzter Trauergast stand noch mit trauriger Miene vor ihm. Er stellte sich als der langjährige Lebensgefährte seiner Tante vor, der trotz einer Trennung vor einigen Monaten noch tief bewegt vom plötzlichen Tod der Tante ist.

In diesem Moment spielte das Schicksal wieder einmal seine Karten aus.

Der ehemalige Lebensgefährte seiner Tante war selbst Architekt und hatte ein kleines Architekturbüro in Kleinberghain. Froh, endlich mit einem Menschen reden zu können, dessen Lebenswelt sich wenigstens ungefähr mit seiner eigenen deckt, beschlossen beide gemeinsam einen Kaffee zu trinken. In der kleinen Bäckerei, ein familiengeführtes Unternehmen im Besitz einer der großen Namen von Kleinberghain, gab es im hinteren Bereich einige Tischchen.

Jetzt, am Freitagnachmittag, war die Filiale gut besucht, aber sie hatten Glück und konnten noch einen Zweiertisch ergattern. So erfuhr Franz von Brrand schließlich, wie es seiner Tante in der Zeit, die er an der Universität in der Landeshauptstadt verbracht hatte, ergangen war. Und obwohl er sich in der für ihn vollkommen ungewohnten Rolle des Trösters eines älteren Mannes wiederfand, war Franz von Brrand fasziniert von dessen Erzählungen.

Schließlich haben die beiden so ungleichen Männer sich verabschiedet, nicht ohne vorher noch gegenseitig ihre Visitenkarten ausgetauscht zu haben, verbunden mit dem Versprechen, in Kontakt zu bleiben.

Franz von Brrand verbrachte die nächsten Tage in der Pension im Gewerbegebiet. So hatte er Zeit, sich um den Nachlass seiner Tante zu kümmern.

Entgegen den unheilvoll klingenden Beschreibungen des Maklers war das Häuschen seiner Tante gut in Schuss. Natürlich gab es dem Alter des Objektes entsprechend stellenweise die Notwendigkeit für kleinere Reparaturen und Instandhaltungsmaßnahmen. Aber seine Tante hatte die Immobilie stets gepflegt. In den vergangenen Jahren waren sowohl das Bad als auch die Küche renoviert worden. Er war angenehm

überrascht vom modernen Design der beiden Räume. Die Küche war zusätzlich mit hochpreisigen Geräten eines der großen Hersteller für Küchengeräte ausgestattet.

Einem spontanen Entschluss folgend zog er aus der Pension aus und richtete sich im Gästezimmer des Häuschens ein. Immer wieder ertappte er sich dabei, dass er vom Haus seiner Tante spricht oder denkt, dabei war es doch nun sein Haus.

Knapp eine Woche nach der Beerdigung hat ihn gänzlich unerwartet der Anruf des Notars erreicht. Durch wundersames, in diesem Fall sehr positives, Zusammenspiel der Dinge war die Testamentseröffnung in absoluter Rekordzeit möglich geworden. Kurzentschlossen meldete sich Franz von Brrand bei seinem Arbeitgeber und bat um die Verlängerung seines Urlaubs, die ihm nach einigem Hin und Her dann auch gewährt wurde.

So sitzt er schließlich am Sonntagvormittag auf der sonnenbeschienenen Terrasse und lässt seine Gedanken in Erinnerungen und seinen Blick über den schön gepflegten Garten schweifen. Er lässt es zu, dass sich seine innere Sehnsucht nach Ausgeglichenheit und Harmonie in den Vordergrund drängt. Gedankenverloren versucht Franz von Brrand sich vorzustellen, wie angenehm es doch wäre, sein Leben in bescheidener Aufgeräumtheit in dieser Kleinstadt zu verbringen in diesem Häuschen mit Garten.

Diesen Moment der Ruhe genießt er mit tiefem Seufzen, als ihn erneut die Stromschnellen des Schicksals in neue, fremde und wilde Gewässer entführen sollte.

Der Investigativjournalist François Beauford fliegt nach New York für seine Recherche zum insolventen Mega-Techkonzern Intersol. Auf halbem Weg über den Atlantik wird klar, dass die Sonne an diesem Morgen nicht aufgeht. Die Erde bleibt in der Dunkelheit gefangen. Die Welt stürzt unvermittelt ins Chaos. Fast alle Militär- und Spionagedienste der Welt sind ratlos. Nur die Recherche von François Beauford führt zur Quelle des Übels. Kann er die Welt aus den Fängen der Dunkelheit entreißen? Eine wilde Jagd mit ungewissem Ausgang beginnt ...

Dieser Thriller spricht die Urängste der Menschheit an, die finstere Mächte für ihre Zwecke missbrauchen.

Leseprobe
Der Morgen ohne Tag

I   Etwas endet und jemand verschwindet

François Beauford versucht sich durch das Getümmel im Héraut de Clichy zu schieben. Wie üblich hat sich in der Bar ein kleines, aber lautstark diskutierendes Grüppchen zum Feierabend versammelt. Das Héraut de Clichy ist wenig bekannt. Es verirren sich hierher keine Promis, keine Stars und Sternchen. Früher einmal, in der Belle Epoque, hat man diesen Teil von Paris als dessen wahres Zentrum gesehen. Damals haben sich auch die Finanzwelt, also die Banken, und die Presse in diesem Bereich konzentriert. Heute ist das 9tme Arrondissement noch für die Galerie Lafayette oder Printemps, die großen Kaufhäuser, bekannt. Wenigstens die Presse hat dem Viertel die Stange gehalten, so ist die Redaktion der La Tribune, eine der führenden Medienplattformen für Wirtschaft und Finanzen, vor Ort geblieben.

Würde jemand die Besucher heute Abend danach fragen, so würden sich die Gäste im Héraut de Clichy als Freunde bezeichnen. So nickt François den Gästen, die er mit freundschaftlichem Druck zur Seite schiebt, um sich zur Theke vorzuarbeiten, grinsend zu. Es werden kurze, flapsige Floskeln der Begrüßung ausgetauscht, die jedoch neben der lauten Musik eines kleinen Rock&Pop-Lokalsenders fast nicht zu verstehen sind.

Endlich hat François die Theke erreicht. Manuel, der glatzköpfige Barkeeper werkelt wie immer in ruhiger Gelassenheit hinter dem Tresen und versorgt seine Gäste mit den ersehnten Getränken. Bezahlt wird beim Gehen, denn wer hierherkommt, hat nicht vor zu betrügen, das steht außer Frage. Manuel stellt zwei frisch gezapfte Gläser Bier auf den Tresen, die sofort von gierigen Händen geschnappt und ins Getümmel davongetragen werden. Als er François erblickt, erhellt kurz ein Lächeln sein Gesicht, dass seine beiden goldenen Schneidezähne blitzend zur Schau stellt. Schon ist der Moment vorbei und Manuel trägt

wieder seinen stoischen Gesichtsausdruck, dabei nickt er François kurz zu. Diese wortlose Kommunikation wird von François ebenfalls mit einem kurzen Nicken erwidert, begleitet von einem leicht angehoben, rechten Mundwinkel, seiner ganz eigenen Art ein lässiges Grinsen zu zeigen. Einer der Gäste legt ihm die Hand auf die Schulter und François wendet sich um. Seraphine Solier, eine der wenigen weiblichen Gäste heute Abend im Héraut de Clichy blickt ihn ernst an, dann stellt sie sich auf die Zehenspitzen, damit sie ihm laut ins linke Ohr sprechen kann, anders ist die laute Musik nicht zu übertönen: »Bonsoir, François, hast du es schon gehört?«

Irritiert blickt er die inzwischen schon leicht angegraute, ehemalige brünette Rechtsanwältin an. Er beugt sich zu ihr hinüber, damit er ihr ebenfalls laut ins Ohr sprechen kann: »Salut Seraphine, was soll ich denn gehört haben?«

Ernst schaut sie ihm ins Gesicht, dann weist sie mit ausgestrecktem Zeigefinger auf den kleinen Flachbildschirm in der Ecke. Es läuft stumm geschaltet die Nachrichtensendung einer international arbeitenden Plattform für Nachrichten aus dem Finanz- und Wirtschaftsbereich. Zuerst versteht François nicht, was sie ihm zeigen will, denn gerade wird eine Landschaftsaufnahme als Füller zwischen zwei Sendungen gezeigt. Dann bemerkt er den Text auf dem Laufband unten am Bildschirm:

Intersol Technologies seeks creditor protection through Chapter 11

François ist die Feierabendlaune schlagartig verdorben. Mit ernster Miene verfolgt er die weiteren Texteinblendungen auf dem Laufband.

Geraldo Gonzales disappeared and is being sought worldwide

Frustriert schüttelt François den Kopf und meint entsetzt: »Merde.«

Er wendet sich der Theke zu. Dort hat Manuel gerade seinen geliebten Pastis in einem schmalen, hohen Glas auf einer kleinen, weißen Serviette mit dem Logo einer Brauerei abgesetzt. François greift sich das Glas und stürzt den Inhalt, ganz im Gegensatz zu seinem sonst üblichen Verhalten, in einem Zug herunter. Manuel sieht das und quittiert dieses für François ungewöhnliche Verhalten mit hochgezogenen Augenbrauen. Mit einem Ruck setzt François das Glas wieder auf der kleinen, weißen Serviette ab und nickt dem Barkeeper ernst zu. Dieser zuckt die

Schultern, schnappt sich das leere Glas, um es möglichst schnell durch ein Gefülltes zu ersetzen.

François' Blick fällt auf eine Pinwand mit Postkarten, die neben dem Regal mit den Getränkeflaschen aufgehängt sind. Eine Skyline von New York ist zu sehen. Grimmig erinnert er sich daran, dass er nach Monaten der Vorbereitung eigentlich am nächsten Wochenende in New York sein wollte, um den gerade als verschwunden gemeldeten Geraldo Gonzales zu interviewen. Obwohl dieser nicht in den einschlägigen Listen geführt ist, so ist doch jedem in der Finanzwelt klar: Gonzales wird als der reichste und vor allem einflussreichste Mensch auf diesem Globus betrachtet. Mehr als zwei Jahre Recherche, Kontakte knüpfen und betteln auf unzähligen dieser immer gleichen, öden Veranstaltungen der Hochfinanz und der Tech-Branche waren nötig. Dann endlich bekam François einen Zugang zu Geraldo Gonzales, hinter vorgehaltener Hand nennt ihn jeder Big GG. Geplant war ein mehrtägiges Interview mit Besuch der Forschungsstätten von Intersol Technologies, dem Herzstück des Firmenimperiums von Big GG.

Plötzlich spürt er das Vibrieren des Mobiltelefons in seiner Tasche. Beim Lärm der Musik kann er es natürlich nicht hören. Gerade läuft ein alter Rolling Stones Song, Paint it Black. Wie passend, denkt sich François. Er nimmt das Gerät heraus und blickt auf das Display. War ja klar … sein Redakteur versucht ihn zu erreichen. François stürzt seinen zweiten Pastis hinunter und arbeitet sich durch das Gewühl zurück zur Eingangstür. Als er endlich auf den Gehsteig treten kann und die Türe sich hinter ihm geschlossen hat, spürt er die Ruhe um sich herum. Lediglich die in einer Großstadt wie Paris üblichen Geräusche sind zu hören: Feierabendverkehr und Menschen, die sich unterhalten. Versonnen blickt François die Straße entlang. Früher haben sich die Menschen einfach getroffen und miteinander geredet. Heute reden sie immer noch miteinander, aber es gehört nun zum guten Ton, dass dies mit einem Mobiltelefon geschieht. Entweder hält man dieses direkt ans Ohr oder ganz lässig mittels einem dieser Kopfhörer, die inzwischen klein und nahezu unsichtbar ins Ohr geschoben werden können. François ist einer der Ohrhalter. Er zieht sein Mobiltelefon hervor. Der Redakteur hat aufgelegt, aber ihm eine Sprachnachricht hinterlassen. Dazu drei Nachrichten auf der beliebten Social-Media-Plattform. Das ist ungewöhnlich für Jonba Kraszninsky, den digital bequemen Redaktionsleiter des Ressorts Technologie bei La Tribune. Seufzend ruft François ihn zurück. Dabei

hält er sein Mobiltelefon ans Ohr. Als Investigativjournalist legt er großen Wert auf Vertraulichkeit, daher handelt es sich dabei nicht um eines der Produkte der großen Player. Er verwendet ein Gerät mit Linux als Betriebssystem. Da dieser Widerstand gegen die etablierten Marktriesen mit sehr viel Engagement bei der Auswahl, Inbetriebnahme und Wartung bestraft wird, hat er das Telefon selbst aufgesetzt. Jonba meldet sich nach dem ersten Klingeln: »Was zum Teufel ist da los, François, hä?«

»Auch dir einen schönen Abend, Jonba.«

»Vergiss den schönen Abend. Dein Big GG ist verschwunden und pleite, also nix mit schönem Abend!«

François seufzt. Wie üblich in solchen Situationen bricht das afrikanische Temperament bei seinem Freund durch. François kennt das schon, also hört er die nächsten Minuten geduldig zu, wie Jonba Kraszninsky Dampf ablässt. An den entscheidenden Stellen wirft François eine gemurmelte Zustimmung oder ein ablehnendes Brummen ein. Damit stellt er sicher, dass sich Jonba wahrgenommen fühlt. Der Sohn einer Nigerianerin, mit einem Vater, der lange Jahre in der polnischen Armee, bei deren Spezialkräftekommando gedient hat, verfügt er über eine unglaubliche körperliche Präsenz. Er ist riesig, über zwei Meter groß, mit nachtschwarzer Haut und von Natur aus mit einem sehr muskulösen, athletischen Körper gesegnet. Ursprünglich war er in der Auswahl als Zehnkämpfer für die letzten Olympischen Spiele, aber seine afrikanisch-polnische Familiengeschichte hat den Verantwortlichen des französischen olympischen Komitees, obwohl nach außen hin auf Vielfalt und Integration pochend, dann doch zweifeln lassen. So wurde sein Olympiaticket an einen blassen Franzosen aus den Vogesen vergeben, der dann, wie erwartet, statt einer Medaille nur hintere Platzierungen erreichen konnte. François ist Jonba in dieser schweren Zeit beigestanden. Er hatte damals als blutjunger Journalist bei La Tribune angefangen und durfte Hintergrundberichte im Sportteil verfassen. So hat er zusammen mit Jonba die Machenschaften und Verflechtungen im französischen Olympiakomitee aufgedeckt. Der Artikel hat einigen Funktionären den Job gekostet. Jonba und François jedoch ihre Festanstellung bei La Tribune beschert. Als echter Familienmensch hat sich Jonba für eine Karriere im Innendienst entschieden, wohingegen François, ein eingefleischter Junggeselle, dem Ungebundenheit und Freiheit wichtiger ist als der sichere Hafen einer Partnerschaft, der investigativen Seite des

Journalismus treu geblieben ist.

»François, bist du noch dran?«

Der Angesprochene taucht aus seinen Erinnerungen auf und räuspert sich, bevor er antwortet: »Klar, ich habe nur gerade nachgedacht.«

Ein kehliges Lachen kommt von der anderen Seite: »Natürlich. Ich kotze mich hier aus und du sinnierst über alte Zeiten.«

François macht einen ertappten Gesichtsausdruck, dann muss er grinsen, als er antwortet: »Erwischt. Aber ich muss nach New York.«

Ein leises Rauschen ist zu hören, sonst nichts. Jonba zögert mit einer Antwort. Als er dann wieder das Wort ergreift, ist seine Stimme zurückhaltend und vorsichtig: »Warum?«

Unbewusst wiegt François den Kopf und meint: »Da stimmt etwas nicht.«

Ein tiefes Seufzen vom anderen Ende ist die Antwort: »War doch klar. Immer stimmt irgendwo irgendetwas nicht. He, der Typ ist weg, warum dann nach New York fliegen?«

»Ja, klar. Aber die Frage ist doch: warum ist er weg?«

Wieder dauert es einen Moment, bevor Jonba antwortet: »In Ordnung. Du hast zwei Wochen. Mehr nicht, hörst du? Zwei Wochen. Länger kann ich das intern nicht durchsetzen.«

Dankbar lächelnd nickt François beim Antworten: »Danke, Jonba. Ich melde mich.«

»Pass auf dich auf, hörst du? Ich habe ein saublödes Gefühl bei der Sache.«

»Mach' ich doch immer.«

»Einen Scheiß machst du. Aber dieses Mal hörst du auf mich, in Ordnung? Pass auf!«

François erschrickt über die Sorge, die unüberhörbar aus der Stimme seines Freundes herauszuhören ist. So fällt seine Antwort ebenfalls ernst aus: »In Ordnung, versprochen. Wie gesagt, ich melde mich. Ciao, Jonba.«

»Au revoir und bon voyage, François.«

Dann ist das Telefonat zu Ende. François nimmt das Telefon vom Ohr, tippt kurz zum Beenden des Gesprächs auf das Display und blickt noch einen Moment nachdenklich auf sein Mobiltelefon.

»Wo bist du denn da schon wieder hineingeraten?«

Als er sich zu der rauchigen Frauenstimme umwendet, blickt ihn Seraphine Solier ernst an. Sie trägt wie immer ihr Business-Kostüm und lehnt lässig an der Hauswand, die Beine leicht überschlagen, eine Zigarette in der rechten Hand direkt vor ihrem grellrot geschminkten Mund und hält dabei mit der linken Hand den rechten Ellenbogen unterstützt. François bewundert wieder einmal, wie diese Frau trotz ihrer alles anderen als schlanken Figur einen solch lässig attraktiven Eindruck machen kann. Ihrem ernsten Gesichtsausdruck entnimmt er, dass sie sich wirklich um ihn sorgt.

»Ach, eigentlich bin ich bis jetzt nicht einmal dabei, dass ich in etwas hineingeraten könnte. Du hast mir die Nachricht doch gezeigt.«

Fragend hebt Seraphine die Augenbrauen an: »Der Technologiefuzzi? Was hast du denn mit dem zu schaffen?«

François holt tief Luft, hält diese kurz an und leert dann in einem tiefen Seufzer seine Lungen wieder: »Na ja, mir kam da etwas komisch vor und dann habe ich etwas nachgebohrt.«

Sie nickt verstehend, die Augenbrauen immer noch angehoben: »Natürlich hat dich das, was du da gefunden hast, nicht davon abgebracht der Sache weiter nachzugehen.«

Mit einem entwaffnenden Grinsen lächelt er sie an, dabei zuckt er lässig mit den Schultern und hebt beide Handflächen etwas an: »He, Seraphine, du kennst mich doch!« Sie nickt ihn grimmig an: »Natürlich, François. Ich kenne dich nur zu gut. Deshalb mache ich mir ja Sorgen. Dieser Gonzales ist zehn Hausnummern zu groß für dich. Das ist dir schon klar? Der reichste Mann auf dem Planeten und Herr über zigtausende Arbeitsplätze und hunderte Firmen.«

Nun schaut er ihr mit vollkommen ernster Miene ins Gesicht: »Und gerade anscheinend auf der Flucht vor irgendetwas.«

»Das weißt du doch nicht. Die Meldung war lediglich, dass er verschwunden ist.«

François schüttelt energisch den Kopf: »Nicht Big GG. Der verschwindet nicht. Bisher hat er jedes Mal, wenn eines seiner Unternehmen in Schwierigkeiten war, aggressiv die Öffentlichkeit gesucht.«

Seraphine Solier schaut ihn nachdenklich an, hat sie doch in den vergangenen Jahren gelernt, dass François mit seinen Vermutungen fast immer richtig gelegen ist, dennoch sagt sie ernst: »Mag sein. Aber das

ist eine Nummer zu groß für dich.«

In diesem Moment sieht sie, wie ein Funkeln in den Augen ihres Freundes aufglimmt. Sie kennt ihn gut genug, als dass sie hoffen kann, dass das Feuer, das diese Geschichte in ihm entfacht hat, schnell oder einfach zu löschen wäre. Geschlagen nickt sie: »Ich sehe schon, wohin das läuft. Aber eines musst du mir versprechen François.«

Mit leicht schief gehaltenem Kopf blickt er ihr in die Augen: »Was?«

Sie holt tief Luft, bevor sie seinen Blick direkt und offen erwidert, dann fährt sie fort: »Du hältst mich auf dem Laufenden und du sicherst deine Information wie üblich. Hörst du?«

Noch einige Sekunden halten die beiden den intensiven Blickkontakt aufrecht. Dann nickt François ruckartig, als er antwortet: »Versprochen.«

Ihre Antwort ist ein leises, aber nachdrückliches Flüstern, dass über den Verkehrslärm hinweg fast nicht zu hören ist: »Danke.«

Dann strafft sie und stößt sich von der Hauswand ab, an der sie bisher gelehnt hat. Nach einem letzten Zug schnippt sie die Zigarette weg und macht sich auf den Weg zurück ins Héraut de Clichy. Einige Schritte geht sie, bevor sie sich ein letztes Mal zu ihm umwendet: »Wie geht es jetzt weiter?«

Mit einem für ihn ungewöhnlich nachdenklichen Ton antwortet er: »Am Samstag fliege ich nach New York. Dort setze ich an mit meiner Recherche.«

Sie nickt verstehend. Sie verabschiedet sich erneut und mit einem Grinsen, das sie ihm über die Schulter hinweg zuwirft, meint sie: »Schnapp' ihn dir! Ich gönne mir nun noch einen Schlummertrunk und bezahle deinen Deckel. Au revoir, François.«

Dann steht er alleine auf dem Gehsteig. Wieder blickt er nachdenklich die Straße hinab, der Verkehr ist inzwischen etwas weniger geworden. Für die Pariser ist jetzt Feierabend angesagt. Für François dagegen beginnt die Arbeit erst. Wie um sich selbst Mut zu machen, nickt er energisch, dann macht er sich auf den Weg nach Hause.

Harryetta

Geschichten zum Vorlesen und Selberlesen

www.harryetta.de

Harryetta ist ein neugieriges, mutiges und besonderes Mädchen.
Mit ihrer offenen und hilfsbereiten Art gerät sie immer wieder in spannende Abenteuer hinein.

Sie geht mit offenen Augen durch die Welt, meistens begleitet von Igor Igel.
Sie hilft, wo es nötig ist, auch wenn das manchmal Überwindung kostet und gegen vorherrschende Regeln verstößt.
In dieser Buchreihe werden Werte groß geschrieben und auf politische Einflussnahme wird verzichtet.

Machen Sie sich mit Ihrem Kind auf in Harryetta's nächstes Abenteuer.
Die Bücher sind in allen Shops erhältlich!
Denn kleine Geschenke kann man immer gebrauchen.

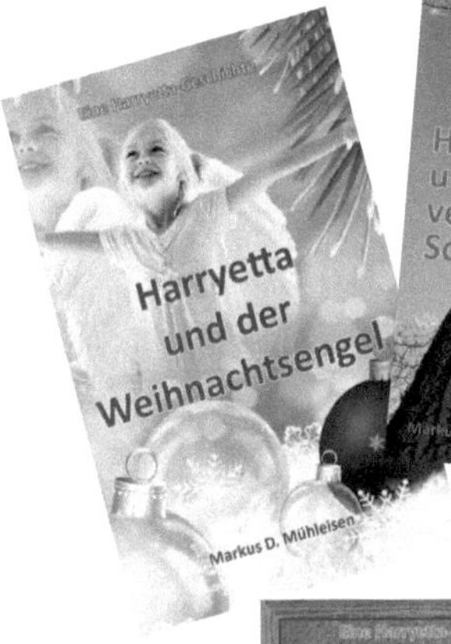
Eine Harryetta-Geschichte
Harryetta
und der
Weihnachtsengel
Markus D. Mühleisen

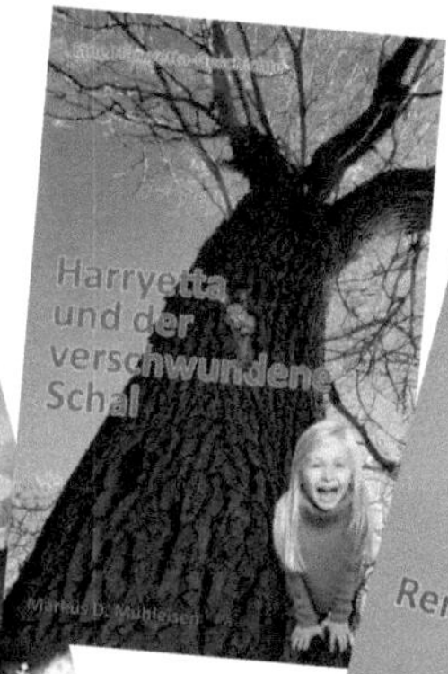
Eine Harryetta-Geschichte
Harryetta
und der
verschwundene
Schal
Markus D. Mühleisen

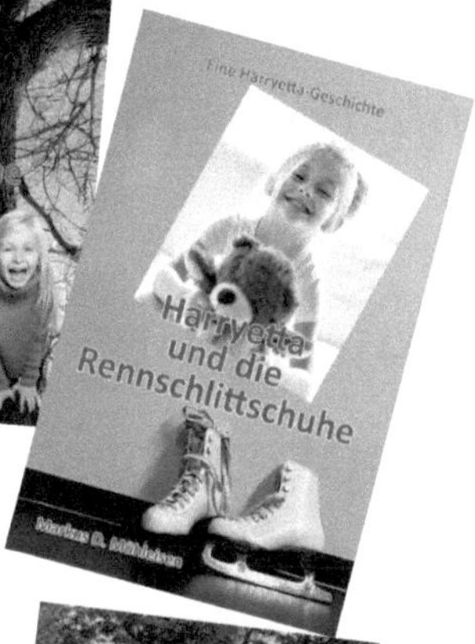
Eine Harryetta-Geschichte
Harryetta
und die
Rennschlittschuhe
Markus D. Mühleisen

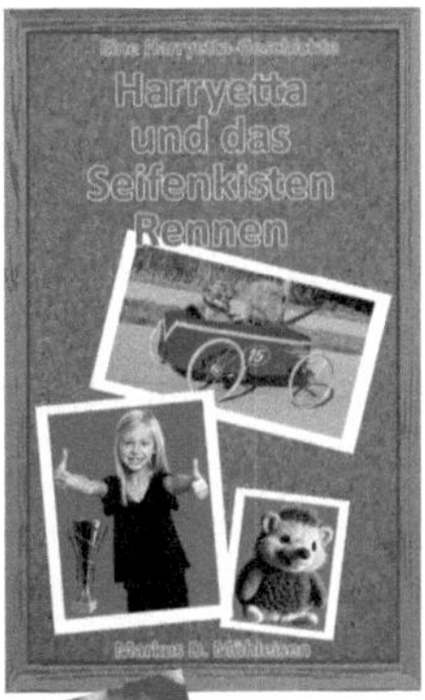
Eine Harryetta-Geschichte
Harryetta
und das
Seifenkisten
Rennen
Markus D. Mühleisen

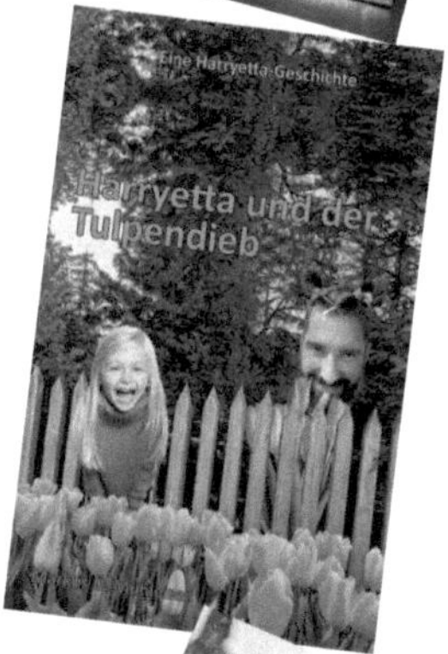
Eine Harryetta-Geschichte
Harryetta und der
Tulpendieb

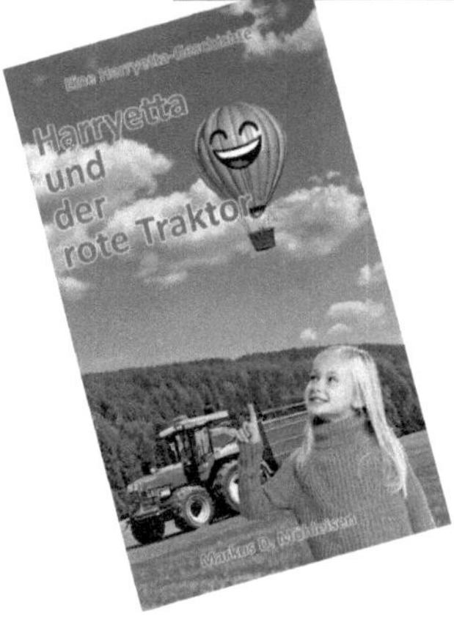
Eine Harryetta-Geschichte
Harryetta
und
der
rote Traktor
Markus D. Mühleisen

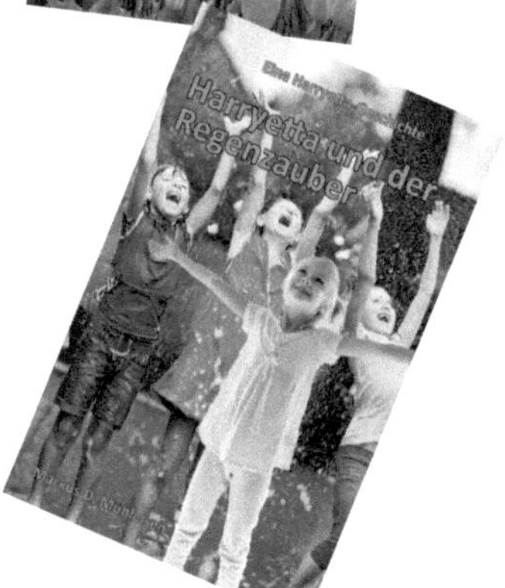
Eine Harryetta-Geschichte
Harryetta und der
Regenzauber

Leseprobe
Harryetta und der Weihnachtsengel

Aufregung vor dem Krippenspiel

Harryetta ist so aufgeregt. Außerdem kratzt ihr Kostüm am Rücken, da wo die Engelsflügel festgemacht sind. Vorsichtig lugt sie um die Ecke am Türrahmen vorbei. Von hier aus, an der Türe der Sakristei, kann sie die ganze Kirche überblicken. Die Kirche leuchtet in funkelnden Lichterglanz des geschmückten Weihnachtsbaums. Es ist voll, fast jeder Platz ist besetzt. Fröhliche Menschen reden miteinander, alle sind festlich gekleidet. Es ist Heiligabend. Harryetta wird es ganz mulmig im Bauch. So viele Menschen sind dieses Jahr in der Kirche.

Sicher freuen sich alle auf den Gottesdienst und vor allem auf das Krippenspiel heute Abend. Bis gestern Morgen hat Harryetta auch erwartet, dass sie heute am Heiligabend, wie alle anderen auch in der Kirche sitzen würde, um gespannt auf den Gottesdienst und das Krippenspiel zu warten. Aber nun steht sie hier in der Sakristei, hat das Kostüm des Weihnachtsengels an und ist total nervös. Eigentlich hätte ihre beste Freundin den Weihnachtsengel im Krippenspiel spielen sollen. Gestern Morgen hat es bei Harryetta zu Hause stürmisch an der Haustüre geklingelt. Ihre Mutter hat die Türe aufgemacht und dann nach Harryetta gerufen. Noch im Schlafanzug ist sie herunter ins Wohnzimmer gekommen. Der Vater ihrer besten Freundin Sonja war da und erzählte, dass Sonja gestern Abend auf dem Nachhauseweg gestolpert ist und sich den Fuß gebrochen hat. Jetzt hat sie einen riesigen Gips am Bein und muss noch im Krankenhaus bleiben.

Mit sorgenvoller Miene erzählte Sonjas Vater, dass Sonja darum auch nicht beim Krippenspiel auftreten kann und er deshalb auch schon den

Pfarrer angerufen und um Rat gefragt hat.

Der Pfarrer hat vorgeschlagen, dass doch Harryetta für Sonja einspringen könne, schließlich hat sie mit ihrer Freundin jede Probe zum Krippenspiel besucht. Nachdenklich blickten ihre Mama und Sonjas Vater Harryetta an. Es ist ihr ganz warm geworden vor Aufregung, aber schließlich hat sie sich einen Ruck gegeben und genickt. Keinesfalls wollte sie, dass das Krippenspiel womöglich ausfällt oder ohne den Weihnachtsengel aufgeführt werden musste. Schließlich ist der Weihnachtsengel ... ja, also der Weihnachtsengel … ohne den geht es nicht!

„Hallo Harryetta, bist du bereit für deinen großen Auftritt?"

Erschrocken dreht sich Harryetta um. Sie war ganz in Gedanken versunken gewesen. Hinter ihr steht der Pfarrer und lächelt sie an. Sie schluckt kurz angestrengt. Dann antwortet sie und versucht sich dabei selbst Mut zu machen: „Ich glaube schon. Gestern bei den Proben hat es ja auch geklappt."

Der Pfarrer nickt nachdrücklich: „Das hat sogar hervorragend geklappt. Gut, dass du mit Sonja die ganzen, letzten Wochen über geübt hast und den Text sowieso schon in- und auswendig kennst."

Harryetta nickt und meint ein bisschen traurig:

„Nur schade, dass Sonja nicht dabei sein kann."

„Gut, dass du das erwähnst."

Er dreht sich um und hebt leicht die Stimme, um alle zusammenzurufen: „Kommt mal kurz her! Ich möchte euch noch etwas erzählen."

Als alle Kinder, die im Krippenspiel mitspielen, sich um den Pfarrer herum versammelt haben, erzählt er, dass der Papa von Sonja sein Handy aufbauen wird, damit Sonja die Aufführung vom Krankenhaus aus mitverfolgen kann. Alle finden die Idee wunderbar.

Dann ist es auch schon so weit. Der Pfarrer bereitet sich auf den Gottesdienst vor und Frau Kohlfeld, die mit ihnen das Krippenspiel eingeübt hat, geht noch einmal alles kurz mit den Kindern durch. Alle sind plötzlich unglaublich aufgeregt und gespannt. Dann gehen sie auf ihre Plätze. Bis zum Krippenspiel dürfen sie auf der Bank seitlich vom Altar sitzen und den Gottesdienst von da vorne miterleben.

Das Licht in der Kirche wird dunkler und der Organist fängt an zu spielen. Die warmen Töne des Weihnachtsliedes schweben durch die

Kirche. Harryetta kann von ihrem Platz die Menschen genau beobachten.

Sie sieht fröhliche Menschen in der Kirche sitzen. Das ist ja klar, schließlich ist ja auch Weihnachten. Doch plötzlich fällt Harryetta der Junge in der zweiten Bankreihe auf der linken Seite auf. Der sieht gar nicht fröhlich aus, sondern sehr, sehr traurig. Harryetta weiß, das ist Simon, der Neue an ihrer Schule. Er wohnt erst seit ungefähr zwei Wochen hier in der Stadt.

Da beginnt der Pfarrer zu reden. Er erzählt von Weihnachten und was die Geburt von Jesus Christus für die Menschen bedeutet. Sie singen gemeinsam Weihnachtslieder und stehen auf, um zu beten. Beim Gebet ist es ganz ruhig, sodass man den Wind draußen um die Kirche herum heulen hört. Da fällt Harryetta ein, dass sie sich riesig gefreut hat, als es vorhin doch tatsächlich anfing zu schneien. Jetzt ist sogar einmal ein lautes Klappern an den Fenstern der Kirche zu hören, so stürmt es draußen. Jetzt spielt der Organist wieder und sie singen gemeinsam das Lied „Ihr Kinderlein kommet" und dann ist es so weit. Harryetta klopft das Herz wieder bis zum Hals. Der Pfarrer lächelt den Kindern auf der Bank beim Altar zu.

„So und jetzt kommen wir zum Höhepunkt unseres Weihnachtsgottesdienstes. Liebe Gemeinde, es gibt nun eine kurze Umbaupause und dann lassen wir uns die Geschichte vom Weihnachtswunder von der Kinderkirche erzählen."

Er nickt den Kindern zu und alle wuseln durcheinander. Jeder weiß genau, was zu tun ist, schließlich haben sie das gestern Nachmittag immer und immer wieder geübt.

Endlich stehen alle Requisiten für das Krippenspiel am richtigen Ort. Der Stall ist nach vorne geschoben worden, die Palmen werden von drei Jungs aufrecht gehalten. Das ist gar nicht so einfach, denn die Jungs müssen sich auf den Boden hinter den aus Karton ausgeschnittenen Palmen auf den Boden hocken und sie festhalten.